半路家

Sheri

The Halfway House

雪瑞 著

作家出版社

什么都没发生，一切都是事实

开 篇

　　离开美国肯纳蒂克女子监狱摩尔顿营地，精神上犹如逃离了地狱，我试图切断所有和那里有关的记忆和联系。直到2018年1月。

　　有一天晚上，我的手机出现一条带有纽约区号的短信："亲爱的玛丽，我是刘爱。我希望你记得我。我明天会路过华盛顿，我有些东西需要交给你，因为你是律师。"

　　没有联系不等于不记得。几乎每天，我都会不由自主地想到营地的人和事。我记得那座有着上百个台阶，连接着坡上女犯宿舍和坡下有着超大环形跑道的操场的红色木板桥。据说，这座红色木板桥的年龄，与摩尔顿营地的年龄一样长。几十年的风雨，成千上万个脚印，还有说不完的既没有开始也没有结束的女犯故事，让这座沉默的小桥显得庄严、沉重、斑驳而又沧桑。

　　我记得那几百只呼啸着结伴而来再集体飞走的野鸭子——据

说，这些生性优雅的活物是上帝送来的人间烟火，可以让女犯的母性依旧留在她们的幻想里。还有那两棵樱花树。冰凌时节，它们的每个幼嫩枝丫都被冰雪包裹，你以为它们会就此冻死，但是来年春天它们依然蓓蕾怒放。再就是那几位年龄超过八十，三十年风雪无阻到摩尔顿营地为女犯们分享《圣经》的老人，她们背着的吉他流出的让人心神升天的音乐，至今依旧是我失眠时的良药。

我只是不太记得刘爱。我不太清楚这个中国女人的案件背景，只记得她头发剪得特别的短，每天穿着在厨房工作的女犯穿的那种像面粉袋一样的白色制服，脸上总是带着一种谦卑的神情。她让我想起以前看过的一部一个日本女人爱上一个美国男人的电影，她就像电影里面的那个美丽的妓女，笑起来眼睛像一双弯弯的月亮。

收到那条短信，我愣了一会儿：我们不是那么亲密，也谈不上是朋友，刘爱怎么有我的手机号码？为什么要来找我？那天晚上我没有回复她。但是第二天一早，我再次收到了刘爱的短信。

"我在弗吉尼亚。今天我回纽约的路上会经过华盛顿，我没有赶上色拉韦尔到华盛顿的巴士。我可以请你吃个午餐吗？"刘爱一定对她所在的地区不熟悉，她把"色拉韦尔"这几个字拼错了。

刘爱为什么要到弗吉尼亚去？从色拉韦尔坐区域巴士到瑞旗门，再从瑞旗门坐车到纽约，这才是正确的路线。我是不是应该提示她查一下地图？还有，她为什么要请我吃饭？我心神不安地思忖着，满肚子里像是无头蝴蝶乱撞——我的心理医生曾向我解释过这种感觉，有个医学名词，叫作"焦虑症"（anxiety disorders）。

我告诉自己最好别回复她，这样她就一定不会再继续打搅我了。在我的印象里，刘爱说话温文尔雅，总是胆小怕事的样子。可是几个小时之后，刘爱的短信再次出现在我的手机上："我上车了，两个小时到华盛顿。我能请你到威斯康星大街和 N 街交界拐角的马丁·塔瓦恩饭店（Martin's Tavern）吃个便餐吗？"

　　也许是因为文字可以掩盖声音中包含的情绪，或者因为短信能让人有的选择，刘爱选择了这个可以控制距离感、不会被直接拒绝的交流方式。我之前没有回复她，她似乎并不在意。"我真的等不及见到你。"刘爱后来又加了一句。

　　为什么等不及要见到我呢？在肯纳蒂克监狱摩尔顿营地有两百多个女人，刘爱是其中最不引关注也最不合群的人。不过强烈的好奇心驱使着我不断猜想她来访的原因。为什么这个全身洋溢着中国城味道的女人要停留华盛顿见我？为什么一定要选择在那个听起来高贵但已老掉牙的饭店见面？她短信中提到有东西要交给我，因为我是律师，什么东西如此重要？她一定不知道，我的律师执照已经随着我营地生活的开启而消失，虽然我正在努力通过法律途径赎回被吊销的律师执照，至于什么时候能拿到，鬼才知道。

　　"我也期待着见你！"我终于忍不住了，回复了一句言不由衷的话。

　　我取消了去看医生的预约。出门前，我到地下室仓库里，找到了那个被我塞进去就再也没打开过的从摩尔顿营地抱回来的耐克鞋盒。不知道为什么，打开那个裂了口的鞋盒盖子时，我的手指会痉挛发抖，这让我想起了接到起诉书的那一刻。我是这么不情愿地把装满了故事的盒子打开，我害怕罪恶会从敞开的盒盖里跑出来，缠上我，让我再次因为帮助朋友推销可以把人的灵魂都拍摄清楚的大型医疗器械，接受他2500美金的贿赂。我要彻底脱离和监狱有关的一切记忆！我这样想着，但是我的手还是在鞋盒里翻腾——我在找可以提醒我刘爱长相的那张照片。我先翻出了刘爱亲手织的果绿色毛线小挂包，我记得她织了两个，一个送给了过生日的简，一个送给了我。我也找到了庆祝简的生日时，我们几个谈得来的女人在那座红色木桥上的合影。

这就是刘爱！照片上，被营地的女人称为"真正的白领"的我们几个人中间，站着一位身材娇小的中国女人。当时我还想，刘爱这个中国人怎么钻进来了？

照片上，剪着短发的刘爱站在简的身前，头斜靠着简的身体。一缕午后的阳光，在她的脸上跳动着。简·华盛顿那头飞卷的红发，愉快地在她的头顶上飞舞。除了刘爱素面朝天，我们几个女人都特地浓妆艳抹，这也让我们从小卖部里买来的欧莱雅彩妆盒大有用武之地。我记得刘爱为这张照片买了单，让帮忙拍照的海伦在她的小卖部账单上再记上80美金。"我们每人一张。我还会寄一张给我的爷爷奶奶，让他们知道我在这里有许多好朋友。"谁也没在意她说什么，我记得只有简搂了搂她的肩膀。

我很高兴找到了这张照片，否则就算她迎面走来我也可能会与她擦肩而过，快两年了，我真的忘掉了她。

看着我抱着从摩尔顿营地带回的纸盒从地下室走上来，我的母亲提醒我说："玛丽，原则上，这两年你不应该见过去的犯人朋友。"她微弱的眼神让我感受到了藏在她眼角皱纹里的恐惧，它们打着结，皱成了一团。我怎么会不记得这条规矩？每一个从摩尔顿营地出来的女人，都早早地把回归社会后的规章制度背得滚瓜烂熟了。可是，所有这些无情的条例，都无法动摇女人们在摩尔顿营地建立起来的友情。无形的手铐和脚镣，早已把她们的灵魂纠缠在一起。除非把她们和代表着罪恶的手铐脚镣一起扔进熔炉里烧炼，否则谁也不忍舍弃这种知己的感觉。

不过，为什么值得犯规是有选择的，而以往我的这个选择里并不包括刘爱，但今天是个例外。我真的很想念营地里的女人，我和她们始终心有灵犀。

这是一个过了午餐时间但吃晚餐还有点早的尴尬时间。我特地选了一个紧靠吧台一角，有着木质靠背的卡座坐下。布满岁月痕迹的皮坐垫被精心擦拭得发出温暖的光亮。橄榄绿色的台面，有着旧时高贵的痕迹。绛红色屋顶上吊下来一盏虽有年头却依旧华贵的蓝色雕花吊灯，静静地将黄色的光洒在桌面上。墙壁上挂着也许只有苏富比这类拍卖公司才会关注的纸面发黄的早期绘画。我座位旁边的墙上，挂着两幅好像是和战争有关的绘画，勇士们骑在飞奔的马上，散发出一副必胜的英豪气概。

我坐下之后想，没准儿哪位历史上的总统坐过我这个座位。据说马丁·塔瓦恩饭店自从1933年开业以来，美国历史上历届总统都在这里消磨过时光。希望这个座位给我和刘爱今天的见面带来好运。小时候，每当家里有喜庆的事，我总是被父母精心打扮一番后带到这里吃晚餐。虽然时过境迁，但是当我又坐在这里时，一种只有美国人才能够感觉到的庄重从心底油然而生。

可是刘爱为什么要选择在这里和我见面？也许住在美国并已经是美国公民的她，骨子里还是地地道道的中国游客？到了国外总是会到名胜古迹"到此一游"？但是华盛顿可看的实在是太多了，有白宫、国会山、林肯纪念塔、杰弗森纪念馆，她为什么要选择这里？我要了杯法国香槟，心里的不安如同香槟杯里急不可耐地涌出的气泡，随着时间推移，淹没着我假装出来的宁静。其间，服务员两次过来给我添酒。

终于，刘爱推门进来了，带着门外冬日午后的骄阳。晃眼的光让我看不清她的脸。我看见带位的男侍者朝我坐的方向指了指。我刚才告诉那个侍者我在等一个四十多岁的中国女人。然后，我看见他优雅地转身，从那个在门口站立了上百年的前台上顺手拿了一份菜单。"这边请！"他领着刘爱朝我走来。

"天哪，是你吗？"我边说着边试图从卡座的狭窄空间里挪出双腿，站起来迎接她，无奈长筒袜却被桌腿翘出来的一个带刺边角挂住。没等我跨出腿去，刘爱已经张开双臂，从远处朝我坐的方向跑过来。

刘爱紧紧地抱住了我。这种拥抱只属于经历过摩尔顿营地生活的女人。我记得两年前离开那里的时候，我经历了近两百个这样的拥抱，包括刘爱的。无论平时搭不搭腔、说不说话，当你出狱时，这些饱含了真诚祝愿的拥抱，就会从四面八方拥来。就从那一刻起，你知道你这一生，无论走到哪儿，无论活多长，摩尔顿营地这个名字和这些血肉相连的拥抱，就像永远刻在你生命中那个八位联邦罪犯身份编号一样，永不褪色。

刘爱还是剪着像在摩尔顿营地时的超短发型。也许是用了一

半路家

些在营地里无法买到的发胶，她的那头短发不再那么乱蓬蓬地直立在头顶，而是显得时尚干练，看上去很是有点纽约职业女性的味道。她穿着一件不太厚的紫色羽绒服，脖子上那条颜色近似的毛线围巾，随意地在她的脖子上绕了几圈。她背着一个双肩背带的黑色皮包，跑过来的样子十分优雅。谁能想到，她是个刚刚走出监狱的女人呢。

"玛丽，你看上去真好！"刘爱用一种只有孩子才有的纯真而惊讶的眼神看着我，"我没想到你这么苗条！原先那套绿色的囚服，让我们看起来全像大灯笼。你看上去就是一个能干的律师！"刘爱一脸重逢的激动，两只还戴着手套的手紧抓着我的肩膀，使足了劲，不停地晃动着。

坐下后，她点了一杯袋泡绿茶。她把手套脱下，小心地放在靠墙的桌边。"这是我儿子送给我的新年礼物。"刘爱眼睛弯了。柔和的灯光下，我注意到她眼角细微的皱纹里洋溢着微笑。

"快告诉我你现在过得怎么样。"我已经急不可耐。那些折磨了我一天让我无法停止想象的问题，急促地敲打着我好奇的神经。

"你的妆化得真好！我喜欢你的口红！"刘爱没有马上回复我，眼神却在我的脸上认真地探索着。我隐隐约约记得，刘爱以前是纽约隆迪百货公司化妆品柜台的经理，也是什么亚洲化妆品的美容顾问。她在营地的时候好像还为简做过"美容"。

我注意到刘爱也特别地化了妆，只不过经过将近一天的巴士旅行，涂在脸上的色彩，已掩盖不了她脸上的憔悴。烟灰色的眼影像是被潮水浸湿过，不规则地贴在她的眼帘上。

"再好的妆也遮不住脸上的沧桑。"我脱口而出。我原想应付她的赞美，却没想到竟说出了我对她的印象。

刘爱似懂非懂地看着我。黄色的灯影下，她的脸，让我想起营地里许许多多女人憔悴的脸和忧心忡忡的眼神。

"为我们的再会干杯！"我拿起酒杯，伸向她，和她的茶杯碰了碰。玻璃杯和上好的瓷器清脆的碰撞声，让我想到了在营地我们用塑料茶杯碰杯的声音。我要换个话题。对了，问问摩尔顿营地的女人的事吧。

"你都好吗？快告诉我！"我伸出双手，抓住她的手。

刘爱的手冰凉。她注意到我在看她手上戴着的戒指，那是一个用绿纽扣和绿色针织线做成的戒指。这样的戒指，看上去很像摇滚年代那些不拘小节的人才会佩戴的东西。这种质朴可能适合边远的农村，但绝对不适合首都华盛顿这家显贵们出入的饭店。我心里思忖着。

"这是我从摩尔顿营地带出来的。还记得我们用这些纽扣做了很多母亲节的卡吗？"刘爱低下头，眼神温柔地抚摸着那个绿色纽扣，"这个戒指是简·华盛顿送给我的。"

我的好奇被这只绿色的纽扣戒指放大了。昨天晚上收到刘爱的短信之后，不知为什么，我眼前，总是有简·华盛顿的模样。因为在营地，她们是上下铺。这个倒不重要，重要的是，刘爱和简·华盛顿总是形影不离。我和简离开摩尔顿营地回到纽约的时间差不多。我们都不约而同地参加了一个支持孩子的公益活动，遇见过几次。简好像总是心事重重的，问我有没有营地那些朋友的消息时，她还提到过刘爱。后来我离婚了，搬回到华盛顿住在父母家，我们就没有再联系。

昨天收到刘爱的短信后，我打了简留给我的她家里的电话，夜里十一点多还没有人接。也许是我的神经质，经历了摩尔顿营地，但凡给别人打电话没人接时，我的眼前就会出现最可怕的画面，脑子里就会想到最坏的结果。刘爱提到简的名字，加剧了我疯狂的幻想。

"你什么时候离开摩尔顿营地的？你和那些朋友还有联系吗？梅里、莎拉，还有那个叫什么马德里的，你们一起在厨房里做事的……还有乔安娜，她是你的同胞吧？再就是你的下铺简·华盛顿，有她们的消息吗？"我特意将简放在了最后。

"我去年9月离开了摩尔顿营地，后来在半路家住了三个月。梅里和莎拉都在那里，还有玛利亚。不过她们也都应该在去年圣诞节前回家了。"刘爱抽回手，双手捧住茶杯。绿色的纽扣戒指在柔和的灯光下，显得无比文雅。

我招手叫服务员给刘爱的杯子里添了热水。她低下头轻轻吹了吹水杯里的热气。杯子里的水像是涌进了她的眼眶，而后我看见了一丝湿润。

"我没见到简。"我注意到刘爱说这几个字的时候，牙齿紧咬住了她发抖的下唇。她咬住嘴唇的狠劲，让我联想到她正在咬住嘴里随时可能涌出来的血浆，那股可以把她这个瘦小的亚洲女人的身躯彻底淹没的血浆。

"我很想见到她。"刘爱憋了半天，牙缝里又挤出了几个字。

刘爱和我相对无言了几分钟。餐厅里开始准备晚餐。屋顶上那几只原本光线很暗的吊灯，突然光芒大发。刘爱收回忧郁的目光，告诉我，她下周就要回北京了。走之前，她去看了看简·华盛顿出生的弗吉尼亚南边的那个庄园，还从那里包回来一小塑料袋她家车道上的石子，她要把它们带回北京。刘爱还告诉我，之所以约我在这家饭店见面，是因为简在这里度过不少的童年时光，因为当年她祖母曾在这里做服务员，也是在这里遇见了她的祖父。

"我有一些东西不想也不能带回北京。如果你不反对，我想请你代我保管。"刘爱说。

"当然。我会把它们保管好的。"我不能拒绝刘爱的要求。潜意识里，我似乎正在接受一个面对死亡的客户的委托。我是个律师，无论我现在有没有执照。

我的手心开始冒汗。我想象不出刘爱会从她背来的那个黑色双肩皮包里掏出什么让我昏厥的东西。我猜想这些东西一定与简·华盛顿有关。我开始害怕刘爱会掏出简的骨灰盒。我听说过这样一件事。摩尔顿营地出去的一个女毒品犯，死了之后没人去处理她的骨灰，还是摩尔顿营地的朋友去领了骨灰，并把它撒在墨西哥和美国交界的公路上——因为她的一生一半在监狱，一半在这条大道上奔跑。她培养了三个律师儿子，自己最后却请不起律师，只能让她的骨灰，永久地留在那条大道上，感受她奔命的悲哀。

刘爱从包里小心翼翼地抽出一个黄色牛皮纸袋——上帝保佑，不是一个盒子！我心里想。她从纸袋里抽出一摞写了地址贴了邮票却没有寄出的信，我注意到放在上面的几封收信人写的是"简·华盛顿女士"。放在下面的是十多封写了刘爱名字的信。

"这些是我写给简，以及简写给我但都没有寄出的信。简的信是她的丈夫查理最近给我的。"说到这里，刘爱把几页已经磨损的信纸，从那沓信纸里挑出来，格外小心地递到我的面前，"这是我收到的唯一的一封信。简离开摩尔顿营地之后寄到我儿子读书的学校，我儿子转给了我。"

我想起来了，简走后不久，刘爱被营地管理人记了过，离开营地去半路家的时间也推迟了。好像就是因为和一个前狱友通信造成的。那几天我正在准备出狱，营地里发生的任何事，已不再引起我的兴趣。现在想来，难道就是因为简的信？

"还有这张预约单，上面有她的签字。"刘爱拿出一张手掌大小的粉红纸片，双手轻轻地捏着，轻得好像她指头稍捏重些，这张纸片就会粉身碎骨。她把纸片递到我的眼前。那是一张美容预约单，时间是2017年圣诞节前。我看见简·华盛顿的签字，字迹像她的人一样，纤细瘦弱，风雅万千。

"你为什么不交给简保留？"我完全无法控制内心的好奇和惧怕，我甚至希望刘爱拒绝回答这个问题。

但她还是回答了我。"简已经睡着了。"

眼泪，大颗大颗的眼泪从刘爱弯弯的月牙眼里蜂拥着滚了出来。她的声音听起来像一具刚从海底深处捞出来的尸体般，湿漉漉，沉甸甸，装满了悲伤。

"什么？她死了？"我的声音小得只有自己能够听见。

"没有！"这两个字，像是从刘爱嘴里射出的子弹，"她没有死！她永远不会死的！"

时间停止了，只有刘爱的眼泪在流。她两只手撑着下巴，涟涟泪水浸湿了刘爱手指上那枚绿色纽扣做的戒指，浸湿了她面前橄榄绿色的桌面。

"你爱她？"我问刘爱。

2018年1月的一天，我和刘爱在那个见证所有美国梦成真的马丁·塔瓦恩饭店，从傍晚一直坐到凌晨饭店打烊。我们的谈话再也没有离开简·华盛顿这个人，以及她和刘爱两人的故事，特别是2017年12月16日这一天发生的事。

半
路
家

壹 刘爱 2017 / 12 / 16 AM 6:00

那是一个眼泪溢出就能让睫毛结冰的清晨。天还没亮，电视里就反复发出预告，提醒大家多套上几层衣服并戴上保暖手套。"今天的温度将降低到零下11度，同时伴随着刺骨寒风。今天的气温将达到1962年以来的最低纪录。"纽约1号电视台《早间新闻》这样提醒观众。主持人像是在宣布战争开始那样，试图用最有说服力的声音，将冰冷的天气吹进每一个看电视的人衣服里。不过今天的刘爱听不进任何其他的声音，她的世界里只有一个声音，那就是：见简·华盛顿。

细密的雪花在尚未亮透的天空中不紧不慢地转着圈圈，那种漫不经心的姿态，好像玩耍着"看得见抓不着"恋爱游戏的人一样。

坐落在纽约弗顿大街西角的街心公园，正在寒冷中悄然安

刘
爱

睡。公园里那条S形的水泥小路，被积雪覆盖着，像是铺了一层厚厚的白砂糖，散发出一股纯洁的甜味。那一大片有年头的伦敦悬铃树林，每个朝天的树枝都托着白色的积雪，像被雪花亲吻过。一只不怕严寒的晨鸟在一寸多厚的积雪里蹦跳，时不时发出清脆的啼鸣。那些曾经在阳光下推着被包裹得严严实实的婴儿车的女人，那些脚踏滑板在水泥路上展现青春活力的男孩子，那些嘴里吐着白色哈气一副与寒冷较劲的跑步者，全都被连日的风雪吹走了。只有公园门外街心角落里那个卖早餐的推车，呼哧呼哧地冒着带有烤香肠味道的热气，顽强地按时到达。

"早上好！来杯咖啡，吃个火腿蛋卷吧，物美价廉！"在那个用铝皮粗糙搭成的推车顶端，一行红蓝交错的霓虹灯，不知疲倦地闪烁着。推车的主人，是一个西班牙语讲得比英语顺当的胖女人，头发染得像一堆枯草，圆滚滚的身体紧绷绷地包在一件油腻的红色羽绒服里。她跺着脚，眯着眼，抬头凝视着漫天飞舞的雪花，祈祷着寒冷不要带走她的生意。

这个女人不时地斜着眼，瞄一瞄马路对面那个白色铁皮小门。她知道，雪天挡不住小门里走出的人。她心里特别清楚，就是天上下刀子，这个小门里也会有那些踩着点走出来的人。

街心公园对面的这扇白色铁皮小门，属于一个看似正常的高层建筑。这栋十多层高的建筑物，和它左右的楼房紧挨着，从外形上看，这个地区没什么特别之处。只是每扇窗子里都挂着统一的白色塑料百叶窗，让人产生奇想。不过，匆匆的路人谁也不会浪费时间去多想楼里住的是何许人也，只有这个除了天上下冰刀，或是暴雨不停，让她无法摆摊的胖女人。因为那扇白色铁皮小门里每天进进出出的人，隔几个月就换一批，一年四季从不间断，像接力赛一样。后到的人总由先来的人带到她的摊子前，从新客人变成老客户。在这里摆摊，不能说是专门服务于小白楼里的人，但是那里进出的人，是她最重要的客户群之一。

胖女人注意到，这个小门里住的人什么样的都有。黑的、白的、半黑不白的皮肤，有的西装笔挺，有的衣衫褴褛。他们是些什么人？憋了好久，这个胖女人终于大胆地用她的母语，问了一位从小白门里走出的讲西班牙语的男人。

"这是什么机构？都是什么人住在这里？"胖女人满脸透露着好奇。

"这叫半路家，住的人都是从监狱里出来的。"那个男人一副不在意的样子。他特地撸起左右衣袖，露出两只肌肉膨胀、刺满了文身的胳膊。"你不知道什么叫半路家吧？"那两只粗壮威武的胳膊在胖女人的眼前舞着花拳。

胖女人看呆了，也吓坏了。自从十多岁从墨西哥边境被偷偷带进加利福尼亚州，不到十八岁就嫁了有绿卡的墨西哥老乡，直到抱着孩子和发财的梦想落地纽约，在纽约这个被称为"暴力和枪杀中心"的布朗克思区做起早餐生意，什么样的低级下流事都听过，就是没听说过叫"半路家"的地方。

"我给你新做一杯咖啡。"胖女人一脸的殷勤。她那双被胖肉挤得快成一条线的眼睛，拼命地眨巴着，一副急不可耐地渴求答案的虔诚模样。

"百分之九十的美国人都不知道半路家代表着什么。"男人用他熟悉的西班牙语开始卖起关子。

"可不是嘛。我在这里几年了，连我都不知道那座白楼叫半路家，就更别提别人了。"胖女人眼睛眨巴得更加厉害了，浓密

刘
爱

的睫毛像两把半圆形的中国纸扇，呼啦呼啦急促地上下扇动着。

那个男人来劲了："你可不知道，半路家可不是什么人都能住进来的。你瞧我，早出晚归，一只脚还在美国监狱局里，另一只脚却能自由自在地接受社会再教育。能够被送到半路家的犯人，不对，前犯人，都是幸运的人。"

"黑种人幸运吗？"胖女人冷不丁问了一句自己也搞不懂的话。有一天她特地数了数，从那个小门里面出来的人，男的比女的多，黑皮肤的比白皮肤的多。

"那个我可不知道。反正每十个美国黑种人就有一个在监狱里待着。半路家可是他们做梦都希望得到的待遇。"男人一仰脖子，把杯子里剩下的加足了牛奶和白糖的咖啡，全倒进了嘴里。

胖女人没敢收那杯咖啡的钱。她知道在这个时候，她需要表示，不管从监狱走出来的同胞犯了什么法，她必须表示同情，她那像她满身胖肉一样柔软的本性，强迫她不能收一分钱。没想到，她的这次善举，带来了更多的早客。只要来人提一句"是对面半路家的"，她就打折少收一点。日积月累，胖女人的生意火了。她延长了营业时间，增加了类似家庭制作的墨西哥卷饼，收摊的时间推迟到下午三点。时间一长，胖女人对她一辈子也不想了解的监狱，倒是了解得越来越多了，对"白领犯罪"和"严重刑事犯罪"等词，也能分清各是什么样子了。不过，只有一件事她怎么也搞不懂，为什么前杀人犯跟参与庞氏骗局套了几十万美金的人，会同在半路家这一个屋檐下接受出狱后的再教育。特别是，那个和她讲同一种语言的男人告诉她，他的下铺是一个因逃税被关了一年的工程设计师，而他自己，十五年前误杀了一个人。胖女人听傻了。

从那个小白门里出来的人千奇百怪！观察那个小白门里出出进进的人，从此成了胖女人消闲解闷的趣事。

9月的一天，在一段早餐后午餐前的空当时间里，胖女人看见有个亚洲女人拎着一个只有专业球队的人才用的蓝色帆布旅行包，走进了那扇小白门。这个亚洲女人第二天一早来这里买了一杯咖啡。

胖女人注意到这个亚洲女人的钱包，是一个用红色丝绸做成的小袋子。

"真漂亮！在哪儿买的？"胖女人想和这个亚洲女人套近乎。

"在中国。"这个亚洲女人客气地回答。有口音！胖女人听出这个亚洲女人说英文的时候和自己一样，发音不纯。都是移民！距离一下子拉近了。

从那天起，这个亚洲女人每天早晨都到她这里买一杯打折的咖啡。为了报答打折，亚洲女人送给胖女人一个颜色不同但质地相同的丝绸小钱包。没过一个星期，她们就彼此知道了对方的姓名，胖女人还给了她一张写有电话号码的廉价餐巾纸："我的丈夫是出租车司机，你要用车，也可以打折。"

这个每天都享受半路家"天方夜谭"的胖女人叫丽莎。而这个亚洲女人，就是刘爱，一个从美国联邦监狱走出来的中国女人。

2017年12月16日清晨，这个叫刘爱的亚洲女人，心事重重地站在二楼女犯人专用卫生间的镜子前，反复打量着镜子里的自己。她那个戴着中国老式的24K黄金结婚戒指的右手（不是左手，因为她的奶奶说，右手招财），正拿着从肯纳蒂克摩尔顿营地带出来的那把有蓝色塑料手柄的小剪子，上下左右不停比画着，试图要把镜子里的自己剪碎。

镜面经水雾挂上了一层朦胧。朦胧里透出刘爱淋浴后潮湿的脸。

这是一张被历代中国面相专家赞美的瓜子脸。饱满宽阔的前额，挺直的鼻梁上顶着一个据说聚财的圆形鼻头。她的耳朵端庄有型，两只肉肉的招福的耳垂，有着恰到好处的优雅。那对双颊不高不低的颧骨，被细腻光滑的皮肤紧包着，没有半点松弛下坠的迹象。她那双弯在眉毛下的月亮眼，闪着透明的执着。她的嘴角天生挂满笑容，即使在悲伤的时候。嘴角右边有颗小黑痣，据中国的说法，嘴边长痣，代表着有吃福。她的肩膀圆润有型，身材得体，胸部尚留在中年女人期待保留的位置，腰部也没有多余的赘肉，腿也还是像以前一样，匀称漂亮。在西方人眼里，刘爱是典型的标致东方女人。

被浴巾擦拭过的头发，水亮水亮地搭在刘爱的肩上。水珠顺着发丝滑落在她那件早年从中国带到美国，已经丝断线脱的宝蓝色丝绸睡衣上。

"儿子怎么会从仓库里找出这么件不合时宜的睡袍给我？"刘爱一直这么想。从摩尔顿营地出来前，她花了十多美金把监狱网上供女犯参考的近四十页半路家规矩手册打印出来，逐条逐句仔细研究。比如，带书不准超过五本，所换的套装不能超过两套，内衣不能超过三件，等等。刘爱小心翼翼地给儿子列了一张最朴实、最简单的生活必需品的单子，上面明明写的是"找一套旧的睡衣"，可是儿子还是拿来了一些不合时宜的衣物。维多利亚牌子的蕾丝胸罩和内裤、蓝色蚕丝的阿玛尼商务套装、超大款爱马仕丝巾和那个大红色的可以装很多文件的商务手袋，包括这件虽然破旧但质地优良的睡衣。刘爱把这些不适合半路家的衣物，全都原封不动地放在儿子带来的旅行袋里，塞进了分配给她的灰色铁皮柜里，除了这件睡衣。

刘爱犹豫不决地站在镜子前。浸湿的宝蓝色丝绸睡衣紧贴在刘爱的身上。看着镜子里的自己，刘爱突然把目光转向自己那对被湿漉漉的丝绸掩盖着的乳房。她庆幸这对喂过奶的乳房，不像营地洗澡间里一些赤裸裸站在她眼前洗澡的女人那样，像两只无精打采的面袋，松弛地垂在胸前。眼前的乳房，正将潮湿的丝绸睡衣顶起，似乎有一股冲出衣襟的欲望。

刘爱已经很长时间没有这样长久地站在镜子前了。在营地没有真正的镜子，就是有，刘爱也一定会躲开那张熟悉的女人的脸。她像是躲避瘟疫一样避免看见自己，她不要看见自己写满了后悔和自责的脸。到了半路家，特别是开始回到隆迪百货公司化妆品柜台上班，她和镜子的关系有了好转。不过像今天这样专注地欣赏自己，还是第一次。

关不严的窗缝中钻进来清晨的丝丝寒意，像是庙宇里缭绕的佛香，推着刘爱的目光穿越镜面，落在她记忆的丛林里。她看见许多似乎发生在她和简·华盛顿之间，实际却又没有发生过的事情。她感觉到简修长的手指在她刚刚剪短的头发里温柔地穿行。

刘爱的头顶天棚上响起男人踏在地板上的重重脚步声。楼上卫生间的抽水马桶"哗啦哗啦"一次接一次冲洗着昨天。男人们音调高低不一地清着喉咙里的隔夜陈痰。《早间新闻》节目和圣诞节前推销产品的广告混杂着，让人搞不清什么是真什么是假。虚虚实实的噪音为刚刚睡醒的半路家，创造出一种摩拳擦掌、激动不安的清晨冲动。半路家在冬日的严寒中苏醒。

刘
爱

走廊通道墙壁上挂着的那种好像七十年代校园里用的喇叭，先是发出"吱吱啦啦"的金属摩擦声，随后传出半路家管理人的呼叫。"史密斯，立即到楼下运营室报到。史密斯，立即到楼下运营室报到。"

刘爱听见，二楼走廊尽头贴着30号门牌的那扇房门，像是突然被撕开的布，呼啦一声被扯开来。一串急促的脚步声，旋风般地从又细又窄的二楼通道里呼啸而过。刘爱听到史密斯女士脚上那双镶着几颗金色钉扣的高跟皮鞋，在走廊里飞速奔跑而过。二楼的女人里只有史密斯穿这种像是带着铁钻头，恨不得把地板钻透的高跟鞋。

"哦，我的天啊，我的天啊！"刘爱听见史密斯边跑边兴奋地喊着。

史密斯也是从摩尔顿营地出来的，比刘爱早来几天。她住的那个小单间就和刘爱隔一道门。不过刘爱和史密斯的关系，只限于"早上好"和"晚安"这样出于礼貌的问候。史密斯和摩尔顿营地的大部分女犯一样，不太把刘爱放在眼里。倒不是史密斯小瞧刘爱，只是她觉得这个中国女人就像中国这个国家一样，离自己十万八千里。她们叫刘爱"那个中国女人"，管理人称呼刘爱用那八位数联邦罪犯身份编号。能够叫出刘爱真姓大名的人，最多也就是唱诗班的那十几个女人，大部分的女犯人并不在意是否记得刘爱的名字。其实在刘爱眼里，除了简·华盛顿，所有走马灯一样进进出出的女犯，只是过眼云烟。自从出了事，从不关注种族歧视这类话题的刘爱，开始偏激地认为人是可以按级别列队的：如果美国白人、黑人、西班牙人，或是白皮肤的东欧人，这些人是一块块盖楼的砖瓦，刘爱这个中国移民，就是在砖瓦的最

20

半路家

底层。只有简·华盛顿知道她是谁。

刘爱对史密斯的那点了解，全是从史密斯每天晚上开着门对着电话向丈夫示威、抱怨时听来的。她的抱怨从夜晚持续到凌晨，恨不得把她的丈夫剥得光光的，电话那头的男人就这样任她恶言恶语地凌辱。接着她就会无休止地痛哭。刘爱把这种持续性的无故发泄的现象解释成出狱反应，她自己也有，只不过刘爱的发泄方式就是流泪。有的时候会从早流到晚，一直流到眼睛睁不开。

史密斯是这个半路家最引人瞩目的女人。她穿着时髦、浓妆艳抹，每天早出晚归都像是登台演出般隆重。她那双鞋跟足有两寸高的鞋子，总是在同样的时间，踏着不紧不慢、有节有制的拍子，噔噔噔地敲打着半路家劣质的木地板。这种具有勾引力的响声，像女人纤手中紧握的小锤，有节奏地敲打着男人的胸口，宣告着一种不见血不收兵的骄傲和执着。在这个住着两百个已出狱但仍需要受教育的罪犯的半路家大楼里，这串带着性感魅力的声响，让那些几年、十几年或是几十年在监狱里服刑、没有机会碰触女人身体的男犯人头脑晕眩。

"那女人走路的样子让我站不住。""她有什么需要帮助的吗？我是可以给她带来愉快的人。"每天傍晚下班在狭窄的门厅窗口签到时，总有手背或脖子上文着雄性十足的图案的男人，嬉皮笑脸地和史密斯打趣。

"他们中间一定有人不止一次地幻想史密斯女士被她的高跟绊倒，这样他们就可以搂住她的细腰，也许可以碰碰她那被浓妆藏起来的脸。"楼上的女人们背后议论着。她们似乎已经看见了那一双双充满了男性欲望的大手，正贪婪地伸向史密斯。

今天，史密斯的脚步失去了节制，她的鞋跟发出的那种急促

刘爱

的声响，在监狱里只有听到上帝的召唤被立即释放的人才有。执行刑期的人一身赤贫，但有满手的时间。他们从来不需要如此急步。再说，就是有急事，也要一步一步稳稳地行走。在监狱行政区域里跑步，属于违反规矩，有潜逃嫌疑。轻者会被警告制止，不听从者的后果可想而知。

"史密斯一定是被通知可以回家了。"站在镜子前的刘爱猜想。这两天，那几个出狱报告上准确地写着半路家时间待满后可以回家接受监控，但迟迟没得到回家通知的女人，全都急得像热锅上的蚂蚁，坐立不安。

"我回家的日子被推迟了两个星期，我的丈夫急得要上吊！"

"你知足吧。半路家还允许你拿着最新款苹果手机和亲人朋友通话，感谢上帝吧！晚走几天算什么？别管你的丈夫！"

"谢个啥？我按时支付每月工资的四分之一给半路家！如果不是为了周末回家，睡在自己家里松软的大床和我喜欢的人赤身裸体地团聚，我他妈的一分也不给他们！"

"半路家免费供你一日三餐，营养标准完全合乎健康所需。半路家还称呼你夫人或先生，让你感觉自己是个值得尊敬的正常人。再说半路家还允许你穿着自己的衣服早出晚归，在办公室里人模人样地体验尊严。"

"我可不在乎这些虚的尊严，我要的是回家！"

……

住在半路家二楼的女人们早晚一有时间就聚在一起，叽叽喳喳反复议论这个没有答案的话题。

刘爱无言可插，女人们的争论她沾不上边，也没兴趣参与这种没有结果的倾诉。刘爱的出狱报告上，没有最后那个常规的百分之十的监管部分，因为她在纽约没有家。两年多前被抓的时候，她刚买的房子被拍卖还了罚款。她那个摄影师丈夫老马，打起背包，正在游走世界。儿子小福子在大学里住校。刘爱成了一个拿着美国护照却无家可归的人。

刘爱已经在半路家住了快三个月了，她到半路家报到的第一天，就被通知要在这里一直住到刑满。刘爱目前的家，就是半路家二楼这条细长走廊尽头的28号房。她的所有家当，就是一张有着上下铺的铁床，一把蓝色的塑料靠椅，一个高出她一头的铁皮柜，还有些零零碎碎的日常必用品，一点儿也不比在营地的时候多。不过现在她有个自己的单间，不用再睡在摩尔顿营地大通铺房间的小隔断里，每天能穿上自己的衣服，有着不再裸体的满足感。刘爱每天的路程就是从半路家到上班的百货大楼，每天醒着的时候就盘算回北京的时间，每天做梦想的就是怎样与简·华盛顿见面。

如果不是太阳打西边出来，如果没有简·华盛顿留下的预约，刘爱每天早晨一睁开眼睛，第一件事就是在那个基督教会送给犯人的、有着圣女图案的日历上，用特地买的红色彩笔划掉过完的一天。之后她用绝不超过十五分钟的时间完成穿衣、刷牙、洗脸、化妆，所有这些常规动作全部都在回家的想象伴随下进行。然后她迅速下楼，在那个登记签字的窗口报出自己的号码。得到出门的批准后，她便一步跨出大门，冲进自由的空气里。

可是今天早晨她所有的常规动作，都被昨天简留在柜台上的那张预约单给打乱了。"12月16日中午11:00至12:00。全套面部护理。签字人：华盛顿女士。"这张专门为预约客人准备的粉红色便条，昨天下午在刘爱的手里握出了汗。刘爱认出那就是她每天都会想到，但又不敢往深里想的名字。

刘爱脑子里的每根神经，全都错位地搭在一起。自从简·华盛顿期满释放，刘爱睡的下铺就空了。刘爱没有想到那个空着的下铺，竟变成了她灵魂的黑洞。那种说不清道不明的失落的感觉，让她怀疑自己的精神。这种切肤的思念她从来没有体验过。简·华盛顿的那一行熟悉的字迹，整个晚上托着刘爱的灵魂在字里行间奔跑。那份火山爆发、喷射出能把岩石化成泥流一样的热情，燃烧着她不眠的夜晚。半路家那张冰冷坚硬的铁皮床板，还有那条一躺下就被压成一片薄煎饼的塑料床垫，昨夜突然变得无比温暖，热烘烘地让刘爱身体里每一个细胞都超速活跃着。她曾经想逃避但是又特别期待的一刻，就这样神奇地出现了。简·华盛顿就要来做面部护理！她们即将再次见面。刘爱不敢想象，她的手，将可以像在摩尔顿营地用最为简陋的方式为简做面部护理那样，再次触摸简的肌肤。

刘爱几乎一夜没睡，她就那么躺着，一遍又一遍读着简·华盛顿出狱之后拐弯抹角寄给儿子，再由儿子转来的唯一的一封信。

"如果我没有记错的话，你母亲的生日快要到了。"简给刘爱儿子的信这样开头，"也许我是用它来做个理由写信给你。想给你写信的念头，一直压在我的心头。你一直很小心也很客气地，或者说过分礼节性地拒绝给我你母亲的消息，或是怎样和你母亲联系的任何可能。也许是由于我们都知道的规章制度要把我和你的母亲隔开，也许是你的母亲真的再也不想听到我的任何消息，也许我对你的母亲的感情和希望继续保持联系的心愿，从一开始就意味着失败。但是我很想念她。我常想，没有我在她的身边，

半路家

她会怎样面对正在经受的折磨。我的巨大的同情心让我彻夜难眠。我很希望能够向她表达我的情感，以及我愿意做出的一切努力，如果我能够帮助她减少她眼下的孤独。如果你能够感觉到我心里的疼痛，请给我一个清楚的回复，你的母亲生活怎样，她好吗？请你一定要告诉我，她是否愿意面对和继续我们的友情。无论她读到这封信的反应怎样，我都希望她知道，在她生日的时候，我在想念她。我祝她生日快乐。你真诚的简。"

刘爱记得在营地收到这封信的时候，她哭得昏天黑地。她的那种无法克制的号啕大哭，惊动了营地那些她叫不出名字的女人，也惊动了营地的管理人。刘爱原以为，她的这种营地里并不陌生的哭，谁也不会关注，而且她已经把信藏到了铁皮柜子里衣物下面，这封信可以就这样神不知鬼不觉、安安稳稳地等在那里，等着随刘爱出狱的时候一起出去。可是她忘了，所有的信件都要拆开了再送到女子营地。监狱里没有秘密。

"犯人出狱后不准来往，这个你不是不知道。"管理人把她叫到值班室，"特别是这种感情上界限不清的来往，你应该知道后果。"

"我们没有什么界限不清的地方。"刘爱觉得脸在发烧，她争辩道。

她非常清楚管理人的意思，不过这样的训话在女犯眼里早已变成耳旁风。女犯间的友情是挡不住的。她们总是想出种种妙计，保持通信联系，直到友情耗尽。在营地内发生的友情，就像纽约中央公园中心那条冬季总是会结冰的河，表面冰封雪冻，但是冰下的水依旧流动着。只是每一年都有冒风险找刺激踏冰玩的人，从突然爆裂的冰窟窿里掉进河水中，再也浮不上来。

"你在这张纸上签个字，你的犯规要被记过。"管理人指了指桌上已经准备好的一张印着表格的纸。

刘爱没想到，本来可以不声不响藏在记忆里的这一丝情绪，却是一点可以烧毁房子的火星。她无法想象记过的后果。没多久她得到口头通知，离开营地去半路家的时间被推迟了。这就是记过的后果。在摩尔顿营地女犯的眼里，走进半路家，就等于提前释放。女人们每天讨论的重要话题，就是谁拿到多少可以待在半路家的时间，谁什么时候走。绞尽脑汁得以早去半路家的女人，全都佯装什么也不知道，把所有的欢喜含在嘴里，不到临近走的日子，决不吐出来。好在没有多少人关注刘爱去半路家的时间，被推迟的原因很快从女人们的闲谈话语中消失。

昨天晚上刘爱反复读着简的来信，反复回味着简信里的话，眼泪稀里哗啦流了一枕头。刘爱无法控制自己幻想简·华盛顿的生活。每天清晨七点或是晚上七点，当刘爱从弗顿大街上进入曼哈顿的4号地铁，她就会不由自主地从挤得像沙丁鱼罐头一样的人群里，刻意寻找头发蜷曲地揪在头顶的女人。一切侧面轮廓上带雀斑的鼻子，精瘦的肩膀上搭着紫色围巾，或是嘈杂声里突然冒出一个文雅的带有点英国腔调的语音，都会引起刘爱的注意。刘爱的思绪会随着地铁前进的节奏，无限度地延伸着。但是她不愿也不敢承认这种情绪。

可是，简为什么会在这个时候出现？为什么要来找她？简已经回到了她原有的生活，有大房子住，有家人陪伴，有灯红酒绿的社交生活。有自由的女人还会要什么呢？摩尔顿营地的友情，在另一头放着雄厚物质的天平上，只能轻得如一张薄纸。刘爱开始用中国人的将心比心的说法推算，如果简·华盛顿像她这样两手空空、满脑子拥挤着过去的故事、全身心地从零开始创造她的未来，也许早就会来找她。纽约市就这么两个半路家，而刘爱属于布朗克思这个区，简·华盛顿不是不知道。事实上，刘爱能够早些离开营地，住进这个半只脚在监狱、半只脚在自由世界的半路家，全靠简·华盛顿给她的指导。"你在纽约已经没有住处了，你完全符合无家可归的条件。你应该申请六个月的半路家，作为你回归社会前的准备。"简鼓励她。简帮助她把申请写好，又将半路家案件管理人可能问到的内容列成提纲，一条一条写下来，一对一地和刘爱反复练习。刘爱记得当她获悉得到了四个月的半路家批准，简给了她一个能够把她的骨头挤碎的拥抱。"刘爱，我走后不到一年你就可以离开这里啦!"刘爱一直记着那个身体紧贴着的拥抱。但是收到儿子转来的简写给她的那封信之后，刘爱再也没了简的音讯。

昨天晚上，刘爱梦到了今天和简·华盛顿的见面。她们像捉迷藏一样，谁也抓不到谁。她明明看见简·华盛顿朝她走来，可是却又擦身而过，简无视她想喊却喊不出声的招呼。她的手，好像已经触到简·华盛顿那头火红的鬈发，摸到她那张带着一点点褐色雀斑的脸。简·华盛顿修长的手指也似乎已经再次触到她剪得极短、发丝朝天的头。她似乎已经感受到每一个发根都在回味被抚摸的温暖。她喜欢这种感觉。这种感觉当她第一次无意碰到简·华盛顿的手时就有。那种让她心跳的感觉很陌生，但很固执。这种感觉有了，就再也没有失去。

刘爱一边回想着昨夜梦里与简·华盛顿的擦肩而过，各自被人流推向不同的方向的画面，一边神经质地拨弄着刚刚长到齐肩的头发。她左比右画，拿不定主意从哪儿下手。

"剪个头怎么就这么难？"刘爱心里嘀咕着。

在营地，每隔一个月，刘爱就抄起巴掌大的小剪刀，对着卫生间里那个不是玻璃做的镜子，三下五除二，毫不留情地把头发剪短，前后最多不超过十分钟。每次剪完头发冲洗干净之后，她还会拿出那瓶1.65美金买的凡士林，在头发上涂一点。这种便宜的凡士林可以增加头发的立度，刘爱以它来代替外面那种可以协助固定发型的发蜡。废物利用，是营地女人们的特长。

"上帝保佑，我以为你要自杀呢！你拿着剪刀想干什么？!"一个带着浓浓晨痰的声音，把站在镜子前心神游移的刘爱吓了一跳。她完全没有想到，卫生间里还有另外一个人。虽然隔间的门是关着的，但这个坐在马桶上的人，居然一直透过那扇门上门把的空洞，窥视外面发生的一切。

刘爱听见一口痰吐在地上的声音。就在那团透明的液体落地的地方，刘爱注意到有只挺肥的蟑螂正迈着谨慎的步子，悄没声地从浴缸边上那个脱了挂钩的白色塑料帘子前，朝厕所爬去。"啪！"这是鞋底重重砸在地上的声音。刘爱张着嘴抬起头，看见那只肥肥的蟑螂不声不响地被一只豹纹拖鞋砸扁。刘爱认出那只拿着拖鞋的手，也确认了那个带着晨痰的声音——是玛利亚。

"喔，真他妈的恶心！"玛利亚那只戴着几个不知真假的珠宝的苍老的手，一把推开了厕所门。她穿纤布材料的豹纹睡衣，拖着配套图案的布拖鞋，挪动着她羊脂球般肥润圆满的小身体，慢慢吞吞地从厕所里走出来。她的脸上堆着一副偷了别人的东西却佯装正经的微笑，一边打着哈欠，一边凑到刘爱身边。"你这么早起来干吗？"没等刘爱回答，玛利亚接着又问，"你是想剪头发？"她说这句话时声音很低，鬼鬼祟祟的。

半
路
家

天花板上冷色荧光灯发出的光线，让玛利亚的脸看起来格外惨白。玛利亚是刘爱在摩尔顿营地宿舍的邻居，是摩尔顿营地里狱龄最长的女人，据说她前前后后进进出出现身营地二十五年。她那张被监狱时光的刻刀雕刻得沧桑满布的脸上，每一道皱纹都深藏着监狱生活的经验。

在刘爱不长的营地生活里，老监狱玛利亚是那么现实，现实得像人需要水一样。自从刘爱走进营地那一天起，玛利亚的眼光似乎就没有离开过刘爱。她的声音总能神不知鬼不觉地跟随刘爱，而且她总能一语道破刘爱的心机。刘爱觉得，在玛利亚眼里，自己就是一个透明体。这个玛利亚很像奶奶故事里的那种保护神，每当刘爱需要的时候，玛利亚总是挺身而出。那次负责早餐的身材长得像个集装箱的女人，故意给了刘爱一个发黑的坏了一半的苹果，玛利亚冒着被关禁闭的风险，把那个女人劈头盖脸一顿臭骂，那个狠劲，比刚才打死蟑螂有过之而无不及。结果不难预料，玛利亚因严重犯规被押走了，再也没有回到营地。没有人知道玛利亚的去向，只听说她被带到了看守严格的费城监狱。

刘爱万万没有想到，离开摩尔顿营地到半路家报到的那天，一进门就听见了玛利亚的声音。这次意外重逢，让刘爱第一次看见玛利亚那双从来都是光芒四射、幸灾乐祸的眼睛里，居然溢出一层泪光。刘爱完全没有想到会在纽约半路家与玛利亚再次见面，也想不透玛利亚见到自己为什么会如此激动。一切似乎是命中注定，再次相见是上帝冥冥中安排好的。包括玛利亚在这个不寻常的早晨，突然出现。

"你不就是想把头发剪短，剪成简·华盛顿熟悉的样子吗？"玛利亚皮笑肉不笑地对刘爱说。

刘爱突然觉得有什么东西在自己的脚面上爬，低头一看，是那只刚才被玛利亚的鞋底砸扁了的肥蟑螂。她跳起脚惊叫一声："简！"玛利亚和刘爱都被这声大叫给吓了一跳。

自从出事，从不迷信的刘爱，开始疑神疑鬼起来。

半路家

贰　简·华盛顿　2017 / 12 / 16　AM 6:00

是谁说过，心有灵犀一点通呢？纽约北边以南美洲移民为主要生活群体的布朗克思区弗顿大街，和纽约南边代表着财富和显贵的曼哈顿上东区，生存环境有着天壤之别。但是，在这个冰雪封天的早晨，同样的时间，麦迪森大道和79街拐角的一栋褐色连体别墅里，与布朗克思区半路家里正发生着"同一件事"。简·华盛顿和刘爱准备相见。

古老的英国维斯敏斯特"伦敦祖父"落地钟，隆重地将镀了真金的时针指向6字。钟面下挂缀的领带般的金色钟坠，稳重地摇摆着。此时此刻，别墅每一层的电话不约而同地在同一个时间响起。浑厚的钟响加上电话铃声，创造出一种震天动地的威力，整栋房子在恐慌中惊醒。

和衣睡在沙发上的劳拉，随着突如其来的响声跳起身，迅速套上昨天夜里踏雪而来的靴子，三步并两步地往二楼跑。

　　木质楼梯发出"咯吱咯吱"的杂音。这种一踏即碎的声音，让劳拉觉得一种倒塌正在孕育中。她觉得心慌。自昨天晚上接到简·华盛顿的电话，请求她过来陪陪她，劳拉就有一种不祥的预感。

　　从布鲁克林坐6号线到中央火车站再换5号线，等车就用了十几分钟，等赶到简的家已经是凌晨。简·华盛顿打开门，并没有像劳拉担心的那样扑上前抱着她痛哭——这种在摩尔顿营地最常见的发泄方式，一路上在劳拉的脑海里反复转悠着。劳拉注意到简看上去神情激动，她端着酒杯正在电话里和谁争吵，那种从苦水里泡出的哽咽央求的哭腔，劳拉并不陌生。摩尔顿营地的公用电话区那六条与外部世界连接的电话线，不知道多少次被这种让人心碎的声音灌满。请求丈夫不要离开、请求孩子不要放下电话、请求家人往为犯人专设的小卖部账户里打点钱、请求一切在正常自由的生活里不需要请求的事，都是带着这种不见眼泪的哭腔。劳拉自己倒是没有太多这样的经历，她不能和在普通监狱里的母亲通话，她那个两岁就被交给姐姐抚养的儿子，对和电话线另一头的"母亲"通话毫无兴趣。每个女犯每月可以打三百分钟电话，这种时间的控制，对劳拉没有起到多大作用。不过劳拉绝不会让这样的待遇白白浪费了，她冒着犯规的危险，把它悄悄"卖"给一个有着私人飞机的地产商女犯，每月换回一些洗发水和零食。她这样做如果被发现，会被取消营地资格，送到山下的管理严格的监狱里。"这样我就和我的妈妈在一起了。能够天天和妈妈在一起，我宁可放弃营地资格。我有四年多没有见到她了。"劳拉毫不在意地说。那种任性，让你觉得明知故犯，是她最好的选择。劳拉是摩尔顿营地胆子最大，也是最为仗义的女孩。据说她的母亲因做了毒品转手生意被判刑十二年。劳拉高中没读完就怀孕了，没钱生养，也走上了母亲曾走过的老路。这种无奈的恶性循环，在监狱内外重复上演，像纽约地铁一样，停下来就影响一片人的生计，不停下来，也会影响一片人的生计。

劳拉从来没有见过，也从来没有听过简·华盛顿用如此卑微的腔调说话。在营地，简走路像一阵清风，说话轻声细语，除了她那头不用皮筋扎住就会漫天狂飞，似乎会说话的鬈发，简基本上就是一个无声的人。像她工作的监狱图书馆里的那些由女犯们捐出的书本一样，默默地夹在其他书中间，任人翻阅。劳拉原以为，监狱是专门为美国黑人开的，不是吗？每十个黑人中就有一人在监狱里。光纽约州，就有十五万孩子的父母在监狱里关着。劳拉根本想不到，监狱里还有像简·华盛顿这样的人。因为她是黑白混血吗？不会的。她出身高贵。在劳拉的眼里，连简·华盛顿走路的样子，都和摩尔顿营地其他的女人不一样。她的脖子总是高傲地挺着，脸上总是挂着似笑非笑的神情，眼睛似乎总是目不斜视。

劳拉也从来没有走进过这样堂皇的大房子。墙上的大幅油画，木地板上铺着的波斯地毯，客厅里吊着的硕大的水晶吊灯，橱柜里被擦得光可鉴人的银器，还有那从BOSS音响里传出的让人心魂宁静的《小夜曲》，这一切与她的生活有天壤之别。她住在布鲁克林最脏乱差的那一片。小时候，她的一位姨妈在这样的大房子里做用人，周末的时候姨妈总会带回主人家晚宴上剩下来的稀奇古怪的甜点，分给大家吃。如果不是在摩尔顿营地碰见了简·华盛顿，劳拉会觉得住在这种大房子里的人，全都泡在蜜汁里生活。劳拉也没想过，一个住在这样大房子里穿着爱马仕睡衣的女人，会允许自己称呼她"母亲"。摩尔顿营地的绿色制服，让等级和贵贱之分、皮肤的颜色之分，都变成粪土。

昨天晚上劳拉到了以后，原以为简·华盛顿会和她推心置腹地倾诉一番。可是简并没有和她谈任何事，只是指了指三楼，要劳拉到客房去休息。而她自己上了二楼，关上门继续打电话。劳拉没有去三楼的客房，她打开小客厅里那台与这栋老房子完全不协调的新电视，躺在客厅的沙发上看着在凌晨播出的无聊节目，就这么睡着了。

跑上二楼，劳拉先是礼貌地敲了敲简·华盛顿二楼卧室的门。她的母亲告诉过她，即使是在家里，就是那套政府提供的只有两间小卧室的破公寓里，如果一扇门是关着的，必须敲门。而且手指敲在门上的次数，每次不能超过三下。每次敲门之间要停一停，等待房间里的人决定开还是不开。她那个已经住了快十年监狱的母亲，总是在信中要求她靠帮助别的女犯人做杂事挣钱，以保证自己能够买瓶保护皮肤的面霜。劳拉记得，小学的时候，她借了别人5分钱买棒冰，母亲在给她那5分钱还账时要她伸出手掌。劳拉没想到，母亲在她伸出的手掌上狠狠地打了几下。"不要养成借钱的习惯！"劳拉记得母亲就是这样教育她的。好多年来她一直想不通，母亲是不是为了可以买得起能够掩饰悲伤面容的面霜，才去做毒品生意的？直到自己上手了，才明白为了有能力养育孩子，母亲对风险的感知能力，有时会降到零。摩尔顿营地的黑人女犯中，多得是这样的故事。

劳拉把耳朵贴在门上，听了听，里面寂静无声。这种宁静，让她急切想要知道简是否安好，昨晚到底发生了什么事。劳拉毫不犹豫地拧动了那个黄铜门把。

主卧室临街的那两扇维多利亚式落地百叶窗，被厚重的丝绒窗帘严严实实遮挡着，一丝晨光也透不进来。卧室的大床上躺着睡得正熟的简·华盛顿。她苍白的脸侧贴在被失眠人辗转不安的头蹭得皱巴巴的枕头上。失血的双唇微微张着，气息时紧时慢，时轻时重。一头螺旋线般的鬈发疲惫懒散地搭在耳边，这使你很容易注意到，她的耳朵里塞着耳机，耳机线连接在一只摩尔顿营地小卖部卖的那种过了时的方形随身小收音机上。放台灯的床头柜上，有一封一半露在信封外面的信。信纸是那种最普通的黄色带线条的，也许是因为曾被无数遍抽出来再送进去，折痕上已经出现了磨损。信封旁边，放着一个空的威士忌酒杯，一夜的空调热气吸走了杯子里残留的剩酒，留有酒痕残迹的杯底上，像是有片风干的珍珠花瓣，在杯底静静躺着。

透过门开的空隙，楼下的钟声和固执的电话铃声的余威毫不顾忌地冲进房间。劳拉看见，被子里简的身体，像是被电棍疯狂击打般，痉挛般地颤动着。劳拉想冲过去叫醒她，但是满屋的昏暗让她心惊胆战。她先冲到窗前，一把拉开了密不透光的窗帘。就在那一瞬间，简突然"噔"的一下把双腿从松软的鸭绒被里伸了出来，她没顾得上披上搭在床边扶手椅上的睡袍，就赤着脚冲出了卧室。

简·华盛顿顺着那道被岁月摩擦出暗淡油光的木质扶梯，迅速地奔下楼去。在她脑海深处回响过无数遍的愤怒的敲门声，正在她的头顶上来回轰炸着。天好像被炸碎了，云层被炸成了碎石，呼啦啦地从天而降。简·华盛顿后来告诉劳拉，当时她的脑海里重复着的就是几年前"开门，FBI！开门！"的喊叫声。跑下楼的时候，她感觉整个身体都被铺天盖地的碎石压着，心脏被压迫得有爆裂的痛感。她感觉到嘴里有一股奇怪的烈酒和雪茄烟味，很苦，很黏。她试图张嘴呼吸，呐喊，或是试图控制身体向下沉落的速度，但一切都是徒劳。

"等一等，请等一等。"她继续发出惊慌失措的喊声。该死的老掉牙的楼梯，有一级台阶的木板翘了起来还没有来得及修理，台阶上的一根木刺扎进了简·华盛顿的脚。她感到一阵尖锐的刺痛，像是扎到了她的心房里。她用骨节干瘦的手紧紧地抓着扶梯，跌跌撞撞地朝楼下门厅跑去，"哗啦"一声打开了通向街道的大门。

门外空无一人。只有从纽约东河吹进来的刺骨寒风，裹挟着自在飘舞的雪花，呼啸而过。房地产经纪公司插在家门口水泥台阶边上的房屋出售招牌，在风雪中痛苦地摇摆着。街道两旁，邻居的家门和那些沿街的窗户上，圣诞彩灯忽红忽绿，令人目眩地变幻着色彩。简·华盛顿就这样赤着脚站在门口。

劳拉紧随着她跑下楼，她看见简茫然地站在那里，她很清楚那是简又在梦游。在摩尔顿营地的那次，如果不是劳拉半夜撞见了简，把她从红桥下的操场带回宿舍，简很可能会被安上"越狱"的罪名。那天晚上，劳拉和几个密友在营地熄灯之后，偷偷越过营地操场树林后的警戒线，到周边一座别墅的私家花园里，去拿在电话里用暗号约好的白天被藏在那里的香烟。可是这几个女人没找到香烟，却碰到了正要跨越营地黄线的简。幸好简什么也记不得。一切似乎都是缘分，劳拉和简的"母女关系"，就这样一来二去地建立了起来。

"母亲，我是劳拉，跟我来。"劳拉揽过简的双肩。

简混混沌沌地被带回了客厅。劳拉打开茶几上的台灯，客厅里顿时有了一丝暖意。她又拿来一条简看电视的时候习惯包在腿上的浅灰色阿玛尼羊毛披肩，搭在简的身上。"我去给你冲杯咖啡。"劳拉说。

电话铃再次响起。似醒非醒的简迅速抓起茶几上放着的电话，神经质地对着电话高声念道："72368-054。对不起，我刚才没有听见电话响。我的号码是72368-054……"

劳拉在厨房里听见简神志不清地报着自己的八位联邦罪犯身份编号。她自己也有过这种经历。离开摩尔顿营地回到家里的头三个月，每天差不多要接四五次管理人查房的电话。夜里十二点一次，凌晨三点多一次，再就是清晨六点。"号码？"打进来的电话从不废话。劳拉不必报自己的名字，她知道，从进入摩尔顿营地的那天起，她的名字就成了那八位数字。

"72368-054。对不起，我是72368-054……"劳拉听见简对着话筒反复地说着。她清楚，简还没有从梦游的状态中彻底醒过来。她放下咖啡杯，拿起了厨房的电话。

谁会这么早打电话来？劳拉冷静地想了一下，而后礼貌地问道："简·华盛顿私宅，请问有什么事？"

用温柔和礼貌的语气接电话，也是劳拉的母亲教给她的。"接电话的声音，是你交际能力的表现。"母亲就是用这种柔软的声音找到了父亲。母亲年轻的时候做两份工，白天在贸易公司做前台，晚上在一家意大利餐厅当带位侍者。当劳拉的父亲听够了柔软的声音，睡够了劳拉母亲的身体，意识到他马上要开始履行责任的时候，他厌倦了，一走了之。母亲变成了布鲁克林大街上抱着婴儿的高中生。

"简·华盛顿私宅，请问有什么事？"劳拉再一次问道。

"我是查理。"打电话来的是简的丈夫。听起来查理完全没有想到这栋房子里还有另外一个女人。"你是谁？是刘爱吗？"查理问道。

"刘爱？怎么会是刘爱？我是劳拉，我是简的干女儿。"劳拉大大方方地解释着。

这时客厅里的电话线被简接通了。劳拉听见简的声音："哦，你是查理。我以为是管理人来的电话。接电话的是劳拉。"简的声音充满了疲惫。

"我想我们昨天都已经在电话里谈清楚了。我会把所有的资料都准备好。不过像我昨天解释的，我十一点钟约好了一个重要的见面，我们见律师的时间必须改在下午。"简继续说着。劳拉听到简和查理约好了下午见面——两点半，在第三大道和53街的德纳律师事务所。

劳拉端着冒着热气的咖啡走了过来。简告诉劳拉，几年前那个心惊肉跳、失魂落魄的早晨，像火印一样烫烙在她的记忆里。"刚才我又梦见十几位穿着FBI黄色防弹背心的男人，冲进客厅，冲进厨房，冲上楼去。"

"母亲，你要把那些忘掉，彻底地忘掉！就像去了一趟厕所一样，把脏的东西都拉到厕所里，用水冲掉它！那些都是过去，你已经回家了。"劳拉劝说道。她没有按简的手势和简同坐在一条长沙发上，就像在营地那样，盘着腿和简一起坐在简的下铺。劳拉就那么站着，离简至少有半步的距离。她和简的距离，在她的意识里，从离开营地回到纽约的那一秒钟，就自然再现了。纽约就是一个等级界限划得很清的城市。别管这里的新思维承不承认。

"你说得对，我应该这样想。我要坚强些。我要想到还在营地的女人们，要想到那些逃出自己国家无家可归的难民，要想到那些在医院里将要离开这个世界的患不治之症的病人，也要想到你的儿子。住在离纽约只有五十分钟路程的布鲁克林区，长这么大还没有来过曼哈顿。"简像是在自言自语。在可卡狗罗密欧死了、查理搬出去之后，这栋像教堂一样安静的大房子，空荡荡的有点吓人。从摩尔顿营地回来的简，就时常这样自言自语地对自己说鼓励的话。

"别想那么多，母亲。想想今天吧。你不是要我陪你去第三大道的百货商店吗？我们还要拖一棵圣诞树回来。其实我们不用浪费钱买太多的新东西，今天傍晚如果你没有别的事，我可以帮你把圣诞树装饰好。我特别会装饰圣诞树。还记得你和我，还有——"劳拉说到这里停顿了一下，把到嘴边的"刘爱"这个名字吞掉了。她下意识地想，这个叫刘爱的中国女人，肯定和简有些什么牵连，要不然为什么连查理都会想到她？

"你还记得我们一起做的圣诞树吗？那些用紫色的垃圾袋扎成的蝴蝶，比真的蝴蝶还要美！哦，外面在下大雪。据天气预报说，下午还会有冰雹。你要穿一双好走路的鞋。"劳拉提醒简。

清晨的噩梦，让简·华盛顿全身有一种像被鞭打过的疼痛。昨天晚上睡前的那杯威士忌，正在她的胃里兴风作浪。她想吐。她注意到地毯上留下了一丝血迹，那是刚才被划破的脚留下的。她应该起身去二楼的卫生间，在家庭医药箱里找一张创可贴贴上，以免扎破的地方感染发炎。在这栋祖母留下的连栋房里，除了现代的电器，一切都有着浓厚的古董味道，包括这条走上去会说话的木质楼梯。上百年的故事被灰尘包裹着，渗透在木台阶的那些缝隙里。特别是二楼到客厅转角的地方，几年前就要做些修补，可是突如其来的灾难把一切计划全打乱了。从摩尔顿营地回家快一年了，简·华盛顿的新生活总是和旧生活混在一起，反反复复地重叠着。今天早晨那些混在钟声里的要命的电话铃声，无情地把她再次送回到几年前那个天翻地覆的早晨。

简·华盛顿没有听进劳拉的劝说。劳拉的声音被再次出现在简眼前的那个魂飞胆破的早晨淹没。

"开门，FBI！开门！"穿着黄色防弹背心的FBI人员冲进家门。和简·华盛顿一起从楼上冲下来的可卡狗罗密欧疯狂地叫着。简弯下腰把它抱在怀里，颤抖着摸着它的头。"噢，别叫了，亲爱的，静一静，罗密欧。"

"出什么事了？你们为什么来这里？"简听见查理在二楼卧室里大声叫喊，"这是为什么？为什么？"查理惊恐地呼叫，像竞技场上的号角，呼唤着罗密欧。罗密欧从简的怀抱里挣脱，它跳到地上，蹿上楼梯，它的使命是要去营救它的另一个主人。

简·华盛顿被眼前发生的事情惊呆了。这种突如其来、神兵天降抓坏人的镜头，她只有在电影里看到过。

"夫人，你被捕了。"穿着防弹衣的人安静地宣布着。

"什么？为什么？这是为什么？"简·华盛顿开始挣扎。她的全身在发抖。

"你需要上楼去换上出门的衣服。"一个年纪不大，也穿着防弹衣的女人冷静地对简说。

二楼卧室的灯全都打开了，亮得刺眼。简·华盛顿看见了像雕塑一样呆坐在床上的查理。她看见他满脸愤怒且又担忧的神情，像一只被关在笼子里的幼狮，无奈地瞪着惊恐的双眼。哦，他忘记了戴眼镜。

简·华盛顿被告知要穿一双好走路的平底鞋。她哪里知道，这双好走路的平底鞋，会带她走上一条永远没有尽头的路。

年轻的女人从腰间取下手铐，熟练地将简·华盛顿纤细的手腕扣住，推着她，朝楼梯方向走去。

"简，我，我会马上找律师的。"在她下楼前，查理喊着。

"查理，不用担心，他们一定搞错了。"简·华盛顿回头朝楼上喊道。刚刚还趴在查理腿边的罗密欧，这时候丢下查理，一步不离地跟着简·华盛顿的脚步。

晨光中，简·华盛顿看见一个扛着长镜头照相机的人，等在她家门外。他手里的长焦距镜头像吸尘器一样，准备一口气将戴着手铐的简·华盛顿吸走。简低着头，快速跨进有人已经帮着打开的车门。罗密欧咬住简的裤脚，它的牙缝中发出悲哀的嚎叫声。车门被重重地关上。罗密欧的两只前爪拼命抓着紧闭的车门。

载着简·华盛顿的车开始移动。家里靠街的那扇窗里透出的微弱黄色灯光，渐渐淡去。简回头看了看家门，光影下罗密欧坐在台阶上，悲伤地仰着头朝天呼叫着。

"他们要把我带到哪儿？什么时候让我回家？"她努力回想有什么需要担心或是做错的事，但是脑袋空空，实在想不出什么。她从小在祖母严格的教育下长大，有足够的钱过着无忧无虑的生活。从最优秀的哥伦比亚大学毕业后，她继承了祖母的财产，嫁给了纽约钻石街有名的交易商的儿子，一个广告公司的高级职员。他们完美、合法地在纽约东城住着。她的生活正常得不能再正常，与一切罪行无关。

简·华盛顿的手被反铐在背后。坐在她身旁的那个年轻的女人，客气地问她手铐会不会不舒服。这让简更加确信，刚才发生的事只是一场误会。他们没有理由抓她，一定是搞错了。她想着中午前自己还要赶回来，以免误了和女友娜欧蜜共进午餐的机会。

简已约好和娜欧蜜一起去第五大道中央公园东角，那个纽约最为高档的鲁道夫百货公司的六层去剪发，再去顶层那个有名的餐厅吃午饭。简·华盛顿特地预订了那一对有着淡蓝色蛋型椅罩，可以俯视中央公园美景的靠窗座位。中央公园一望无际的红黄秋色，和这间餐厅特别的粉红香槟，是简·华盛顿今天最为期待的。不知道从何时开始，娜欧蜜的世界成了简·华盛顿的人生舞台，娜欧蜜是整台戏的主角，而她，是不可缺少的配角。几年前，娜欧蜜从染发师摇身一变，成为知名房地产公司老板的未婚妻，搬进了中央公园附近那两栋直入云霄、豪华时尚的公寓楼，负责给买房子的客户在银行获取贷款的最终申请。她戴着三克拉订婚钻石戒指，穿着让乳沟骄傲地溢出的低胸上衣，迈着模特的猫步。这个平步青云的历程，正是纽约引以为豪和让人钦佩的。

娜欧蜜原来是简·华盛顿常年去的那家知名理发店的职员，她那双比计算机还要灵活的手，能把稀落的头发吹成世界上最好看的大波浪。她那种带一点欧洲口音的英语，比天上飘的毛毛雨还迷人。娜欧蜜一路更新着她的朋友圈，但从来没有忘记维护和简的关系。她经常把得到大额贷款的重要客户，带到简·华盛顿祖母留下的小酒馆。他们出手豪阔，幽默风趣。是娜欧蜜给小酒馆带来了有消费能力的客人！她懂得选酒，同时给超出常规的小费。从弗吉尼亚庄园随祖母来纽约的乔治，一只眼已经看不见了，但另一只眼却异常敏锐。每次看见娜欧蜜来了，他就在店里的那台老式风琴前唱起比酒还美的调子。娜欧蜜的客人也总是对老乔治很慷慨。乔治生日的那天，娜欧蜜结账时抛了几张百元的绿票子给他。娜欧蜜平淡清苦的出身不重要，重要的是她今天好像有花不完的钱。

简需要这样的朋友。简·华盛顿毕业后结婚，查理是家里的财务提供者，直到祖母去世，她接手经营这个小酒馆。简原以为祖母及家族给她留下的遗产和银行里存的钱比她需要的多，但事与愿违。她接手后没两年，赔出的远超过赚进的。简·华盛顿想过卖掉它，但是为了祖母，那个真正爱她的亲人，她坚持着，希望小酒馆能再次辉煌。不知道从什么时候起，娜欧蜜在简的生活里，特别是在祖母传给她的小酒馆里，占据了举足轻重的地位。简·华盛顿后来被邀请做娜欧蜜丈夫的公司的董事，昨天她刚收到娜欧蜜汇到她私人账户的董事月费。这件不大但也不小的，无须做事只用自己家族品牌就可以获得收入的好事，让简·华盛顿感激不尽。这些月费装进简·华盛顿看似高贵但囊中羞涩的鳄鱼皮钱包里，着实意义非凡。毕竟简·华盛顿从祖母那里接手的小酒馆的现金流，向来有些紧张。

车头挑开晨幕，经过中国城，在一栋办公大楼的地下停车场停下。简·华盛顿被带进一部电梯里。电梯向上升着，她的心开始向下沉。这是什么地方？他们到底要做什么？为什么要像抓罪犯一样抓我？我做了什么错事值得调动十多个全副武装的人凌晨突袭？她突然产生了一种控制不住的恐惧，一种像是被带进科幻电影里的无知世界的恐惧。刚才坐在车里胸有成竹的镇静，突然被正缓缓上升的电梯打碎了，她感到一种让人窒息的紧张。

简·华盛顿被带到了一个小房间。这个房间没有窗子，整个房间被冰冷的荧光灯照得雪白透亮。房间里的一面墙上有一根不细的钢管，房间里只有一张写字台和几把简单的椅子。简·华盛顿被指定坐在桌边，一个工作人员拿着一串钥匙走进来，在简面前放了一瓶矿泉水，同时把简的手铐打开。简·华盛顿的双手自由了，她伸出在背后扣了几个小时的手，正准备拿起那瓶矿泉水，没想那位拿钥匙的人一声不吭地把简的左手和墙上的钢管用手铐再次铐在了一起。"这是为什么?"简·华盛顿再也无法压抑内心深处的恐慌。那个拿着大串钥匙的人，既不看她，也不回答，只是拧开那瓶矿泉水的瓶盖，并把瓶子推到简的面前。

"简·华盛顿女士，你需要律师吗?现在我们希望向你了解一些事。"另一个穿着西装的男人，拿着笔和几张纸走了进来。

"不需要。"简想也没想就回答了。要律师干吗，我又没做错什么。再说，如果要律师，就得等律师来。一来一去，这个上午的时间就没了，约好的午餐也耽误了。简·华盛顿只想赶快回答完他们要问的所有问题，赶快离开这个让她心慌意乱的地方，赶快回到她熟悉的环境。

简·华盛顿在那人拿来的一张纸上签了字，表示她自动放弃律师到场的权益。她完全不明白一切程序的意义，她只想诚实地回答政府人员所问的问题，以便尽快离开这个陌生的地方。

简回答了所有的问题。包括祖母留下的小酒馆的经营历史、经营情况、调酒师的背景、老乔治是什么人，以及一些客人的情况，特别是娜欧蜜带来的常客。他们还拿出一些照片让简·华盛顿辨认。大部分她都不认识，只有几个面熟的，他们好像都来小酒馆喝过酒。其中有一个眼神游离的男人，据娜欧蜜介绍，他好像是哪个部门的领导。简·华盛顿第一次被邀请到娜欧蜜的公寓参加新年晚会时，见过这个人。他总是殷勤地弯下身子和你交谈，眼睛谦逊地盯着你，很难让人忘却。这个官员主动给简写过邮件，她则把他介绍给了祖母的几个老关系。

随着对话的延伸，简·华盛顿觉得大脑里尘土飞扬，似乎有一架威力巨大的挖土机，强势地挖地三尺般挖掘着她的大脑。前所未有的情绪随着气愤、委屈、受侮辱和无奈，让她血管里涌动着要立刻站起来冲出去的冲动。她想大喊："你们放开我，你们没有理由抓我！"她的身子开始挪动，但是她的左手已和墙上的钢管锁在一起。如果她没有把墙拉倒的力气，离开这里就是幻想。简·华盛顿已经筋疲力尽。

下午三点钟，简·华盛顿得知要去法庭。"为什么要去法庭？""我犯了什么罪？""我要和查理通话！"在被带向法庭的通道里，简·华盛顿不停地提问。没有回复，只有警官腰间"哗哗"作响的金属件撞击声。简·华盛顿戴着手铐随着前后两个警官云里雾里地转来转去，最后她被安置在一个带铁条栏杆的小房间里。她想吐，五脏六腑都在天翻地覆般旋转。她双臂抱着膝盖，弓着身子，竭力想把堵在嗓子眼里的侮辱咽下来。铁栏外面有人走来走去，她听见铁器撞击的"哗哗"声音由远而近。

走进法庭，简·华盛顿看见了本来要和她一起共进午餐的娜欧蜜。

"母亲，你的咖啡凉了。"劳拉提醒道，她故意提高了说话的音量。简发呆时眼珠都仿佛凝固的样子让她有些害怕。

"劳拉，你有琼斯的联系方式吗?"简端起咖啡问道。

"你是说那个会唱歌的女孩? 有，离开营地后她找了一份在厨房洗菜的工作。你怎么会突然问起她?"劳拉想不出简为什么会问到琼斯，她不记得简和琼斯在营地有过任何来往。

"我想请她来唱一首歌。你还记得吗? 那次国庆节，琼斯唱了一首歌，我最喜欢的一首歌。"

"当然记得。"劳拉说道。

劳拉不但记得那首歌，还记得简是怎样一字一句教刘爱唱这首歌的。不过劳拉不知道，昨天下午简已经确认刘爱就在隆迪百货公司化妆品柜台工作。回到家后简顾不得换衣服就到书房上网，想查一查2018年在纽约有没有那位英国女歌手的演唱会。如果有，她一定早早地预订两张票，她要带着刘爱去听那首《Hello》。当然劳拉更不知道，就是这首歌，把这两个相距遥远的女人拴在了一起。

简端着咖啡，竟然情不自禁地哼起了这首在她心里从来没有停下的歌。

半
路
家

叁 刘爱 2017 / 12 / 16　AM 7:00

也许没有人相信，一首歌真的会改变一个人的命运，但是刘爱经历了。成百上千的中国歌里刘爱会唱的不多，但是那首《Hello》，那个叫阿黛尔（Adele）的英国女歌唱家，却成功地把这首歌的每一个字，刻在了刘爱的心上。玛利亚很擅长把女犯的灵魂抓在手上，再像捏面团那样捏来捏去，捏成她想要的样子。她就是用这首歌，在给刘爱剪头发的时候，翻开了刘爱藏在心底的故事。

"Hello it's me. I was wondering if after all these years you'd like to meet. To go over everything. They say that time's supposed to heal ya but I ain't done much healing. Hello, can you hear me? I'm in California dreaming about who we used to be. When we were younger and free, I've forgotten how it felt before the world fell at our feet.

There's such a difference between us……"[1]挪着小碎步走到刘爱身边的玛利亚，嘴里开始哼起阿黛尔的《Hello》这首歌。

这首要命的歌！自从简·华盛顿离开营地，刘爱就像躲避那股浓郁的薰衣草味道一样，一直躲避这首歌。

"你昨天一整夜都在听这首歌。你的耳机流出来的音乐，已经把所有的秘密告诉我啦！"玛利亚一边哼唱，一边扭着她圆滚滚的腰肢。

"Hello from the other side. I must've called a thousand times to tell you. I'm sorry, for everything that I've done. But when I call you never seem to be home. Hello from the outside. At least I can say that I've tried to tell you. I'm sorry, for breaking your heart. But it don't matter, it clearly doesn't tear you apart anymore." [2]

老监狱玛利亚闭着双眼，假装沉浸在自己哼出的歌曲里。她不用看刘爱的反应，闭着眼就知道自己已经打中了刘爱的要害。二十五年的女监经历，每天二十四小时与女人交涉，玛利亚揣摩对方心思的能力，比世界上任何一位算命先生还要厉害。"这几十年来，买监狱小卖部的东西，我从来没有花过自己的一分钱，都是找我算前程的人给我买单。一次10美金，一天两个人，一个星期七天，每周140美金，我一个月就有560美金。在营地你每天到厨房工作一小时，一个月才挣2.4美金。这就是我们之间的

---

① 歌词大意为：哈喽，是我。我在想多年之后你是否愿意再和我见面，回味往事。人们都说时间可以治愈但我依旧走不出来。哈喽，你能听到我的呼唤吗？我在加州梦想着我们的往事。当时我们年轻且自由，我忽视了那种感觉，直到世界在我们的脚下塌陷。我们之间如此不同，相隔万里。

② 歌词大意为：哈喽，从外部呼唤你，我一定试了千万次。想对你说声对不起，为我的所作所为说声抱歉。但每次致电你好像都不在家。哈喽，我从外面的问候，至少我可以自慰我已经努力试着告诉你，对不起，我让你心碎了。其实无妨，至少我不会再让你流泪离去。

半路家

差别!"玛利亚常在女犯面前吹嘘。

刘爱纹丝不动地低着头站在原处。玛利亚哼出的歌像一只不可抗拒的神秘之手,抓住了她的灵魂。昨天下午,当她拿到客人的预约单,看见简·华盛顿签字的笔迹时,她的灵魂已经出窍。自从简离开营地,刘爱就再也没有听过这首歌。她害怕这个旋律。那些比头发丝还要细的旋律,像春蚕吐丝一样,一根丝能牵出一床丝丝紧扣的丝绵被,而刘爱就被这床无比沉重的丝绵被,包裹得透不过气来。

就是这首歌,使她认识了简。

世间的事就是这样,冥冥之中,一切自有定数。

那是三年前的事了。刘爱突然被抓,被关在纽约市内收容所里。那里关着上千个刚被抓、等着上庭、尚未定罪或是定了罪正在服刑的人。

刘爱被带进那个关押着近百个女人的水泥大房间的时候,正是一个对每个住在那里的女人都似乎有着致命关系的关键时刻。

不知从哪天开始,也不知道消息从何而来,女犯监狱里突然流传出一条既不着天又不着地的消息。有消息说,很快有一批女犯要被转送到美国监狱局专门关押白领女犯的肯纳蒂克摩尔顿女子营地。这个传说,就像农夫守着干旱的农田,猛然感觉到天上飘下毛毛细雨,虽说根本解决不了问题,但就那点落在手心里的湿润,足以引出久旱逢甘霖的万般幻想和激动。

风言风语让女人们无望的日子,变得未来可期。谁将是这条消息的受益者?谁能从这个不见天日、吃喝拉撒全在一处的鬼地方走出去,走到鸟语花香的"世外桃源",谁就是幸运者!种种猜测将充满了恃强凌弱、明争暗斗的女子监狱,变成了你死我活的竞技场。

刚到的刘爱，成了竞技场猎战中被追踪的猎物，因为她初来乍到。

"从今天起，那六个厕所你每天清理三次。"用旧咖啡色棉麻衬衣剪成的布条扎成蝴蝶结系在头上的女犯室长温蒂，拿着一瓶高浓度的工业卫生清洗剂和两块旧毛巾剪成的小方巾，走到刘爱面前，告诉她说，"在这里每个人都要工作。你这份工作每月可以挣17美金。"她特别加重了"17美金"这几个字的语气，"我负责分配工作。"

说话的女人看上去四十岁出头。也许她那张过敏后布满了脱皮残迹的脸皮，不适合太多的面部表情，她一说话，脸上出现的那几丝僵硬笑容，就让人想到恶性肿瘤。刘爱虽说初来乍到，但是靠着从售货员升到销售经理的那份分辨客户地域和等级的能力，确认说话的女人是来自南美洲的移民。

跟在室长后面的，是一位身材粗短、满脸横肉、满头编着几十条看上去沾满了灰尘的小辫子的黑女孩。别搞错，这里的女人们极爱干净。每天清洗是单调的日程中一个相当重要的环节。她们会把皮肤当成牛皮那样搓洗，把每根头发当成必须擦亮的银筷子一样细细打理。只是这个年轻女人头皮上倔强丛生的鬈如羊毛的头发，与一些不再艳丽的黄色毛线编织在了一起，看上去脏兮兮的。特别是她在头发上涂了过期的廉价精油，让她那拖在腰间的无数条辫子，像是一条条变质的臭咸鱼。

黑女孩看刘爱一脸平静，毫无委屈的表示，便指了指大房间中央那六张用铁锚固定在水泥地面上的至少能坐下十二个人的长条桌，给刘爱加了码："再加上早中晚擦洗吃饭的桌子。"她朝室长温蒂挤了挤眼。

刘爱还是一脸的平静。这几个一辈子没跟中国人讲过几句话的女人，哪里知道来自中国的移民最不怕吃苦。中国城里那些脸上横一道竖一道刻满辛酸的做小生意的"老广东"，华尔街半夜不眠在灯光下被金融数字打碎了眼神的挤进金融圈的博士们，还有一群东躲西藏在中餐馆里打着黑工的疲惫的黄脸，还有其他形形色色的从中国来这里实现美国梦的人，都不怕苦。唯一例外的，也许就是中国改革开放之后这几年，背着家长钱袋到美国上学的官二代和富二代。

二十多年前刘爱离开北京，在雨雾蒙蒙的黑夜走下旋梯的那一刻起，她就做好了吃苦的准备。她背在身上的《英汉词典》里，画了红线的新词几乎都与努力、坚强、奋进和毅力有关。自从她开始在百货公司工作，她真的是十年如一日地起早贪黑，每周工作七天。由她担保移民来的丈夫老马，称她是驴粪蛋子表面光。别人看着她每天穿着得体、面带微笑地在飘着香水味的销售大厅里，踏着自信的脚步指点江山，看着自己管理的化妆品柜台销售量直线上升，但只有老马知道，刘爱几乎是二十四小时在线工作。她的大客户都是中国买家。纽约人要睡觉的时候，北京正是太阳升起的清晨。刘爱下班后一般要到中国代表团驻地去公关一下再回家，如果老马没有把饭准备好，她到家后就从冰箱里抓点能填饱肚子的，三口两口吞下去，接着就上网工作，把她在百货公司里接触到的和看到的新产品用微信发过去，并把产品的价格优势和品质保障等中国买家关注的问题翻译成中文，在微信上游说对方，直到对方接受并下订单。"到此一游"的同胞一个个火眼金睛，但一和刘爱对上眼，就信任无比。那些持卡消费的电

刘爱

子技术监控手段，在刘爱的眼里被放大了几倍。她把对方交代给她的卡号，如背天书般牢记在心里，一个数字也不记错，并从不向外人泄露。白天黑夜，按照一波又一波通过微信发来的越洋购物要求，第二天刘爱就在自己工作的这家百货公司里寻找实物。她对百货公司的忠诚度，没有一个人能搞懂，只有她自己明白为什么。她代买代寄，不收佣金，她成了隆迪百货公司最优秀的化妆品销售主管，也是公司品牌柜台最受欢迎的人。"没有苦哪有甜？"爷爷就是这样教导她的。刘爱的美国梦就是这样一步一步实现，直到她被戴上手铐。

刘爱对自己在监狱里的新职务没有反抗。谁要你是个黄皮肤黑头发的女人？谁要你是中国人？谁要你讲的英文带着一股北京葱花饼的口音？谁要你在监狱里还那么温良恭俭让？你的文明是软弱，你的礼让是无能，你的微笑值得怀疑，你的眼泪就是罪证。换了绿色囚衣的刘爱原以为，摘下了奶奶给她的祖传翡翠耳环，脱掉了隆迪百货公司高级管理人员的宝蓝色毛呢西装裙，放下她为了奖励自己升职而买的爱马仕手袋，不再涂抹适合亚洲人皮肤的资生堂美容化妆品系列，不再使用让她想家的有着北京茉莉花茶香味的雅诗兰黛经典型香水，她就跟这里的女人们一样。一样的上下铺铁床，一样的白色床单，一样的绿色线毯，一样的用一种充气材料制成的躺在上面会"咋、咋"作响的枕头，一样的绿咔叽布制作的女囚制服，一样的中国制作黑色布鞋，一样六点早餐、十一点中餐、四点晚餐，一样的苹果、面包和脱脂牛奶，一样的提前三天做好放在冰箱里吃的时候再加热的"周四鸡排"，一样的无穷无尽的煮豆子……可是她错了。她被抓的这一天，正是小道消息从嘴不严的女室长那里传出的日子。

半路家

近百个女犯集体居住的大房间，除了女人们各自负责自己床边通道地面卫生，只有不到十人在工作，而这里面最辛苦的只有两个人：一个是刘爱，另一个是负责洗衣的被判了六个月的法律助理。她到底为什么会被判刑谁也不关心，女人们关心的是她刑期如此之短，像是在众人眼前中了彩票，不从她那里占些便宜或是让她吃点苦头，天理何在？类似下楼到囚犯厨房工作这样的美差，都被室长的关系户们垄断了。这班人马每天凌晨结队去厨房，从冰箱里取出早已做好的食物，将它们按监狱楼层人数，摆放在一个个大推车上，塞进巨大无比的烤箱里加热。这些机械的动作之所以被称为美差，除了可以顺手偷吃一周一次蔬菜色拉里难得看到的西红柿，最令女人们激动不已的，就是在厨房里可以与男囚犯们同甘共苦。这些有幸被安排到厨房的女人，年轻力壮、精力旺盛，少则几年长则几十年的刑期，见到的男人除了连手都不能碰的男狱警，就是衣冠整齐的每周、每月或是每年来探监的家属。她们身体里储存的雌性荷尔蒙，千百倍强烈地膨胀着。她们削尖了脑袋往帮厨的团队里钻，就是因为在厨房里，可以用声音传情送骚，或是假装不小心摔倒在男犯的身上靠一靠。那个感觉，按老监狱玛利亚的话说，真的比登天还美。这班人马的挑选，全靠从小卖部里买来的日用品"互助"多少来决定。"老的推不动食品车。"同是女犯的女室长，总是有足够的理由来解释她的选择。小小的权力，在监狱里被无限量地放大了。被选中的女人们白天睡觉，晚餐前起身，洗澡洗头，描眉涂唇，化妆修饰。她们每天晚上去厨房的动力，一点也不比去夜总会碰运气的动力差。和这群人在一起让刘爱觉得，自己就是在一个错误的时间走进了一个错误的地方，碰见了一些错误的人，掉进了一个错误的感情误区。

一切纠葛从此开始。刘爱的新代号，是"那个打扫厕所的中国女人"。她每天在这些女人的眼皮子底下，不停清理着随时可能被糟蹋的厕所。不知道是什么原因，打扫了三天厕所的刘爱，自己拉不出屎来了。

那时候她还不会用英文的"便秘"这个字眼文雅地解释她的急需。但一本《中英词典》恰在此时从上帝的手里掉了下来——在大房间一角的一个歪歪斜斜倒着的书架上，刘爱找到了一本《中英词典》。词典的扉页上写着几个中文繁体字："上帝将带你走出困境。"刘爱如获至宝，她不但找到了"便秘"这两个字的准确翻译，还翻到了夹在里面的一张抄着歌词的纸——那就是《Hello》这首歌。

"我有很严重的便秘。"刘爱找到值班的警官，恳求道，"你能帮我找点药吗？"

"周三小卖部开门。等着。"警官说。

周三？"我等不到周三了。"刘爱快哭出来了，她觉得自己的肚子快要胀破了，"也许有人会有帮助的药片。我可以找她们借几片吗？"刘爱想，这里一周才能见到一棵闷黄了的西蓝花，便秘应该是常事。不过在来见警官之前，有人告诉刘爱，犯人之间不能互相给药，犯规的人会受到惩罚。

"你可以试试，但是你问我，我就当没听见。"警官半真半假地说。

走投无路的刘爱决定试试。她开始在眼前一大片陌生的女人中，寻找她认为看上去有知识、有教养，可能帮助她的人。刘爱注意到离她的床铺不远处，有一个不怎么搭理别人、总是戴着耳机躺在床上的高个子瘦女人。她，就是正在等待保释的简·华盛顿。刘爱让女室长帮忙介绍一下自己。

"这个中国女人拉不出屎来，你不是也有这个问题吗？帮她一下吧。"女室长脸上挂着助人为乐的那种满足的微笑。

刘爱只记得简看了自己一眼，便起身蹲在每个女犯都有的装私人杂物的小铁皮柜子前。她半蹲的背影故意将打开的小铁门堵得严严实实，刘爱看见她像魔术师把手伸进黑色的魔柜探宝一样，一秒钟就摸准了一个小瓶子。然后她又坐回到自己床上，握着小药瓶的手伸进叠起来的毛毯里，摸索着数出要给刘爱的药片。下一秒钟，那女人掌心朝下，目光谨慎地朝四周扫了扫，找个趁人不注意的时刻，迅速把几粒药片放到刘爱的手心里。

"先吃两粒。几个小时以后就会有反应。"那女人小声对满脸堆着感激之情的刘爱说道。刘爱听到，她说话带有一点英国口音。

刘爱被这女人的机智震惊了，她紧握着那几颗来之不易的小药片，紧张兮兮地回到自己的铁床前。刘爱没有按那女人的交代先吃两粒，而是一口气吞下了三粒药，然后扯了一块监狱发的那种卫生纸，准备把剩余的几粒药包好，塞进自己的床垫下。这时，警笛突然响了。

警笛声在水泥大房间里呼啸着，女人们被呼啸的声音扫地般从各个角落，扫回到各自的床前。刘爱第一次听到如此刺耳的警笛声，手一哆嗦，药片掉到了地上。几粒黄色的药片在刘爱的注视下，从脚边滚了出去，有一粒药不远不近，正好滚到了给她药的瘦女人的床前。刘爱想跑过去将药捡起来，可是警笛之下，谁也不能挪动。刘爱连弯腰的勇气都没有。

几分钟之后，刘爱看见一队腰上挂着手铐和电棍的狱警，出现在水泥房的门口。他们在室长的带领下，径直朝瘦女人的床前走去。

水泥房内安静无声。刘爱听见警官开始盘问关于给药的事。

"你应该知道这个规矩，监狱里随便给药，是犯规。"警官说道。

"我，我只是给了她小卖部里卖的那种泻药。每个人都可以买到。"女人小声地解释。

"是这种吗？"室长弯腰，从地上捡起一粒小黄药片。她的声音依旧满是笑意，让刘爱想到她刚才挂在脸上的"助人为乐"的微笑。"这是需要医生特批的从医务室里拿的药。"室长"是非分明"地向狱警解释道。

刘爱听不下去了，她看到狱警要给帮助她的女人戴手铐，她顾不得警笛之下不能挪动的规矩，跨过铁床，站在那个女人身边："这和她没关系，是我的错，是我问她要的。我已经三天没有拉屎了。"

刘爱看见那个女人瘦弱的身体像在狂风中瑟瑟发抖的稻草，哆嗦得厉害。

"真的和她没关系。她开始不想给我，要我报告医务室。可是医务室要到周一才上班，小卖部也要周三才上班，而我不能再等了，肠子要爆炸了。"刘爱大声地解释着。

这就是刘爱从小所接受的教育，一人做事一人当。她这种把责任揽到自己身上的解释，在美国的监狱一定少见。她注意到那个瘦高个女人看她如此拼命为自己解脱，感激地看了她一眼。刘爱一辈子也不能忘记她们目光交会的那一瞬间，那份曾似相识的

半路家

复杂的眼神，像古时火印烙在纸上，再也抹不掉了。

"你不知道，她能不知道吗？她比你早来！"狱警不听解释，三下五除二就给简·华盛顿戴上了手铐。

"我不知道找人要药是犯规。"刘爱的确什么规矩都还没搞懂，她还没有经过进监狱后的监狱知识培训。

刘爱也被戴上了手铐。就是因为那几粒小药片，刘爱和那个正在等着保释的瘦高个女人，双双戴着手铐脚镣一前一后被押到了专门惩罚犯规者的禁闭室。

去禁闭室，要通过一条离地面将近十二米的地下通道。这条通道连接着纽约都市监狱和法院，安静得让人灵魂出窍。行走在这条水泥砌成的通道里的人，除了正在被关押的罪犯和刚刚拘押的潜在罪犯，就是腰间挂满了随时可以武装应急装备的狱警。两个女人的脚镣、拴着铁链的手铐，以及警官腰间的装备发出只有在电影里才能听到的哗啦哗啦的令人恐惧的撞击声。通道里的监控寸步不离地跟着正在通过的人的行速。当他们需要通过电子铁门的时候，沉重的铁门总是在最为准确的时间，发出可以通行的机械声。

禁闭室在通道的哪个方位，没有人知道。刘爱只记得，一个发型像把秋天的草墩搬到头顶上的值班室黑女人，从墙上拿下一串大小不一的钥匙圈，挪动着制服里紧裹着的、只有中年女人才有的结实但已凸显肥肉的腰肢，把她们带进一个房间，房间里有一个大型铁衣架，上面叠放着颜色不同、型号不同的囚衣。刘爱注意到，衣服有绿色的，也有橘色的。那种橘色耀眼得令人头晕。铁衣架上，还有一些已经被撕得边角破烂的纸盒。

送她们来的男警官接过这个女警官手中的钥匙，开始解开这两个女人的手铐和脚镣。"都是你的了。"男警官把钥匙还给女警官时打趣地说。

他的轻松把刘爱的眼泪逼出来了。自从被抓，刘爱还来不及流泪。一切都是这么突然，这么无规则，这么唐突。可是不知为什么，和这个瘦女人站在一起，听那个有礼貌的正在执行任务的男警官轻松地开着玩笑，刘爱的眼泪泉涌般地流了出来。身边这个看上去文雅的女人为了帮助她，却犯下了滔天大罪，她们要一起被关禁闭。她一走进那个大水泥房，就听说这堆女人里，有恐怖分子、杀人犯、诈骗犯、受贿者、逃税人，或是种种有其他罪名的罪犯，她现在已经和戴手铐脚镣的人沦为一伙了。她不得不脱掉自己的衣服，换上颜色统一的囚服，在警官眼里，她就是犯了罪的人！刘爱忍不住开始放声痛哭起来。

"哭什么？早知今日，何必当初！"头顶"草墩"的女警官像是在安慰，又像是在执行指令，"好好认罪吧，越早越好。"

何必当初？当初除了不顾命地工作，自己什么也没有做。刘爱想到这里，更是心酸不已。

女警官背过身，在铁衣架上翻找适合这两个女人的尺码。就那么一瞬间，一条胳膊静静地绕过刘爱的脖子，在她的肩膀上轻轻拍了两下，又迅速抽了回去。就那么一小会儿，泪眼中刘爱看见那个瘦女人充满了同情和恐惧的双眼。刘爱看见，那个女人挺拔的鼻梁藏在满头蓬乱的鬓发里，像是一个象牙雕刻，很美。她看见那个女人脸色惨白，一副将要走进刑场的木讷。

刘爱和瘦高个美国女人被要求面朝墙壁，双手向上趴在墙面上。她们被要求脱光了，赤条条地站在女警官面前。哭得还没喘过气的刘爱，倒不是那么太在意脱光了站在他人眼前。离开中国之前，大家都是去大众浴池洗澡，女人们都是赤裸裸地站在其他人眼前。那时候中国人的家几乎不带卫生间。但是她注意到，那个美国女人双手交叉在胸前，像是要保护她两个毫无遮掩的乳房。她那头只有黑女人才有的卷曲的头发，全都害羞般地无力地搭在她的脸上。

按照女警官的口令，刘爱和那个美国女人先把头发拨弄两下，证明头发里没有夹带什么。她们按指示把自己的两只耳朵拉成招风耳，把舌头在口中上下左右翻滚一圈，以示没有暗藏任何东西。然后按照口令，把乳房向上掀起，以示乳房下没有藏着违禁物。背过身把左右脚轮流向后抬起，以示它们的清白。最后，她们被要求转身半蹲下，把身体屈成骑马状，屁股翘起，用自己的双手把肛门扒开，让警官检查肛门里是否藏着毒品。

刘爱再次哭了，哭得很凶。"我们也有尊严！"刘爱突然大声地叫起来。女警官大概看惯了这种尴尬，倒也不在意刘爱的反抗。她耸耸肩膀，说道："你们应该知道，这都是程序。"

那天晚上，两个女人被关在一个小禁闭室里。刘爱和这个美国女人面对面坐在一张双层床的下铺，先是无声地各自想着心事，后来实在挡不过让人神经爆裂的宁静，她们开始交谈。这期间刘爱道谢了，也道歉了，之后不断地道歉——因为吃多了泻药，刘爱在狭小的禁闭室的马桶上，不断脱裤子拉稀，她难堪到极点。不说话的时候，那个瘦女人开始试着假装不在意地哼了几句歌。刘爱对她说，这首歌的旋律听起来很美。瘦女人说她喜欢这个英国歌手，更喜欢这首歌的歌词，特地念了几句。

"我刚刚找到的字典里就夹着这首歌的歌词！"刘爱兴奋地说。

"我不需要看歌词。我都记得。"瘦女人说。

刘
爱

就这样一来二往，刘爱讲起了自己的家事。至于为什么，刘爱从来都没有搞清楚。

惨白的碘钨灯下，水泥地面发出阵阵冷光。那天的夜，特别的长，也特别的冷。早晨六点，送早餐的呼叫声从铁门上那个半尺宽、一尺多长的铁皮窗口，隆重地传送进来。半睡半醒的刘爱注意到，裹着橘黄色床单，蜷缩身体躺在蓝色塑料床垫上的瘦高个女人，脸朝墙躺着，似乎对身外的噪音毫无反应。

铁门外送早餐的呼叫怎么没有惊动这个女人？刘爱担心了。这个女人看上去像薄纸一样的脆弱。谁敢保证她没事呢？刘爱弯下腰，将头靠近她的脸，并悄悄地将手伸向她的鼻子，试探那女人是否还活着。她的气息很弱，比一缕烟吹在手心里的气息还要弱。

"这个女人昏迷啦。请救救她！"刘爱朝着那个送餐的小窗口大声呼救。那时候刘爱不知道这个女人的名字，只知道有人叫她简什么的。

狱医推着急救床来了。上帝保佑，瘦女人被抬走了，说是需要输氧气。傍晚的时候她又被推了回来，这次不是急救床，是坐着轮椅。橘黄色的囚衣，松垮垮地套在她的身上。

"我被保释出去了。"她虚弱地对刘爱说。

"你要走了？"毫无准备的离别，让刘爱突然觉得孤独起来，"保释？你就这样出去了？"刘爱慌了。这个瘦女人本来是这个铁门里的伙伴，这么快就走了，留下她一个人！

"你需要律师。"瘦女人抬起下巴，看着眼前这个亚洲女人的脸。

"我没有律师。我没犯法，我不需要律师。"刘爱向她解释道。

"华盛顿，准备好了？现在就走！"外面响起一串狱警腰间装备撞击的声音。昨夜将她们两人带来的男狱警走了进来。那

半路家

个握住轮椅背后两个把手的狱警，不顾简正要说什么，推着轮椅出门了。

"让你的家人马上找律师！"轮椅上的简·华盛顿转过头，对满脸惆怅的刘爱大声地说，"谢谢你，亲爱的！"轮椅从门口消失。

刘爱想跟出去，但是铁门连一秒钟的机会都没有给她。铁门里的刘爱张了张嘴，很想像美国人一样，对门外消失的轮椅和那个帮助过她的女人说一句"保重，亲爱的"，可是她说不出口。她不知道应该怎样处理这种还没开始就要告别的离别。她从来没有对任何人用过"亲爱的"这三个字。不像在美国，包括今天的中国，"亲爱的"就像唾沫一样，满口都是。刘爱只记得在北京首都国际机场送吉姆回美国时，她看着他的背影在心里说了一句："我会想念你的，亲爱的。"

刘爱听见电梯停下、开门的声音，听见轮椅被推进去的声音，她还听见电梯的门再次关闭的声音。她涌出一股永别的感觉，突然心头一酸，她眼睛湿了，但没有哭出声来。

刘爱和简·华盛顿就这样在一个时间和地点全都不对的情况下相遇了。她们谁也没有想到，从几年前的这个晚上起，她们的人生就和监狱故事永远地联系在了一起。她们也不知道从那一刻起，她们的关系就像刘爱的名字变成72323-054，而简·华盛顿的名字变成72368-054一样，再也没有离开过她们。

"你是找到简·华盛顿了吧？"玛利亚一边哼着歌的尾音，一边把身体贴向刘爱。玛利亚和她那个快活眼神突然出现，让刘爱的心绪突然烦乱了。

玛利亚看到刘爱一时不知如何答复，更来劲了。"你不说我也能猜出个大概来。你昨天下班回来像是掉了魂，饭不吃了，电视也不看了，拿着半路家的规章制度楼上楼下地找值班管理人。我知道你一定有什么突发的事。你从来没那么着急过。"玛利亚胖胖的肿眼皮不怀好意地挤了挤，然后直愣愣地盯着刘爱。

　　要不要告诉玛利亚今天剪头发的真实原因？刘爱把披在肩上的毛巾的两头，交叉着握在胸前，心里万般纠葛。刘爱很清楚，只要她一开口就等于和对方接了火，结果只能是一方占上风，而占上风的一定是玛利亚。但是刘爱知道今天自己不能输，她必须守口如瓶。出了监狱的人，在一定的时间段内不允许互相联系。如果把今天要和简·华盛顿见面的事告诉玛利亚，谁能保证玛利亚会守口如瓶呢？为了个人的利益，女犯们不得不时常做些丧心病狂的事，打个小报告出卖一点可用的信息，可能就会得到提前释放的优待。玛利亚是这类人的代表。

　　老监狱玛利亚那本来就像狐狸般锐利的目光，这时候变得更为尖锐。此刻，那两道尖锐的视线毫不留情地射向刘爱，审视着刘爱的反应。

　　"你是不是要把头发剪成你在营地时的样子？"老奸巨猾的玛利亚估摸自己的推测已接近事实。她像个下棋的老手，先赢一步，然后步步紧逼。她看出了刘爱的迟疑，伸出涂着艳红指甲油的肥手，一把拉过厕所里那把椅脚部分脱了漆的折叠椅，重重地放在镜子前。然后像抓一只瘸了腿的受惊的动物，两手按着刘爱的肩膀，把她按在了椅子上。

　　"你要顶着这么个头回中国呀？"她清了清喉咙里残留的晨痰，"啪"的一声，将口里的废物吐在卫生间的地上，再用拿着剪子的右手抹了抹粘着唾沫的嘴。"我真的搞不懂，这么好的一头长发，为了见那个女人就要剪成不伦不类的样子。奇怪！再说，快一年没听到简·华盛顿的任何消息，她怎么就这样说来就来？"玛利亚愤愤地说。自从简·华盛顿离开摩尔顿营地，玛利亚就时常不三不四地告诉刘爱，简·华盛顿只是因为狱中寂寞才和她眉来眼去，一切都是过眼烟云。"这个女人疯了，这个时候来找你！"玛利亚说这话的时候，嘴里像是装满了箭。如果简·华盛顿就在眼前，那些箭会毫不留情地将她射成刺猬。玛利亚一边说，一边用左手在刘爱的头发里胡乱地摸索来摸索去。

透过镜子，刘爱看见了玛利亚脸上的凝重。她的样子看上去有点奇怪。玛利亚不停摆弄着刘爱的头发，像是在掂量手中的绸缎，一副舍不得的神情。玛利亚是摩尔顿营地女犯理发室里的两位理发师之一。本来这种内部服务是免费的，但是不知从什么时候起，剪个头要付出10美金小卖部商品的代价。如果再吹吹发型，还要更多的抵押交换品。在监狱，刘爱从来没有为头发花过钱。她总是百思不得其解，明明身在监狱，天天与狱友面对面，为什么要修理发型或是涂脂抹粉化妆呢？给谁看？直到她认识了简。在简·华盛顿就要离开营地的那段时间，刘爱会用帮女犯做生日卡换来的一支口红，在脸颊颧骨部分点上两点，再用手指推开它，让暗淡的脸上，开出两朵淡红的芙蓉花。至于为什么要这样做，她自己也搞不清。

"你不是机票都买好了吗？"玛利亚直接的问话，把刘爱从模模糊糊的沉思冥想中拉回现实。

是的，前几天她告诉玛利亚，自己厚着脸皮打电话给吉姆的秘书，希望能够用她的工资，代买一张飞往北京的经济舱机票，因为她所有的信用卡都被封掉了，而且在半路家期间，她是不能申办信用卡的。那天晚上，玛利亚鬼鬼祟祟地拿着一张边角破损的黑白相片，找到刘爱。那时候刘爱的上铺还是空的，房间里只住着刘爱。但是玛利亚还是把说话的声音压到最低，像是怕斑驳墙壁上的裂痕会把她说的故事吸进去，再按墙壁的意愿吐出来，让她罪加一等一样。"刘爱，你走之前我给你一个地址，福建的地址，帮我找找这个人。"玛利亚神经兮兮的，欲言又止。刘爱记得，老监狱玛利亚只把照片在她的眼前晃了晃，马上就抽回去了。她凑在刘爱的耳边，把那个与她的罪行完全无关的故事，支离破碎又热烘烘地吹到刘爱的耳朵里。不过就这样，刘爱还是记得照片上女孩的轮廓。一双外国人的眼睛，一副中国女孩的打扮。因为刘爱也有同样的中式高领、缝着双排扣子的棉衣。奇怪的是，那天晚上以后，玛利亚再也没有就照片的事多说什么。

玛利亚那双二十五年在监狱无事可做，保养得细皮嫩肉的肥手，在刘爱的头皮和头发之间活跃着。她手里的剪刀在刘爱的头上翻飞着，像是在一个布满灰尘的老箱子里寻找什么陈年旧账。"你不是说要和过去告别吗？"玛利亚眨巴着眼睛，不放弃她的推理游戏。

"这和你有什么关系？"刘爱咬住嘴唇，坚持不多说一个字。

"和我有什么关系？"玛利亚的手停了下来。她肌肉松弛的脸上，隆重地堆砌起沉重。她在词汇不多的脑海里，思想着怎样回答这个问题。

刘爱觉察出玛利亚的迟疑。"我一直想问你，你总是保护我，这是为什么？那个恶女人把两只大蜘蛛放在我的枕头上，是你向管理人报告，把她送进禁闭室。为了给我留座，你在电视房和别

64

半
路
家

人抢椅子。你总是试着保护我。为什么？为什么你要这样在意我？"刘爱一口气将积存在心里两年多的疑问吐了出来。这个在墨西哥出生，前前后后三次在纽约和监狱之间来回穿行，总共在监狱里度过二十五年的女人，为什么会对自己另眼相待，刘爱怎么也想不出理由。

"为什么？"老监狱玛利亚好像在问自己。玛利亚从二十岁起就在毒品贩卖的海洋里浮沉，能坐上纽约地区毒品销售女王的宝座，那张会说话的嘴就是她的万能钥匙。"只要我的嘴能出声，生意闭着眼都能成交。"她记得玛利亚曾这样吹嘘自己。

玛利亚的人生是一个赚大钱和进监狱的混合体。她第一次贩毒被判了五年，但赚到的几十万美金把她几个同母异父的孩子的大学学费解决了。她第二次贩毒被判了十年，但赚的几百万把几个孩子结婚的房子解决了。最后这次入狱，她被判了十五年，但是她自豪地说，孙子孙女的教育基金全部准备好了。"我的账上从来都是空的，抓我关我只是对我一个人的惩罚。我没文化、没丈夫、没财产、没家，我就在半路家养老！"玛利亚对自己的历史从不谦虚，总是一副不可救药的样子。不过今天她被刘爱的话问住了。她抓起刘爱的长发，咬着牙狠狠地剪了一刀。

"我可不会像你这样头脑有病，什么为什么，有也是我的秘密！告诉你，你在监狱里听到的故事一半都是假的。刚到这里来的多多少少都有辫子可抓。那些自以为是的女人都说自己没罪，都说法官判得不公平，包括你要去见的那个有钱的女人。我就是看不惯她那种假装高贵的样子。你还当真把头发剪了去见她，愚蠢！我真不明白这是为什么！"像是有只毒虫突然叮在玛利亚的嘴上，她两片薄薄的嘴唇上下哆嗦着，渐渐麻木不可自控。刘爱

刘
爱

感觉到，玛利亚刚才还直挺挺的腰，好像突然被横空飞来的木棒打得屈折起来。刘爱不习惯玛利亚这种被击败的样子。

卫生间的门突然被一把推开，史密斯哭泣着走了进来。跟在她身后的是从摩尔顿营地出来的梅里、桑蒂，还有几个刘爱叫不出名字的人。她们全都一脸的同情。这就是刘爱熟悉的监狱风格，不管脸上的表情是真是假，一个女犯有难，几十张面孔都起了阴云。

"自由已经失去，一切都得听天由命。"玛利亚头也不抬地把这句南美洲名言，甩给那几个站在门口的女人。刘爱不止一次听玛利亚不冷不热地说这句话。每次听她这样说，刘爱总能想到在荒原里老得不能动弹、正在等死的老虎。

玛利亚手里的剪刀，无情地在刘爱的头上飞舞着，像是要剪断史密斯的哭腔。一缕缕黑色的头发像是断了线的风筝，随着玛利亚手中剪刀的走向，无力地飘落到地上。

"找我有什么事？"玛利亚听见史密斯停止了哭腔，这才收起手中的剪子，把脸转向门口。

肆 简·华盛顿

往日的因，今日的果，简·华盛顿从来不刻意追究这
其中的联系。就像封存在储藏室里落满了灰尘的木箱
里面装的记忆不曾影响简的生活一样，直到她的人生
字典里多了"监狱"这两个字。简开始想，为什么她
的母亲要选择在她三岁生日的那天离开她，而且离开
了就再也没有出现？为什么和刘爱相遇了再分开，分
开了再相遇？那些原本毫不相关的人和事，全都自动
在她的记忆里重新寻找着位置。它们时不时地跳出脑
海，按照历史原状，表演着早就上演过的剧本。演员，
总是离不开刘爱。特别是今天。

简·华盛顿品着劳拉送来的咖啡，看着劳拉走回厨房的背
影，不由自主地再次想到她的祖母。
她们有着同样娇小的身段，有着同样令所有男人（不管什么

肤色），都忍不住多看一眼的微翘的屁股。那是黑种女人最为骄傲的部位。她们不用像今天南美洲的女人，花大把大把的钱在屁股上堆起两座小山。摩尔顿营地的索拉曼，就是这种人工手术的牺牲品。她做过的屁股一边突然塌陷，除了必须站起来，多半时间都只能坐在床上，苦等着可能出现的医疗机会。申请到外面医院处理塌陷屁股的申请，超过半年毫无音讯。简记得她离开营地的时候，索拉曼还在等待。"等吧，等到她另外一半屁股也掉下来！"有着完美屁股的黑女人们，常在背后笑话索拉曼。可不是吗？配一副眼镜，从验光到拿到眼镜，一般说也要等半年以上的时间，更不要说出去修理屁股。

　　端着劳拉递过来的咖啡，简·华盛顿吃惊劳拉怎么能找出这套已经三年没用过的精致的咖啡杯，并且能熟练地使用查理为了欢迎她回家，特地买回来的时髦的德国咖啡机。简记得她从摩尔顿营地回到这栋房子的第一个早晨，查理一如往常，端着一杯浓香的咖啡走到床前。"这台德龙 EN680 咖啡机在《消费者报告》最优名单排第一。"查理说道。查理以前在一家不错的国际品牌咨询公司做事，每天的生活就像鱼在放了过多鱼食的池子里游弋，全世界优秀品牌的信息，多得他看都看不过来。三年前简的案件发生后他主动辞职了。谁还会相信一个金融诈骗犯的丈夫对产品的美言？物以类聚，人以群分。上帝就是这么说的。查理重返他家族的钻石事业，挂了一个高级副总裁的头衔。

　　简·华盛顿记得那天早晨这杯咖啡的意义。那一天，就在几分钟之前，她和查理还在试着恢复以往清晨咖啡之前做爱的习惯。他是那么努力，用尽了吃奶的力气，但是他的士兵却像在战场上打了败仗，无精打采。简的身体也像一双枯干的眼睛，有泪却流不出来。最让她吃惊的是，在查理将要把她的骨头抱碎了的时候，她却想到刘爱，想到和刘爱唯一的拥抱。简·华盛顿记得那天早晨，查理把咖啡递到她眼前的时候，无比沮丧地反复唠叨着说："怎么会是这样？怎么会这样！"

自查理搬出去，简再也没有喝过那么香的咖啡，那种香气已经随着查理消失了。她也很久没有碰过这套祖母小酒馆里用过的咖啡杯。过去那些使用高级杯具的日子，如过眼烟云，飘远了，留下一片空虚。这栋楼里太安静了，掉一根针在地上都能把她吓着，这安静常常让她喘不过气来。在夜里，她时常感觉这栋连地下室一共四层的褐色连体别墅，像一副极为精致的棺材，四壁钉着高级丝绸绷成的软壁，自己却像一具被安放在中央的尸体。

昨天晚上她就被这种感觉吓着了，几乎一夜未眠。快凌晨了，她吃了一片心理医生给她开的安眠药，混混沌沌地睡着了。从摩尔顿营地回到家里之后，像今天早晨被噩梦惊醒，或是被噩梦拉着走的事，常有发生。每次事过之后，简·华盛顿甚至希望自己能像健忘症患者，即便是老年痴呆那样也好，只要能将营地的故事，包括有意无意想到的刘爱，统统忘个干净。毫无记忆也许是一种幸福，简·华盛顿期待自己有这样的幸福。她希望能够做到营地管理人给她的临别忠告："忘掉过去，重新做人。"如果她真的能做到这样，查理大概不会搬出去。想到这里，她不禁为自己的软弱无能而自责。

劳拉在厨房里准备早餐，厨房里飘出带有浓厚油腻气味的香气。劳拉把鸡蛋打在两片面包中间，用足够的油将两面煎黄，以前在营地，这可是只有过节时才能吃上的早餐。劳拉一边哼着那首《Hello》，一边用勺子把平底锅敲得叮当响。厨房里香气四溢，劳拉为能够在这样气势不凡的厨房里做她眼里的美味而感到无上的欢喜。那些举办宴会时用的大小不一的银色托盘，整齐地摆放在褪了色的白色木架上。巨大无比的落地玻璃柜里，排列着几十件整套印花餐具。厨房中央的那个有着大理石台面的桌子上方，四方形铁质挂件上，挂着擦得锃亮的各种型号的炒锅。厨房靠右边的角落，有一个从天棚一直落到地面的书架，书架上摆满了各类与烹调有关的大型画册和书籍。也许是因为天长日久没有人摸过这些书籍，稍稍走近一些，你就可以看见立在那里的书上落满了寂寞的灰尘。不过劳拉不在意这些，她在意的是，简已经从悲哀的情绪里走了出来，她说了喝完咖啡就要上楼去梳妆打扮一下。她要陪着简去布朗克思区的一个大仓库，那里存着不少从简的祖母小酒馆里搬出来的老家具和古董。她们还有不少的事情要做，晚上还有一个庆祝简生日的小型家庭生日晚会。她刚才已经给琼斯打了电话，琼斯今天正好休假，她说晚上会来唱歌。

"母亲，早餐准备好啦!"劳拉在叫她。

劳拉的声音里饱含着只有自豪的黑女人才有的那种气息，祖母也有这样的声音，简这样想。她们的声音和她们的脊梁一样，无论天上有多少石头砸下来，它们总是挺立着，从不弯曲。劳拉和祖母都有那种只有黑种人才拥有的翻翘着的浓密睫毛。那两扇黑色的屏障，控制着视线与外部世界的接触。她们的眼神会跳舞，也会像两盏电力无限的电灯，照亮黑暗。她们都有像涨满了浆汁的樱桃般厚厚的嘴唇，会在最适合的时候说出最合适的语言。她们该认命的时候认命，该反抗的时候反抗。她们翘翘的屁股，宣誓着对人类的贡献。

简没有马上走进厨房。她思索着，目光转向客厅角落那架三角钢琴旁的相框。那些相框里放的照片多半是祖母在小酒馆与老朋友们拍的，他们大多是纽约上等人。男人们彬彬有礼，女人们珠光宝气。那组照片里还有和查理家族聚会时候的照片。它们都散发着一种钻石的味道，豪华富贵。简一边品尝着咖啡一边暗自决定，今天晚上晚会之前，她要找出营地拍的一些照片，一定要加上刘爱和劳拉的，没有她们的存在，今天的生活就有缺憾，而这种缺憾是痛心的，就像那组照片里没有她母亲和父亲的照片一样。

简的视线在那些承载着历史的照片中搜索。一张早被遗忘的发黄的照片，引起了简的注意。老得快站不住的银色相框里有一个鬈发的女孩，她身着镶着蕾丝花边的白色中国丝绸裙——那应该是父亲从中国带回来送给她的，脚蹬有着白色皮制珍珠花装饰、用顶级小羊皮做成的鞋子，站在祖母和神父之间——那就是她自己。简还记得把脚塞进那双小羊皮鞋子时的疼痛感觉。这双鞋是为简的洗礼准备的，祖母特地从英国老家康沃尔定制的，做工非常精细，据说足足花了工匠三个月的时间。当它们寄到美国，简的脚已经长得超出了所有人的想象。"你一定要穿。"祖母执意说道，"因为这双鞋是为你定做的。像人生中发生的一切，定制好了的就是必经之路。"

简还记得拍照的那天是礼拜日。那是简·华盛顿灵魂出窍的日子。那天庄园里发生了一件之后任何人不能再提的事。礼拜日的前夜，简的母亲把简叫到她的卧室，将一个只能用密码打开、会发出叮叮当当音乐声的首饰盒放在简的手中。

"我要出远门了。你长大了我才能回来。"母亲对她说。

"母亲，谢谢您！"简根本没有在意母亲对她说什么。接过那个四周雕着花纹、镶着银边的盒子，简激动得心都要跳出来了。

她今天还记得，当时她罪恶地希望母亲快点告诉她这个宝贝盒子的密码，然后就马上消失。从此自己可以随心所欲地在这个神奇的珠宝盒子里，寻找她公主的幻想。

第二天清晨，也就是那个礼拜，简正要穿上做礼拜的礼服，她听见了楼下汽车发动的轰鸣声。简趴在三楼的窗沿，看见庄园的用人乔治已经把车门打开，祖母和母亲正朝开着的车门走去，她听见祖母对正要上车的母亲说："简还在睡，不叫醒她了。"

"请告诉她，我爱她。"母亲什么也没有带，完全不像要出门旅行那样，总是大箱子小箱子地装一车。

"我们都爱你。"祖母像是要把厄运锁在牢笼里那样，使劲地把车门关上。她似乎不在乎母亲是否能听见她刚才说的话。简看见汽车开始在铺满了碎石的车道上缓缓行驶，逐渐离去，碎石在车轮的压迫下发出沙沙的响声。"那些小石子像是在哭。"在营地，简告诉刘爱这段过往时，就是这样向刘爱形容当时的感觉。

"母亲，我不要首饰盒，我要你！"简冲下楼，冲出客厅，不顾祖母的拉扯。"母亲，你也不要我了吗？像父亲一样要去东方吗？"简穿着睡衣，赤着脚在长长的碎石车道上朝着渐渐远去的车影，大声呼叫着。

简被祖母拉回到大房子。"今天是你的洗礼日，"祖母冷静地对简说，"这是你一生最重要的时刻。因为从这一时刻起，你的生命不再属于你自己，也不属于邪恶势力，而是属于神，神会满足我们的需要，他会使我们的愿望得到满足。"走进教堂之前，祖母把简小帽压着的那几缕倔强逃出的鬈发，重新塞进帽檐。

简不清楚为什么母亲走了之后，她们很快就搬到华盛顿，也不知道祖母为什么总是骄傲地带她去那个她与祖父相识的饭店里吃饭，也不记得怎么又搬家到了纽约，为什么要开小酒馆，以及祖母为什么把简的姓，从瑞得拉改成了华盛顿。

祖母从来不提简的父母。如果小酒馆是家族的一本相册，这里面没有简父母的照片。简小时候曾经凭着想象，画过一幅父母的合影。她的那位金发碧眼、头上顶着巴拿马帽子，脚边搁着一个旅行皮箱的父亲，她的那位满头飞着钢丝般红色鬈发，皮肤白里透着淡褐色的母亲。简也没见过她的祖父。但她知道，她身上流淌的白人血液，是从祖父那里继承下来的。华盛顿这个姓让她的家族一直处在甜和苦的交融中。祖父的祖辈与华盛顿这个姓的关系是一个真而不实、可以回味，但又不登大雅之堂、由金发碧眼和黑色混成的一个难以解释的故事。祖母总是把祖父在种族歧视和公平自由这两股激流中神奇地登上富人榜的故事挂在嘴边。

简不知道母亲和祖母之间发生了什么事。这件事一定重大得像一颗原子弹，把母亲和弗吉尼亚斯顿庄园的关系炸得粉碎。那个跟祖母从弗吉尼亚搬到纽约的用人乔治对简说："如果不是为了你的教育，你的祖母可不会卖掉庄园。你祖父早就劝你祖母把一年需要100万美金维护费用的庄园卖掉，把钱放在可以赚大钱的资本市场。你祖母宁可失去一切，也不要失去斯顿庄园。"

为什么呢？因为祖父是白人，而祖母是黑人吗？简遗憾地想。

简的目光又停留在了一张她和祖母在小酒馆里拍的照片。那天是简的八岁生日，她依偎在祖母的怀里笑得很甜，但是眼睛里却有遗憾。

祖母在纽约的小酒馆，不声不响地藏在来自世界各地的观光人的视线之外。麦迪森大道边上小街里的这些被纽约人称为褐色连栋别墅的小楼，这些四至六层的房子里，住的不是腰缠万贯的家族企业继承人，就是金融界翻手为云覆手为雨的基金运筹精英。和这些小楼有着千丝万缕关系的，就是那几家装饰一般，但推门进去就能闻到权势和金钱味道的饭店，其中包括祖母的小酒馆。这里有一家世界著名已故设计师的妹妹开的意大利餐馆，还有一家被称为"纽约权力午餐"的美国牛排店，再就是一家很西化的价格昂贵的中餐馆。

这个有着弗吉尼亚味道、连接麦迪森大道和小街的小酒馆，曾是她孤独童年的幸福港湾。她每天下午三点钟放学后都会被从学校接到酒馆来。那时候祖母总是放下手里的活，抱起她，在她的小脸上留下红红的唇印。她总是把那个红红的像一团火燃烧在脸上的唇印留着，享受它留在那里的愉快。每次她都被安排坐在小酒馆的一角，听着慢悠悠的像奶油在嘴里融化般丝滑的爵士音乐，喝着祖母给她准备的下午茶做作业。几个闭着眼睛也能摸到需要的酒杯的熟客，拿着祖母特别为他们调好的威士忌，继续着他们永远讲不完的故事。祖母曾经告诉她，那个胖得像一个刚出炉的面包、永远油光满面的中年男人，是一位爱情类畅销书作家；另一位皮肤黑得关了灯便摸不着，看上去像祖母长辈的人，是一位有名的街头壁画家；再就是那个长发披肩，一年四季都踩着牛仔靴的男人，祖母从来不称呼他的名字，只叫他"男孩"。这些人一杯一杯地安静地喝着，直到下午五点半小酒馆的"愉快时光①"（Happy Hour）开始。周边办公楼里的男人和女人带着夸张与兴奋走进来，用酒洗掉他们工作的尘土，或用酒化妆，准备夜幕降临后粉墨登场。这些人吵吵嚷嚷，总是把酒杯碰得叮当

---

① 美国的酒吧和餐厅常在下午或傍晚时进行饮料减价、餐前小吃免费供应等促销活动，这段时间被称为"Happy Hour"。——编者注

响。简小的时候想，在这个灯红酒绿、音乐神游的小酒馆里，祖母黑色的皮肤永远是最美丽的颜色，看着白皮肤的人把钱交到祖母手里，她觉得黑色最有力量。祖母开的不显眼但名声极响的酒吧餐厅，是祖母交际的平台。这里是纽约代表民主新理念，特别是相信男女经济概念地位的金融界精英们，喝一杯文雅的香槟谈金融的上选之地。

简记得，她和祖母所有的外出旅行，从来都是从这个小酒馆出发。因为祖母要确认旅行时，小酒馆的每个大小环节都能够运转完美。祖母总是在小酒馆里和老乔治拥抱说再见，并在出门的最后一刻，把小酒馆保险柜的钥匙交给他。简还记得，祖母有两样东西一定是随身携带的，一个是看上去相当老式的镶着黄铜纽扣的大钱包，这里面装着祖母所有与钱有关的单据和几千块现金，再就是她手上那只三克拉的钻戒。"谁知道下一分钟会发生什么事?!"祖母总是这样说。"有了你和它们，"她戴着钻石的手把大钱包举在眼前，另一只胳膊搂住简的小肩膀，"我什么都不怕!"

这几年简时常想，如果祖母还健在，报纸上那些"华盛顿项目震惊纽约地产"的新闻，会不会让祖母低下高傲的头。她从英国移民到美国，在马丁·塔瓦恩饭店遇见了当时在华盛顿当律师的祖父，走进了弗吉尼亚色拉韦尔那个有着几十栋别墅的庄园。从此她的黑皮肤上贴了一张永远不褪色的金名片。一年后祖母和祖父有了一个头发飞卷但是皮肤洁白的女孩，那就是简的母亲。再后来，简的母亲和一个做远东生意的欧洲男人结婚了，生下了简。再以后的事简记不得了，只模糊地记得母亲离开她的那个早晨。

简·华盛顿在祖母的陪伴下长大，也在祖母的小酒馆里那些上东区领结、袖口、珠宝和酒精混合的气息里，感受着华盛顿这个姓氏的魅力和便利。她在祖母的安排下，与纽约一个颇有名气的把持着纽约钻石街的犹太家族的儿子认识，他们的婚礼把纽约东河感恩节的夜晚照得通亮。真假钻石把一条船装饰成阿里巴巴的宝库，查理的父母在《纽约时报》定了一个整版，报道了这场华丽的婚礼。

"母亲，早餐准备好啦！"劳拉再次在厨房里招呼简。

走进厨房，简拉出了那把祖母换鞋时常坐的木质靠背椅，坐下时椅子发出和楼梯一样的咯吱声响。祖母去世后，简没有处理这栋楼里的任何家具和用具，一件也没扔掉，它们给她一种熟悉，一种依靠，就像身上套着的结婚前祖母送给她的那件拖至脚背的粉红色阿玛尼羊绒睡袍一样，那上面绣着已经被洗脱了线的名字缩写"W"，让她依然能感觉到祖母的影子。

在简离开摩尔顿营地之前，小酒馆就已经被拍卖了。从营地回来之后，简不允许自己经过街口那个已属于别人的小酒馆。

简已经回到祖母留给她的这栋连体楼快一年了。很奇怪，这一年她好多次披着这件有着岁月痕迹的睡袍，站在门口等待可怕的事情发生。她的记忆中有那么个黑色的仓库，装满了与监狱有关的苦难。如果不是像今天这样，有劳拉帮助她回到现实，她会站在门口想象着被带走的那一刻。她摆脱不了可卡狗罗密欧悲伤的狂叫声、和刘爱待在一个小房间的画面，以及她和查理被颠覆的生活。为了把她保释出来，查理用房产和100万美金现金做抵押。简出来后他们找到纽约诉讼案最好的律师，先支付50万美金的押金，再之后就一遍遍向律师解释你是谁，并眼睁睁地看着起诉你的文件不断新增罪名，那些冠在你头上的完全不合你尺寸的帽子，试图把你的头压垮。你真诚的律师和你的检察官，微妙地平衡着你的价格。再后来，你被他们讨价还价后达成的双赢协议锁定，你开始走进已经设计好的认罪格子。从认罪那天起，你便失去公民选举权益。简时常觉得，自从事件发生，自己就成了一件沾了污迹洗不干净的脏衣服，怎么努力都是徒劳。

"劳拉，你做得很好吃，我喜欢。"简端起劳拉放在大理石桌面上的盘子。盘子里除了鸡蛋，还有两片烤得火候适中的荞麦面包。有心的劳拉还从冰箱里找出一些蓝莓，这些颗粒饱满的蓝莓被劳拉装在一只锃亮的小银碗里，规规矩矩地放在面包的一边。早餐看上去色香味美。

"我马上要出去办点事。如果你不介意的话，在家里帮助我包包这些礼物吧，顺便替我等一个快递，应该是上午送到。"简一边吃一边说。

她不是要我陪她去百货公司吗？劳拉心里想，但没有问出口。她看见简在那堆乱七八糟的包装圣诞礼物的彩纸和绸带之间，找出一个本子，从上面撕下一张纸，快速写下了一个在金融大道的地址。"请带着快递到这里找我。两点之前到就好了。"简一边说着，一边从桌上拿起一个像是只有银行才有的那种信封，"这里有一点钱，谢谢你来照顾我。"简对着正背对着她，埋头刷锅的劳拉说。

劳拉停下刷锅的手，回转身，看了简一眼，眼神像团火。她手也没擦，接过信封看也不看，一把将它塞进了裤兜。

"你没有说谢谢。"简看着劳拉的背影，半真半假地说道。

"这是我的劳动所得，如果你认为我今天到这里来，是为了挣钱的话。"劳拉的声音里夹杂着简不熟悉的声音。劳拉的背挺得像一堵墙。

在营地，像劳拉这样把黝黑的背影交给简的女人不少。简以往的社会生活圈里，除了祖母和随同祖母从斯顿庄园搬到纽约的乔治一家，还有家里用过的女佣，再没有别的黑种人。"把头发拉直。"祖母在世的时候总是这样要求她。简和娜欧蜜的友谊就是从频繁地到她工作的理发店拉直头发开始的。摩尔顿营地颠覆了简的生活，也颠覆了简的生活圈子。简·华盛顿满头鬈曲的头发，告知女人们她的血液里有一半来自黑种人，无论她的皮肤有多白。但是她从骨子里是另一种人，一种她习惯的那种人。直到她在营地遇见劳拉。

"参加我们周五的祷告吧。"一个皮肤比夜色还黑的女孩，热情地邀请简。她就是劳拉。酷热的夏天，一丝风也没有。营地的电视房里那几扇本来就关不严的窗子大开着，但是屋子里面还是闷成了蒸锅。劳拉穿着剪得恨不能只剩下遮掩前胸的背心。简靠着门站在最后排。眼前一片黑色的背影。简看到劳拉背上那朵盛开的珍珠花刺青，看到她手腕和脚腕上文的誓言。浑厚低沉的唱诗让黑色的背影融化成水，简仿佛看见纽约东河波涛汹涌。

那天夜里，简被A17区发出的两种奇怪声音吵醒了。仔细听听，一个是玛利亚此起彼伏重重的呼噜声，一浪高过一浪，另一个是劳拉的呜咽，断断续续，悲戚伤感。奇怪组合的噪音让简难以入睡。"是什么样的伤心事让她半夜里偷偷地哭泣？"简好奇地想。

大概是听到简起身去了洗手间，劳拉紧跟着进了洗手间。她贴在头皮上的钢丝刷般的鬈发荒草丛生地翘着，眼睛哭得通红，厚厚的嘴唇布满了血痂。

"劳拉，我能帮你什么吗？"简试图表示同情心，虽然她并没有准备好要去帮她。

"我不知道。我只是非常难过。"劳拉用手抹掉鼻涕，随后在监狱发的绿色"睡衣"上蹭了蹭。劳拉白天泰然自若毫不在乎的样子，被黑夜全部遮住。厕所顶棚上布满了霉菌和灰尘的银色灯光，在劳拉的脸上涂了一层厚厚的白蜡。

"我的儿子，我的宝贝，今天在家里做意大利面时让沸水烫伤了。"劳拉背靠着厕所的门，忍不住抽泣着。

"严重吗?"简有点不知所措。劳拉为什么要对她倾诉?

"不轻，在医院。"

"谁在照看他?需要钱吗?也许我可以让我的丈夫送一点给他们。"简能想到的安慰就是给钱。劳拉还要什么呢?一定就是为了钱。

"真的吗?你会这样做吗?"劳拉一双又黑又大、力量十足的手，突然紧紧地握住简那两条细瘦的胳膊。她的眼里闪烁着急不可耐的亮光。劳拉不敢相信，这个白种女人会给她钱?在她的记忆里，这个世界上没有任何人给过她钱，即便她卖出了年轻的身体。

那天晚上，在厕所里，劳拉告诉简，她从来没见过父亲，母亲十七岁生了她就没有再回学校。劳拉的母亲每天打两份工，但终究抵挡不住贩毒的暴利诱惑。劳拉六岁的时候，母亲因毒品交易被判刑，"监狱"这两个字成为她最熟悉、最亲密的字眼。因为那里有母亲。几年之后母亲出狱了，戴着"犯人"的帽子，试着搬到一个能够改头换面的地方重新做人，但是工作机会像是在躲避"犯人"这两个可怕的字眼一样，冷酷地关上所有的大门。于是，母亲又回到老地方，她那帮老朋友接纳了她，她又过起了

简·华盛顿

拿国家救济而无所事事的生活。没多久，家里又扬起了那股诱人的"香味"。那时劳拉已经十多岁了。母亲"工作"的钱让她有了几年"天堂"般的好日子。她和母亲一起去纽约看了百老汇的歌剧。那时候劳拉参加了学校艺术表演。好景不长，她的母亲因毒品交易再次被判刑。这次更严重，十二年。从十三岁到二十岁，劳拉上千遍地对着镜子表演和母亲对话的情节，她要把一周五天没能和母亲说的话，全部对着镜子说出来，直到周六去探监。但是十三岁的她，已经不是那个可以拿着薯条和汉堡包安安静静在巴士上坐几个小时的小女孩。她痛恨监狱，但监狱似乎又是她精神上的家。"有一个周末，我和祖父坐在巴士上去摩尔顿营地，我突然意识到，每个周末探望母亲，不再是祖父催我早起，而是我得扶他起身。我们要五点起床，赶六点多的巴士，这样才能赶在九点前到达。晚了就要等到十一点才能进去。祖父那天说，他真的老了，跑不动了。我看着祖父干瘦的身体和无助的眼神，他一定在责怪自己没能给女儿一个更好的生活环境。他在停车场工作了几十年，看尽了所有类型的车自己却买不起。他有台旧车，坏了修不起。"劳拉说，"为了找个能开车送祖父和我去监狱看母亲的人，我跟阿瑟在一起了。我怀了阿瑟的儿子。后面的故事你知道了。他也是靠卖毒品养我们。我因共谋罪被判了五年，但是我什么也没做。阿瑟被判了十二年。他刑满了会被遣返。他持有多米尼哥护照。"

劳拉的泪唰唰地流，像打开的水龙头。为了控制住不哭出声，她拼命咬住嘴唇，直到溢出鲜红的血，悲伤地挂在她的嘴边。"我进来的时候，我可怜的儿子才三岁。"劳拉说。

简·华盛顿从来没有想过，也不敢想一家三口都在监狱是怎样的感觉，更不敢想马上到来的周末。如果劳拉看不见她那每周坐巴士来的儿子和祖父，她会怎样扛起突然倒塌下来的天。简·华盛顿想到，每个周五的晚上，劳拉兴奋地把头上那一层鬈发编了又编，脸画得像京剧脸谱，为的就是那几个小时与祖父和儿子的见面。"是他们支撑着我活下去。"劳拉终于忍不住了，悲伤从她挂着血迹的嘴唇里喷涌出来。她的哭声像教堂里举行葬礼时扬起的带着沉重哭腔的颂歌，冲出女犯宿舍。

那是简·华盛顿第一次真正地拥抱黑人，第一次紧紧地拥抱她生命中的另一种颜色。她抱着劳拉，觉得血液正在拥抱的生命间交融，这让她想到了几个小时之前还在脑海里奔腾的纽约东河。简的脸紧贴着劳拉的脸，她仿佛感觉到了生命的交融。

从此之后，劳拉成了她的老师。如果不是劳拉，简永远不会知道如今仍在贫困线上挣扎的美国黑人的生活。劳拉告诉她，她住在布鲁克林区的家离纽约曼哈顿只有五十分钟的车程，但她在十岁以前，从来没有到过曼哈顿。她七岁的儿子现在会踏在小板凳上，在锅台上做番茄酱意大利面。他在探监时告诉劳拉，他长大了要参加电视厨艺大赛"最好厨子"。"因为我做的意大利面能让曾祖父微笑。"她的儿子不知道，在他的生存空间之外，做一个能上电视参赛的选手需要多少他从未吃过、从未见过、从未想象到的原料。"等我出去了，我一定拼命工作。我要给儿子买许多菜谱，我要买许多原料。我要让他的梦想实现。"劳拉反反复复说。

劳拉的祖父没有等到劳拉出狱。摩尔顿营地允许劳拉出去参加她祖父的葬礼。"只要在一百公里之内，付600美金，让一个警官跟着，你可以出去十二个小时。"管理人对劳拉说。从葬礼回来后的劳拉，只要眼睛一睁就不停地"找生意"。简看到劳拉从厨房偷东西换小卖部的日用品。她日夜不停地编织，以换取小卖部的零食。她周日还给有钱的女犯修脚，女犯让家人把钱打进劳拉儿子寄居的人家的账户里。劳拉每天忙碌着，好让自己每分每秒都有收获。

简刚才注意到的劳拉的眼神，就是劳拉在营地付出劳动得到报酬时的眼神。在劳拉的那个立志要把牢底坐穿的毒品犯女友身上，还有在那几个时不时躲到操场树林角落，冒着犯规的危险偷着抽从地下渠道带进来的香烟的烟友身上，简都看见过这种眼神。

看着劳拉的背影，简想拉劳拉坐下来，简想告诉她，虽然自己距离劳拉的生活背景十万八千里，但她们的关系中不应该有交换。因为劳拉现在称呼简"母亲"。

电话铃再次响起。简以为又是查理。不是已经约好了吗？昨天晚上她吃安眠药之前，已经把与离婚有关的材料装在了一个大信封里，包括这栋别墅的房产证。律师会像切蛋糕一样用最快的速度把这栋房子一切两半。

"告诉查理，我会准时到的。"简一边示意劳拉接听电话，一边走向了厨房那扇通往花园的小门。清晨的寒气迅速钻进简的睡袍，她两条赤裸的腿哆嗦了一下。

如果不是一个多月前就约好了和查理在律师楼的见面，简今天什么事都不会安排。这时候，简要求自己一门心思地想她和刘爱的见面。她要快快上楼，把和刘爱见面要带去的那些写了再也没有寄出的信、那几颗最饱满的从中国城买回来的白果，还有简买的彩色糖果里特意为刘爱挑出的那三颗红、黄、绿水果糖，全都装进母亲给她留下的珠宝盒再放进手袋里。她要告诉刘爱，人生很长、很大、很重，但是又很短、很小、很轻。她的人生就在这个珠宝盒里。只要能找到刘爱，一切都变得不那么重要，包括这栋房子。

"母亲，是一个叫娜欧蜜的女人。"劳拉用手捂着听筒，对面朝花园的简说道。

"告诉她，我搬走了。你不认识我。"简没有回头。声音很冷。

于是，劳拉这样说了。这之后，简没有向劳拉解释打电话来的是谁，劳拉也没有问起。"祸从口出"，老人就是这么说的。劳拉总是觉得黑人比白人聪明。也许是苦难教会了他们更多的生存技巧。白人生来好命，不需要谨慎小心地做事。开车撞了人，也不会像黑人那样要坐一辈子的监狱，罚点款或是监狱外监管就算是惩罚了。黑人的命运，要复杂、困苦得多。

看到简呆立在通向花园的门口，劳拉猜出刚才那通电话，一定不是什么节日喜讯。

"母亲，十二月是对往事说再见的时间。十二月里吹的节日的风，就像是一把巨大的扫帚，强势地清扫着人们的大脑，将一年中各个角落里堆积的记忆分类，然后把它们写在节日贺卡上，打包在彩色的圣诞礼品盒里，扎上彩带，装进手提纸袋，送到每一个和记忆有关的人手里。这是我们，我们黑种人这样说的。我想我们说得对。"劳拉认真地说。

劳拉开始整理简堆在桌子上的东西，劳拉注意到，那些被乱七八糟的包装纸压着的有着 W 烫金字样包装的巧克力糖盒中，一盒粉紫色的巧克力糖盒上插着一张紫色的贺卡。卡上写着她熟悉的名字：刘爱。

为什么查理会错认为自己是刘爱呢？劳拉想要问问简，但还是打住了。生活教会了劳拉该在什么时候开口，在什么时候闭嘴。

"母亲，你该去换衣服化妆啦。"劳拉催促道。

简回身看了劳拉一眼，她在想，这个脱离华丽的外表，粗糙纯粹得像一块原始泥土样的女孩，从不掩饰最初的意愿，却又善解人意。她怎么这么像刘爱？她们皮肤的颜色那么不同，但是她们又是那样的相同。

简把手里的咖啡杯放在桌上，快步走向楼梯。

半路家

伍 刘爱 2017 / 12 / 16 AM 8:00

《圣经》说："神为爱他之人所预备的，是眼睛未曾看见，耳朵未曾听见，人心也未曾想到的。"

史密斯带进来一股浓郁的薰衣草香味。这是刘爱熟悉的香味。摩尔顿营地的小卖部卖的小瓶薰衣草精油，就是这样的味道。刘爱好几次想站起来，去抓住那股薰衣草的香味，那股自从简·华盛顿离开后，她就再也没用过的薰衣草精油味道，但是她的肩膀被玛利亚使劲地按着。

"我上个周末和我丈夫开车去了我母亲家里。她要开始做化疗了。我知道按规定我不应该出纽约南区，但鬼知道半路家怎么知道的。刚才叫我下去就是签字确认接受惩罚。"跨进门的史密斯看上去像只落水狗，满脸的泪水将早晨浓妆艳抹的脸，搅成了油画家手中的画板。

"他们有没有说你什么时候可以回家？"随同史密斯一起走进

来的梅里，把瘦小得像小鸡一样的史密斯搂在怀里。

在营地，梅里最懂得体贴倒霉的人。她现在的工作是在女儿家"照顾儿童"。她的雇主是她的女婿。按规矩，半路家的前罪犯是不允许为家人工作的，为什么？怕你做假，不认真自食其力。半路家有上百条的规定，像梅里这样拐着弯为自家人工作的事，属于犯规。不过由于雇主与梅里不同姓，半路家负责教育的管理人也就睁一只眼闭一只眼。只要你不重拾罪恶，只要你每月按时向半路家上缴你工资的百分之二十五，大家就相安无事。梅里的女儿每天早晨开车来接她，晚上女婿开车送她回来。在半路家十多个女人的眼里，梅里是最幸运的人。

"这个消息真的让我很遗憾，我也很吃惊。前两天我在给财务交支票的时候，我还听说，史密斯是排在回家名单上的第一个人。"满手涂着紫红色指甲油的桑蒂，用一种近乎装出来的同情说道。

这个在摩尔顿营地被人称作"骄傲的黑珍珠"的桑蒂，入狱前是第五大道时装店产品采购经理。在刘爱的印象中，桑蒂除了在通过营地的视频设备给她五岁的儿子念书时会放下身段，字字真情，其他的时间，她总是挺着一个做过的屁股，过分地展示着她的文雅和矜持。她那口经过漂洗的牙齿，给刘爱一种无情的感觉。今天，桑蒂表现出的同情让刘爱对她有点另眼相看。桑蒂大概正在为出门找工作而精装打扮，她举着两只手，翘着指甲油还没干的手指，蜻蜓点水般地抚摸着史密斯那头被突如其来的悲伤搞得一塌糊涂的波浪。指甲涂成紫红色的一双手像两只蝴蝶，在正经历悲伤的史密斯的头顶上不合时宜地飞来飞去。

"我怎么跟我父亲说呢？我弟弟说，昨天他们买了圣诞树，还特地订了欢迎回家的气球。天哪，我怎么告诉他们这个世界上最坏的消息？我怎么就没想到苍天有眼？为什么我偏偏在半路家的人家访的时候出门？我真的太愚蠢了……"史密斯懊悔地放声痛哭着说。

"出去吧，到外面去忏悔吧。"玛利亚突然变得十分不耐烦，刚才还假心假意地要打听出了什么事，这会儿她突然变得不客气起来，"事出有因，看在上帝的分上，别在这里坏了我的心情！"玛利亚是摩尔顿营地最难缠的泼妇，谁见谁怕。听她这样无情地"送客"，大家也只好陪着伤心过度的史密斯一起退出了卫生间。

镜子里，刘爱注意到玛利亚此时的目光是奇怪的。她的一缕目光瞟着已经虚掩上的门，一缕目光左右打量着刘爱被剪得寸短的头发。玛利亚这看似随意的目光，被刘爱抓住了把柄。在营地，每当玛利亚干了损害别的女犯利益的事，或是说了伤人的话时，她浮肿的眼皮下就会透露出这股子嘲笑和藐视的神情。刘爱担心是玛利亚多嘴，向半路家报告了史密斯犯规的事。刘爱记得，出于客气，自己问过刚刚从家里过了周末的史密斯，她的母亲怎么样。中国人对朋友家的老人表示关心，是一种友好的表示。刘爱也记得，那天问话时，玛利亚就在身边。不过，她为什么要害史密斯呢？

"算史密斯走运，没把她送回营地就不错了。"剪刀继续快活地在刘爱的头顶上跳跃着，"还记得那个把营地的花园整得像要参加园艺比赛的杰斯卡吗？在半路家和男朋友擅自外出，去了她不该去的地方，还把脚上戴着的跟踪器给剪了，结果怎么样？送回营地，再判半年！凡是故意犯规的，比如说，去见不该见的人，肯定会倒霉。哪有不透风的墙？刘爱，你不是不知道吧？"

玛利亚话中有话。

"她们的事很不同。史密斯的母亲患了癌症。"刘爱说。

"那又怎么样？这是什么地方？你没看见，关了一年和关了几十年的人，都是一样的待遇，一样的要求和规矩？她以为自己怎么着？她以为全世界都想跟她保持联系？我就是看不上她那种自以为是的样子。"玛利亚停下了剪刀，不耐烦地说。

玛利亚的话，让刘爱想起了一件事。几天前，玛利亚拿着她那个写满了她一辈子也打不完的号码的电话簿，叫史密斯留个家里的电话，以便今后保持联系。史密斯推说要搬家没给她留。后来史密斯告诉梅里，要是给，也会给个胡乱编的。也许梅里不小心开玩笑把这话告诉了玛利亚？哈，问题肯定就出在这里！玛利亚一定是在报复史密斯。这个报复对做梦都想回家的女人是致命的。想到这里，刘爱害怕了。她害怕玛利亚早已看透她今天剪头发的真实原因。自从在摩尔顿营地与玛利亚做了邻居，玛利亚浮肿的眼皮下透出的那两道激光般的眼神，让刘爱不敢也撒不了谎。

剪完了头，心里有事的刘爱立即找了个借口离开了卫生间。她前脚走，后脚就听见玛利亚在走廊里招呼史密斯。玛利亚要史密斯到她的房间里去坐坐。凭着刘爱两年的监狱生活经验，有人的地方就有小道消息和阴谋诡计，更不要说密不通风的监狱和行动受限的半路家。玛利亚是个制造麻烦的老手，她这么急着要和刚刚被她赶走的史密斯见面，看来她有话要和史密斯单独说。做贼心虚的事，玛利亚一定是要一对一地交代。

刘爱回到自己的房间。推开门，她本想轻手轻脚地进来，不惊动昨天下午刚刚从费城监狱出来的黑女孩，没想到脚还没踏进房间，就看见睡在她上铺的女孩，半跪在床上，双手扒着窗框，脸贴在被胶条封死的玻璃窗上，目不转睛地盯着窗外。听见刘爱推门进来，她转过头，不由自主地"哇"了一声，接下去不无遗憾地说："好可惜啊，你原来的长头发多美啊。"她注意到刘爱刚剪短了的新发型。

刘爱记得，当年在她几剪刀就把满头秀发剪成了那种北京人称"假小子"的板小头之后，她的摄影师丈夫老马，就是这样底气不足地说着同样的话。老马从来都是谦卑地把刘爱捧在手心，本来是送刘爱去美国培训，结果搞得像送自己去见阎王爷一样，早已心慌意乱。再看到刘爱把自己的长发剪得"不成体统"，他更是失了方寸。刘爱记得老马弯下腰，在地上挑出一缕稍整齐的头发，小心地把发根扎紧，放进他的照相机包。"我会带着它去纽约找你。"老马说。

二十多年前，拿到赴美培训的签证临上飞机的前夜，剪成短发的她，坐在奶奶的身边，看着奶奶在用了一辈子都舍不得扔掉的老式台灯的昏黄光线下，将她和爷爷一生节省存下的养老金换成的300多美金，一张一张卷成烟卷大小，再将这些"烟卷"一个一个塞进那条刘爱上飞机要穿着的牛仔裤的裤腰里。

"小爱啊，千万别粗心大意把这钱丢了，这些钱是八比一换的，这可是咱们全部的家底。"爷爷反复强调着。

"到了美国想家了，就用这钱买张机票，在外不如在家，要学会节省。别再大手大脚，奶奶爷爷离你那么远，远水解不了近渴，想帮你也帮不上了。无论多难，都别用掉这点钱。"奶奶把塞了钱的裤腰缝得严严实实的。

那条牛仔裤是刘爱英文课的美国教师送给刘爱的二十三岁的

生日礼物，据说是美国名牌。为了保留这条名牌裤子的意义，好多年，刘爱把裤腰右上方那块洗得脱了线的标志缝了又缝。她珍视这条裤子的真正价值，就像全心全意要保持恋爱时发烧的情歌一样！她记得当奶奶在那条牛仔裤的裤腰上剪开一个小口子时，像是戳到了她的心，让她心痛不已。刘爱要穿着这条她珍爱的牛仔裤，迈开腿，奔向她向往的自由。她从《美国梦》这本介绍美国商业巨头是怎样白手起家、从无到有的报告文学作品里，认识了那个只要勤奋可以让石头开花的美丽国度。她要这条意义非凡的牛仔裤，带她去美国！

"你知道美国翻译成中文是什么意思吗？"那个哥伦比亚大学英国文学系毕业，到中国教英文的年轻男老师问班上的学生，"美国，用你们中国人的语言方式解释，美就是美丽，国就是国家。两个字连起来读，就是美丽的国家！"说这话时，他那双蓝里带着灰的眼睛，充满了骄傲。刘爱喜欢那种骄傲的眼神。在刘爱的字典里，爱代表尊敬。刘爱不敢承认，无论她的丈夫在全国摄影大赛上得了几次奖，她就是找不到爱他的理由。离开北京时，刘爱的儿子才一岁，她希望丈夫以这个理由拒绝她离家远行，至少和她大声争吵一次。但他却那么大方地让她一意孤行。"美金与人民币的比值相差这么大，你去混好了，儿子就有希望了。"他只是反复说着这句话。刘爱什么也没说。

奶奶侧着脸在那台开关不太灵的老式台灯下，借着昏黄微弱的光亮，小心翼翼地往裤腰上被剪开的小口子里塞美金的样子，在刘爱的记忆里早已是一张永不褪色的照片。

"小爱，把你爷爷叫来。你再到我床头把那个梳妆盒端来。"就是那个夜晚，奶奶打开了从她娘家陪嫁过来的红木梳妆盒，从夹层里掏出了一块有年头的红色土布。

刘爱永远忘不了奶奶把那块布轻轻放在手上时的那种冷静和谨慎，就像接生婆把还带着血迹的初生婴儿捧在手中，端到孩子母亲的眼下一样。刘爱接过那块有年头的红色布条，看到上面有一行娟秀的钢笔字："女儿刘爱，1973年6月6日生人。我罪该万死，留不住她这个人。我取刘为姓，求求好心人收留她。取爱为名，示我爱她至死。"

"我和你奶奶早就说好了，我们在世的时候不告诉你这些，让你把我们看成你的亲爷爷奶奶。我们走了以后你知道了，也许不会太伤心，也许会去找你的亲人。可是这两天你奶奶和我怎么也不踏实，你要去的地方太远了，你的心好像也飞到那里了。我都看在眼里，要是你真的恋家，你不会把丈夫、儿子丢下说走就走。你是铁定了心要去那个'美丽的国家'。我和你奶奶给你上户口时，没把那个刘姓改成万姓，就是想你生母给你取名刘爱，我们再怎么艰难都得留住你。可是我们今天才知道，我们也留不住你了。"爷爷这样对刘爱说。

他们你一句我一句，像早已练习过上百遍那样告诉了刘爱发生在1973年夏天的事。他们的叙述那么简单那么冷静，没有伴随一滴眼泪。她只注意到爷爷讲话时，那一张从不多言的嘴，不由自主地颤抖。奶奶把那块红布条缝进裤子上的小口子时手抖得找不到针脚。刘爱流不出眼泪，几十年后的她还是找不到合适的字眼形容那天晚上的感受。她被突如其来的真相，打击得毫无还手之力。

根据爷爷奶奶的叙说，她是手系着这块小红布条，包在一个单人花布床单，被放在爷爷工作的传达室的窗台上。爷爷猜想，能在清晨把这个小布包放在大门传达室的窗台上的，一定是熟悉传达室的人。因为没有多少人知道那个窗户的半扇可以拉开，窗台里面就是写字台。这个包着刘爱的小包袱，一半在里一半在外地横在窗台上，远看像是邮递员留下的邮件包。爷爷记得他抱起那个包袱时还能感受到余温。遗弃刘爱的女人一定是计划好了，她知道爷爷每天六点准时上班，在爷爷上班前几分钟准时把刘爱放在窗台上，以免小布包在窗台上时间太长，婴儿受凉。爷爷抱起刘爱那一秒钟就没想再放下。刘爱睁着一双会笑的月牙眼，紧紧地盯着他，嘴角边两只深深的酒窝，不知人世地装满了甜蜜。爷爷奶奶托人给刘爱搞了一个北京郊区医院的出生证，刘爱从此以"老家侄儿的女儿"的身份落户爷爷名下。"那些年正值'文化大革命'，学校乱得像打仗似的，课也都停了，除了我这个看门的，老师们打倒的被打倒，没被打倒的都在搞'文化大革命'，学院宿舍里谁都顾不上谁，等学校再开课，转眼就是几年后的事了。谁都没注意，我们的小爱就这样长大了。"爷爷满眼慈爱。

刘爱记得那个晚上爷爷奶奶彻夜未眠，他们三个人坐在那个昏黄的灯影里。家族传下来的可以报时的座钟，每隔一小时就把他们从往事中拉回来，再扔回黑夜里。爷爷从来没有如此多言，可是那天晚上，他把刘爱记得和不记得的成长故事，像展示珍藏的古董一样，一件件摆出来，时间地点丝毫不差。爷爷还告诉刘爱，他可能对她的生母有点印象。她好像是一个干部家庭出身的女孩，他常看到周末时有黑色红旗牌轿车在校园门口接她。"她眉目清秀，嘴角上方有颗小痣。她时常在传达室等信，对我总是大爷长大爷短地称呼。"爷爷说。刘爱记得那天晚上她不停地给爷爷茶杯里添水，她还记得爷爷总是把茶杯递到她眼前叫她也喝几口。"到了国外，这种当年的新茶你就喝不到了。"那天晚上，刘爱喝了一辈子最多的茶。

"我的生母后来找过我吗？"刘爱记得整个晚上她只问了这个问题。虽然心里有一千个疑问，但是她生怕触碰到爷爷奶奶躲避的伤口，她明白他们一生无儿无女，把她当成宝贝一样珍爱地养育。亲生孙女，是他们最要珍视的财产。

"我再也没见过她了。学校复课已经是几年后的事了，我打听过，她当时是表演系的高才生，是学校造反派的头，听说后来嫁给了她父亲的一个从农村来的警卫员。再后来就不清楚了。"爷爷说。

北京首都国际机场的离别，让刘爱感觉到了一种从未有过的心痛，这种痛从前胸穿到后背。为了一个梦，她就剪短了头发并丢下了一切，家里所有存着的几千块人民币全换成美金给了她，她要一千倍地努力，她要学成归来，她要撑起这块爱她的天！刘爱就是这样顶着剪得不能再短的头发，离开北京落地纽约。

在摩尔顿营地安顿下来后，刘爱请儿子把这块小红布藏在家庭相册里，寄到了营地。她把这块小红布用餐巾纸里三层外三层地包裹着，放在自己的枕头下。刘爱记得，奶奶总是把一串陪嫁的珍珠项链包好压在枕头下。奶奶说，重要的东西要与头共存。离开北京到了纽约，她每晚睡觉之前总是把自己的钱包，还有那个镶着丈夫老马和儿子小福子照片的心形项链，放在枕头下。进了摩尔顿营地，刘爱也总是把装着几件最为珍贵的家当的信封放在枕头下。信封里有那块有着母亲字迹的小红布、爷爷奶奶的小照片、老马写来的信和小福子寄给她的卡片。不记得从哪一天起，刘爱的枕头下又多了两件东西：一张在红桥上的照片，一个简送给她的绿色纽扣戒指。

想到这里，刘爱突然意识到，她应该把那张和简在红桥上拍的唯一的留影，做个相框。其实之前她想到过，还特地到百货公司的四楼，那个摆放着许多种精美相框的柜台看过，只是看中的都太贵，便宜的又不如意。刘爱后悔自己没能够狠下心买个看中的。要不然，这就是今天送给简的最好的礼物。她想好了，今天上班之后要是有一点时间，一定去把那个自己喜欢的相框买下来。最好能够再有一点时间把照片复印一下。

"我叫珍珠，我知道你叫刘爱。"刘爱上铺的黑女孩大概觉出自己先前的话有些唐突，转而热情地介绍自己，"你听，街上的声音！车子的声音！我爱街上的声音！我有四年没有这么近距离地听到这么多汽车的声音了！"

"昨天报到的时候，管理人告诉我七十二小时不能外出。那算什么！听听街上的声音，看看街上的人流，再加上能够自由打电话，我觉得自己已经在天堂啦！"女孩继续着她的兴奋。

刘爱昨天从百货公司下班回来，还没有上二楼，站在一楼登记窗口与值班人闲扯的玛利亚就拦住刘爱，把珍珠的背景从头说到脚。玛利亚告诉刘爱，珍珠的父亲是纽约一个区的警察，主要工作是抓贩毒团伙。珍珠从小就听过许许多多有关毒品走私贩卖的故事，觉得精彩又刺激。十六岁时父母闹离婚，家里搞得鸡飞狗跳，她躲到已经工作的男朋友家住，第一次吸毒，也失了身，之后的厄运如滚雪球。她怀孕了，男朋友的单亲母亲坚决要她生下来，因为这位单亲母亲是个极为虔诚的基督教徒，对她来说堕胎如同杀生。孩子还未出世，男朋友就因毒品交易被抓了。珍珠从来不知道他介入毒品生意，她一直都以为每个月打进她卡上的生活费，是他在电影院工作的工资。她万万没想到，他居然还是这个毒品交易团伙的核心人物，而他工作的地方，竟然是毒品交易地点。有一天她到影院找她的男朋友，顺手接了一通电话，那时候她的男朋友去了洗手间。电话的另一端让她转告："堵车。正在路上，他带了酒。"天知道，这个电话已经装了监听器，就是因为这几句话，她作为知情人被起诉，因为没有人相信她对男朋友贩毒一无所知。案件审理过程中，珍珠坚持不签政府给她的合作协议，坚持不上庭作证，最后她的男朋友被判了十年，她也因密谋毒品交易罪被判了五年。她的儿子就是在监狱里生下的狱中婴儿。刘爱还知道，这个叫珍珠的女孩，有严重的妇科病，每个月有二十天在流血。她一来就占着半路家唯一一台投币电话，打了一下午，直到玛利亚把话筒从她手里抢过来。玛利亚警告珍珠，如果她这样肆无忌惮地与有前科的刑释人员联系，她会被再次送回监狱。

"她就应该是毒品犯，我不看她的起诉书，光看她的屁股就知道。"玛利亚对刘爱说，"搞毒品的屁眼儿都塞过东西，再加上屁股整过形，走路总是扭东扭西。你看到了吗？她的小腿上刺了一朵菊花。"玛利亚就有这样的本领，总能在最短的时间把女犯的老底掏个底朝天，然后添油加醋地说给别人听。"监狱蹲久了，都能把苍蝇说成大象。"玛利亚常常自嘲，"反正流言蜚语无从追溯根源，信息的闭塞给闲扯创造了最完美的空间。大部分女人成天无所事事，不会制造话题，日子怎么过？"

"你的新发型让你看上去年轻了。"珍珠看刘爱蹲在小柜子前，半天不起身，也没理她。

年轻？刘爱这时候站起身来，朝上铺望了一眼。珍珠坐直了身体，她的脸光亮极了，不知是和妇科病有关，还是她正值青春的年龄。刘爱看见她那两条很黑但皮肤非常紧致，腿形也很优美的腿，正愉快地从上铺像是荡秋千般荡下来。

刘爱看了一眼铁皮床杆上挂着的从营地带出来的塑料小镜子，她确认自己老了许多。三年以来，她被起诉，被戴上手铐脚镣，几次被单独关在马达轰鸣的水泥房里等待上庭，和几十个因各种罪行入狱的男囚犯一起被关押在囚车里，与被关在大铁笼里的有暴力倾向的杀人犯一起放风。转到摩尔顿营地之前，她和近一百个女人一起在没有阳光、没有自然风、没有自然雨露的城内女监里度过了几十个日夜，她怎么能没有变化？后来她被转走，又和近两百个女犯一起接受悔过自新的再教育。她应该变成更加有利于社会，更加有利于自己人生的好人。但她没有理由不变老。

珍珠毫不在意刘爱有没有接话。其实她不在乎刘爱叫什么。在监狱里就是这样，上下铺的狱友，都是从问尊姓大名、介绍家庭成员、介绍自己的案情开始友谊。有心眼的只说个表面，真假无人知晓，没心眼的就和盘托出。昨天晚上珍珠就试着和刘爱套近乎，可是刘爱不是支支吾吾应付她，就是戴着耳机反反复复地听歌。珍珠是第一次和一个中国人如此近距离地生活在一起，除了刘爱的名字听起来奇怪，刘爱的一举一动都让她觉得新鲜，特别是现在看见走进来的刘爱把头发剪得像个男孩，她忍不住心里的好奇。

珍珠坐在上铺，继续荡着腿。那朵被玛利亚提到的刺在脚腕上的菊花，愉快地在刘爱的眼前晃动着。她告诉刘爱，珍珠并不是自己的真名，是监狱里的姐妹给她的美称。"我喜欢这个名字。

已经被叫了好几年，我差不多忘记了自己原本的名字，连我的儿子也叫我珍珠。我想也许就是它了。等五个月后从这里出去，我想带着儿子搬到新泽西的乡下，那时候我会认真给自己起个正儿八经的名字。"珍珠认真地说。

没等刘爱说话，她灵活地跳下床，说是要尝尝半路家的早餐，大摇大摆地推门而出。

刘爱从灰色的铁皮柜里找出了那个她已经两年没有戴上的34D肉色蕾丝胸罩。刘爱没有问自己为什么今天特地想戴上它，她说不清。自从赤条条地换上绿色囚服走进营地，除了她的大脑，一切都属于监狱。过去几个月在半路家，刘爱还是一直穿着监狱发的那种白色棉布胸衣。不是吗，反正外人看不见摸不着，破旧一点无所谓。中国女人大多这样想。刘爱记得，那时候为了拉近关系，推销圣诞新品，每个星期刘爱都会带着一些试用样品，去拜访住在法拉盛一个四星酒店的中国观光团。有一次她被带到一个所谓套间，客人是一个被称作"大姐"的富婆。据说只要她花大钱买高级化妆品，团里的其他女人都会跟上，因为她的选择代表着高贵。这个看上去四十多岁的女人穿着香奈儿套装，脚蹬路易·威登高跟鞋，手上挎着爱马仕包，浑身散发出能买下全世界的豪气。刘爱介绍面霜时说道："挺贵的，但是很值得。"她打断刘爱："贵个啥？这样的品质和包装，多少钱都不贵。"那个女人撕开包装盒，一边拧着晚霜精美的瓶盖，一边朝洗手间走去。刘爱随着这女人的招呼也走进洗手间，本想指导她用那个精巧的小棒挑出一点面霜，均匀地点在脸部的几个关键位置，再按照程序，先额头后脸颊地涂抹。但是没等她说话，那女人就把手指伸进了小瓶里，迅速地挖了一指头。

刘爱看见卫生间里挂着洗了还在滴水的胸罩、内裤和袜子，它们都是最为便宜的地摊货。

"都这样的，"带团的小姐把刘爱送出门的时候解释道，"在旅途住的酒店，在中餐馆的集体套餐，凡是消费了的、像一溜烟吹了就散的东西，她们都不那么讲究。"

那天回公司的路上，刘爱想到了自己。别看在美国住了这么多年，自己满身都是中国元素，包括内衣。节省，是中国人的习惯。她的丈夫老马从来没注意过她穿什么内衣，也不会因为她性感的睡衣而将做爱做得更加浪漫。她和他的那点事，都是关了灯后做的。

不过，今天的刘爱，在半路家即将度过最后一个星期的刘爱，刻意穿上了那个花了40多美金买的胸罩。今天刘爱要让自己的胸挺起来，为了自己。她在早晨淋浴的时候就这样决定了。

刘爱还穿上了此前儿子送来的那套蓝色蚕丝阿玛尼套装。她吃惊自己的腰围居然小了，套装的裙腰可以在腰间转圈圈，这很好。黑色的长筒连身袜让她觉得自己小腹绷紧，高跟黑色皮靴又制造出一种亭亭玉立的感觉。走出房间的那一刻，刘爱特地停在比手掌大不了多少的镜子前，再一次看了看她刚剪的短发。她看见，不太清楚的镜面里，映出了俏丽俊气的发型，这是简·华盛顿熟悉的发型。

刘爱就是带着这种满足的心情，挺着胸，站到了一楼值班室的窗前。她将身体贴近那扇上下左右不足一米、沾满了脏兮兮手迹的小玻璃窗，一字一句地报着自己的号码："72323-054。"每天早晚进出，刘爱都要在这扇小窗前报这组代替了她的名字的号码。听惯了数字的值班人，从来不在意报出号码的人的长相和穿着，不过今天情形不同，正在电脑前执行清晨批准外出手续的值班管理人，用一种离奇的眼光看了她一眼。那两片厚厚的镜片后面的眼睛，像是突然看见了天外来客。这个穿着蓝色工作制服、胸前口袋沿儿上歪别着胸牌、带着值了十二小时夜班疲倦的男人，张了张嘴想对刘爱说些什么，但话到嘴边又打住了。他摇了摇头，一副搞不懂也只能随它去的样子。

在一楼值班室三班倒的这些值班人，大多带着这副筋疲力尽的面容。他们皱皱巴巴的制服，一定是用最为便宜的材料做的。颜色像是用次等蓝颜料染的，一沾雨水就会掉色。他们每个小时都在夹着事关前犯人命运的材料夹子里折腾，确认着这些人被批准的日程，按照上面登记的电话号码打着追踪电话，带着随时被调回半路家做尿检的人，走进运营室左边那个臊气冲天的小厕所，盯着前犯人把憋足的尿，撒在准备好的塑料尿罐里，以保证这一流程绝对真实。

那个男人看着刘爱，漫不经心地玩着他食指和拇指间的圆珠笔，像是要借用手指的能力，分解他的疑惑，又或是要把慢腾腾的枯燥的工作，用双指碾碎，让休假立即来临。突然，他那双躲在厚厚镜片后面困倦的眼睛，跳出了几朵难得一见的火花。"刘女士，你，你看上去很不同。"那个人终于忍不住了，"你看上去很精神。"男人两眼直勾勾地盯着刘爱刚刚剪完的短发。他似乎意识到那短短的头发下，正掩盖着一个他看不懂的世界。

"我可以出门了吗？"刘爱小心翼翼地问道。

值班管理人把视线收回到电脑屏幕上，脸贴得很近。

"你上班的时间是十点，你被批准出门的时间是八点半，还有几分钟呢。"值班管理人一副公事公办、六亲不认的神情。

刘
爱

"你，"值班管理人冲着刘爱身后迫不及待要凑到窗口的桑蒂吼了一声，"你八点就该出门，迟到了几分钟还可以放行，不过晚了这么久，你得等凯润女士的特别批准啦。"值班管理人提到的凯润女士，是半路家的总管理人。

　　"不过，你今天不走运，她上午要向BOP（美国联邦监狱局）负责纽约半路家事务的马丁先生汇报工作，还要和他共进午餐。你，回房间等着吧。"值班管理人又把目光跳向了桑蒂身后。

陆 简·华盛顿

命运在撒出幸运彩票的同时，也漫天撒着灾难。简·
华盛顿抓住的，不仅仅是幸运彩票，还有灾难大彩。
幸好，在灾难的隧道里，出现了一支叫刘爱的蜡烛，
照亮了黑暗。

　　简·华盛顿虽然没有接娜欧蜜的电话，但是这通在她生日的
清晨打进来的电话，着实把简心里那种悬空不着地的感觉，再次
掀起。她觉得从头到脚有触电似的麻木，这种麻木让她的情绪变
得不能自控。

　　厨房里飘出一股烤饼的香味。简想起，劳拉刚才说她在橱柜
里发现了几袋可以做蛋糕的原料。那是简去年从摩尔顿营地回到
家里的时候买的，她想试着给查理做个蛋糕。像营地的女人们一
样，用最简单的原料做出难以想象的美味蛋糕。她记得刘爱用一
袋薄荷糖从一个负责早餐的女犯手里换来了几颗新鲜的鸡蛋和难

得一见的黄油。她在鸡蛋顶端敲开一个小洞，让蛋白一点一点流到有热黄油的碗里，加上从早餐省下来的砂糖，右手拿着塑料叉子机械地搅拌着，直到蛋白和糖变成浓浓的奶油状。刘爱把从小卖部里买来的奶油饼干包在大信封里，用花坛边上的石头砸碎，与用小剪刀一个个剪碎的杏仁角和用微波炉热化的巧克力混在一起。她不知道刘爱从哪里找到一根像牙签一样的小棍子，小棍子被插在蛋糕中央，上面缠着一个用粉红色毛线做成的像蒲公英一样的花簇。"祝你生日快乐，祝你生日快乐，祝简生日快乐，祝你生日快乐！"刘爱用中文小声哼着那首在数亿人的嘴里流动过的歌，端着蛋糕，在她们两人的上下铺前转圈圈，最后把蛋糕送到坐在床边的简的眼前。那时候她们刚刚再次见面。

简还记得那天晚上她们关于生日的对话。刘爱告诉她，小时候过生日她总会收到奶奶亲手做的红灯芯绒布鞋。后来，会收到丝质围巾，或者一件新衣服。长大了，爷爷会送她一支钢笔，或一本书。总之每年的生日礼物都不一样。只有一件事年年重复，那就是每年生日那天，奶奶总是要从菜市场上买一只活鸡，熬一锅浓浓的鸡汤。奶奶还要专门煮一锅从安徽老家带来的干挂面。奶奶总是先给爷爷盛上一碗干面，再给刘爱和自己盛上干面，再舀几大勺带着鸡油的鸡汤，浇在爷爷那碗面上，接下来是刘爱的，最后是自己的。刘爱没结婚前，奶奶总是把鸡的两只翅膀放在刘爱那碗面上。"两个翅膀带你高飞。"奶奶说。刘爱结婚后，奶奶在她婚后的第一个生日上，郑重其事地宣布，从那天起，两只鸡腿刘爱和她丈夫每人一只。"这个家就靠你们两个人了。"

娜欧蜜的电话让简神不守舍。自从离开摩尔顿营地，每当这种神不守舍的情绪像乌云一样笼罩着她的时候，简都会试着回想她和刘爱在一起度过的时光。这种转移情绪的方式似乎很有效，它是简把自己从慌乱阴暗中拉回到阳光地带的法宝。昨天晚上，简像个守财奴数着手中的珍宝那样，将她和刘爱在摩尔顿营地再次碰面的情形，一丝不漏地回忆了一遍。

那是个阳光能把草地烤焦的午后。劳拉把简带到正在厨房做清洁的刘爱面前。"这个女人新来的，还没有吃午餐。"

刘爱先是很随意地看了一眼这个把满头鬈发揪在头顶的瘦女人。绿色的囚服和她穿着的鞋一定是搞错号码了，肥大的裤子像灯笼一样罩在她的腿上，脚上拖着的那双胶底布鞋像条船。这个身材细高的瘦女人手上还抱着每个女犯刚刚报到时都会领取的大枕头包。

这个跟空气和风一样的女人，无声地站在刘爱的面前。"似曾相识。"刘爱一定是这样想的。她定睛凝视了她几秒钟，她们的眼神相撞了。刘爱想起了那双有点悲伤，被红色头发映得蓝里透灰的眼睛。

"我见过你，在布鲁克林收容所！"刘爱惊讶不已地叫道。

刘爱这毫无修饰的开场白，让简不知所措。她手里抱着的枕头包落在了地上。如果不是刘爱这样近距离地站在面前，简完全想不起来这个女人是谁。不过，简记得那双弯弯的月亮，还有被保释之前那雪上加霜的一天。这个中国女人救了她。

简不喜欢也不讨厌中国人。她没有中国朋友。她唯一和中国人打交道的机会，就是点中餐馆的外卖。她喜欢中国的鱼香茄子和烤鸭，但不喜欢从外卖员衣服的每一个褶皱里散发出来的油腻味道。但是眼前这个中国女人救过她，简的记忆里有过这个美丽的影子，偶尔还会想到她。不过简怎么也不会想到，这个中国女人，会在摩尔顿营地和她再次相遇。

"还记得我吗？我叫刘爱。对不起我忘了你的名字。"眼前这个女人蓬乱的鬈发，把那个在布鲁克林收容所因为找她要药片被关禁闭，那个称她"亲爱的"的女人，从记忆深处翻了出来。刘爱突然意识到，虽然有很长时间没有想到这个女人，由于自己没有足够的资产做保释，已经被判了刑并从纽约市内的监狱转到"鸟语花香"的白领女犯营地，但是简的突然出现，让她清楚地想起了那天的事。刘爱有种久别重逢的感觉。

那天刘爱厚着脸皮跑到女犯大厨那里求情，把这个女人为了帮助她被关了禁闭一事，讲得催人泪下。大厨颇为感动，她用平时拍狱警马屁时才动用的西红柿和黄瓜切了一盘沙拉，还特地加了一个煮熟的鸡蛋，淋上了些香醋和难得看见的橄榄油。

"快吃，今天之后还不定哪天你才能吃到这么新鲜的蔬菜呢。"刘爱把一盘看着就会让人流口水的红黄绿沙拉，端到简面前。

就这样，简和刘爱不期而遇，再次相见，并被命中注定般地安排在一个隔断。

劳拉从烤箱里取出烤好的巧克力蛋糕，放在厨房中央的大理石桌子上。简弯下腰闻了闻，觉得很香甜。不过这种香甜的味道让她回想起上一次给查理做蛋糕的事。那天查理一口也没有吃。为什么呢？好像就因为简提到在摩尔顿营地，刘爱就是这样做蛋糕的。她记得自己把蛋糕端给查理的时候，查理说："你让我生活在监狱的回忆里，这个蛋糕让我闻到了监狱的味道！"查理那天喝醉了。自从那天起，简觉得自己的嗅觉里，真的总是有着摩尔顿营地的味道。她再也没在家里做过任何晚餐。不是在外面吃，就是订外卖。查理拒绝吃中餐。他说，闻到中餐的味道，就想到简常挂在嘴边的刘爱。简让查理帮着找刘爱儿子的学校，找到后她寄出了那封信。查理明知道这种狱友的感情只会持续一段日子，但是他拒绝任何与刘爱有关的话题。原因很简单，男人身上有一条最为敏感的神经，那就是妻子的爱情趋向。他们像机场那些训练有素的警犬一样，一鼻子就能闻出你有无携带毒品。

劳拉把做好的蛋糕用玻璃罩盖好，留着晚上生日聚会的时候吃。她再次催促简上楼去梳洗打扮。"母亲，你约了八点半的出租车。"劳拉有分寸地提醒简。

上东区这条小街似乎被纽约东河窜进的寒气灌满了。纽约冬季的天空，像一块宽大无边的湿围巾，沉甸甸地压着街道两旁褐色连体房的屋顶。简穿着淡紫色长大衣，戴着黑色小羊皮手套的右手里提着祖母留下的爱马仕最经典的橘黄色手袋，左手没有戴手套，因为临出门之前，她特地把与送给刘爱的那枚绿色纽扣戒指配套的红色纽扣戒指，戴在了左手的无名指上。祖母告诉她，戴戒指是有讲究的，按上帝的旨意，左手显示的是上帝赐给你的运气，因此结婚戒指必须戴在左手上。简记得，为了这件事她和刘爱争执到快要翻脸，刘爱说，戒指戴在右手的无名指上是中国人说的福气，男左女右，天经地义。像这样关于习俗不一的讨论，在简和刘爱的营地生活中，像是打一场无胜无负的乒乓球比赛，一来一去，不为了赢，就是为了球不落地。今天，简担心手套的指头太小，圆形的纽扣本来就是用毛线系上的，禁不住来回拉扯。这枚戒指，她早就准备再见刘爱的时候戴上。

简准时站在了自家别墅门口的台阶上。她要早一点出门。她计划让出租车司机绕到中央公园里面，看看那几百棵被雪包裹着的银杏树。如果时间合适，她还想去百货公司对面街角的咖啡馆坐一坐。那地方白天也有绿色灯光，那种优雅柔和的灯光，让她心神宁静。她希望在见到刘爱前，自己能安静片刻，把储存了将近一年的话理出个头绪来。

湿漉漉的晨风把她满头飞舞的鬈发，吹得异常兴奋。简没有刻意梳拢它们。她记得刘爱最喜欢的就是她毫不打理的随意发型。有一个周末，为了查理的探访，她像所有的女人一样，周五的晚上就开始忙做发型。她特地用两包咖啡从理发室换来了理发师为关系户特别留下的时间，把她满头的鬈发，像在进营地之前那样，用拉直器一缕一缕地拉直，之后再用大塑料卷一把一把地卷起来，她戴着它们睡了一夜。第二天当她满头大波浪出现在刘爱的眼前时，刘爱差点从上铺摔到地上。"这个发型让你看上去很愚蠢。"只有刘爱才会这样毫不客气地评论简，"这种发型太普通，谁都可以有。可是你和别人不一样，你是你自己！"从那以后，简再也没有刻意把疯狂卷曲的头发拉直。刘爱的话不知从何时起，在她的心里占据了那块似空非空的地盘。

简抬头望了望阴沉沉的天，她注意到天空被风堆叠的云朵分割成了一块一块的。云朵的缝隙中探出一丝明亮。这一点点的明亮给眼前纷扬的雪花涂上了色彩。

出租车准时到了。司机跳出驾驶座，嘴里哈着热气跑过来给简开门。如果是以往，如果简的生活里没有摩尔顿营地这一段经历，她大概不会在意这个特意在风雪中下车为她开车门的举动。可是现在，她把这些都心存感激地看在眼里。简坐定了之后，客气地将想经过的地方和目的地告诉司机，之后把头仰在车座的椅背上，缓缓舒了一口气。

　　车在熟悉得不能再熟悉的街上行驶着。简看见街道上三三两两的行人，缩着脖子，在12月早晨的寒气中快步行走。她看见那个穿着冬靴，戴着小貂皮帽，被高高的大衣领子完全包裹的女人，低着头，顶着寒风行走，一副负重的样子。查理搬出去之前告诉她，这个和他们住在一条街上相邻多年的女人，丈夫破产了，房子已交给中介准备出售。简注意到插在她家门前的地产公司的广告牌，和自己门口广告牌上的地产公司是一家。这个低着头，把原来的骄傲塞进大衣领子的女人，没准儿和她一样，正要宣告破产，也许她比自己的情况更糟，甚至因为受不了破产的打击，正准备自杀呢。纽约常有这样的消息。想到别人的情况比自己更糟，时常会让心理压力大的人觉得舒解。

　　手机在振动。昨天晚上她把它设成了无声振动模式，早晨忘了恢复。她拿出手机，发现同样的电话号码，已经出现了几次。"打电话的人一定找我有事。"简想道。

　　"喂，请问哪位？"简客气地问道。

　　对方停了片刻。简听到了对方重重的呼吸声。

　　"是我，娜欧蜜。简，生日快乐！"

　　手机顿时从简的手里滑落到地上。简失魂落魄地看着掉在地上的手机，一时拿不定主意到底要不要拾起来。她听见手机里传来："对不起，对不起。"

　　又是这个娜欧蜜！为什么像幽灵一样跟着她，继续出现在她的生活里？娜欧蜜怎么会知道这个新的手机号码？这个号码是简从摩尔顿营地回到家里之后新启用的。简·华盛顿沮丧地想，如果不是这个娜欧蜜，她的生活不会如此。可是谁能知道，人生轨迹上，下一个碰到的人会是谁呢？

简无法忘记那个神秘的夜晚。

被鲜花簇拥着的餐具，文雅地躺在洁白的台布上。水晶酒杯高贵地站立在那里，刀叉闪光。水晶吊灯骄傲地在人们的头顶上，闪耀着豪华的光芒。娜欧蜜的丈夫爱德华公司的年终晚宴，在装饰高贵、气势无与伦比的哈佛俱乐部举办。

简被安排坐在主桌上，与穿着华丽的娜欧蜜肩碰肩。坐在简右边的是一个西装笔挺的亚洲男人。娜欧蜜悄悄告诉简，这个人是香港最成功的地产投资商，是今晚的主宾之一。坐在这个亚洲人身边的就是娜欧蜜的丈夫爱德华，一个身躯肥大脸却小如纽扣的男人。爱德华右手边坐着一个面容拘谨的政府官员。据娜欧蜜说，他的权力可以把穷光蛋变成富豪。这个神情冷漠的官员的隔壁，是爱德华公司的首席执行官和两位纽约知名地产投资商。据娜欧蜜的介绍，主桌上无法给查理留位子。那天查理去加州出差，如果飞机到达时间不晚点，他可以赶来坐在其他的桌子上吃最后的甜点。

"你真美！"爱德华走到简的身后，一只眼睛斜睨着正在向官腔十足的纽约市政府负责城市建设的男人献媚的娜欧蜜，一边弯下肥大的身体，凑在简的耳根，甜蜜地说。

简以前见过爱德华，他时常开车来接娜欧蜜回家。他从来不下车，总是从车窗里露出一张堆满温情的小脸，把身体藏在车壳里。简怎么也想不到，爱德华的身体如此粗短和肥壮。他的双眼很油腻，挤飞眼时，很容易让人误解他的慷慨，以为他连自己那两只装满了肥油的眼袋里的油水，也要拿出来与对方分享。

爱德华口里带着酒精味的气息，温热地弥漫在简的耳朵四周。这种让女人发痒的气息，在简这里从来就得不到应该得到的回报。即使当她和查理谈恋爱时，每当耳根感觉发热，简总是显得更加冷淡，而不是热情。

"谢谢你的邀请。"简拿起手里的香槟，轻轻碰了一下爱德华的酒杯，然后把它贴到自己涂得鲜红的嘴唇上。

爱德华再次朝她挤了挤眼，眼里放射着猎人发现猎物的喜悦。

简是那种即使不说话安静地待在那里，也会发出神秘光芒的女人。她的那头浓密的天然卷曲成环的红褐色头发，像一把热情的火焰，很容易把男人的心点着。她有一双深陷在眼眶里，带着轻视但又温暖的大眼睛。她的鼻梁骄傲地挺立在线条优美的脸盘中央，嘴像是为锁住语言，张开却给人紧闭的感觉。她身材高挑，平直的肩膀把衣服衬得像精品店橱窗里被刻意装饰过的时装，不大不小，有型有款。她圆润的脖子从来不随意左右乱转，特别是在人多的地方。"要找你的人，总会找到你。你不必寻找。"从小祖母就这样对她说。

那天晚上，简穿了一件祖母留给她的拖地连衣裙。这件被祖母称为"晚礼服蓝"的重磅纯丝绸长裙，不仅有一个类似中国旗袍的高领，而且高领上缀满了繁星般的小钻石。这些钻石在灯光的照射下发出摄人心魄的光芒，让简那像是刚从海边度假回来的淡褐色的皮肤，显得异常的迷人。那条长裙裁剪极为简洁，只是前面从腰部向下分成两部分，它们互相遮掩着，但只要一迈腿，左右两条腿三分之二的部分，就会一前一后轮换着显露出来。

爱德华嘴里的地产和数字让简感到头昏。那天她不时地看表，希望查理快点出现，这样她可以早些回家。但是查理的飞机因天气关系，几次被推迟。

爱德华不断地把人带到简的面前，总是故意只强调她的姓："这是华盛顿女士。"特别是向那些亚洲人介绍的时候，更是加了一句："名门闺秀。你们都知道华盛顿这个姓氏吧？"那天晚上，简没有名字，只有姓。

身穿剪裁得体的西装，左胸口袋里插着折叠得极为精致的丝手帕的华尔街地产投资精英，被接二连三地介绍给简。有的男人还拘谨地弯下腰，用嘴唇轻轻地碰一下简伸出的手背。

简注意到爱德华有极强的左右逢源的能力。每次要打动某人时，他都会蹲在对方的椅子边，肥大粗短的腿一条弯曲着，另一条优雅地支撑着身体。那个灵活的小脑袋，那张挂着滑稽可笑神态的脸，随时流露出卓别林式的幽默。他能够忍着膝盖着地的压力，就那么半蹲着和坐着的人谈话，直到他控制了谈话的局面，得到谈话需要结出的果实。

娜欧蜜告诉简，爱德华公司最近两年的地产生意已经走出美国。现在亚洲人在纽约买房子的势头呈直线上升，有点像当年日本人买洛克菲勒大厦一样。纽约的一些重要商业大厦，像华尔道夫酒店都要被中国人买走了。爱德华的地产公司，联手几个近几年营业额同样抢眼的小地产公司，组成了"纽约高端地产联盟"，由一家香港公司做中介，吸引亚洲特别是中国的买家。"今天晚上他的合伙人都来了。"娜欧蜜用已经被酒精麻醉了的嘴唇，朝桌子尽头那几把椅子上坐的人努了努，说道："你看见那个长得像《007》电影里詹姆斯·邦德一样的男人了吗？他将是这个联盟的执行官呢。他长得太帅、太酷啦！"

简和娜欧蜜的友情并没有太多的实际内容。她们虽然已相识几年，这几年娜欧蜜从一个高级理发店染发师，到爱德华公司的销售顾问，再到他的情妇，最后爬到爱情游戏的最高成就——未婚妻。但是她们之间的友情，始终停留在喝喝香槟谈谈男人的层面。娜欧蜜是小酒馆的常客，每个星期来几次，特别是做了爱德华的情妇辞掉工作之后，她有了一张拥有无限额度的信用卡。娜欧蜜总是打扮得花枝招展，到这里和下班后享受"愉快时光"的男人调调情。半年前娜欧蜜带着小指甲盖大小的钻石戒指来到小酒馆，和平时打情骂俏的男人"告别"。订婚后的娜欧蜜成了爱德华公司的"销售总管"。

"娜欧蜜，你真的很幸运能找到这样的工作。"简本来想说"丈夫"，但她觉得这样说不合适。因为她听了太多的娜欧蜜的抱怨，太多有关爱德华只认钱不认人的创业故事，包括他出卖自己的婚姻，简从来不认为爱德华是一个可以成为好丈夫的男人。

"真的吗？我真高兴你也这样认为。"娜欧蜜像是一个难产的女人，最终抱到自己拼命挤出的生命一样，满脸散发着满足的幸福。"爱德华特别嘱咐我一定要请你来，我真高兴你能来。这里的客人都很尊贵。有长期与他合作的银行高管，还有他新成立的联盟的合伙人，还有那几个亚洲投资人。最重要的是纽约负责地皮的官员。你今天看到的，是我嫁的一切。"娜欧蜜那双有点倒挂的眼角，像是裂了口子的小渠，泪水一涌而出。

简抱了抱她的肩膀。这是一个真诚的拥抱，她自己虽然没有经历过纽约各年龄段女人追逐有钱男人的阶段，但她从小酒馆里的男人嘴里，听够了嘲笑。

宴会散场之后，简被邀请到爱德华的公寓去喝鸡尾酒。简顶着深秋的夜风，走进装饰豪华、地面铺着价格不菲的波斯地毯的公寓大厅。她发现在前台站着的，是比她早到几分钟的爱德华的新合伙人。那个被众人簇拥的政要正在大厅一角轻声地打电话。简有点吃惊他们也会在这里。但很快，她的诧异被轻松的对话冲淡。

"不知道爱德华今天晚上还会变出什么更为精彩的事。"站在电梯一角，一个有着浅灰色头发，胳膊夹着黑皮公文包的年轻人说。他是那位政府官员的秘书。

"我认为今天晚上的宴会相当完美。"电梯里另一位相貌和衣着无可挑剔的中年人说。简注意到，他蓬松卷曲、黄中泛红的头发，和造型夸张的现代图案的橘红色领带，还有骄傲地从他的西装袖口露出的超大袖扣，无一不显示着他的自信和超脱。简听出这个男人有点口音，但她搞不清是哪里的口音。不过这个人一定在美国住了很久，他具有美国人千篇一律的热情和表层的礼貌。她听到他在晚宴上和爱德华谈，今后每年夏天都要在缅因州他的私人度假地开龙虾宴会。他邀请爱德华将第一次董事会定在那里。"那里可以停小飞机。私人飞机应该是我们各州开会的工具。"他们说完，把手中的杯子险些碰成玻璃碎片。

电梯将这帮情绪高昂的人带到了顶层。电梯门打开，娜欧蜜满脸堆放着胜利者的微笑，正等在电梯口。她换了件粉色套头羊绒衫，配一条裤脚很宽拖至脚背的浅灰色丝麻裤，还特别换了一双与长裤颜色相似的高跟鞋。

"欢迎到我家来做客。"简听出娜欧蜜把"我家"这两个字加了特别的分量。娜欧蜜无数次向简提到这个豪华的顶层公寓。她告诉简，家具装饰，都是请法国高级设计师亲自操刀。

简踏出电梯的第一分钟，目光从娜欧蜜的脸上略过，向四周一扫。她好像走进了拿破仑的宫殿，只是应该在家具上留下的岁月痕迹，都被闪闪发光的涂料代替了。崭新的家居，把一切变得乏味。

男人们被爱德华请进了书房，那个连书架都是用新皮子包边的书房。简随娜欧蜜走进了她的卧室。卧室里铺着柔软的地毯，墙上挂着娜欧蜜半裸躺卧的油画。油画正对那张特别宽大摆了半床装饰的大床。画上的女人半遮半掩地顶着一颗樱桃一样饱满的乳头，还有一条几乎一丝不挂像是要伸出画框的玉腿，勾引着画面之外的所有男人。醉眼蒙眬的娜欧蜜拉着简的手，邀请她坐在厚厚的席梦思大床上。

简和娜欧蜜的关系尚不够如此亲近。她们不是那种一起长大的发小，也不是大学时代的密友，更不是家族至亲。她们的友情是从剪头发开始的。订婚后的娜欧蜜时常给简打电话，她要从简那里掏出根深蒂固的优雅，学会简的品位，懂得怎样含蓄地微笑。

简当时的小酒馆现金流越来越紧。磨得露出粗线头的红皮座椅，挂了几十年的从祖母那时开始就是家族客户的老照片，那几个已经被调酒师的手磨得露出木头本色的倒啤酒的手把，还有那架老式的钢琴，包括比老式钢琴更老的乔治，还有他那被岁月磨出痕迹的嗓音，每天都在提醒简，时代变了。

那天晚上，那个要命的晚上，简被娜欧蜜给套上了："爱德华在回家的路上告诉我，他和他的几个合伙人都认为你可以做新项目的品牌形象代言人。在亚洲，你的家族、你的姓氏就是信誉的保证。一些中国人现在钱多得花不完，买楼，买楼，买楼！他们疯狂买楼。爱德华他们要赚中国人的钱。"

娜欧蜜起身把卧室的门关紧。她不想爱德华推门走入，把本来她可以传递的消息，从他那张总是叼着雪茄的嘴里说出来。谈定简的参与，特别是以"华盛顿"命名这个新地产，至关重要。

没有人知道，这个美妙的主意出自娜欧蜜，是娜欧蜜建议邀请简参与这个年终晚宴。她没想那么深，她只想到如果简参与，简的那帮年代长久、家底厚实的朋友，就能加入她的社交圈。她知道简代表了一种纽约特有的华贵。她告诉简，在中国，特别是在中国省会之下的二线城市，华盛顿有着像中国首都北京一样庄严的意义，信任感随名声而起。但是她没想到，完全没想到，她的这个主意，帮助爱德华让那几个香港人放出上千万美金。这座将在纽约这块世界宝地上建起的价值几百亿的摩天大厦，轻而易举地从这上千万美金开始现出了雏形。客厅里已经开始倒香槟了，娜欧蜜已经听到瓶塞从瓶口冲出的脆响。她要尽快完成她的游说，之后把门打开，众星捧月般地把简再次推出。

娜欧蜜告诉简，那几个亚洲人是爱德华的合作伙伴，也是项目的投资人。他们很喜欢纽约这个新项目，也就是这栋将以"华盛顿"命名的新公寓大楼。他们今晚见到了简，更为她的高贵优雅而吸引。他们都赞同爱德华的建议，请简参与。"华盛顿"作为华盛顿项目的品牌代言人，多棒！美妙极了！娜欧蜜兴奋得从床沿上跳了起来，她双手抱肩，陶醉在自己的声音里。

娜欧蜜把攻克简的难度，想得过于艰难了。简听完了解释，脑子里想的只有一件事，那就是这个与"华盛顿"有关的项目，可能会帮助祖母的小酒馆渡过难关。

当娜欧蜜打开房门，挽着简的胳膊走进香槟气泡里时，男人们的眼光像奥斯卡领奖台上装饰的舞台灯，聚焦在她们的身上。"为华盛顿项目举杯！"那个有点口音、头发飞卷的项目合伙人，举着手里的香槟杯，朝那几个亚洲男人兴奋地示意。

"为华盛顿项目干杯！也为华盛顿家族参与这个项目干杯！"

亚洲人中一位来自中国的地产商，一边说一边举杯走向简。"他是中国最富有的人之一。"娜欧蜜在简的耳边说道。

一切似乎水到渠成。简的出现就像是圣诞节的点灯仪式一样，树已装饰堂皇，简是点灯之人。爱德华请那个亚洲投资商讲了几句来年春季到中国路演的计划。"我们已经有了千名投资移民的客户确认，他们已经把订金打到我们香港公司的账上。每一户50万美金，现在又有华盛顿这样有历史的重要品牌参与投资，并有幸与家族代表见面，特别是此次之行我们确认了这个曼哈顿地标项目的名字，我们很高兴有今天的收获，我们更期待明天的成功。"

闪光灯炫眼，镜头把简和这个项目不可改变地拍摄了下来。

这个将简的手和华盛顿项目牵在一起的晚上，已经是近五年前的事了。之后就像编剧将人物和时间都已设定好了，简只是按照场景和台词表演一样，一幕幕地按剧本往下演。那个晚宴后不久，简就应娜欧蜜的邀请去了香港。她和娜欧蜜参加了香港四季酒店召开的与投资商们见面的酒会和晚宴，翻阅了那本印制精美的介绍项目的小册子。香港之行，她们除了逛商店就是看画展。回到纽约后，简在小酒馆里组织了几次聚会，她希望自己像爱德华介绍的那样，是一个有能力的人，是一个真正的投资商。她向她祖母关系网上尚在世的几位或下一代，介绍了这个高级公寓项目。那些日子她过得精彩而亢奋，所有她推荐的熟人的公寓购买合同上，她都签字担保。她心中念念不忘的就是那个"销售总额中提成百分之三"的承诺。简还特地与自己的会计师讨论过税务的问题。按她的理解，只要税务上不出问题，这个"华盛顿项目"的收益，相当于小酒馆几年收入的总和。项目开始的第二年，简从爱德华的公司拿到了丰厚的年终提成。简开始筹划小酒馆的装修。她几次开车回弗吉尼亚，让设计师体验庄园的感觉，想找回祖母时代的辉煌。

问题到底出在哪里？简进监狱时搞不清楚，出了监狱也还是搞不太清。她只记得早春的一个傍晚，娜欧蜜披头散发地从车里跳下来，冲进小酒馆，抱着简号啕大哭。

"爱德华被带走了！他的办公室来了上百个联邦调查局的人，把所有电脑搬走了，资料也全拿走了！"

那天晚上，爱德华被家人以200万美金从法庭保释出来。作为公司董事，简被叫去开会。她和公司的几个负责人在爱德华的家里待到凌晨三点。简听出来事情很糟。爱德华以"投资欺诈""伪造证据""税务造假"等十几项罪名，被投资者告了。事发以后，为了归还那一年的年终提成，简必须把正在装修的小酒馆以最低价格、最快速度卖掉。当她正觉得账已还清，一切都与她没有了关系的时候，她签过的那些文件，把她和这个曼哈顿地标"华盛顿项目"一起送进了地狱。

从营地回来，简听律师说，娜欧蜜和爱德华还住在他们第三大道的那座摩天大厦里。他们虽然与政府合作了，拖了几年没有进监狱，但是当政府认为他们贡献足够的时候，他们还是要面临判刑。不同的是，他们可能会被轻判。

简突然想吐，想把这些在她胃里翻江倒海的已经发酸的往事，全都吐掉。她迅速摇开车窗，把头伸出窗外。

柒 刘爱

一个女人在一生中，到底会有多少次注意到太阳从东
边升起？又会有多少次感觉到，人生中太阳也会从西
边升起？刘爱不短不长的人生，第一次体验到太阳从
西边升起的奇迹，就是在今天。

"哇，你看上去年轻了好几岁！"半路家对面街道边卖早餐的
墨西哥女人丽莎，冲着正快步走来的刘爱，夸张地扬起了她的大
嗓门。丽莎一定是注意到了刘爱新剪的发型。她睁大了眼睛，像
是看见太阳打西边出来。

"哗啦"一声，她把咖啡壶里剩了一半的咖啡，泼在脚边的
一小堆残雪上。雪堆陷出一溜深色的小坑，几缕无力的热气转眼
被寒冷吸走。这个墨西哥女人记得刘爱曾经半开玩笑地对她说
过："我就是喜欢苦味。"她也知道刘爱喜欢刚做出的浓一些的咖
啡，同时她也喜欢和这个中国女人聊几句。不过像今天这样把半

壶咖啡不经意地倒掉，让她多少有些心疼。她站在雪地上的脚，突然一阵钻心的痛。她舍不得了。

刘爱站在丽莎面前。嘴里哈出的热气让她精心修饰的妆容显得更加动人。刘爱心里清楚，这个墨西哥女人根本就没问过她的年龄。但是这种不着边际的赞美，在这个寒冷的早晨，特别是今天，有着无比的暖意。

"你喜欢我的新发型？"刘爱在等那杯现磨的咖啡。

"你不是去约会吧？"墨西哥女人一边把倒满了咖啡的纸杯递给刘爱，一边用一种只有母亲才有的那种喜欢打探的腔调问刘爱，"你今天贴了假睫毛？你化的妆让我想到自己谈恋爱的时候。"

刘爱笑而不答。谁会这样毫无遮掩地问这样的问题呢？半路家的女人们（除了玛利亚），谁也不会这样直率地问她。大家都知道，问了也白问，监狱里的女人们都学会了不说真话，因为真话会被别人利用，给自己惹来麻烦。现在和她一起在百货公司柜台上班的女人们，也不会这样问。她们早已经把刘爱的出现看成一个疑团，而且这个疑团又和百货公司家族的总经理有关系。多一事不如少一事。为了生存而奔命的社会底层人，谁都懂这个道理。

"以后跟你说。"刘爱话语里充满了欢喜，她将手里已经准备好的两美金递给那个女人，"不用找了。谢谢你一直给我打折的咖啡。"

是什么人说过，人得意的时候，花钱也会大方起来。刘爱今天就这样多付给丽莎0.85美金。

丽莎的胖手攥着刘爱递过来的两张绿票子，像是攥回了刚才一激动而泼出去的咖啡。"祝你好运！"丽莎满足地祝福刘爱。

刘爱端着热乎乎的咖啡杯，挤在密不透风的地铁车厢里。从半路家这站坐上4号线地铁，一路上你只要稍稍注意，就能感觉到纽约的等级。刚开始上车的不是全黑就是加上了南美色彩。过了大体育场站，乘客皮肤的颜色慢慢变淡了。到了华尔街站，服装开始变得商业化，男人西装革履，女人衣服搭配得当。到了刘爱要下车的59街，上车的人更为讲究些。因为前方是曼哈顿最富有的一部分地区，那里代表着华贵，麦迪森大道上那些极为讲究的褐色连体楼，就藏在附近的一条条小街道上。刘爱每天坐在地铁上都会想到这条街的名字，因为那里有简的家。

　　刘爱记得，摩尔顿营地那条环绕着宿舍的水泥道，简和刘爱给了它特别的称呼。简称它纽约的"麦迪森大道"，而刘爱称它北京的"长安街"。"我们这样称呼它，让我们有一种走在自己家门口的主人的感觉。"刘爱好多次这样对简说。

　　摩尔顿营地的生活，就是这样每天几十次、上百次地出现在刘爱的脑海里。她没有刻意去想它，但是不管刘爱愿意或者不愿意，记忆随时随地会从刘爱的脑海里跳出来，一遍遍地上演。刘爱问过梅里，也问过玛利亚，这样不受控制地回想，是不是应该去看心理医生。她们的回答让刘爱吃惊，梅里说，她每天都会想到营地的人和事，玛利亚更是夸张，她说她生命的每分钟，都被监狱生活的记忆占领。刘爱听了不寒而栗。

　　找了个座位刚刚坐下的刘爱，就是在这种不受控制的思绪的引导下，看着眼前塞在地铁车厢里的男男女女，想到营地里的两百名女犯和装女犯的宿舍。

　　女犯宿舍看上去像一条长虫趴在一个小山坡上，它并不庞大，但五脏俱全。宿舍由A、B、C三部分组成，每一部分有差不多三十个小隔断，每个隔断里塞着一个上下铺，一把塑料椅，两个双开门的铁皮柜。这条长虫的另一边，是几间能装七八个女犯的大房间，据说是用来安排新来的女人的。这些房间的门正对着流量超额的走廊，谁都可以伸个头进来打探消息，毫无隐私可言。把新来的女人放在这里，一是让她们熟悉环境，二来也好管理。待若干星期后，随着小隔断里的女犯人出狱，这些新来的女人，就被有选择地送进似乎有些"私密空间"的隔断。这样的轮回，长年不断，三十年不息。这条长虫般的女犯宿舍里，有医务室、电脑房、视频间、教室、会议室、洗衣房和理发室，还有娱乐间。管理人没有窗户的办公室二十四小时开着灯，无论是否有人值班。餐厅和厨房相当的专业，洗碗间里笨重的洗碗机每日三顿不知疲劳地欢唱着。这里一切生活所需，除了管理人和医生护士，都由女犯们自行管理。

被简称为"麦迪森大道"和"长安街"的水泥路上，时常走着一位据说曾经当过兵的皮特先生。皮特先生满脸胡须，狱警制服总是胡乱塞在快要绷断的皮带里。他常常哼着小调，拖着超大号的高帮黑皮鞋，漫步在这条水泥路上。他腰间大串钥匙的撞击声，伴随着鞋跟踩地的声响，将狱警的权威放大到无以复加的地步。

如果不是皮特先生把简直接安排在 A 栋 18 号，刘爱和简大概永远只是擦肩而过的路人。"皮特先生是个有眼力的人，"劳拉后来这样向刘爱解释，"你们看上去都像是上等人，所以把你们安排在一起。他对你们另眼看待。"

一排排呈几何形排列的隔断，将这个像仓库一样的房间切成了几十块。女犯们在这些人为的方块里，按部就班地熬着她们接受惩罚的日子。刘爱时常想，那些不堪一击的黄色隔板，怎么就在女犯的眼里坚如磐石？也许被关在这里的女人都像她一样，本来就不是对社会有武力破坏倾向的人。"人是那么软弱，说圈就圈起来了。自由是那么软弱，说消失就消失了。"刘爱在营地用中文给爷爷奶奶写信的时候说出了自己的困惑。"既来之，则安之。"爷爷这样安慰她。这是中国的中庸之道吗？刘爱常这样想。她后来听说，中国女犯或是亚洲女犯，在营地里是最唯唯诺诺最顺从的一群人。难道是老祖宗教的"温良恭俭让"出了问题？在营地，美国白人女犯很少，黑人女犯很多。讲西语的南美洲女犯第二多。东欧的女人人数第三。亚洲的女人最少，也最为底层。

"嘿，马上点名了，你得站起来。"简报到的第一天，刘爱像是老师一样，前前后后为简指点。简顺从地听着刘爱的吩咐，同时用最为简单的话，表示她的感谢。在刘爱听来，简说话的声音带有一种磁性。特别是刘爱从上铺往下看，她发现简扎在头顶的金红色的鬈发，像一把正在燃烧的火炬。刘爱注意到，这个女人看上去比第一次见她时更加消瘦了，不过她的样子让刘爱想到电影里看到过的什么女人，是电影《漂亮女人》（Pretty Woman）里那个披着大衣的职业金融家吗？或者电影《简·爱》里的简·爱？不对，她们不是一个年代的女人。但是这个叫简的女人，让刘爱想起了电影里才会有的那种让她羡慕的形象，一种不太真实的形象。

自从到了半路家，刘爱每天一坐上地铁，就开始回想和简共度的时光。但是每次一走出地铁，她的脑子就被现实生活中的柜台销售工作占据，直到她下班后再次坐上地铁。不过她完全没有想到，简找到了她工作的柜台，并且预约来做美容。

眼下是百货公司最热闹的时刻。年复一年的圣诞节，年复一年的圣诞音乐，那些特地为圣诞促销而推出的化妆品和美容品套盒，将化妆品柜台每个可以展示产品的地方，塞得密不透风。当刘爱走进专供员工出入的侧门时，离百货公司开门营业只有十五分钟了。刘爱比往常晚了一点。不过她不需要像以往那样，到自己的衣柜前给自己涂些淡妆了。她今天已经浓妆艳抹，头发剪短了，自己已经是全新的人！

刘爱打开衣柜，把手提包挂在挂钩上后，特意摸了摸手提包里准备好的大信封，那里装着要给简看的东西，它们平平安安、不声不响地等待着。包里还有她特地为简准备的生日礼物，一瓶薰衣草味的香水。

柜台那边传来女营业员开业前习惯的互相问候。刘爱从衣柜门背后贴着的小镜子里再次打量自己。镜子里，她那张典型的东方女人的脸泛着光亮，皮肤显得异常的细腻光滑。她那双弯在直直的眉毛下的月亮眼，被西方男人称为"充满性感的神秘"的眼睛，今天清晰透彻、满意地微笑着。嘴角从小就有的微微向上翘着的笑痕，让她永远显得笑意挂唇。刘爱还特意看了看戴在脖子上的用中国青花瓷做成的项链，服服帖帖恰到好处。她对镜子里今天的自己，满意至极。

"喔，你看上去……我想不出更好的词来表达我的感觉，你真漂亮！"刚走进柜台的缇娜，手上的包没放下，就冲到刘爱眼前大惊小怪地叫起来。

"你刚剪的？谁帮你剪的？我一直想找个造型师帮我改变一下发型。"缇娜把手伸向刘爱的头顶，轻轻地触碰刘爱那头向上竖着的短发。

"我的半路家女友今天早晨帮我剪的。"刘爱愉快地回应。

缇娜是这个美容化妆品柜台的经理，也是刘爱的直接领导。两个多月前当吉姆把刘爱介绍给缇娜，并简单告诉她刘爱的背景时，聪明的缇娜就知道怎样处理和刘爱的关系。她每天下午要接到半路家查询的电话，询问刘爱是不是按时上班。她总是用一种绝对职业的口气回复对方的问话。缇娜会一板一眼地给刘爱分配各种与收银机无关的工作，同时又表现得像是刘爱的密友。她知道，这可是总经理第一次亲自送人来上班。不用做任何解释，缇娜心知肚明，这个叫刘爱的女人，和大老板有着千丝万缕的瓜葛。

昨天下班之前，刘爱就已经把做面部美容的每一件东西，整整齐齐地排列在了那张白色的小桌上。她把清洁工清扫干净的地面，再次清扫了一遍，又把柜台的玻璃擦得透亮。她的一举一动，缇娜全看在眼里。

"那个女人，那个奇怪的女人，约了你明天十一点。"昨天下班前，缇娜用一种试探的口气问刘爱，"你注意到了吗？那个女人约了一小时。"缇娜看见刘爱像是中了彩票一样，激动地把那张预约单握在手里，并几次贴在胸前。她还注意到，刘爱最后极为小心地把预约单放进钱包。这些不同寻常的动作，让缇娜更加好奇了。她猜想，这个预约，绝对没有那么简单。

"那个女人像是总部悄悄派来检查工作的，问这问那，试了这个又试那个，一脸的奇怪。我不敢怠慢她呀，谁知道她会给我们打几分呢？可是她突然问我，有没有一个叫刘爱的在这里工作。我说有啊，我把你夸得让我自己都脸红。我想，万一她是美国监狱局派来的，或者是半路家来的人呢？我希望我的那些赞美，能让他们对你好一些。我特地向她解释你做美容的能力，并提议她试试。那个女人听了，突然流出了眼泪，奇不奇怪？她看上去像是上东城那里的女人，样子很文雅。不过这年头，不能以貌取人。"缇娜边说边观察着刘爱的反应。

那一刻刘爱真的呆住了，好半天没有说出一句话。好梦怎么会成真！缇娜口中这个奇怪的女人，每天晚上她一闭上眼睛，就会从黑暗中走出来，走到她眼前，她那金红色钢丝般飞卷着的头发像火炬一样扎在头顶上，她那苍白的脸色中又带有些许苦涩。明天是简的生日，也许她是刻意把见面的时间定在这天。也许她必须装成一个到化妆品柜台来试用新产品的普通客人，装着和自己素不相识。想到自己将要为简做洁肤美容，自己的手将要碰到简的皮肤，而且足有一个小时，刘爱的兴奋和紧张程度，超出了她的想象。

从昨晚开始，时间好像突然放慢了脚步，每一个小时都变得那么漫长。刘爱不时地看着大厅屋顶上吊下来的那个黄铜制成的音乐报时大钟，大钟在步履艰难地挪动着它的秒针。怎么还不到十点？简预订的洁肤美容时间是十一点到十二点。

"噢，我差点忘了，今天中午总经理会过来一下。"缇娜拿着一款香水的试用装，朝着刘爱耳后喷了几下，"这是为今年圣诞节推出的特别款式。很优雅，但很热情。"缇娜故意"漫不经心"地提到"总经理会过来"这几个字。

刘爱用她老到的鼻子，品味着热情地扑进她鼻子里的这款香水。她喜欢这个日本品牌，但不太熟悉这款香水的味道。这个日本品牌曾经是她销售业绩的一张王牌。当年她就是以"亚洲人最适合的科学配方"这句销售秘诀，把中国人日益庞大的采购欲望，吸引到了柜台上。她曾经把自己天生的细腻皮肤归功于这个品牌。当然这不是事实。在中国，她只用一种儿块人民币一盒的国产擦脸油"万紫千红润肤脂"。到了美国后，她也一直用最便宜的凡士林擦脸。但是当她跨进化妆品柜台，她的皮肤就是产品的代言人。她用自己拥有的一切去满足被美国化妆品市场惯坏的挑剔的客户。不过今天她不想发表她对这个品牌的意见，她的脑子里出现了另一个不常出现的人，他就是吉姆。

"吉姆要来？为什么？"刘爱显然对这个消息极为重视。缇娜看出来了。没等缇娜再往下说，刘爱转身径直走向为客人体验护肤品准备的有屏风挡着的空间，她要静心想想。这个早晨突发事件层出不穷，让她应接不暇。她拉过一把客人做美容时坐的白色皮椅，坐下来深吸了一口气。她心里思忖着，今天怎么是这么多事的一天？

吉姆要来！如果二十多年前没有参加那个英语培训班，没有碰见吉姆，她的命运会是怎样呢？刘爱清楚地记得她拿到赴美国培训通知的时刻。

"奶奶，奶奶，我被选中啦！我们百货公司有三十人参加培训，我是唯一一个被选中的！"刘爱拿着那张用粗糙的红纸打印的录取通知书，跳下吉姆送她回家的自行车，冲进北京东城区的一个小四合院里。

刘爱记得那个晚上，奶奶买了只有逢年过节才舍得买的老母鸡，特地加了一把爷爷中药柜子里的上等枸杞，炖了一锅漂着厚厚鸡油的老母鸡汤。方方正正的红木桌上摆放着家里招待贵客时才做的四个大菜：红烧大头鲢鱼、四喜丸子、油爆河虾和粉丝腐竹蛋饺。方桌的四边放着五副碗筷和一套婴儿塑料小勺小碗。那时候中国人还不用餐巾布或餐巾纸，刘爱专门把爷爷绘画写字用的白色宣纸，裁成了手帕大小并叠成花形，放在了那几个粗瓷碗里，像是一朵朵盛开的水莲。爷爷特地开了一瓶北京二锅头，这样的隆重，一是为感谢刘爱培训班的英文老师吉姆，二是为刘爱送行。

传统的北方女人是不上桌的。奶奶在厨房里忙前忙后，直到大家举杯祝福的时候才坐下来，并把刘爱一直怀抱着的小福子接到自己的怀里。奶奶端起面前的小酒盅，看一眼刘爱，转头看一眼老马，再看一眼吉姆。

"按中国人的理解，我们的小爱能够到美国深造，是我们祖上修来的福分！"干瘦的爷爷举着酒杯站起来。刘爱注意到，爷爷穿了他一直舍不得从透明塑料袋里拿出来的最为体面的白色的确良衬衫。她发现爷爷瘦瘦的胳膊在宽大的衣袖里微微地颤抖着。"小爱能有这个机会，多亏了你的帮助，这杯酒我干了！"爷爷仰头一饮而尽。

奶奶不停地给吉姆夹菜。"多吃点，回到了美国都是面包黄油，哪有我们中国菜好吃。"九十年代初，在北京胡同里的老人眼里，美国代表西方，西方代表面包黄油。

"刘爱很出色，她一定会做得特别好！"吉姆用半生不熟的中文，磕磕巴巴地客气着。

"她是去那个，那个什么塞尔福里奇（Selfridges）百货公司吗？这真的是好梦成真了。"爷爷脸上泛出难得的红润，"她自小就喜欢那里的那种黑不溜秋、又苦又甜的巧克力。"爷爷得意地说。

"我只吃了一块。都让您送给邻居了。"刘爱笑道。那可是多少年前的事了。奶奶家族的一个远亲是中国援外建筑工程队在坦桑尼亚建铁路的外事负责人，住在伦敦。回北京时常来奶奶家吃饭。那些像是在天边发生的事，都是爷爷饭后茶余的话题。

"她是去美国，我的国家。塞尔福里奇百货公司在英国。"吉姆用他音调怪怪的中文纠正道。吉姆从哥伦比亚大学英国文学专业毕业后，被家族公司派到中国工作一年。这是他第一次到一个中国家庭做客。他笔直地坐在木制的椅子上，紧张得手脚不自在，一副过分客气、受宠若惊的样子。

吉姆给刘爱全家都带了礼物。给爷爷的是一条蓝色的领带（爷爷一辈子唯一一条领带），给奶奶送了一条围巾（奶奶收下没几天就当生日礼物送给了亲戚，她舍不得用）。吉姆送给老马两卷照相的胶卷，那可是当时非常贵重的礼物。吉姆送给刘爱一条GUESS牌牛仔裤。因为她曾经随便开玩笑说，她一个月的工资，只能买GUESS牌牛仔裤的一条腿。

"太让你破费了。"奶奶送吉姆出门时握着他的手说，"小爱远走他乡，山高水远，一切就拜托你了。快过年了，给你带上一包北京的水果糖，也算我们的一点心意。"奶奶接过爷爷早已提在手里用红麻线扎着的糖果包，递给吉姆。"这里面有几种颜色。红色代表幸福，黄色代表富贵，绿色代表希望。我们中国人在亲人出远门的时候，总是要讲些吉利的话。"奶奶眼角那几条叠在一起的皱纹里，被突然涌出的眼泪填满。

"刘爱六个月后回来，到时一定是北京百货大楼里最好的营销专家。我会送她回来，请放心！"吉姆搞不清楚老人为什么要流泪。他十七岁就被家人送到英国塞尔福里奇百货公司实习，二十三岁又被安排到人生地不熟、几乎言语不通的中国来做培训，他的家人谁也没觉得有什么可伤心的。他转过脸，试图寻找刘爱的目光。在中国的这些日子，只要刘爱在场，他时常这样用眼光寻求刘爱的帮助。

这一眼是最要命的。刘爱和老马都看在了眼里，记在了心里。老马把"六个月"这几个字牢牢地记在了心里，刘爱却把吉姆那个热辣辣的眼神接住，不想再放下。

老马一言不发，闷了一个晚上。在吉姆推自行车出门离开的时候，老马也推着车跟了出去。他一声不响地在吉姆的身后蹬着车，直到把吉姆送到当时北京最高级的长城饭店。他的忠厚是刘爱爷爷奶奶最为看中的。

刘爱记得飞机落地纽约肯尼迪机场前，她从机舱窗口看见满是灯光的纽约夜景。那么多的灯，有一盏是她英文老师吉姆的。她拼命挤进这个全百货大楼仅有一个名额的培训项目，她咬着牙离开爷爷奶奶和一岁的儿子，就是冲着这盏灯来的。拿到签证之后，刘爱给吉姆写了一封信，她撕掉了好几张纸，最后鼓足勇气保留了写了又撕、撕了还想写上的"亲爱的"这几个字。在刘爱这个年龄段，在爷爷奶奶"不结婚不上床"的严格教育下，"亲爱的"这几个字只属于家人和爱人。刘爱称吉姆"亲爱的"，是因为吉姆回美国前，请刘爱到当时只有外国人才能进入的友谊商店里的咖啡厅，喝了一杯苦得让刘爱要吐出来的咖啡之后，在她的脸颊上留下了一个轻吻。这个吻对刘爱来说非同寻常。邓丽君是怎样唱的呢？她在那首著名的《月亮代表我的心》里唱道："轻轻的一个吻，已经打动我的心，深深的一段情，教我思念到如今。"刘爱把吉姆的吻藏在心里，但又常常把它捧出来回味。回味，给她一种从丈夫那里一直找不到的冲动。

刘爱离开北京前夕，收到吉姆从纽约寄来的一张印着帝国大厦照片的明信片，他称她"亲爱的"。他说他非常高兴刘爱有机会到纽约参加培训，他的公寓就离这个帝国大厦不远。他还特地把家里的地址用大写的字体抄在明信片上。"到了请马上给我电话。"吉姆写道。

按照吉姆明信片上的邀请，刘爱到了纽约住进培训邀请方安排的酒店，行李都没来得及打开，就拨通了明信片上写的电话。

刘爱忘不了这个晚上。那是个星期六的晚上，她听见了熟悉的"哈喽"。

"我是刘爱，我已经在酒店住下了，就是那个有R字打头的酒店。我查了一下，离帝国大厦只有几条街。"刘爱头脑里还是北京旭日东升的早晨，她忘记了这个时候已是纽约晚上10点。

"我听出来了，欢迎你到纽约。"吉姆打断了刘爱的激动，"到酒店楼下吃点东西吧，那间酒店有纽约最有名的早餐，也有纽约最好的夜宵。"

"我不饿，我们什么时候见面？"刘爱所有的细胞都在兴奋。

"试着睡个好觉，I'll call you later。"吉姆说。

刘爱似懂非懂地和吉姆说了声再见。挂下电话以后，刘爱一百次地回味那个"I will call you later"。她听懂了吉姆说睡个好觉，但搞不懂后面那一句。她不敢去洗澡，担心流水的声音会淹没吉姆来电话的铃声。刘爱以为，吉姆会马上再来电话。"I"是"我"，"will"是"将会"，"call"是"打电话"，"you"是"你"，"later"是"一会儿"，刘爱这样给自己解释。

那一夜，到纽约的第一夜，刘爱和衣而眠。睡着了，梦里电话铃声不断。

刘爱到达纽约的第二个周末，是感恩节，她接到了吉姆"一会儿"打来的电话。刘爱特地把他喜欢的、所有西方男人都喜欢的长发，编成一条大辫子。她穿上吉姆送给她的牛仔裤，还有那双离开北京时，花了一个月工资买的耐克球鞋。她把两桶吉姆喜欢喝的黄山毛峰名茶，用在机场买饮料时给的塑料提袋装着。按照中国人按约到达的礼节，准时敲响了吉姆公寓的大门。刘爱期待着见到吉姆的父母和家人。

门打开了，刘爱看见一个偌大的水晶灯吊在门厅上方，灯光璀璨，珠光宝气。刘爱随开门的半黑不白的女佣走进客厅。客厅中央的大理石圆桌上插着时令的桃花。巨大的树枝，满枝盛开的粉色桃花，再配上客厅落地窗两边挑着的粉红色丝绒窗帘，一切都显得雍容华贵，优雅傲慢。刘爱注意到，客厅左面是一面墙的书架，书架上错落有致地摆着大型画册和一些玻璃制品，还有几件中国青花瓷。客厅右面墙上挂着两幅大型人物肖像油画。两簇有力量的灯光，准确地射在油画人物的脸上。油画上那两位衣装华贵的人物，似乎正朝着刘爱示意，这种示意让刘爱开始不安。她手上塑料袋里装的茶叶铁筒，随着她在这间空旷客厅踱步的步子，时不时发出不合时宜的撞击声。

那次晚餐之后，刘爱脱下了那条她珍视的牛仔裤，更把带来准备当礼品的铁筒茶叶，塞进箱子的角落里。那次晚餐让她明白了一件事，吉姆只是友好的美国朋友，他父亲为了培养他的远东经验，才让他到中国教英文的。吉姆给她的所有微笑，只是一种异国的友善。他家族富有，并且已在半年前订了婚。刘爱在那次晚餐中，看见了友好但轻视的眼神，看见了同情的关照和骄傲的表示，看见自己被随意摆放，看见自己与这里的格格不入。

多年之后她才知道，这个公寓的主人，也就是吉姆的父母，就是她受培训的那家美国百货公司的老板。吉姆的父亲高瞻远

半路家

瞩，他注意到中国潜在的购买力，他要从中国最好的百货公司中，挑选最好的销售员，作为将来公司发展的基础。

也就是因为那次晚餐，刘爱打电话到北京家里，告诉爷爷奶奶，她想留在美国，因为工作需要。

刘爱在那段时间的日记上反复写道，她要做到《美国梦》那本书里所展示的，有志者事竟成。她要让吉姆知道，她就是他父亲通向中国购买力的桥梁和渠道，她的名字要出现在百货公司最佳员工的名单上，她要在美国步步高升。

刘爱开始将头发留长。长得可以卷卷的时候，她就精心把它们烫成一个个婀娜多姿的大卷。像波浪似的长发，每天随着刘爱的步伐欢愉地在客人眼前跳动着。她的这头带有挑逗性的头发，和她稍带一点口音的英文，特别是她的工作业绩，帮助她从普通的职员一路升到营销专家。她为公司创造的超值利润，让刘爱拿到了绿卡，变成美国公民，以至公司催促她将丈夫和儿子移民到美国，并为他们做了破天荒的担保。刘爱的丈夫被安排做帮助中国客户购买产品时的摄影助理，以便在特别为中国客户印刷的宣传册上制造中国元素。公司还特别为她提供了租房补助，以便刘爱一家三口可以租一个三室一厅的公寓。刘爱感激公司，感激到完全忘记了自己。她除了春节回中国看望年迈的爷爷奶奶，其他时间，包括所有的节假日，她都用在了公司化妆品柜台上。她在美国没有亲戚可以走动，晚来的老马英文程度差得不能再差，更是连朋友也没有，儿子似乎也是独来独往，和学校里的同学玩不到一起。刘爱的生活完全围绕着工作。她的奖金越来越多，她的业绩已远超常人。

如果不是像所有中国移民那样，再苦再累也要让孩子上常春藤名校，如果不是儿子考取了纽约大学，一年的学费和生活费加起来要十万美金，刘爱大概不会接受那个代购的业余工作。如果不是方小姐和她的咨询公司像夹心饼干一样，用丰厚的回扣把她紧紧夹住，她大概依旧是吉姆眼里的销售女王。她高高的鞋跟，支撑着她像吸铁石一样充满能量的身体，将中国客人在纽约的化妆品购买力，紧紧地吸在自己的身边。她甚至建议公司为有着无限购买力的中国客户，专门打造用微信沟通的网上俱乐部。

可是，一切都被方小姐给她的四张分属不同持卡人的信用卡打碎。在一个阳光明媚的早晨，刘爱跨出公寓大门的那一刻，被等在门外的联邦调查局的专员"请进"了候在门口的小轿车。

当天的纽约报纸登出这样一条消息："隆迪百货公司销售女王、华人刘爱涉嫌信用卡欺诈被捕。"

百货公司开门的钟声敲响。刘爱想站起身来走出去，腿软了一下。"欢快只是瞬间，痛苦刻下就是永久。"刘爱想到奶奶说过的话。

半路家

捌 简·华盛顿

简·华盛顿靠在摇开的车窗上，拼命呼吸着飘着雪花的空气。这种清新，让她想到摩尔顿营地下雪的日子。一朵一朵的雪花随风旋转，快乐地落在那块不快乐的土地上。它们不像城里的雪，一落地便被人工盐融化。摩尔顿营地的雪，总是依依不舍地沾在一起，形成雪堆冰道。从摩尔顿营地回到纽约之后，每当看到纽约难得透明的蓝天和难得涌起的落日晚霞，简·华盛顿总是控制不住地想到营地的天和云，那里有最干净的天和最美丽壮观的云。也许在世人眼里，营地里关着的人，不配享受大自然的这般厚爱，可是上帝就是这样创造世界，所有的等级和肤色，都能同样享受自然的美好。上帝最懂得公平。

出租车已经在路上堵了几分钟。圣诞音乐在车内有限的空间里，任性地反复唱着老调。被堵得进退不能的车，不耐烦地在寒风中喘着粗气。这种雨雪交加的天气，路面上没撒到人工化雪剂的地方，会结成一层薄冰，堵车是难免的事。简庆幸自己给这段路程留了足够的时间。

简掀开左手衣袖，看了看紫粉色羊绒毛衣袖口内的那块有年头的卡地亚女表，蓝色的箭头指在九点十六分。"还有一小时四十四分钟。"她心里轻松地想道。

按简昨夜的计划，出租车经过中央公园之后，先停在刘爱工作的百货公司对面那家小咖啡馆门前。她要像昨天下午找到刘爱之后那样，喝一杯现磨的上等哥伦比亚咖啡，静静神。她想一边品着咖啡，一边透过落地玻璃窗，看着从装饰得花红叶绿的百货大楼大门，兴冲冲地进进出出的人流。昨天下午离开刘爱工作的化妆品柜台之后，简像是打胜了一场艰难的战争，心里的兴奋和肢体的伤痛，放大了她所有的感受，她感觉到疲惫而兴奋。她走进这家有着法国名字的小咖啡馆，特别挑了个正对着百货公司大门的座位坐下，一杯接一杯地喝着已经品不出香味的咖啡，幻想着刘爱从大门里走出，又向不远的地铁站口走去的样子。简早早就做好了调查，百货大楼西南角有直达弗顿站的地铁。从弗顿站下车走不远，就是刘爱住的那个半路家了。

简对刘爱离开摩尔顿营地的时间了如指掌。那个日子她记得比自己的生日还要清楚。刘爱能够提前四个月离开营地，到自由受到限制但一只脚已经踏进正常人生活的半路家，简是幕后推手。是她催促刘爱说明自己的困境，争取到去半路家的待遇。简还帮助刘爱写了申请。她至今还一字不差地记得她们那天的谈话。

"你的房子已经被拍卖缴纳了政府的罚款，你无家可归是事

134

半
路
家

实。你完全符合去半路家的条件。你应该勇敢地去告诉你的案件管理人麦可先生，你已经无家可归了。"简催促刘爱。

"我不是无家可归。我不喜欢这个说法。我在中国有家。"刘爱固执地争辩着。

凭着对刘爱的一点点了解，简能看出刘爱对使用"无家可归"这个理由顾虑重重。简记得刘爱曾经告诉她，中国有一句大家都会说的俚语，叫"打肿了脸充胖子"。腿瘸了走路不稳，但也要说这是因为路不平。刘爱不愿将"无家可归"这个帽子戴在自己的头上，就像一个爱面子的残疾人，不愿承认被衣服遮盖着的身体有着缺陷一样。刘爱说，她不愿意像流浪汉一样住进政府提供的半路家。

"能够早几个月离开营地，你难道不想早些脱掉这身绿衣服？再说，你也可以随时和你的爷爷奶奶通电话。"简最后的这个理由，彻底说服了刘爱。简帮助刘爱写了交给案件管理人麦可先生的个人状况陈述信。

尊敬的麦可先生：

如您所知，我目前在执行三十六个月的刑期。我的释放日是2017年12月28日。

当我第一次被安排去见您的时候，我就向您解释过我的实际情况，但是由于当时我刚刚报到，精神恍惚，不能完整地思考您提出的一些问题，特别是对半路家的相关政策知之甚少，未能全面地解释我的需求。

我经过这段时间认真地学习，了解到我符合"第二次机会"和去半路家的条件。以下是我申请六个月半路家的原因，请您宽宏大量地予以考虑。

一、无家可归

目前我可以算是无家可归的人。我的家在中国。刑满释放后，我在美国没有任何财务上的支持。我的儿子目前在读大学，大学毕业之后他将怎样安排他的生活，目前完全是未知数。

二、无财务支持

截至目前，我的财务收支基本归于零。目前我监狱账号上每个月进账的三百美金，是我的朋友资助我的。我迫切需要帮助，如果允许我住进半路家，我可以争取找到能养活自己的工作。

我慎重请求您能批准我六个月的半路家，因为这样的安排将为我提供您所说的"成功返回社会"的目标做些准备，让我有机会重新做人。

感谢您的关注，希望美国监狱局能够在我最需要帮助的时候协助我。

您真诚的，

刘爱

简还记得，她是怎样把刘爱推到案件管理人门前的。

欢快的音乐从管理人办公室的门缝里流了出来。能听得出，管理人正跟着收音机里播的乡村音乐，优哉游哉地哼唱着。这个叫麦可的管理人，在许多女犯眼里是大红人。他手下管理着大约一百位女犯的档案，这个管理工作除了每隔几个月就在门口贴出本周要会见的女犯的名单，再就是给他认为需要半路家待遇的女犯提供机会。他的权力比拖着鞋跟的皮特先生要大得多。麦可先生是营地里少有的几个白人管理人之一，他已经在营地工作快三十年了。

就是这个皮肤白净、看似书生气十足的麦可先生，一张嘴就让女犯们心惊肉跳。原因是他被同在营地工作的妻子戴了绿帽子，心里的苦要发泄出来，不是通过随着收音机哼小调，就是随口说几句侮辱人的话。"你是一个腐烂的水果！""你的头脑有病，我要送你去MDC[①]！"麦可管理人随时脱口而出的话，像病毒一样，一出他的口，就污染着女犯们当天的心情。

"麦可先生今天的情绪似乎很好。"陪刘爱站在麦可先生门外的简鼓励刘爱。她们听见麦可先生试图提高自己的腔调以跟上音乐节拍，但他失败了。不过他随机应变，降低了几个音，继续跌跌撞撞地跟着音乐哼着，门内一片热闹。

伴随着音乐和管理人的小调，简还能听见订书机在麦可先生的手里"咔嚓、咔嚓"有节奏地响着。站在门外排队的女犯说，房间里还有一个女犯，一个敢于和麦可打情骂俏的年轻女孩。麦可正在执行他的季度管理工作。

"希望我们也能这样被善待。"在门外排队的女犯们说。

"你要对他礼貌客气，无论他说什么不顺耳的话。"简把刘爱送到门口，并有分寸地敲了敲那扇快要跟着里面的音乐跳起舞来的门，"他决定给不给你半路家待遇，他掌握着你的出路。"简一再叮嘱。

没几分钟，刘爱满脸受辱地从管理人的房间走了出来。刘爱告诉简，当她心惊胆战地把信递交到麦可先生的手里，他的情绪

---

① MDC，纽约市内监狱，无阳光，通风条件差，食物及卫生条件较差。

瞬间一落千丈。他的大骨节手指不停地敲着满是女犯文件的桌子。"你不符合条件。"麦可先生眼皮也不抬地对刘爱说。他把刘爱准备好的信扔到桌子一角，就差没有把它扔进地上的垃圾桶。

麦可先生的手指在那台看上去很老式的键盘上不停地敲打着。刘爱看不清屏幕上显示的是什么内容，只知道是自己这个罪犯的档案。麦可的嘴里，嘟嘟囔囔地念叨着什么，像是在给刘爱说教。刘爱竖起耳朵，却怎么也听不懂那些从他牙缝里钻出来的字。

"我不是告诉你了吗？你不符合条件。没钱？那些不合法的收入呢？你要是犹太人，我可能会看看你写的是什么。他们有关系在华盛顿为他们游说。你呀，请出去吧，我很忙。"管理人斜着眼看了刘爱一眼。

"我很想变成犹太人。如果你认为需要，我可以参加这里犹太人的宗教活动。"刘爱以为麦可在真诚地向她提出可行的建议。

麦可先生抬起眼皮，像是看一个怪物一样，认真看了看眼前这个讲胡话的中国女人。他摇摇头，站起身来，把门打开，右手示意："走，走，走。"刘爱像逃离灾难一样，大步跨出门。脚还没有全部抽出来，管理人的门"嘭"的一声在她身后关上。

苍天有眼，没多久麦可突然不辞而别，据说被女犯告了，正在接受组织调查。刘爱半路家的申请，被一个新上任的女管理人接手。这个长得可以和芭比娃娃媲美的女管理人，呼啦呼啦批了不少女犯早日离开的时间，早得令当事人怀疑太阳打西边出来了。刘爱也拿到了四个月的半路家待遇。

"怎么会这样？那些规定呢？"事后刘爱问简。

"规定是人定的。这里每个月轮值的警官，每人都有自己的一套规定。监狱里没有对和错。"简对刘爱说，"你拿到就好，其他就别管了。"

2017年8月28日，刘爱会从营地出来去半路家报到，这个日子从那时候就刻在了简的脑袋里。简出狱回家后，几次到刘爱要去的半路家门外不远处的街心公园转悠。她发现公园里靠近半路家大门的一角，有一把看似磨损得几乎不能承受任何重量的椅子，正对着半路家的大门。从椅子的角度朝半路家那个方向看，可以清清楚楚直接打量每一个进出半路家小白门的人。简想，无论刘爱是坐公共汽车还是火车，又或者有人开车去接她出来，一定是九点之后才能到。从营地到这里，路上怎么也得有两个小时。简曾经向她的缓刑管理人安迪试探能否去半路家和刘爱见一面，但是安迪拒绝了简的要求。"如果我是你，我不会提出这样的要求。按照美国监狱局的规定，同在监狱里的狱友在被管理期间，不能有直接或间接的接触。你一年的缓刑期很快就要结束，那时你就真正自由了。我不了解你的朋友，但我了解你，你不应该有半点闪失。再说谁能保证你的那位朋友不拉你下水？我是希望你好。"

安迪管理人的劝说，没有堵住简的心。简把半路家的规定从网上下载并打印了出来，并把女犯七十二小时内不准外出但允许早晨九点至下午三点半、晚上七点半至九点可以接待家人这一条，用红笔画出来。简还是计划那天早晨坐在那里，看刘爱走上半路家的台阶。哪怕就那么几分钟，哪怕就只看见个背影。只要看到她的背影，一年的等待就有了完美的结局。简完全不知道刘爱到半路家报到的日期，已经因为她寄到营地里的那封信推迟了一个月。

可是这个每天都激励着简的计划，没能被如期执行，因为娜欧蜜。

搬出去的查理，时不时地邀请简出席和他家族事务有关的活动。有一天查理邀请简参加一个慈善酒会。邀请函上，查理特地写了一行解释："强生女士今天会把拍卖的一幅画的全部收入捐出来，反对美国监狱大规模化，支持司法改革。"查理知道，简已经不像以往那样是上东区社交圈子里的常客。有一次，查理的父亲，那个做了一辈子钻石生意的老犹太人，买了两张大都会博物馆年度时尚晚宴（The Mot Gala）的票。"这两张每张三万美金的入场券，是钱也买不到的社会地位的象征。"他这样对他们说。简满脸忧愁地和查理去了。还有那个每年2月举行的纽约勃泰尼克花园年度兰花晚宴，5月的樱花慈善晚宴，9月的联合国峰会晚宴，再就是11月开始到12月底的那些上东区以种种名义、用金钱和珠宝堆起来的节日午餐或晚宴，再加上查理家族的各类关系互相捧场的聚会，都曾是简购置衣裙的主要动力。简安静的性格和查理母亲的热情，常常是聚会的中心。有一次查理的母亲告诉她："你生不出孩子没关系，你的美丽和高雅能弥补你的缺点。"简听了哭笑不得。过去她欣慰自己能为查理家族带来钻石不能比的骄傲，可是这种骄傲，已经随摩尔顿营地的出现，彻底消失了。"犹太人是个现实的种族。历史的灾难让他们变得非常现实。如果你是他们的女儿，不要说去监狱，就是下地狱他们也会不离不弃。可是你只是一个媳妇，一个不能生孩子的媳妇，你就好自为之吧。"简的瑜伽教练这样劝告简。这一年多，简总是像躲避瘟疫一样，试图逃离那些高贵无聊的宴会，但是她答应参加那天晚上的晚宴，因为那个晚宴与她的监狱经历有关。

查理和简的真实关系，谁也搞不清，包括查理的父母。他们的关系，迈着戏剧的舞步，高潮低潮交替着向前推进。他们谈到离婚但又迟迟不去办理真正的法律手续。他们很少见面甚至不见面，电话也很少打，但是他们都在对方的生活里存在着。好像他们的人生之戏还没有剧终。简和娜欧蜜在那个晚宴的巧遇这幕戏，查理是编剧。查理把她们安排在了同一桌。

娜欧蜜好像知道简会出现。她早早坐在桌边，修长的手指捏着细长的玻璃杯，小指头优雅地翘着，一副上流社会傲视一切的神情。她一定看出了简那副惊恐慌张的失态的样子。她看着简仰头把一杯本来要品一阵子的酒一口喝尽，看着简两行清泪从脸颊静静滑下来。她礼貌地把自己的位置换到了简的身边，轻轻地在简的耳边说道："简，你没有变。"

简不记得自己是怎么离开那个晚宴现场的。她只记得娜欧蜜不停地在她耳边轻声细语，解释过去几年她和她丈夫的艰难。娜欧蜜提到几个人的名字，包括那个曾经出现在那个让人铭记的夜晚的政府官员，他现在正在参加竞选。她问简有没有保留那张合影，如果有，她希望能借来复印一张。简礼貌地告诉娜欧蜜，她应该还保存着那张照片，它应该也摆放在客厅的钢琴角落里，自离开营地，她还没有来得及整理过去的照片。"我会寄给你的。我不想再保留任何与案件有关的记忆。"简说道。娜欧蜜脸上露出了一丝微笑。

慈善酒会中场休息的时候，简像逃离灾难的难民一样，失魂落魄地逃出了晚宴大厅。她本来带去要参与拍卖的祖母收藏的一幅油画，也忘了从桌下椅脚边拿走。整个晚上简都有一种不祥的感觉，她神经质地时常回身看一眼那扇对开的丝绒大门。她总是觉得身边这个娜欧蜜会笑着消失，取而代之的是突然冲进来要把她拖出门再次关起来的穿黄背心的人。

简冲到查理的楼下，顾不得查理公寓里有谁，把他叫到大街上，失控地斥责他。"查理，你为什么这么做？我不知道她和爱德华做了什么，我也不想知道。但我知道他们没有受到惩罚，而爱德华是最关键的人物……"

"是她打电话来找我，希望能有机会和你见面。她说她很抱歉，希望能帮助你。我想你很孤独，又不愿意见不认识的人。她最了解你的情况，也许她真的可以让你振作起来。"查理感到非常委屈。

"没有人能让我振作，没有人。除了祖母，没有人。"简几乎是在号叫。她用一种自己也觉得陌生的锋利如刀的声音，宣泄着她内心的痛苦。简的尖叫声划破夜空，她恨不得让星星和月亮随着她的泪水一起坠落下来。

那天晚上，简给她的缓刑管理人安迪打电话。那条铁打的"不允许与同案犯有任何直接或间接来往"的规定，是简最为小心遵守的。安迪在电话里告诉简，这个见面非常不应该，他要求简明天九点准时到他那里报到，简需要在发生意外事件报告上签字。

见刘爱的计划，就这样被突然发生的事，甚至是有点莫名其妙的事打翻了，翻得天昏地暗。

简心里清楚，自己的失控并不完全因为刚刚发生的事，有一部分是为了即将发生的事，那就是她失去了可以用目光欢迎刘爱的机会。简记得那天晚上她整个脊背不时散发出扭曲的疼痛。那种如影随形的恐惧感，一时间像无数的利爪，在她的背上抓出道道血痕。她觉得自己的双手双脚依旧被镣铐束缚着，她根本无法得到片刻的自由。

8月28日，简没有按计划去刘爱将要报到的半路家。那天上午，她按要求去了法院六楼监外管理办公室。她失去了等在公园里看到刘爱走进半路家的机会。简至今仍为失去见到刘爱的这个机会而痛心不已。

出租车司机用一种简听不懂的语言，狂躁地和电话另一头交流。他戴着耳机，双手脱离方向盘在空中挥舞，仿佛一只手代表一个政党，双方互不相让，针锋相对。简听到他从嘴里抛出克林顿、特朗普的名字，偶尔用英文说出"my school"。这种只有学生才有的血气方刚，在司机不老也不年轻的脸上，写出了他的身份。"一个正在读书或者读完书到纽约来找生存机会的年轻人。"简心里想。

车开始爬行，年轻的司机转过头来问简，如果她没有意见的话，他希望在下个路口出去，转回中央公园，再从另一个出口出来，这样可以绕过前方的车祸。

"这样走需要多长时间到隆迪百货公司？"简问道。

"最多不超过三十分钟，保险点四十分钟。"司机回答。

车在简熟悉的路口转弯。距那个路口不远处，就是她曾就读过的小学，长大之后她知道这是纽约最引人注目的小学，华尔街巨头和美国巨富家族的孩子，他们孩子的孩子，都是从这里走入中学。祖母从弗吉尼亚搬到纽约，就是要把她送进这所小学。"这里是你一生受益的开始。"祖母这么对她说。

车，小心慢行。街道两旁落了叶的大树树枝上挂着残雪，在简的眼前倾斜着，优雅地向后倒去。

"你从第八大道顺着110街的公园步行到第五大道，再从100街走进公园，有几百棵白果树。秋天叶黄时，果实累累，落地如珍珠，捡都捡不完。"简不知道为什么要和这个陌生的司机，谈起她心里常默念的话。

车子开进了那段长满了白果树的街面。简把车窗摇得很低，她把身子探出去，想看看那一棵棵挂满冰霜的白果树。从营地回来，简跑遍了中国城所有的杂货店。"白果树与其他很多植物不同，不是直接雌雄飞花授粉，它们有雌雄树之分，每年春风起，雄树开花，花粉随风追赶雌树，雌雄拥抱，雌树发芽抽绿之后结出白色银杏子，几个月后，杏大成果。"一个杂货店的老板娘用地道的中国城英文指点着简。她告诉简，深秋时分白果树叶茂果盛，中央公园里有捡不完的白果。简按照老板娘的指点，在中央公园有白果树的区域，不知在树下徘徊多少次，没见一颗白果。再回去问那个老板娘，才知道近二十年来，2017年是头一年树不结果。"白果树是有灵性的，跟人一样，有情有缘，今年白果不结籽，是风不调，雨不顺，雌雄接手不利，情缘受损。"老板娘向简解释道。

"这些树一反常态一颗果实也没结，明年会怎样？"简问道。

老板娘先是茫然地摇摇头，但当她看见眼前这个美国女人对白果的兴趣，比在教堂里唱圣歌的教徒还要虔诚时，有些不忍心。于是，她告诉简，2018年一定是个果实丰收的大年。

每次走在白果树下，简都能听到刘爱那番对白果的解释。"你知道吗？按照我爷爷的话说，人生病是心气不顺所致，是内调不平衡，糖多会得糖尿病，盐多会得高血压，脂肪多会得心脏病。白果是我们老家调理人体提高免疫力的'宝果'。它低糖、低盐、低脂肪，老人小孩生病了，我们就抓一把白果，剥掉壳，将绿色的果肉放在搅拌好的鸡蛋液里，再上笼一蒸，哇，那个香啊，苦中带甜的白果肉，加上入口即化的鸡蛋羹，又好吃又治病！银杏寿命长，一次栽植长期受益，因此土地选择非常重要。银杏属喜光树种，应选择坡度不大的阳坡。对土壤条件要求不严，土壤湿润肥沃、排水良好的中性或微酸性土为好。因银杏树寿命很长，因此成为健康长寿、幸福吉祥的象征，且其树叶的奇特形状，又被视作'调和的象征'，寓意'一和二''阴和阳''生和死''春和秋'等万事万物对立统一的和谐特质。它还可以提供优质木材、叶子和种子，同时还可以绿化环境、净化空气、保持水土、防治虫害、调节气温、调节心情等，是一个良好的造林、绿化和观赏树种。"不知为什么，简就是忘不掉刘爱的这些奇谈怪论。这些话语，竟然时常牵着她的手，把她带回那个与白果有关的秋天。

坐在车里的简突然想起，她今天要争取去中国城一趟，她要去再次请教一下那个杂货铺的老板娘，她需要将烤箱调到多少度，因为今晚生日晚宴的菜单上，她为刘爱列了烤白果。

玖 刘爱 2017 / 12 / 16 AM 10:00

"欢乐只是瞬间，痛苦刻下就是永久。"刘爱从小就在奶奶这样的教诲下长大。不过，自从昨天下午收到简的预约单，刘爱的世界似乎有了新的希望。她相信，"痛苦只是瞬间，欢乐刻下就是永久。"她就是带着这种喜悦走进她工作的百货公司的。

隆迪百货公司开门的时间到了。圣诞节的气氛踏着北极的雪橇，带着欢乐的雪花，随着所有想花钱的节日采购者的脚步，愉快地推开了那扇旋转了上百年的黄铜大门。无论你的口袋里有多少绿色的钞票，走进装点得犹如阿里巴巴宝库的百货公司销售大厅，每一个人都会不由自主地兴奋起来。

只要你穿着得体，手上提着的包不那么太过时，脸上的妆化得不太像马戏团出来的小丑，指甲破损得不是一看就知道两个星期没有重做，脚上的鞋子不是磨损得不堪再受折磨，在所有销售员的眼里，你就是上帝。她们可以慧眼识真金地把你从蜂拥的人群里挑出来，用尽世界上最悦耳的语言，把你引到柜台前面。然后再用最让你心醉、好像你付出一块钱就赢了彩票的那种让你发狂又听不太懂的销售语言，把你带到收银机旁。你的信用卡、借记卡、现金，被绑架着，陆续走进百货公司的收银机里。这时候，你完成了应该完成的使命，你拎着你后来可能后悔或者觉得自己用根本无法承受的代价买的东西，再次回到圣诞音乐里，转向其他柜台。

刘爱正在对着一个穿得花枝招展，但一看她脚上蹬的廉价靴子就知道她属于哪个阶层的女人，介绍价格适中但是会附送不少促销礼品的晚霜。刘爱就是有这种一眼看透对方心态的本领。

"我想这个价位和搭配的赠品，特别是这款晚霜的质量，是你最佳的选择。"刘爱翘着两个手指文雅地打开瓶盖，"你看，这个新款比较实惠。瓶子里面的产品足够配得上这个价格。"刘爱用更加文雅的声调推销着。不过这种文雅不是刘爱一贯的腔调。出事前，在介绍产品的时候，刘爱会一遍又一遍讲述着自己开始搞不清是真还是假、说多了就变成真理的推销语言。不过自从经历了摩尔顿营地，她时常觉得从自己嘴里吐出的销售语言，就像每天到营地隔断访问、永远不舍得离开的苍蝇一样，很讨厌，但很无奈。刘爱把一个又一个可能成为买家的圣诞节采购狂带到柜台，交给缇娜，然后目送这些掉入销售气氛自以为富裕的消费者，提着刚买的需要和不需要的商品，心满意足地离开柜台。至于那些听足了销售语言、用够了试用化妆品但是一分钱也不肯掏的人，刘爱也笑脸相送。她不再像以前那样，跟着那些人走几步，期待她的努力能够感动一毛不拔就离开柜台的人。目前刘爱不需要业绩，她只要能够拿到纽约政府指定的最低工资，将所得的百分之二十五交给半路家，就能每天出门。不过刘爱就是刘爱，她就是那种被狼咬了还要再同情受伤的狼的东郭先生。她知道自己再次离开这里之后将再也不会回来，可是她做不到消极怠工，她觉得带到柜台的客人越多，她心里的安慰就越足。她知道离开摩尔顿营地，能够每天从半路家出门，站在灯影和香气中像正常人一样和客户交流，都是吉姆的恩德。

"吉姆要来。和简在同一天出现在自己的眼前！"有一种苦尽甘来的感觉笼罩着刘爱。她觉得自己突然变成命运的宠儿。老监狱玛利亚、梅里、桑蒂，还有那个早晨哭哭啼啼的史密斯，一瞬间都成了过眼云烟。

刘爱记得简几次对她说："你到了半路家第一个要找的人，就是吉姆。你必须马上找到工作，必须有能力支付百分之二十五的月薪给半路家，这样你就可以得到外出的批准。记住，有了联邦罪犯这个历史，再加上年龄，还有你的脸，在纽约找到一份你想做的工作很难。"简反复嘱咐她。

刘爱记住了，也这样做了。到了半路家刘爱打的第一个电话，就是给吉姆的。她第一次出门申请单上填写的，也是吉姆的工作地点。因为她冥冥中知道，只有吉姆，在这个时候会真心帮助她。他不会戴有色眼镜把刘爱看成刚从监狱里出来的人。过去的两年多，大到卖房产支付政府的罚款，小到每个月给她监狱账号按规定汇300美金，都是吉姆办公室办的。

刘爱记得那天再次和吉姆见面的细节。吉姆邀请她到哈佛俱乐部吃午餐，当她在马路对面看见吉姆穿着后面开衩的英国绅士西装，站在门口等她的时候，她的眼泪已经在心里流成河。整个午餐刘爱都在流泪，哭得让自己后来想不清为什么在他的面前会像个受尽委屈的小女孩。

二十多年的相识，虽然中间有许多年他们毫无来往，但吉姆应该知道在化妆品部这个中国女人是销售能手，她能把整个纽约的中国购买力全部抓在手中。他应该知道这个中国女人是刘爱，就是他从中国带回来参加培训的那个中国女人。不过吉姆一定不知道，为什么刘爱到了纽约不久就开始躲避他。吉姆也顾不得想。刘爱虽然是他在中国最觉亲切的女人，但是她就像一件每个外国人到中国都会买的丝绸睡衣一样，在睡房里柔软贴体，却不登大雅之堂。他从来没有太多地想过刘爱。只要刘爱在纽约事业成功，享受美国这个美丽的国家的一切，在他家族的百货公司有份稳定的工作，他也算尽职了。吉姆的纽约生活里从来就没有刘爱的位置，直到刘爱被抓。刘爱的名字和他家族的名字在报纸上居然连在一起。这个灾难性的消息把吉姆带回到二十多年前的角色中。他觉得，在刘爱的美国生活里，自己有不可推卸的责任。

吉姆大概自己也没想清楚为什么要选择哈佛俱乐部这样的地方，和刚从监狱里出来的刘爱见面。也许他只是觉得，这个可以吃自助午餐的大厅，堂堂皇皇，给人一种公开且又有高贵私密的感觉。刘爱随吉姆走到签到带位的台子前，就在吉姆俯下身子在预约登记的本子上签字的那一刻，刘爱看见，吉姆的预约，是三个人。那个空余的位子是给谁留的？是不是为了让他的夫人知道，这个午餐只是一个平常的商业午餐？如果是以前，刘爱会问吉姆。可是此时此刻万事皆非，她觉得和吉姆在一起的每一分钟，都是那么的珍贵。吉姆签完字后，将他刚刚放下笔的那只手伸过来，他搂着刘爱的肩膀，对站在签到柜台后面的那个手和脸的皱纹都刻着她的工作年限的老人要求一张较僻静的桌子。"我们可能会哭。"他说。

三个小时的午餐，三个小时的故事。吉姆离开时才搞懂，刘爱作案或者说无意作案，就是为了一个字，爱。一种奇怪的和性没有太多关系的爱。刘爱告诉吉姆，她丢下儿子到纽约参加培训，特别是在他的家宴上感觉到自己的穷困与卑微，包括她留在纽约想做出最好的业绩，就是要让吉姆看到，她这个英文有限的中国移民，是吉姆家零售业需要的人。多么可笑的一个故事，吉姆听得似懂非懂。

和每一个两手空空到美国来追求美国梦的人一样，刘爱把太阳、月亮和星星全都装在她的梦想里，不分昼夜，精打细算着她每一天的时间。刘爱白天在柜台上用最真诚的笑脸接待最挑剔的女客，哪怕最后只卖掉一支口红。晚上或倒班的时间，她就联系那些手里有中国代表团的旅行社或公关公司，拿着自己很扁很薄的钱包，去和代表团的领队拉关系。她请这些人吃最便宜但合口味的中国饭。在乡愁浓浓的情绪中，她请求帮助。一来二往，刘爱建立起不错的人脉关系。她千方百计地把中国代表团购买化妆品的生意拉过来，保持她的最佳销售业绩。也就是为了这个，她答应牵线代购。

"刘爱，你有百分之二的回扣。"刘爱第一次拿着牵线人方小阳给的信用卡，在隆迪百货公司替她的客户买了两万多美金的貂皮大衣之后，方小阳从中国打电话给刘爱说。

"我不应该拿这个。我只是帮帮忙而已。"刘爱一口拒绝了。再说，为隆迪百货公司带来更多的生意，在刘爱眼里是她天经地义的职责，虽然有的生意不是买化妆品。刘爱继续做她认为可以为公司多创利润的好事。几乎每个星期她都收到牵线人需要代购的产品单子，买完了她还帮着将东西快递到中国。不到半年，刘爱成了整个百货公司的红人。由于她，销售貂皮和名牌包的几个柜台的生意也好起来了，销售额上去了。

一天快下班的时候，方小阳带着一个英文讲得十分地道的男人来见她，一下刷了几千美金，买了一堆昂贵的面霜。方小阳趁柜台前没有其他销售员的时候，当着那个男人的面硬是塞给了刘爱一百多美金。"这是今天你应该得到的百分之二的回扣。"方小阳的笑容能把冰雪融化。

"公司刷在卡上的价格，都是明码价钱，销售的单据也写得清清楚楚，这个回扣从哪里来呢？"刘爱问方小阳。

"我们做代购，是需要购买人提前交会费的。交现金。我们按照对方的要求，用对方交给我们使用的信用卡买了货，我们就按照货物价格收取百分之五的劳务费。这年头，谁会无代价地为别人花费时间？收钱了，有责任感，所以你也应该向我们提成。"方小阳字正腔圆地向刘爱解释。

"我们每单生意收取货物百分之五的劳务费，郝先生认为你应该得到百分之二，因为你是付出心血的。"方小阳的赤诚说服了刘爱。从那个一百多美金开始，刘爱常从郝先生那里拿到信用卡，刘爱每次使用这些卡，都会在总消费的数字里面，得到百分之二的回扣。

刘爱告诉吉姆，直到被起诉，她才知道自己是那个犯罪集团在纽约的执行人。她的牵线人方小姐的男朋友，那个出手大方做事很讲究形式的郝先生，出事当天就飞回了中国。所有的责任，都由刘爱承担。因为她是美国公民。

对刘爱，吉姆永远似懂非懂。他从来也没有想过刘爱就是为了一个简单的他的认可，去牺牲自己。这种原始的做法，与美丽的美国，与纽约，与吉姆的社会环境，实在相差太远。想到刘爱，吉姆只有心痛。"我如果不请你来纽约，你永远不会进监狱，你不会有这样的人生悲剧。我会帮助你的。"吉姆说。

刘爱告诉吉姆，她需要工作。她需要把收入的百分之二十五交给半路家，以证明监狱的改造，已经在她的人生中产生积极的效果，她现在已经是可以自食其力的人。虽然她以前给政府缴的税，远大于此，但政府是不会这样思考的。犯罪了就要进监狱，进了监狱就要政府养着。出了监狱政府再养你一段时间，这时候你要学会养活自己。

"我明白你的需求。"吉姆说，"我想替你找一个你有兴趣也能发挥特长的工作。而不是像你说的，随便什么都可以，哪怕是扫地，当清洁工。"吉姆被刘爱的哭泣搞得不知所措，满眼同情。

"我可以扫地。真的，我不在乎。我在摩尔顿营地扫过厨房的地，打扫过厕所，清理过最脏的地方。我会把办公大楼的地打扫得很干净。"刘爱不懂吉姆在想什么，坚持自己的请求。几天之后，刘爱拿着百货公司纽约旗舰店给她的四个月临时工作的确认函，去半路家负责职业教育的管理人那里登记，从此刘爱开始了她出狱后的新生活。

刘爱还接到总经理办公室秘书给她的电话，告诉她，总经理用自己的工资"借给"她两个月的房费租金，并已经在离百货公司只有一条街的地方，帮她租了个一居室的小公寓。"你拿了工资之后再还。"秘书这样说。刘爱把这些安排全都如实报告给半路家，并按照半路家的要求，把新租的小公寓的门牌号码、新装的电话号码等有关信息，填写好交给一个和她的儿子小福子年龄相差无几的女管理人。

上班第一天，吉姆亲自把刘爱介绍给化妆品柜台负责人缇娜。

"刘爱是个优秀的销售专家，她曾经是集团销售业绩最优秀的经理。这是她的工作试用书，你是她的直接管理人。"吉姆一字不多一字不少地把刘爱介绍给缇娜。

稍老些的员工都知道这个中国女人的事，特别是在一楼销售大厅工作过的人。缇娜刚来两年，听说过刘爱，但是从来没见过刘爱这个人。她看着公司大老板身边的刘爱，皮肤干干净净，几乎看不出任何被监狱踩躏过的痕迹，眼睛弯弯地微笑着，好似她是这栋百货公司大楼里对生活最满意的女人。缇娜不知怎样接吉姆的话。

"我请她做这个柜台的美容产品使用顾问。刘爱在这方面很有经验。"吉姆看出缇娜的不知所措，特地加重了语气，"她有四个月的试用期。她推销成功的销售额，记在你的名下，她不用碰收银机。她是我的老朋友。"缇娜听懂了。总经理给她送来了一个和他有故事的罪犯，也同时给她送来一个可以为柜台创造财富但不需要提成的人。

吉姆在缇娜的频频点头中离开了。缇娜问清楚了半路家管理的要求，就把专门放面部美容产品的柜子钥匙交给了刘爱。"你熟悉一下。如果没有做美容的预约，你就出来帮着销售。没奖金没事的，我给你一些试用品，保证你有收获。不就四个月吗？"当吉姆说刘爱是他的老朋友的那一秒钟，在缇娜眼里，刘爱就是她密友了。

刘
爱

"一个尚未彻底脱离美国监狱的罪犯，一个没有专业美容教育的近五十岁的女人，居然能坐上这个位置！"背着刘爱，缇娜这样说。

能够如此迅速地锁定化妆品柜台美容顾问这样的职位，而且是在这个全纽约都知道的百货公司工作，的确不寻常。在半路家看来，从监狱出来，带着沉重的历史标签，能找到简单的工作，已经是万幸。这么好的工作，连从专业美容学院毕业的人也很难拿到，更何况前罪犯刘爱！

管理半路家的那些穿着蓝制服吆三喝四的男男女女，整天和从监狱走出来的，把人间的高贵和卑贱、诚信和谎言、富有和贫穷、慷慨和吝啬、正直和邪恶、狠毒和善良统统混为一体的特殊群体打交道，他们的警觉，超出正常人的想象。特别是她申请到半路家时间，是营地那个新来的管理人批的。刘爱后来听说，麦可在审查结束后就被调离了营地。不过，除了刘爱是在他调离之前就走的，本来还有几个随后就要离开营地的女人，都被以各种理由推迟了离开的时间。"都是那个麦可先生搞的鬼。"女人们毫不怀疑地说。刘爱知道，即使她先走出营地，麦可先生还是有能力把她第三个月搬回"家"里住的待遇，悄悄地变成在半路家住满三个月。半路家的管理人向刘爱解释，刘爱要在半路家住满三个月，是因为他们把刘爱的资料报错了，完全是出于行政错误，失去按时回"家"的待遇，对所有家在纽约的女人都算是沉重打击，但是这种下流的小诡计对刘爱来说，如同吃了一只苍蝇，吐出来就好了。"反正我在纽约没家。"刘爱这样对玛利亚说。"这就对了，你不是因为无家可归才争取到半路家的时间吗？你突然又有家可归了，不管是谁给你的家，反正你的情况不是像你说的那样。不惩罚你，惩罚谁?!"老监狱说话毫不留情。

不过，吉姆的办公室还是按照刘爱出狱报告书上的时间，为刘爱租了公寓。但是刘爱还没有机会去新租的公寓，因为刘爱目前被允许的生活路线，是半路家到隆迪百货公司。去任何其他地方，都要经过半路家的同意，包括去与百货公司只有一条街之隔的那个将被刘爱称为家的小公寓。

柜台里的电话响了。刘爱看见缇娜对客户说了声"对不起"，马上转身拿起电话。

"是的，刘爱今天准时上班!"刘爱听见缇娜不耐烦地应付对方。

每天上午十点和下午两点左右，总是有这么个电话打进来询问刘爱的行踪。刚开始缇娜还挺认真，还脸上堆着笑寒暄两句。时间一长，特别当缇娜知道刘爱赚的那点试用工资的百分之二十五要交给半路家后，她那意大利人血管里涌动的爱打抱不平的热血就沸腾了。刘爱听见缇娜毫不客气地嚷了一句："什么，她没接手机? 我们这里有规定，上班不准用手机!"缇娜"砰"的一声把电话挂了。

这通电话提醒了刘爱。今天早晨她忘了按照约定给儿子打电话。儿子毕业后在华尔街找到了新工作，上班期间不能接电话，下班要加班，周末又要陪女朋友。本来约好了昨天晚上通电话，但是刘爱突然看到简的字迹，一个晚上激动得泪流不止，接不了电话，只好推到今天早晨。早晨出门的时候，刘爱还在心里念叨着，但是阴差阳错，刘爱竟然忘了给儿子打电话。刘爱心里很不安。儿子一定有什么重要的事要告诉她，否则不会这么急着约定通话时间。自己怎么就忘了呢？

刘爱像做错了事一般，心里百般的不舒服。她是那种把全家人的需要放在首位，最后才考虑自己的中国传统式的母亲。除了唯一一次，那就是追随她虚无缥缈的美国梦。也就是这唯一的一次，让她丢掉了做人的尊严，丢掉了做母亲的骄傲。三十三个月后，当她从监狱里走出来的时候，刘爱在一张小纸上记下自己的誓言："家人第一。"她把这张小条子和奶奶留给她的存着母亲笔迹的小红布，以及简的联系方式，放在一起。

刘爱三言两语就把正在掂量着要不要跟着她到柜台的客户打发了，疾步走进她为客人做美容的小空间，慌慌忙忙地从手提包里拿出手机。她这才发现，原以为只是静音的手机，事实上没电了。昨天晚上她忘了充电。

这部手机是儿子小福子接刘爱出狱的时候，按照《半路家手册》的要求，给刘爱买了一部没有任何多余功能的老式翻盖手机。"这种手机市场上几乎找不见了。"小福子这样对刘爱说。对于刘爱来说，三十三个月的营地生活，那几部挂在墙上的美国大街上常见的投币电话，就是她听见小福子声音的唯一工具。几年没有摸过任何手机，现在有了专属自己的电话，不受时间的限制，对方再也不需要耐着性子听完那段告知对方"你正在和监狱的罪犯通话，你的通话会被录音"的提示——这样的提示除了真正的家人，是鬼都会被吓跑。那个时候，刘爱把每月三百分钟的电话时间按分秒算，每天给北京的爷爷奶奶打五分钟，每天和儿子通话三分钟，剩下的六十分钟应急。刘爱没事从来不往挂着电话的那个角落看，她明白自己没有多余的电话时间可以消费，最主要的是，她看见摩尔顿营地女人们在电话前，经常哭得水淋淋的。一些永无止境的悲剧，每天都在电话墙那个角落上演。

自从拥有了这部只能通话和发短信的手机，刘爱感觉到她和世界重新连接上了。她时常拿起这部应该进入历史仓库的手机，用指头抚摸着手机外壳，感觉自己在抚摸一块丢失许久的玉石。"手指摩擦对大脑神经有保健作用。"保健品广告这么宣称。自从可以随意抚摸这个小小的滑滑的手机壳，她的心里踏实了很多。她不需要像在营地那样，再忍受只能打出去而不能接外面任何电话的折磨。"半路家的功能，就是要犯人们在执行刑期的最后时间能够一只脚走进社会。这个功能有限的手机，就是这只脚上的鞋子。"拿到儿子给她准备好的手机，刘爱高兴地说。

"妈妈，如果不是特别急的事，你就等我的电话。"儿子总是这样要求她。刘爱理解。过去的三十三个月，小福子没有这种选择，他只能等刘爱的电话。如果信号不好，电话断了，小福子要再等三十分钟才能接到刘爱的电话。刘爱那些带着监狱警告提示的电话，让小福子多次陷入无奈的尴尬。有一个星期六，小福子和女朋友去陪她的祖母，瘫在床上但是耳朵比什么都灵、手上控制着家族公司财产的女人，听到从小福子的手机里传出来的监狱警告，吓得眼睛发直："谁在监狱？打电话的是谁？"

那天之后，儿子告诉刘爱，他不能随时接听母亲的电话了。"妈妈，我不想失去这个女朋友。因为她对我太重要了。我没有告诉她我们家的情况。我无法向女朋友解释清楚，我想过一阵子再和她说清你在监狱的事，现在还太早，我说不出口。"刘爱表示理解。中国的母亲，就是这样，把"理解万岁"挂在嘴上，但心里悄悄地流泪。也许真的很难向一个在中央公园附近长大的黄头发美国女孩说明白，他的父亲在世界流浪，他的母亲刚从联邦监狱走出来，他的家族财产和名誉在这个世界已经是零，他和她的家庭等级，一个天一个地。小福子的难处在刘爱的心里，比儿子能想象到的，还要深。儿子被突如其来的家庭变故压扁了，刘爱一想到这些，心像是被撕破了的风筝，虽有线扯着，但忽上忽下、忽左忽右地被风左右着，挣扎着浮在天上。儿子还告诉她，如果她希望他的子孙后代今后不受歧视，他一定要找一个真正的美国人结婚。"妈妈，如果你希望咱家的子子孙孙在美国长住，我必须改变咱家的人种基因。"儿子眉宇间透出那种决战般的勇气，"妈妈，我这样说你不要生气，特别是，我的妈妈曾是美国罪犯。"儿子说这句话时，痛苦得好像自己就是罪犯。

刘爱像中国象棋中被击败的棋子，已然出局。小福子是她的心头肉，中国女人都会为了儿子赴汤蹈火。为了儿子，她必须让步，把对儿子的爱收回来，放在心里，慢慢地品味。刘爱的心是酸的，脸上却堆满了笑容。

刘爱给手机接上电源，她准备今天冒个险，给儿子拨一个电话。如果儿子不接，至少知道妈妈打过来了，也算是报个平安。这几年，虽然她在营地、儿子在学校，刘爱总是觉得她和儿子一起相依为命。

刘爱正准备拨通小福子的电话，她看见了从半路家打来的几个未接电话。"什么事他们这样急着找我？"刘爱心里更是发慌了。

拾 简·华盛顿

"一切都会改变，没有什么永恒。没有什么会维持现状，除了雨水来自云，除了天空浮满阳光。冬天将会过去，伤痛将会消失，虽然不会是瞬间，但一切都不会永恒。年轻人会变老，谜底终会揭开，随时光流逝，一切都会改变。"坐在出租车里的简·华盛顿，突然被司机座椅背后挡板上挂着的电视小屏幕上的镜头吸引了。她看见屏幕上一个穿着老式西装的男人，忧郁地唱着那首祖母最为心爱的歌。简·华盛顿永远搞不懂，为什么这首伤感的歌总是在圣诞节期间反复播放。祖母带着她离开斯顿庄园的时候，正是圣诞节，这首歌带着乡村小路的尘土，被永久地塞进了简的记忆。这首歌在今天这辆陌生的出租车里出现，在今天这个特别的日子出现，简·华盛顿感到很奇妙。摩尔顿营地的经历，让她经常胡思乱想，魂不守舍，现在她又体验到了这点。简把脸更加贴近车窗，她要让带着雪花的空气，吹走她心里徒生的一丝暗淡。

出租车熟练地钻出中央公园，进入第五大道。

这条世界最著名的购物大道上的积雪，大部分已被撒下的融雪盐融解。出租车像是小媳妇突然松了裹脚布，轻松地汇入大道中央车道，速度比先前快了许多。

晨风夹着纷飞的雪粒，急促地从窗缝中钻进来。简从小就喜欢把车窗摇开一条小缝，不管外面是下雨、下雪或是尘土飞扬。她不喜欢被锁在车里的感觉。那种感觉让她头晕，无论是自己开车还是坐别人的车。也许是今天早晨电话里查理那奇怪的声调，还有那首不知为何跑出来的老歌，让坐在车里的简想到，如果不是自己执意要打开车窗，查理可能也不会搬出去。可是就这么个简单的要求，让一切都变了。

简记得，那是刚从摩尔顿营地回到家的第二天。按规定，七十二个小时之内，她要去珍珠街法院大楼里的监外控制期管理人那里报到。

"亲爱的，你能不能把车窗关上？我受不了外面的声音。"查理在车快接近法院的时候，突然对简说。

"为什么？"简好奇地问查理，"外面的声音就是大街上的声音，我很久没有听到这么多来自城市的声音了。它让我感觉到我回到了正常的生活。"

"这些声音让我想到陪你去法庭的经历，特别是你被判刑的那一天。那个黑暗的时刻！"查理的眼睛里涌出泪花。

"对不起，查理，我不是故意把你的生活搞成这样。我希望你愉快。"简安静地说。她把手放在查理的腿上，但很快就被查理推开了。查理这个简单的动作，让简感到陌生。

"你这是什么意思？你的对不起让我更难过。不是你的错，你没有故意犯错。我也明白你在认罪书上必须说你是明知故犯，要不然政府就不会放过你。我更知道你为此付出了难以言说的代价。你受的苦比我想象中更多、更深。我只是再也不想听见这里的嘈杂声，再也不想看见法院这栋楼，再也不要把车停在这里。这里的一切让我感到精神分裂。"查理痛苦地呻吟着，"亲爱的，我受不了，再受不了这些噩梦了。"

简遵照查理的要求，把车窗迅速关紧，紧得让她窒息。

"我一直在等你，心血等干了，等你回家。现在你回来了，我原以为一切都会复原，生活里不再有监狱的影子，可是一切都变了。过去的这一天，你身上摩尔顿的味道让我紧张，你那些营地的故事让我做噩梦。对不起，我不知道自己能不能这样生活下去。我不喜欢被人家议论，也不能接受昨天晚上在俱乐部吃饭时，那些看着我们的眼光。也不愿意接受由于你从监狱出来，失掉俱乐部成员身份，而我只能自己一个人去。我不希望我的父母因为我而觉得尴尬。昨天夜里你又在梦里狂叫，那让我想到地狱。我的精神受不了这样的折磨，对不起！"查理把车停在路边，像个受尽委屈的孩子，抱着简发抖的肩膀，泪流满面。

简把查理的胳膊推开，她觉得那样像小偷被人抓住胳膊，她逃难般地逃出车子。她听懂了查理的话，她只是不知道怎样回复。她觉得自己是世界上最坏、最不尽职的妻子。她生不出孩子，现在她的额头上，又刻上了"联邦罪犯"这几个字，她是罪人，一个被社会抛弃的罪人。

出租车试着向人行道靠近，但它没有在简指定的小咖啡馆门前停靠，而是朝前滑了几米。一夜的积雪严实地覆盖着并不宽敞的人行道。上班的来往人流急促但谨慎地迈着前进的脚步，几家挂着厚厚门帘的咖啡早餐店门前，穿梭着穿得像冬熊一样的上班族。工人在清理门前被行人踏出的冰道。进出的客人手上拎着咖啡色早餐纸袋。他们带进去冬日早晨的寒气，带着早餐热腾腾的香气走出来。

从纽约东河呼啸而来的刺骨寒风，穿透一切，冰冻心灵。

一个穿着过膝皮靴的女人滑倒了，撞在一个缩着头独想心事，没戴手套端着咖啡的男人身上。那个男人的咖啡杯掉在地上。咖啡溅到了女人的身上。那女人愤怒地抬起头，却看见了一张充满歉意的青春的脸。那个年轻男人注意到了摔倒的女人那张美丽但怒气冲天的脸，他弯下腰伸出手，拉她起来，他们面对面说了几句，那个男人从斜挎在肩上的背包里拿出名片，恭敬地递了过去。那年轻女人对他说了点什么，那个男人匆忙掏出笔在自己的名片上写了什么，大概是电话号码吧，之后他们友好地分手了，一个朝东，一个朝西。女人走了两步又转身追上了那个男人，递了什么给他，一定也是名片。

简就这样坐在停靠在人行道边的出租车里，看着窗外那幕无声电影。世上的事就是这样变幻莫测。谁能预计人生的下一分钟将发生什么事？是好是坏，是喜是悲？但是无论发生了什么，都是转机，就看你朝哪个方向转。她记得离开摩尔顿营地之前，最后一次参加那个每月一次的有点宗教意义的小聚会，那天晚上的话题是"你能控制自己的命运吗"。谁能控制自己的命运呢？如果人真的能时时托住人生，那么炮弹下就没有难民，街上也没有乞丐，她也不会被送入摩尔顿营地。但是，人是可以控制事发后的反应的，就像刚才那对年轻人，如果没有摔倒，他们永远是擦肩而过的路人。简开始在脑海里幻想那对年轻人巧遇之后的故事。也许那个女人身上被溅的咖啡会变成他们婚礼上的花朵，也会变成她一身的污点。谁知道呢？上帝透过云层和雪花看着他们，但他们今后的故事，只能靠他们自己写。

手机响了，又是查理。"生日快乐，简！"查理的声音明亮了许多，好像一个长跑运动员，经过艰难的竞争，终于跑到了对手的前方。

"谢谢查理！哦，请等一等，我正在下车。"简很高兴听见查理轻松的问候。昨天晚上，查理在电话里突然变得特别关心她今后的生活，这让简很不舒服。"明天是你生日，我有一个重要的礼物要送给你。"查理说。如果不是突然找到了刘爱，如果不是心突然有了去处，简可能会耐心地与查理在电话里随意聊聊，可是从昨天晚上开始，刘爱把简心里的空洞填满了。

"下车？你去哪里？"查理迟疑了一下问道，"我刚才打到家里，那个叫劳拉的女孩说你去办重要的事了。还说你吃了午餐直接到律师楼来。你和谁吃饭？今天是你的生日！"简听出查理的声音有点不自在。她不明白自己出来办事和中午吃饭的事，和电话那头的查理有什么直接的关系。

"我没告诉劳拉，我是去见刘爱。你记得吗，那个我跟你说过的中国人。我找到她了。她在隆迪百货公司化妆品柜台做美容顾问。我先去请她做美容，之后会试着约她一起吃个午餐。"简用肩膀把手机夹在耳朵上，一边从钱包里拿出现金付车钱，一边对查理说。

"哦。"查理莫名其妙地叹了一口气，像是一段悲剧里伤感台词的前奏。简想象着查理接下来会像以往那样，给她不痛不痒的忠告。"你对刘爱的感情好像比较特殊。我认为你的这种错觉很正常。和两百个女人每周七天二十四小时在一起生活，一住就是几年的时间，感情上对女友的依赖，需要时间改变。特别是你，现在总是拒绝尝试回到原来的社交生活中，你害怕被奇怪的眼神和难以回答的问题纠缠，你逃避受伤，你这种生活中的空缺，难免会加重错觉。"查理时常这样劝导简。

怎么会是错觉？简心里明白，但该怎样准确地解释自己心里对刘爱的感觉？就像一列火车开足了马力驶出车站，却不知终点一样，她说不清。从摩尔顿营地回到家里，失眠就开始折磨她的神经。许多长得不能再长的夜晚，像一条长得不能再长的黑丝带，紧紧地系在她的脖子上。就算她吃足了安眠药后睡着了，也常常在噩梦中惊醒，大声喊叫。清晨雷鸣般的敲门声，联邦调查局十几个穿着黄色防弹背心、荷枪实弹的人影，等待庭审的铁窗内的挣扎，还有从纽约市转到营地时手铐脚镣的"哗啦哗啦"的响声，常在她的梦中游荡。只要听到街上警车或救护车的呼叫声，她就变得异常紧张，魂不守舍。简告诉过查理，每天帮助她保持精神平静的，就是回味和幻想着与刘爱上下铺的生活。她想到在摩尔顿营地刘爱的下铺，那张自己曾经熟睡的下铺。虽然大宿舍里有六十多位女人同住，虽然大房间常常彻夜灯火通明，虽然一夜间女人们进进出出都需要经过她的小隔断，抽水马桶发出的声响时常是夜里的交响乐，但是她总能熟睡。简总是控制不住地说些查理最不想听，也最怕听的摩尔顿营地的人和事。

但是今天，简搞不清查理那声"哦"的意思。"查理，你和琳娜圣诞订婚的事都定下来了，怎么还这么关心我去见什么人？我会准时到律师事务所去的，我会在离婚协议书上签字。"简故作轻松。

查理没有接话。

简推开出租车门，她先伸出一只脚踏稳，再伸出另一只脚。待她确认两只脚都扎扎实实地踩在地面上，这才探出全身站立起来。自从摩尔顿营地回来，她发现自己身体的平衡能力像她对人生的信念一样，时常左右摇晃着。她下出租车时会特别小心地探寻落脚之地，因为她已摔倒过几次。

"查理，谢谢你打来电话，我们下午见。"简想挂掉电话。如果他们继续通话，简担心自己会说得太多。

很明显，查理不想放下电话。他先道歉自己问得太多了，然后提到今晚想请简出去吃饭。他知道，简已经准备请几个朋友在家里聚会，包括刘爱，当然如果半路家能够大发善心地同意她的请求的话。这时候，查理要参与的劲头更加难以回绝，他提到他会带一箱简最喜欢的红酒。

为什么查理要提到她最喜欢的红酒呢？回到纽约后，除了那个最后让人要哭的欢迎宴会，简已经一年没有沾过一滴红酒。去年圣诞前夜，她和查理约好不告诉父母他们分居的事，他们一起参加了公婆家几十年如一日的家庭晚宴。自从查理租了一个小公寓搬出去，他们堂皇地参加过一些社交活动。简像过去一样，挽着丈夫的手臂，目不斜视地走到她的座位上，但是内心早已千疮百孔。她开始讨厌那些借着捐助贫穷的名义，实际上是达官名流的夫人们展示价值不菲的服装、珠宝的午餐或晚宴。不过她无法拒绝去查理家里参加那个一年一度的圣诞晚宴。

那是简回家后的第一个圣诞节。她精心梳妆，特地穿上查理送的那条带着长长腰带的紧身红色呢裙，戴上婆婆送给她的造型独特的钻石项链。简早早准备好给亲属的礼物，包括一箱她最喜欢的红酒。她还特地带上了在摩尔顿营地时她写的一首思念家人的诗，一封查理寄给她的信。她希望在这个久别重逢的圣诞晚宴上，表达她对家人的思念之情。她希望她写的诗，能让亲友们感觉到她对他们的爱。

下雪天叫车难。带着抱着一箱酒的司机，简大包小包地朝着温暖灯光走去。简看见大落地窗里灯光通明的大厅一角，有着她丈夫的背影。走近了，她看见查理的胳膊正搂着一个扎着宽大红丝带的细腰。简定了定神，想看得更清楚些。人，时常在不应该看清楚的时候看得太清楚。简看见丈夫侧过脸，对戴着和她一样的钻石项链的脖子，给了一个优雅的吻。那女人转过脸，在查理的嘴唇上回了一个吻。简看清了那张脸，她是查理办公室的秘书，纽约一个有钱的犹太人的女儿。那天晚上，简把那箱她喜欢的红酒留在门口，自己踏雪走了几十条街，把手中的礼物放在了一个用破毯子裹着身体躺在商店门口的流浪汉身边。后来简也想通了，她的退出和这个女人的进入，弥补了查理父母的遗憾。从这以后，查理的母亲再也不用带着失望的神情原谅简了。查理如果娶了这个犹太人的女儿，子孙后代都是正宗的犹太人了。

"查理，下午我们就见了，晚上你就不必来了。再说，今天晚上你应该和你的女人在一起。我不能把自己的不幸，转移到另一个无辜的女人身上。"简站在雪地里，没等查理再说什么，就挂上了电话。

简弯下腰，试图透过有些晃眼的橱窗玻璃，看清楚那里面摆着的一台有年头的座钟的价格。她想也许应该走进这家意外出现在她眼前的古董店，打听一下行情。家里的那台古老的落地钟，昨天已经被拍卖行估了价，4.8万美金。简觉得这个价格还是太低了，但是她很需要钱。简和政府签了每月5万美金的分期还款协议，目前还差20万美金。下午去完律师楼，她计划和劳拉再去布朗克思西区的那家自存仓库。她打算在那里再挑出一些祖母从弗吉尼亚老家搬到纽约来的老物件，包括关闭小酒馆时被查理胡乱塞到仓库的一些贵重古董。哪怕是大海捞针，她也要再找出几件能卖出价钱的东西。她还要顺道在一家有名的艺术品拍卖公司停留几分钟，约个时间，她要把家里那几幅亚洲美术品拿来评估。六点以前她一定要回到家里。房地产经纪人昨天给简来电话，说前几天看中这栋老房子的潜在买家，定好了今天傍晚要再来看房子，也希望和简见个面。

"他们说，如果一切都还如意，他们希望连你的家具一起买下。"经纪人特地叮嘱简，要她把所有的灯都打开，让这栋久未装修的老房子里几十盏形形色色的吊灯、台灯、壁灯，散发出古色古香的色彩。"你要的那个价钱看上去在他们的预算中。凭我的感觉，今天的见面，决定他们会不会拍板。"经纪人兴致勃勃地说。

房子终于有了买主。简有一种破茧而出的解脱感，一种苦尽甘来的释然。她已经在SOHO看好了一套三居室的公寓，她需要换一个环境，逃离这个每时每刻都在提醒她过去故事的地方。摩尔顿营地的经历，像一双无形的手，总是悄无声息地把她刚想迈出的脚再拖回来。唯一舍不得的，就是想到祖母的小酒馆和这栋家族留下来的房子将要在她的手里化为记忆，她的心就开始绞痛，总觉得有个刀片忽上忽下、左右开弓地划着她的心脏。她一直拼命地把那件用失尊、耻辱、悲哀、痛苦、委屈、感悟和无尽眼泪编成的，重如千斤的前联邦女犯带着铁窗味道的外衣脱掉，她要从那个装满了与监狱苦难有关的黑色仓库里走出来，可是它们总是想方设法地抓住她，把她往记忆里拉扯。

简站在人行道边一个大玻璃商业橱窗前，玻璃反射出自己的影子，她自嘲地笑了笑。她看见自己扎在头顶的鬈发在湿漉漉的寒气中愈发卷曲，在寒风中欢快地跳跃。

一线冬日清晨的微光，透过漫天飘扬的雪花，照在简眼前的橱窗玻璃上。简看见古董店里也有个类似她家花园里竖立着的那个代表家族姓氏的大型铁制雕塑，只不过小了不少。那件雕塑是许多年前祖母借钱给一个穷困潦倒的艺术家后换回来的。虽然华盛顿家族的香火从简的母亲那里就断了，但是就像所有有过贵族历史的家族一样，他们像那些掉到海里抱着救生圈的人一样，抱着没落的姓氏紧紧不放，似乎那里面有的是取之不尽的财富和资源。如果这个概念不存在，娜欧蜜不会隆重地把她推出，简也永远与监狱无缘。

手机又响了，还是查理！"对不起，我还是希望今天晚上能够过来。我很想见见刘爱。"查理鼓足了勇气说。

"为什么?"简问道。

"从摩尔顿营地把你接回家的第一天，我就在你的那种好像丢了东西的眼神里，看到了她。你还记得那个欢迎你回家的晚宴吗?"电话那头的查理，终于把憋在心里不敢直言的话说了出来。

简记得那个傍晚。可是，查理为什么偏偏要在这个时候提到刘爱，提到那个晚宴呢？

那个让她像是走错了家门的晚宴。

"简你回家了，你来开门。"查理把手里的钥匙交给简。简的泪水涌了出来。她熟练地打开门，熟练地把开门的钥匙放在门口的那个古董木柜的抽屉里，看一眼木柜上挂着的镜子里的自己。"如果刘爱和我一起回来就好了。"那天进门的时候，简这样对查理说。

走上楼梯，脱掉外衣，换上回到家里的便装。她不仅脱掉了从营地穿回来的外衣内衣，连扎着她满头鬈发的皮筋，也全都被她扔到了垃圾袋里。她在卫生间里大大的淋浴头下冲洗了十几分钟，穿上了一年前脱下的内衣，披上了那件粉红色阿玛尼睡袍。她听到楼下查理打开香槟的声音。

"亲爱的，下来我们庆祝一下！"查理快乐得像一个刚得到圣诞礼物的孩子。

简端着高脚酒杯，喝了一口只有丹尼才能调出的小酒馆特有的用红色香槟调成的鸡尾酒。这时门铃响了。查理开门后扶着乔治走了进来。

"你看，亲爱的，一切照旧，大家还是老样子。"乔治像父亲一样，给了她一个坚实的拥抱，"你还是那样迷人，和以前一样。"

怎么能一样呢？虽然她已经把从监狱里穿回来的衣服扔掉，已经再次端起酒杯品尝世界上最美好的香槟，也已经回到爱她的人身边。但是她的心，却奇怪地把眼前的一切和摩尔顿营地做着比较。她身边少了刘爱，她已经不是以前的简·华盛顿，她心里恐慌地得出结论。

刚回家的第一个晚上，她笑不出来。饭桌上点的蜡烛让她想到摩尔顿营地用手电当蜡烛的节日之夜，打开的红酒让她想到加足了添加剂草莓粉泡的甜水，牛排让她想到吃到嘴基本上已没有什么肉味的肉食，芝麻菜和新鲜西红柿色拉，让她想到每周难得的一点绿色蔬菜。手上的银色刀叉似乎就是那套自己用了近一年的黄色塑料刀叉。BOSS音响飘出来的爵士音乐，让她想到那首刘爱最喜欢的《Hello》。身边的一切既熟悉又陌生，一切都涂上了监狱的颜色。

"我们难道不应该高兴吗？简回来了！"查理再次举起酒杯。简熟悉丈夫这种强颜欢笑的神态。他到摩尔顿营地探访时，常戴着这个面具。简看得出查理心理上的阴影。她同情他。"是的，我们真的应该高兴。"简一仰头，把满满的一杯红酒灌到满是苦味的嘴里。

那个晚上乔治和丹尼讲了许多小酒馆的往事，也讲了不少小酒馆改造成了现代中餐馆的闲话。查理试着讲些纽约社会圈里的小道消息，特别是美国著名富人榜"名人录"（Who's Who）上那些七大姑八大姨面包渣一样的闲话，试图不让稍稍放松的气氛溜走，就像把喝剩了的香槟，用最紧的瓶塞堵住瓶口，不让气泡跑掉一样。简有点微醉，她开始参与言笑，所有言笑都是关于摩尔顿营地。"不说营地的生活，我能说什么呢？"她打趣自己。

"亲爱的，告诉乔治和丹尼你现在的感觉，回家的感觉。"查理建议。他正在打开第五瓶红酒。

"我不知道。"简的回答让查理失望了。她知道这种失望还会继续。那天夜晚，她觉得自己像戏子要登台一样，特地泡了一个珍珠浴，并找出丈夫喜欢的黑色蕾丝内衣，喷上他送给她的香水。但是那个晚上，她的丈夫像一只泄了气的皮球，他的手指像是装在机器人身上一般僵硬死板。最让简吃惊的，也是最让她有罪恶感的，是她居然在脑海里幻想丈夫是刘爱，居然回味抚摸刘爱短发时的感受。那个晚上之后，简已经清楚，她和查理，只是并肩行走的一对陌路人。

"你真的要来吗？你可能会失望。"简在电话里回答查理，"不过，刘爱一定会很高兴和你认识。她总是特别希望见到你。"

"真的吗？"查理兴奋起来。

"当然是真的。"简回答道。

怎么不是真的呢？那是刘爱来到摩尔顿营地的第一个春天。营地的草地开始泛绿，枯树开始萌生嫩芽，鸟开始鸣叫，迎春花开始绽放。

"你的丈夫要来看你？"刘爱问道。

简有点吃惊刘爱会问这种私人问题。自从刘爱成了她的上铺，自从她们两人被一起关了禁闭，自从她们开始一起排队吃饭，一起互相为对方占座看监狱特别安排的周末电影或电视，一起到操场走路，她们几乎谈论一切，包括各自的案情。但是从来不提各自的丈夫。

"我想是吧。"简的脸上露出了原谅做错事的小孩的微笑，说完便转身走了出去。

刘爱注意到，简昨天晚上把只在周末探监时穿的那套制服拿到洗衣房烫了又烫，再用从小卖部买来的白色塑料衣架挂好，让它们服服帖帖的。她还注意到简一早起来，先去厕所洗了澡，像是恋人约会前一般——一旦好戏成真，脱光衣服时身体依旧有着新鲜清爽的味道。而在平时，简只是在睡前冲个热水澡。她还注意到，简已经将从小卖店买来的眉笔、眼影、腮红和口红放在了铁皮柜面上，和营地有访客的其他女人一样，正精心打扮自己。简早早站在值班警察的门口，等着随时从喇叭里响起的召唤。刘爱站在可以看见简的远处，望着简听到呼叫她的名字时，像所有黑白黄、老中少女犯一样，中了彩票般踏着愉快的步子，满脸幸福地推开宿舍通往访客室的大门。这些有访客的女人，那天就像上了发条的机器人，用极速的脚步行走在水泥通道上。无论是下雨下雪，只要是和家人见面，女人们的脸上都会升起灿烂的太阳。从访客室回来，情形往往就是一百八十度的逆转。

简那天从探访室回来的步子，比别人更沉重。刘爱把中午从食堂里拿回来的每人两只的白煮蛋，泡在有茶叶、酱油和一些胡椒粉的小碗里。这是简喜欢吃的中国茶叶蛋。简后来告诉刘爱，那天她预料到有什么不幸的事要发生。她告诉刘爱，查理很孤独，孤独得像一具行尸走肉，在天边的人生森林里摸索出路。他告诉简，他无法继续一个人住在那栋房子里，他眼前总是浮现出她被戴上手铐的情景。

从那天起之后，查理没有再来营地。有一天简梦见自己一只手拉着查理，另一只手拉住刘爱。为什么？她也说不清楚。

应该就是从那天起，简开始听刘爱的劝告，每天早晨一起去操场走路。也就在那几天，一个周六的早晨，简被两个人的对话吵醒。

"我们现在去操场走路。"简睡眼惺忪地看见住在隔壁隔断的玛利亚，穿着用白被单缝成的睡衣，披着头发靠在隔断的门框上。一副"今天周末"的休闲样子。

"不行，走廊里的红灯还是亮的。"这是刘爱的声音。

半
路
家

"红灯亮就意味着只能在楼里走动，不能外出，这是对的。不过今天是周六，值班的是我的哥们儿。再说今天的红灯应该与雾天有关。"玛利亚倚老卖老地说。

"这么大的雾。"刘爱趴下身子，透过上铺那一尺多高、一米多宽的玻璃窗，向外望去。"雾天会增加不少的点名。八点钟肯定要点名的。"

刘爱知道，雾天会在八点、十点、十二点，下午两点、四点，要站在自己的床边接受点名。如果你不按时站在那里，轻则记过，重则关禁闭。

"点名前回来就是。雾天是犯人越狱逃走的最佳机会。钻进雾区抓人，比登天还难。不过谁要是这么做又被抓回来，那可就要在这里关一辈子了。"老监狱玛利亚说得有声有色。

简拿起床头的电子时钟，还不到六点。她奇怪玛利亚这个周末为什么起得这么早。过去几天，玛利亚总是找理由靠在门上和刘爱搭讪，把监狱的一些规章制度发酵放大，让简听得毛骨悚然。

"如果你不介意，你的故事可以在白天讲。"简语气恭敬，但能听出她的不满意。

"什么时候讲与你无关。"玛利亚故意挑衅。这些日子玛利亚走路脚板踏地的样子，有种把女犯命运踏在脚下的威力。为什么呢？因为她刚刚被批准去社区动物商店做公益，早出晚归，每周三天。这样的待遇，只能落在那些被监狱管理机构百分之百信任的女犯身上。

"这里是监狱，不是你纽约上东区的家。"玛利亚的架势像是宣战。她扬着头，用充满敌意和藐视的眼光，看了一眼像一张薄饼一样扁平地躺在线毯下的简的身体，然后转身回到自己的隔断。不一会儿她又神气活现地出现在刘爱旁边，手里捧着一本不知从哪儿翻出的没有封皮、看着比考古专家从坟墓陪葬品中挖掘出的古董还有年头的中英文字典。

"我想学中文。刘爱，你来营地这一年，我花了好多时间教你怎么填写小卖部购物单，怎样开通视频，怎样打小报告。你欠我很多呢。"

"我，我应该怎么还你？教中文吗？你想学中文？为什么？"刘爱明白监狱里互换交易的规矩，但是不明白为什么玛利亚突然认真计较起来。

"对呀，你教我中文算是答谢。别看我不年轻了，我的心只有十七岁！我出去了想做中国生意。你知道吗，伊万卡的女儿这么小就会讲中文，有眼光啊。"玛利亚是电视间里为数不多的对新闻有兴趣的人。她总是把从CNN和FOX新闻频道上看到的新闻，夸大其词地在餐桌上炫耀。"你现在就教我。'早晨好'应该怎么说？"玛利亚问道。

"zǎo早，chén晨，hǎo好！"刘爱坐在她的上铺有些不知所措。刘爱在思考，在这场马上起火的无谓的争执中，她应该站在哪一边。

简·华盛顿听见她头顶的床铺，被刘爱的身体压得发出"吱呀吱呀"的呻吟。这个中国女人每次爬上自己的上铺总是极为小心谨慎，然后像只猫一样宁静无声。今天为什么反常？

"刘爱，我到你的上铺来。"玛利亚看也不看简，踢掉脚上踏着的拖鞋，两只胖手开始抓住登上床的阶梯。

"够了！"简·华盛顿从床上站起来，"请出去！"简的话听起来像石头一样硬，她蓬乱的鬈发像荒原里架起的干柴，等待着火星，一燃而尽。

"噢，好厉害。刘爱，别怕她。"玛利亚得寸进尺。

"扑通"一声，一瓶放在上铺床头的矿泉水，被刘爱不小心碰落在地上。

简脸上的肌肉激动地颤抖着，她毫无疑问地认定，这瓶水从上铺砸下来是刘爱的选择。她突然想到自己开始视刘爱为友是一场笑话，她冲着上铺不知所措的刘爱，狠狠看了一眼，然后弯下腰从地上捡起瓶子，反扔到上铺。

玛利亚这时候消失了。前后不超过五分钟，宿舍区的广播里传出当天值班女狱警的呼叫："刘爱，华盛顿，到管理人办公室报到。刘爱，华盛顿，到管理人办公室报到。"呼叫声唤醒了营地的早晨。刘爱几乎是从上铺滚了下来，随着简慌乱的脚步，快步走进警官值班室。女警官再次确认了她们各自的号码，确保将要被惩罚的是当事人。

"你们担心安全问题吗？"女警官没问到底发生了什么事，直接问了这个莫名其妙的问题。

"是的，这个水瓶刚才从我的头上掉下来。我想刘爱的目的很清楚。"简特地将那瓶尚未打开的矿泉水拿在手上，作为被攻击的罪证。她心里想，虽然刘爱看上去是个心地善良的人，而且在她刚刚被抓进纽约市内监狱的那个星期，她们为了几个小药片被关禁闭而有过一面之交。不过再次面对刘爱，每天提醒她祖母的小酒馆换成中国主人的心痛事实。也许今天发生的事，是让刘爱搬到别的隔断的好机会。简心里还想，她和刘爱如果这样在摩尔顿营地上下铺地住着，糟糕的事可能还在后面。特别是她心里

简·华盛顿

开始喜欢和她相处。这种放弃警觉的感情，在监狱里是地震的前兆。

"你呢？担心安全问题吗？"女警官问刘爱。

"是的。"刘爱回答。她听不懂警官的问话。自从刚来美国时那句"I will call you later"的教训，听到模棱两可的问话，她总是异常的小心。这次她想，如果这个美国女人这样回答，一定没错。

"对不起，是我不小心把瓶子碰掉在地上。简没有用瓶子打我，她只是生气地把瓶子再抛回上铺，她不是故意打我。"刘爱补充道。

女警官似乎已经证据在手，刘爱说什么已无关紧要。女警官开始拨电话。"营地有两个闹事的女犯。她们都表明担心安全问题，她们现在和我在一起。"话音落地没几分钟，女犯宿舍的长走廊里传来"哗啦哗啦"的钥匙声。两个男狱警走了进来，他们冲着简和刘爱说："跟我们走。"

狱警一声不吭，一前一后押着走在中间的简和刘爱，向山坡下的那片被浓重的晨雾包围的水泥建筑走去。

"你们带我们去哪儿？你们为什么不问事实？"简紧跟着眼前的狱警，不停重复着。简那原本像火炬般扎在头顶的头发，此时已像疯狂的茅草，四处挣扎，力争逃离她的头皮。"你们无权这样！你们无权这样！"她沙哑的噪音此时显得更加苍凉。她们被带进了一个没有窗子只有灰色四壁的房间，铁门"哗啦"一声被锁上，铁与铁相撞的声音，在这个四壁水泥的狭小房间里，产生了巨大的回声。

简和刘爱被关进了惩罚犯规女犯的特别禁闭室。她们这样两个生活的社会环境和文化背景完全不同，更完全不了解对方昨

176

天、今天和明天的女人，再一次更近距离地被关在一起。

禁闭室很静，静得好像整个世界都已消失，只剩下这两个人。这个方形水泥房从地面到天花板，全都漆成了银灰色。在简的眼里，天是银灰色，地是银灰色，铁床是银灰色，房间里的抽水马桶也是银光闪闪。在这个银色的世界里，一只像是在公共区域供游人饮水的小水龙头，滴滴答答地滴着水。铁床不远处，有一张固定在墙上的差不多一尺宽两尺长的被漆成银色的小铁桌，有一只白色的一次性纸杯，供女犯在自来水龙头接水喝。桌子上还放着一支短短的铅笔、几张信纸和两个信封。简后来听说，凡是关过这种特别禁闭室的犯人，每日电话、买食品，每周末可以见来访的亲朋好友的待遇全部被取消。她们与外部联系的唯一方式，就是写信。

简和刘爱各找铁床的一头坐下。她们都注意到，这个铁制的上下铺上只是下铺有一个蓝色塑料床垫。床垫上放着两条橘红色布单，还有一条像锉刀一样粗糙的小毛巾。这一切都是为关一个女犯而准备的，但今天，却坐着两位永远不应该和监狱有关的犯人。

"对不起，都是我的错。"刘爱打破了令人窒息的宁静。

简没有直接回复刘爱。她像是在自言自语地说道："我忘了别人的提醒，我中了那个女警官的计。说了担心安全问题。"

"我不懂，什么计？对不起，那瓶水是自己从床上滚下来的，我没有故意拿它去砸你。"刘爱使劲压着心头的委屈。过去几天在隔断的相处，她和简像是种在马路两旁同类的树，接受同样的阳光、同样的雨露、同样的风雨。她们也有同样的作息时间，穿同样的衣服，吃同样的饭，然而她们相望却互不相连。

"你坐过来些吧。"简用手拍拍她身边的床沿。简的眼神冰冷且充满怨恨。这是她自从与刘爱再次相遇，完全超出想象地在摩尔顿营地相聚之后，第一次这么近距离地看刘爱。她发现刘爱的脸上撒着两小把浅咖啡色的雀斑，她的右耳朵上打了上下两个耳洞，她的头发根处露出一些白色。可以看出她的头发很干燥，像是沙漠里丛丛猛生的荒草。她今天的样子这么憔悴。简当时这样想。"我知道你不是故意的，你不是那种人，我能看出。"简说。

刘爱向她靠近了一些。"我还是不明白，我们为什么要被关进特别禁闭室？"刘爱回到原来的问题，能够听见和看见的摩尔顿营地生活，尚未在刘爱的脑子里，画出任何有规律的蓝图。

"都是我太大意，当那女警官问我，你担心安全问题吗？我应该说，不担心。可是我说了担心，错就错在那里。我记得刚来时别人告诉过我，当被问到这个问题时，一定要回复不。一旦说是，你就会被以保护安全为由，关进特别禁闭室。如果碰上个不喜欢你的警官，可能会把你的营地'待遇'取消，把你送到看守更严格的监狱。噢，上帝，我怎么忘了这些！"简后悔莫及。她像误吞了药片一样，眼神惊恐地望着刘爱。

刘爱还是听不懂。"如果我们都说担心安全问题，那应该把我们两人分开关押才是。这样放在一起，如果我们真的打起来呢？"刘爱被五花八门的管理条例和女犯们告诉她的"监狱生活指南"搞得头晕。

"你没听见他们说，只有一间空的吗？"简有气无力地说，"过来些，刘爱，请靠我近些。我很难过，我不明白玛利亚为什么要这样做，这样做对她有什么好处？"简显得疲惫不堪。

事情过去很久之后，刘爱悄悄地告诉简，玛利亚那天就想把简搞进禁闭室，因为她希望搬到简的床铺。玛利亚说她不喜欢简看刘爱的眼神。"我要保护你。"她对刘爱说。为什么呢？玛利亚没有解释。

那天晚上，刘爱按照简的请求，朝她坐的床角挪了挪身体。她没有靠得太近，因为她不明白简叫她靠近一点是什么意思。和一个外国人这么近地在一个像闷罐车一样密不透风的房间里，这么近距离地面对面坐着，近得连对方脸上的汗毛都能数得清，这样的情形还是人生第一次。就像简几年前称她"亲爱的"一样，让她搞不懂，但是很喜欢。

凭女人的敏感，刘爱认定简·华盛顿期待她能说些什么，而这个邀请她的人，已经在这个四面水泥的房间，无奈地放下了狭隘的傲慢。简·华盛顿求助般地看着刘爱这张对她来说完全是未知世界的脸，那头执着刚直的短发，透着一股坚强。这种坚强似乎正产生着一种冲击力，会带着她们冲出这四面冰冷坚硬的水泥墙壁。

那天晚上，刘爱讲了许多简以前只是从介绍中国的书上看到的事。她告诉简，"文化大革命"时红卫兵把奶奶装进笼子里带走，家里中药柜子里的草药，被红卫兵倒在院子里。他们把一本本祖传的中医书扔在一起，用火柴点着。爷爷拉着她的手，看着火焰一口口吞下奶奶的灵魂。

简目不转睛地看着刘爱。简的目光静静地从刘爱的脑门、眉毛、眼睛、鼻梁、嘴唇轻轻扫过。

刘爱还告诉简，她的奶奶是中国安徽一个大户人家的女儿。按中国人的说法，她是名医的后代。奶奶的祖上是皇家近亲，必须穿着几寸厚高跟的鞋子。女人们的背都练得很直。直直的背板，高高的鞋跟，拖地的旗袍，象征着教养。她记得小时候常常偷偷打开奶奶的衣柜，把那些绸的、缎的、麻的、布的，长袖的、短袖的、无袖的，各种花色艳丽或全素单一颜色的旗袍拖出来，一件一件套在身上，假装在演戏。奶奶发现了也从来不发怒，总是笑眯眯地看着她乱捡乱扯，把自己的衣柜搜得一团糟。她结婚时，奶奶特地亲手为她缝制了一件大红色旗袍，她只穿了一次，因为她觉得红色不适合自己。刘爱觉着自己的话说得很多，很远。

"噢，你结婚了，丈夫在美国吗?"简一直没有打断她，直到刘爱提到结婚。

"我，结婚了。"刘爱不知道为什么有种后悔的感觉。好像她不应该提到更不能理直气壮地提到结婚。

"你看上去很年轻。你有孩子吗?"简问道。

"有，我有一个儿子，在纽约大学读哲学。"刘爱骄傲地回答。中国人是用什么特殊的材料做的，刘爱想不清，也更说不明。但她知道中国有句俗语："癞痢头儿子自家亲。"关起门来可以打骂，开着门必须光宗耀祖。她的儿子是读完小学才来的美国，他像水混不进油那样，一直在美国社会边缘挣扎。有一次他向刘爱说，他很理解迈克尔·杰克逊为什么要换肤，"妈妈，我永远不会像你一样，选择住在中国城，我要离开那里的味道，我要做美国人。"刘爱悄悄地哭了不知多少次。她不愿意告诉简，她不爱听儿子这样说。但是像所有的中国母亲一样，她责怪自己，是自己改变了他的生存环境。是她把一棵正在成长的小树从熟悉的土壤里拔出来，栽在洋土地上，她没有想过小树会不会水土不服，能不能抵挡连根拔的变迁。刘爱进了摩尔顿营地，还没有与儿子通过一封邮件。她将他的邮箱输入监狱专用联络系统，不知道是儿子忙还是其他什么原因，她还没有收到回复。

"你有儿子?！你真幸福。我以为你才二十多岁，你看上去真是太年轻了。"简说。

"你也很年轻！"刘爱真诚地说。是这样的，如果不是今天特别的经历让简看上去乱了方寸，在刘爱的心目中，简是她以前看过的西方电影里风姿绰约的那类女人。过去几天她几次坐在上铺悄悄地看简。她清晨端着咖啡走进来的样子，她手中的白色塑料杯子，像是一只水晶高脚酒杯。她走进来的样子像是走进鸡尾酒会。她那条用白色被单剪制成的睡裤像是白色丝绸晚礼服，飘逸地把她带进盛宴。她站在小隔断看报纸的姿势像是坐在舒适的沙发上，万般的斯文。刘爱常想这样的女人犯了什么罪会在这里度日。

"华盛顿夫人，我四十一岁了。"刘爱一时找不到怎样称呼简。相敬如宾的相处，刘爱从来没正式指名道姓地称呼简，每次总是微笑一下，说一声"Hi"，然后开始对话。在摩尔顿营地对年长一些的人，或是想对对方表示尊敬，就在姓后面加上夫人，而不是直呼其名。刘爱思考了半天最后这样说。

"噢，不要叫我华盛顿夫人，叫我简。你希望我怎么称呼你呢?"简问。

"所有的外国人都叫我爱刘，可是所有的中国人都叫我刘爱。我的家人叫我小爱。"刘爱想看看简怎样选择。

简没有马上做出选择。她还是那样固执地盯着刘爱的脸，好像她的脸是一个新大陆，那里有山川、河流、树木、田园。

"你长得像你的父亲还是母亲?"简问道。

"我不知道，大概都像。"刘爱想了想，没有回答。事实上她从来不知道父母的长相。她反问简："你呢？"

"我想我长得很像我的祖母。我不记得父母的样子了。"简平静地回答，"我跟着祖母长大，她就是我的父亲、母亲，她是我的一切，我很想念她。"简双手抱住屈在胸前的双腿，头深深地低下。

那天晚上，刘爱和简就这样坐在光秃秃的塑料床垫上，开始了她们人生的对话。刘爱告诉简，奶奶第一次带她坐火车到安徽省亲的过程。那时她小得整天还要拉着奶奶对襟长衫一角，那个被她每天抓着的衣角，总是最先脱线磨破。刘爱说，火车从北京到徽州要开好几个小时，要停不少小站。那年头能坐火车已经是很不错的事了。她的奶奶要准备几年才能带着大包小包的礼物，给她和自己缝几套新衣裤，衣锦还乡。一路上奶奶挺着腰坐在火车木板座椅上，让她的大腿成为刘爱的枕头。到了老家，奶奶差不多累散了。但她总是挺着腰板，不知疲倦地一家一家串亲戚。最隆重的事就是祭祖。天没亮奶奶就起身梳洗打扮，用泡了一夜的木片胶水，把头发梳得贴在头皮上，远远望去油光铮亮。从北京带去的烟色丝绸大襟褂的右肩的纽扣处，插一朵早晨新剪的白色月季。她的裤子和鞋子全是新做的，裤子口袋里她放了一块手绢。她告诉刘爱，到了祠堂，哭是孝顺。哭不出来，也要伸手假装拭泪。笑是万万不能的。刘爱还告诉简，那个祠堂建于1652年，比北京的故宫还漂亮。屋顶的瓦绿边黄心，阳光一照，金光闪闪！她记得奶奶叮嘱她不许笑，所以她一整天就学着奶奶的样子，拉着苦苦的脸，当看到奶奶拿香火跪在空荡荡的大殿磕头时，她突然大哭起来。后来奶奶问她为什么要真的哭，她告诉奶奶，她害怕奶奶会像先辈那样突然没了。

"你的丈夫呢？"简忍不住问起了刘爱的丈夫。

"我不知道他现在在哪里，事发后我和他失去了联系。我的丈夫不想回中国，他说要周游世界，一路走一路给游客拍照挣钱。如果回中国有人会笑话他，你看，你老婆追求美国梦，最后追进监狱了。多难堪！"刘爱迟疑片刻，苦笑一下。简不太懂刘爱的话，就像她不懂为什么刘爱和中国人在一起时，张口闭口"那个，那个"地骂人，这个让黑种人听了想敲碎她骨头的词，没想到只是英文的"that"。

"你爱他吗？"简问刘爱。

"当然！"刘爱不假思索地回答道。不过刘爱后来告诉简，和这个比她大十多岁的男人生了儿子之后，性事就像冰雪天突然冒出太阳，难得一见。他们的家庭生活像大多数中国中年夫妻那样，爱情变成贫瘠的大地，不再滋养物种。

"那你为什么要嫁给他呢？"简听不懂刘爱的话。

"家里人看中他的。"刘爱解释道。是因为老马的父母远在浙江乡下，老马愿意倒插门搬进来住。爷爷奶奶也看中他老实诚恳且做事认真，还会照相可以挣不少工资之外的钱。老马也长得方头大脸，一副值得信任的模样。这样的人品长相，单纯的家庭关系，走进家门就等于家里多了个儿子，爷爷奶奶喜欢得不得了。刘爱和老马的婚姻，全由爷爷奶奶包办。"他是个有教养的人。"刘爱坚定地说道。

"你们接吻吗？在公共场合？"简好像对刘爱和老马的关系格外关心，她接着问道。

"公共场合？在房间里也很少，只有在床上。"刘爱向简解释，"中年人在公众场合拉拉手，都要被看作另类。"

就是这个女人问的不着天也不着地的问题，引出了她们出狱后要到简的弗吉尼亚老家庄园居住的想法。简和刘爱，就这样在完全不知道时间，也看不见代表时间的夜色的晚上，把平时不可能抖出来的私事，从心里掏出来。

"上帝保佑，他们只有一个房间可以让我们使用。我真的不敢想象，如果没有你我会怎样。我感觉自己像被埋进了坟墓。"简叹了一口气，"我很高兴有你。"她看着刘爱。

"我也很高兴有你。"刘爱看着简。

她们的目光再一次认真地撞在一起。这种直接、真切的眼光相撞，像两片带有强烈磁性的铁块，撞上了便紧紧地贴在一起。

"我背一首中国古代诗人李白的诗给你听，好吗？"刘爱又一次主动打破寂静。简点点头。

"床前明月光，疑是地上霜。举头望明月，低头思故乡。"刘爱用最直接、最没有文采、最不押韵的英文，咬文嚼字地背诵着。她认真地看着被水泥墙挡住的月光，认真寻找着水泥地上的晨霜，抬起头佯装伸手就能抓住月亮，低下头把双手抱在胸前，好像要抱住对远在东方的北京的思念。

她的表演拉开了简和刘爱本人今天尚未来得及拉开的悲伤之幕，简突然问刘爱："你怕吗？"

"我很怕，我很怕不知道明天会发生什么。"刘爱泪如雨下。

"我也是。"简突然起身，抱住刘爱。她们站在铁床前，紧紧地拥抱着。

厚厚的银灰的水泥墙，把外部世界一切声响全部隔在万里之外。监禁室里只有两个女人带着心跳的呼吸声。

这就是查理想要知道的她们的关系。

"晚上你七点半来吧，不要迟到了。我想如果刘爱能来，最多待半个小时。她现在还住在半路家。"简准备再次挂上电话。

她听见查理又说了声："哦？"

简终于走进了她计划中的小咖啡馆。小咖啡馆里已不像早晨那么爆满。几把空木椅摆脱了繁忙时段被拖来拖去的无奈。几个像简这样不必朝九晚五上班的人，独自占着小圆桌。报纸随意地铺在桌面上。空气中荡漾着咖啡豆被磨碎时发出的浓郁的芳香。

窗外的雪花被纽约东河吹来的西北风卷得漫天狂舞。第三大道清晨的忙碌和急促，似乎被急剧下降的温度挡住了步伐。地面上原先被无数人踏脏的积雪，很快铺上了一层白绒绒的新雪。

简的面前有一块基本没碰的苹果派，一杯喝了一大半的咖啡，还有边缘被磨得有点破损的白色信封。那是刘爱寄来的唯一的一封信。这封信她随身带了将近一年，读了不下一百遍。

哈喽，是我。我用那首你最喜欢的歌的名字开始这封信，因为我想念你。你还会唱它吗？我会，每个字都刻在了我的心里。

我用一双新买的运动鞋从玛利亚那里换来了你的地址。她说是从那个刚被停职的管理人那里搞来的，谁知道是真还是假。我也不知道她给我的地址是不是她胡乱编的，反正我想试试。

按照规定，犯人之间不应该有联系，除非过了管理期。我知道这一次是冒险，因为寄信的人和收信的人，没有注册在一起，如果被发现，我寄信的权利会被取消。也许我只有一次写信的机会，至少这封信是寄给你的，无论怎样的惩罚都不能阻碍我必须给你写信的决心。是的，我们没有在监狱系统里注册在一起，也永远不会。注册是人为的，可是思念是自己的。自由的思念，我今天还有这个权利。我向上帝祷告，希望你能收到这封信，即便今后我被取消寄信的权利。有的时候，人只需要一次机会，一次机会可以梦想成真，也可以万念俱灰。我想试一试，因为我想念你。

你还记得，你将那首歌下载到我的MP3时说的话吗？你告诉我，这首歌像外科医生缝合病人伤口的线，已经缝在你的身上，而且线会慢慢被身体组织吸收，那是因为这首歌让你想到我。我今天想告诉你，自从你走后，这首歌每天都在缝补我心里的伤口，它已和我的皮肉长在一起。你每天都在我的心里。

时间怎么这么无情。它总是不留痕迹地带走了我每天思念你的语言。我已经坐在自己的上铺两个多小时，却不知道怎样继续这封信。我整个脑海里回响的都是这首歌的悲伤的旋律，我的眼前，全部都是你。

你喜欢我做的这张小生日卡吗？我从几个人的手里买到了这五彩的毛线线头。这些小花会连成一个心形。这张生日卡是我一生中寄出的最简单的，也是最便宜的。但也是我最真心的卡之一，在我的心里，除了爷爷奶奶和儿子，就是你。

写到你我心慌了，我因想念你而心慌，有一种做错了事的心慌。我为什么要这样想你呢？我也不知道。我想你一定也不知道，对吗？

我想念你，简。送你离开摩尔顿营地的那个早晨，是我一生中感觉最无助的早晨。比看见奶奶的医书被焚烧，比自己和持枪贩毒的首犯待在同一个大笼子里放风还要无助！你在我视线中消失的一刹那，回头朝我大喊："刘爱，我爱你！"那一幕是我每天双手紧握的救生圈。有好几天管理人没有安排新人住到你的床上，你用过的那张蓝色床垫空荡荡的，让我想到医院的病床。我的心生病了，我甚至想，只要有你在下铺，我愿意把牢底坐穿，多傻。营地晨光还是那么灿烂，傍晚的云还是那么斑斓。只是草地开始变黄，树叶开始凋零，秋风毫不留情地扫荡着夏天的残迹，带来沉重的秋夜。我每天晚上都套上你给我留下的那套绒衣裤睡觉，除了抵挡玻璃窗缝里钻进来的寒风，也让我闻到你的气息。你走后的第二天，你给我留下的那条粉红色线毯被收走了，因为从现在起，每人只准有一条盖毯。老监狱玛利亚说，她会想办法帮我搞到一条粉红色线毯，像你给我的一样，她哪里知道，被收走的只是一条线毯，留在我心里的却是一片永远的粉红，不可替代。

　　简，你记得你离开前的几天，总是提醒我要时常盯着管理人，因为有些人有了半路家时间，但不知道为什么又被取消了。这也是我要告诉你的好消息，我的大拇指上已经沾上了黑色的油墨，我已经去签字了。你大概不太认识一个月前才来的那个营地经理，那个眼睛很大、睫毛很长、笑起来面容亲善的黑女人，她昨天把我叫去，告诉我，我走出摩尔顿营地的时间，应该是8月底左右！

我大概是想你了，想到明年秋天就可以见到你，我激动得想哭。你猜她说什么？她问我："刘爱，你高兴吗？你满意这个日子吗？"她这样追问了我三遍。噢，除了你，简，自从事情发生，没有人对我说过这样的话，谁会关心我高兴还是不高兴呢？高兴和满意这两个词已经在我的耳边消失了。

你回家后过得好吗？你的丈夫是不是像你告诉过我的那样，还是每天早晨将亲手做好的咖啡送到你的床头？你是不是还是穿着睡袍边看报纸边吃午餐？我每天都在想象你回家后的生活。你动一动，我就移一移。想念你让我忘记时间。请原谅我问了也许我不应该问的问题。如果你不想回答我不会介意。我知道西方人总是把隐私看得很重，但东方人把贴心知己看似生命。

我非常想念你，简。你走后我没有再去晚上的那个宗教活动。没有你在那里，一切都变得遥远。听梅里说，那个星期三晚上，没有人提到你的名字，这不是没有人挂念你，这是营地的习惯。走了，就好比将鱼放回了大海。只有新来的人，才是女人们的中心。那天晚上，两个新来的人一个坐在你常坐的位置上，一个占了我的位置。但她们不是你，也不是我。

这封信已经写了两天了，你知道我的英文不好。如果不是这么失控地想念你，我一定没有信心用英文写信。说起英文，你走以后我还是每天按照你的建议读一篇短新闻。不同的是，听我结结巴巴念新闻的人，不再是你，而是临时找来的愿意帮助我的人。你知道我为什么请求你教我英文吗？告诉你一个秘密，那是我想和你单独面对面地坐在一起。我喜欢你看我的眼神。我一直想告诉你，你的眼神像一盏灯，照亮了我寂寞的人生。可是我不知道怎样表达，每当我要用英文表达一件事的时候，我就变得语无伦次，迷失在自己正在说的话里。我从来没觉得有人像你这样懂我。我的爷爷奶奶爱我，我的丈夫以为我是他最好的选择，吉姆总是以为我是他施舍的对象。包括我的儿子，他眼里，我只是他的母亲。我不太会像你们美国人那样，会尽善尽美地表达谢意。

几天前老监狱搬到了你的床上。空床垫上包上了被单，你的铁皮柜里塞满了她监狱的故事。我向她谈起你，我告诉她，你每天把午餐发的那只橘子留到晚上，我们两人各分一半。之后你再把橘子皮放在我们各自的塑料水杯里，让我把两个放着橘皮的杯子盛满开水。第二天一早把开水倒掉，之后冲两杯速溶咖啡，咖啡里充满了橘香。她也这样做了，可是我不能再喝了。我的嘴唇一沾那个熟悉的味道，我的心就痛。"心痛"，是文学作品里常常用来形容痛苦的词，可是我真的体会到了什么是心痛，那是生理的痛，不是形容词。

老监狱搬过来的当天，劳拉有了新的下铺，那人和你一样，是一个混血年轻女人。她的丈夫是黑人，她是在韩国出生的，她的样子那么可怜，瘦弱如草。劳拉告诉我，她被判了八十一个月，她是一个命比纸薄的人，闭着眼睛，双手在胸前紧握，"上帝，请宽恕她。"她祷告着。我看见她脸上的肌肉开始抽搐，她被恐惧占领，眼睛里充满了愤怒。此时如有一颗火星掉进她的眼睛，势必引起熊熊大火。我真的这样想，劳拉也这么说，她看上去不像骗子。她的样子这么脆弱，昨天晚餐时我看见她出现在排队取饭的行列中，她纤细娇小的身体套着一件超过膝盖的绿色制服，制服的领口处伸出似乎没有骨头的脖子，脖子上顶着一张苍白的比手掌大不了多少的脸。她戴着一副银色细框眼镜，一副书生相。她的罪行是房地产诈骗。

"什么是房地产诈骗？"自从认识你我就想问。因为别人告诉我，那就是你的罪行。没有问你是不想看到你的不安，哪怕是一丝不安，就像你从来不问我的罪行一样。你说过，你的人生的标签是别人贴上的，我们知道自己的所作所为，知道自己是什么样的人。在摩尔顿营地，许许多多罪名的实际意义，对我来说就是天书。

劳拉说，她是一家房地产公司的贷款申请经理。她的一个客户，一个她之前一辈子没有见过，今后一辈子不想再见的男人，带着整套买房贷款所需文件来到办公室。他要购买两栋总价超过100万美金的独栋小楼。他带来的文件完整无缺，都经过公证，这个女人代表银行在那个男人的银行贷款单上签了字，这个女人的老板也签了字。这个男人顺利地买走了这两栋房子。劳拉说，那年轻女人按规定成功提取了贷款的佣金。2015年，那时这个女人已经换了工作，但是由于原来工作的地产公司因房地产贷款问题，使银行损失了约3000万美金。那家地产公司的老板被抓了，按照损失的总数，他要服刑十几年。但是他和政府签署了合作协议，承认自己是明知故犯，同时同意举报并作证举报和此案件有关系的人。她的老板一共指控了七个人，包括这个倒霉女人做的那笔90多万的房屋贷款。因为那个借款人没有按约定每月还银行的贷款。老板知道，她与买房的男人完全不认识，也不知道他提供的是假资料，但是如果她无罪，他就要承担那90多万元所增加的刑期。他在法庭上发誓她是明知故犯。她要求律师证明她的清白，但是律师说，这样的案子六个人都认罪，你一个人要走公审程序，你就要做好准备长期住在监狱。听说她本可以判得轻一些，政府给她认罪协议时提到三年。但是她坚持自己无罪并坚持走公审的程序，最后被判了八十一个月。劳拉告诉我，这个女人有一个三岁的儿子和十岁的女儿，她看见过她丈夫带着他们第一次探监，她哭得昏倒在访客室的椅子上。她的女儿抱着她，一边用小手擦着母亲的眼泪一边劝她："妈妈，坚强，我爱你妈妈！"劳拉现在每天像当初照顾你一样照顾她。那个女人告诉劳拉，她的儿子完全不懂为什么妈妈会穿着绿色的衣服，为什么不回家，她的丈夫告诉儿子，妈妈在上班。"谁要妈妈去那么远的地方上班？"她儿子问父亲。"是爸爸。"她的丈夫说。从那一刻起，她的儿子再也不理父亲，每天在姐姐怀里哭着睡着。那女人还告诉劳拉："我临进这个监狱前和十岁的女儿谈过话。我告诉她，妈妈在工作中犯了错误，要去监狱了。告诉女儿，她是家里唯一的女人了，要学会照顾弟弟。"她的女儿把自己关在房间里哭了一天，再走出房间时，第一件事就是去抱弟弟。她一下子长大了十岁。劳拉说，她的丈夫正在为这个女人做上诉。摩尔顿有几个有同样罪名的女人，她们都在帮助她。她的样子和她的故事一样，让摩尔顿营地的天空，增加了一片阴云。

我为什么要告诉你这些呢？也许我不应该再告诉你这样的故事。也许你已经被新的生活包围。老监狱玛利亚说我是自作多情。"监狱不相信眼泪，更不相信感情。"她提醒我好几次。可是她就是那种刀子嘴豆腐心的女人。监狱生活让她失去了几乎一切，包括她对"诚实"两个字的理解。但她的心还是水做的，如果不是她帮助我修改这封信的英文，大概你不会看懂。"既然你都准备好被取消寄信的权利，那我还有什么担忧的，希望你的简感激你的真情。"她对我说。她画十字保证不会对任何人提起，她也要求我发誓不告诉别人。我问她，信投入信箱会被拆开吗？她说一般不会，因为这里是最低警戒的营地，在高警备的监狱信封是不允许封口的。不过抽查是有可能的，就像电话视频、邮件一样，都是会抽查的。

亲爱的简，我希望这封信能平安到达你的手中，希望你还住在这个地址。我记得你曾那么舍不得拍卖你祖母留下的小酒馆，你还很担心这栋房子也要被拍卖。我记得你说，你已经做好心理准备搬回弗吉尼亚，去那个老庄园寻找你的根。你会带上那张又老又旧的照片吗？上面有你的父亲，父亲的父亲，父亲的父亲的父亲。我记得你说，以前你总是躲避你那个黑色的"华盛顿"根源，躲避和那个根源有关系的一切。你还计划回弗吉尼亚

半路家

吗？你改变主意了吗？如果没有，我想和你一起去寻根。

喔，还有一件重要的事想告诉你，那就是寻根。我的爷爷奶奶在电话里告诉我，我的生母找到了。你猜是怎样找到的？她看到一条新闻，一个叫刘爱的女人在美国被联邦调查局抓了，她因"信用卡诈骗"而被判刑三十六个月。新闻里提到了爷爷的名字。我的爷爷奶奶说，我的生母已经移居香港，生意做得很大。她说她要来摩尔顿营地看我，但爷爷没有同意。他告诉她，这样的历史性会见要等到我出狱。他们不愿意多谈这件事，只是提到我长得很像我的生母。简，我很担心这个见面，我很希望你能陪我一起回中国，像我们在营地说的，我要带你去吃最正宗的白果鸡蛋羹。

这封信在我的枕头底下已经躺了一个星期。前两天我们又经历了一次突击检查，警官找到了香烟。营地被罚切断所有与外界的联系，包括收寄信。如果幸运，这封信星期一晚上就可以走出摩尔顿营地。"这个营地已面目全非，现在简直是动物园了。"老监狱说。这里有资格的营地元老，女人们称她们"夫人"的女人们，这些日子总是在找新来的女人的麻烦。"你他妈的有没有看见我的朋友在前面。"一个身高体壮的黑女人每天骂骂咧咧的。如果你在这里，大概会开始绝食。

简，我非常想念你。你走了之后，我想念你的时候就想听《Hello》这首歌。我知道，听它，我眼前就会出现你，有了你在眼前，摩尔顿营地的日子就有了春夏秋冬。可是我不敢听。

你总说，我的笑声让你愉快。你还说，我的祖先应该是意大利人，因为意大利这个民族热情奔放，我的性格能让冰河解冻。可是你走后，我实在笑不出来，有什么让我高兴的呢？你走后我再也没有真正快乐过，所有与快乐有关的词汇，似乎全部封藏。但是在你走后的那个中国春节之夜，我在梦里，快乐得如孩童。我把一大串红色的响炮扎在长竹竿的一头，把竹竿高举，勇敢地拿着点着的香头点燃鞭炮。还没等我把竹竿扔在地上，像胆小鬼一样躲在爷爷的腿后，我就从梦中醒来了。我好像看见枕头边奶奶除夕夜整整齐齐叠好的新缝制的棉衣棉裤，还有每年一双的用红色灯芯绒做的小棉鞋。我习惯性地把手伸到枕头底下，小时候奶奶总是在除夕夜把装着压岁钱的红色纸包悄悄地塞到我的枕头底下，好让我初一早晨有个惊喜。睡眼惺忪中，我从上铺往下看，是老监狱玛利亚。"这是简走之前交代我在中国春节的早晨交给你的，她说这是她送给你的春节礼物。"玛利亚朝我递来一只小纸包，这是我一生中收到的最小的礼包，小得无法形容，你用《纽约客》杂志四分之一的封面包着，并用红绿黄三种颜色的毛线有规有矩地结成十字，并打着蝴蝶结。你要送给我什么呢？什么礼物会如此之小？！我怎么也想不到，你这样认真地记住我曾经告诉你的中国风俗，也想不到你会把我送给你的这三颗颜色不同的水果糖，带着你的心意，再送回给我。"红色代表幸福，绿色代表希望，黄色代表富贵，祝你拥有一切！"你在杂志封面的一角密密麻麻地写着。这是我离开中国到

了美国之后收到的最好的春节礼物。我把那三颗再次回
到我身边的小糖，和那小块《纽约客》杂志封面纸，包
括那三根不同颜色的毛线，放在了我的枕头下面，像中
国老人说的那样，最重要的东西枕在脑下，与脑袋同存。
这三颗小糖，在我的记忆里出现过，它们

　　信没有结尾。没有结尾的信，让简展开了无穷无尽的想象。
也许刘爱必须把写完的寄出，担心写完的那几页信会突然消失，
像随时可能被押送到其他管理区，不声不响地在营地消失的人一
样。也许刘爱这封信的后半部分被不幸遗失？这封信到达简的信
箱里时，已处于半打开的状态。信封不像是被人强行拆开，倒像
是胶水没粘结实，自动裂开了。简想，今天见到刘爱的时候，一
定要记着问她，信为什么没有结尾？
　　简看了看表，再有十五分钟就十一点了。她一边招手要服务
生拿来账单，一边打开手袋，准备拿出钱包付款。当她的手在包
里触到手机时，她感觉到手机正在振动。

拾壹　刘爱

灯光、道具、音响、人物，全都各就各位，一楼销售大厅像开了戏的舞台，故事正随着剧情的发展，极致地表演着。柜台上人头攒动，不知道有多少人要在圣诞节这个只能欢乐不能悲哀的闹剧里，涂上粉底，画上眼影，戴好彩妆面具，粉墨登场。是谁说的，"无论是悬崖还是陷阱，无论是收获还是失去，化妆品柜台总是女人们不顾一切要跳进去的地方"。刘爱记不得了。但是她知道，化妆品掩盖真面目的能力，有时比语言强。她也知道，今天的她，经历了摩尔顿营地，她已不再需要面具，特别是在简的面前。刘爱不时地盯着大厅雕花天花板上悬挂着的大钟。

缇娜已经换上了带着品牌标识的工作装。这个新护肤晚霜的厂家为圣诞促销活动特地设计的服装，很容易让人想到冬天叶子

196

变红的圣诞花，热情浓烈，喜气洋洋。缇娜站在玻璃柜台里，不停地在那三个满面笑容的女售货员身边走来走去。

"到目前为止，我们的业绩领先。谢谢你！"她弯下腰，凑在一个蹲下身子在样品抽屉里试图找出可以送客户的免费礼品的女人耳边，吹着愉快的风。她独特的意大利口音，每天都把年底奖金的数字吹足了气，不停地往销售团队女人们的耳朵里灌。

"你的那些中国客人出手阔绰，成套地买，真棒。谢谢你！"缇娜走到正盯着销售大厅吊钟发呆的刘爱身边，话还没有说完，就搂住了刘爱的肩膀。缇娜知道刘爱不参与柜台分成，业绩不业绩，对刘爱来说，听和不听都一样。她变换鼓励的形式，给了刘爱一个大大的拥抱。

缇娜的拥抱从来不是面对面的。她用那只超长的胳膊，像一条蟒蛇一样，缠在刘爱的脖子上。刘爱不太喜欢这种拥抱，这种好像老鹰抓小鸡的姿势，会让她产生一种被迫的感觉。刘爱明知自己的这种近似病态的感觉完全无依据，但是过去两年多的经历，让她对人的恐惧时而笼罩心头。吉姆已经把自己的背景告诉了缇娜，缇娜是刘爱每周给半路家工作报告的签字人。小命掌握在她的手里。被缇娜抱得透不过气的刘爱，暗暗地想着这句话。

"刘爱，今天的业绩要看你的魅力了。"缇娜注意到，刘爱毫不在意她说了什么，两眼直盯着大吊钟。

"你是在等今天的预约?"缇娜问道。

"你说什么?"刘爱听到"预约"这两个字，迅速地把视线转向缇娜。

"昨天那个女人本来要约你今天上午十点为她做美容，我告诉她你已经有了其他的安排。我需要你在这一个小时里，吸引一些客户到柜台，创造出一种销售的气氛。你是最能引起客人兴趣的。"缇娜说道，"那位奇怪的客人迟到啦。"缇娜补充了一句。

刘爱听进去了。已经十一点零五分，简迟到五分钟了。从十一点开始，刘爱就开始关注每一个出现在她视线里的人。她在寻找简那头鬈发，那张带着一点雀斑的脸，那双藏在长长的睫毛下的灰蓝色的眼睛，那张棱角分明的嘴。刘爱的视线在一张张脸上迅速扫过。她想象着自己的手静静地抚摸简的皮肤，那个眼角，两侧脸颊，还有嘴的两侧有着淡淡皱纹的皮肤。她的手指开始发热。这股热感从指间迅速冲上她的脸。

"今天下午你一定要到大门口去迎那个中国代表团。"缇娜叮嘱刘爱。

"三十六位，不包括导游！太让人激动了。我已经把三十六份免费礼物准备好了。来，现在我们就把它们放在柜台的四个角落。我们四个人每人负责一个角落，目标是不仅让她们每人买一件套盒，还要让她们买最新推出的晚霜。这些中国人有钱！"缇娜张开她的长长的臂膀，像是她的指令能够通过她手臂的伸展，直接传送到手下几个士兵的心里。她灰色的眼珠发出银色的光芒，盯到哪里，哪里就会闪烁着收益，"我们要在她们还没站稳的时候就说，这个礼盒物美价廉，只要65美金，原价可是100多美金的。别忘了手上要准备好那款晚霜。要特别强调，这一瓶晚霜就是99美金。要特别强调物美价廉。"缇娜趁柜台上没客人，抓紧每一分钟，向她的团队推销自己的领导艺术。

"对了，还要特别强调，花65美金买了超值礼盒，还有这份价值不菲的礼物相送。记住，这些中国人大部分都用现金结账，我们要卖一笔结一笔。这些女人互相等待的时候可能会再买别的产品。我们要全力推那款晚霜，只要一个人买了新出的晚霜，我敢保证一半的女人会跟上来。"缇娜似乎已经看到她负责的柜台产品被抢购一空的壮丽景观。因为兴奋，她的双手不断挥舞着。刘爱看到她涂了厚厚粉底的面孔，细汗从她粗大的毛孔中渗透出来。刘爱想从柜台上顺手拿一块给客人准备的随时擦掉试妆品的软纸巾给缇娜，一转身她看见负责销售大厅所有化妆品柜台的经理，正踩着她两寸高的高跟鞋朝这里走来。她不时回应其他柜台投给她的问候笑容，绕过身边推货的小车和拥挤的人流，挺胸抬头快步朝这里走来。刘爱清楚，这个中国富人采购团的到来，是今天这位经理最重要的事。数字是她的上帝。

"准备好了吗？"这位穿着短裙、身材窈窕的女经理，特地停在刘爱身边。要命的是，她也和缇娜一样，将手臂搭在刘爱的肩上，似乎只有这种动作，才能表示对刘爱的认可，才能把刘爱拉到她们的世界里。其实，从时针指向十一点钟开始，刘爱就活在自己的世界里了。

"今天下午我也会过来。她们几点钟到？我很期待。"女经理问缇娜。她那双粘着过长假睫毛的眼睛，美丽地傲视着眼前的女人们。

"两点半左右。"缇娜说。

女经理更紧地搂了搂刘爱。

刘爱低下头，看见搭在她胸前的那只精心保养的手。刘爱注意到她戴的钻石戒指光泽暗淡。销售大厅璀璨的灯光无情地揭露着那枚钻戒的质地，和玛利亚手上戴的一样，是假货。刘爱转过脸，看到女经理的耳朵和脖子上，同样闪耀着假钻石的光芒。

刘爱突然想到几天前的一个经历。那天女经理在大厅巡视，恰巧碰到经营美容院生意的中国地方性代表团在柜台买化妆品。刘爱只是随意介绍她是"百货公司的领导"，没想到男人们举着手机纷纷要和这位女经理照相。代表团里的一个年轻男人，据说拥有十几家美容院，当着女经理的面，把当天柜台上能卖出的最贵的香水全部买下来。"我要把你和你的香水带回中国。"那位年轻人发誓般对女经理说。

女经理鹤立鸡群般地踩着她的高跟鞋站在男人们中间。香水和圣诞音乐推动着那天对中国代表团的销售。刘爱熟悉这种混杂在一起的美妙。她曾经就是这样。她忘掉自己的黄皮肤，忘掉自己的英文有口音，忘掉自己的头发又黑又直，忘掉自己最喜欢的奶奶包的酸菜馅饺子，忘掉自己有抠鼻子的习惯，忘掉自己只有听中文笑话才会笑得肚子痛，她把自己当成这个大厅的主人，就像这个女经理一样。刘爱记得就在自己被抓的那个星期，她还上交了一份新项目的可行性报告。报告里她强调了中国每年来纽约的人数，以及这个人数在纽约能实现的购买力。她用红笔画出体现这个购买力的数字，再把纽约化妆品销售的年度总额加上，同时分离出这家百货公司化妆品柜台的年度数额。刘爱想，在纽约这样一个以数字看人的社会，空话只是烟雾，最终还要看实的。刘爱记得，碰见简的那个夜晚，她脑子里似乎还想着，自己被抓了，那个新项目的可行性报告怎么办？由谁来执行？

摩尔顿营地的日子，大浪淘沙般把刘爱的职业自信冲洗清理得所剩无几。如果不是必须在半路家度过她刑期的最后三个月，如果不是儿子决定在美国成家立业，而自己又希望见未来儿媳一面，如果不是她想在离开美国之前，必须和简见上一面，她离开营地的第一步，就是去机场回北京。过去几年她时时有种幻想，幻想她像小时候那样，在外面受了欺辱，无论是别人的错还是自己的错，她的奶奶总是展开双臂，让她依偎在她那个既坚强又柔弱的怀抱里，听她哭诉。爷爷总是拿着那种叫"还魂草"的中药，凑到她的脸前，哄她，叫她从惊吓中稳定下来。简突然出现，对她回中国的计划有什么影响？她昨天晚上也想到了。不过她花了最多时间去权衡的，是怎样有勇气把堆积在心里的那种说不清道不尽、丝丝相扣盘根错节的感觉说出来，表达清楚。她要告诉简，她这些堆积如山的感觉，不是从认识她的那天开始，因为她们的认识只是一种形式，她们的灵魂早就相识。她的这些放不下的感觉，也没因简离开营地而结束，因为这种感觉是一颗早已埋藏心里的种子，它在摩尔顿营地得到了雨水，根已扎深。只要心跳，它就能存活并长大成荫。刘爱想好了，她要把这些话全都说出来，即便她得不到简的反馈，不会有结果，她也要说出来。刘爱决定一吐为快，吐完心事，她就为自己的美国梦画上句号。为了能够讲清楚，刘爱今天特地把《牛津英汉词典》放在了手袋里。

十一点钟已过，简没有按时出现，刘爱什么也听不进。她只看见那个嘴唇上涂着今年特别流行的朱红色唇膏的女经理，嘴皮矫揉造作地扇动着，直到她听见女经理提到她的名字。

"希望这个收银机不是刘爱碰坏的。"女经理像是在开玩笑。

她指的是什么呢？是在说从昨天下午就不太灵活的收银机吗？刘爱感觉另外几个女人也在关注她。她明明知道这只是一个玩笑，但是所有稍稍碰到她脆弱神经的人或事，都会把刘爱拖回摩尔顿营地。

女经理嘲笑的模样和女人们猜疑的目光，让她再次想到在营地和简一起关了两天禁闭之后发生的事。

刘
爱

从禁闭室出来，简像跑了气的气垫船，扁塌塌地萎缩着，漂在空荡无边的水面上，一病不起。

"她能吃什么呢？你觉得厨房里有什么可做的？"劳拉急了。劳拉在厨房里做主厨的副手，时不时能从厨房搞到一些女犯们吃不到的东西拿出来"交易"。老监狱玛利亚每个星期买四袋一块多美金一袋的薄荷糖给劳拉，劳拉每星期四次给她用塑料饭盒装满新切的色拉，色拉里有营地几乎看不见的西红柿、青黄椒、黄瓜。

"我可以给她做炒鸡蛋。"劳拉对刘爱说。

"我们中国人生病是不吃油煎鸡蛋的。如果可以，你每天帮我拿两个生鸡蛋？"刘爱想到每当她生病，奶奶总是给她做鸡蛋羹，"我给你买你需要的东西。"刘爱看到劳拉面有难色。

"这个没问题，不过每天偷两个鸡蛋不容易。一次包几个倒可以。"劳拉说。最后她们把十二个鸡蛋分两次交货，刘爱本周自己名下的购物单里，增加了三块奶油巧克力。那天晚上，劳拉用厨房的抹布包了六个鸡蛋回来。"刘爱，你要把这些藏好，不能放在铁皮柜里。这一周的值班人眼睛尖得像猫头鹰，能看透黑夜；鼻子灵得如猪，可别小看猪的鼻子，科学研究证明，猪的鼻子比人还厉害。还有，他的耳朵跟猴子一样，比人尖几百倍。实话告诉你，在营地我什么都不怕，就怕碰见他。"劳拉鬼鬼祟祟地把鸡蛋塞到刘爱手里。

"不放在柜子里，那放在哪儿呢？床底下的鞋子里？"刘爱紧张了。

"当然不行！那是最危险的藏法。查毒品首先查鞋子。最保险的是放在你挂着的上衣口袋里。碰到突击搜查，你就把衣服穿在身上，保证没事。"劳拉老练地教刘爱。

刘爱按照劳拉的建议，留出两个鸡蛋，然后用厕纸把另外四个鸡蛋分别包好，小心翼翼地分放在挂着的长袖拉链衫口袋里。

"在中国，也不是每个人能蒸出好的鸡蛋羹的。"刘爱对劳拉说，"掌握好时间和调料很重要。你先把鸡蛋脱壳打进碗里，然后用筷子搅拌一分钟，边搅边加水和盐，这样可以让蛋、水、盐完全融合。再把切碎的小葱花撒在装蛋液的碗里，然后把碗放在烧得沸滚的蒸锅里，把火调到中火，蒸上六分钟，不能长也不能短，整整六分钟。时间一到马上关火起锅，趁热在平滑的蛋羹上滴几滴香油。噢，鲜得让你的眉毛掉尽。"刘爱用了一句奶奶常说的话。

劳拉怪声怪气地说："没听说过鸡蛋治病。我看，病没治好，眉毛倒掉尽了。只有中国人才会这么骗人。摩尔顿营地图书馆有一本小说，中国人写的，写中国的骗子。刘爱你应该借一本来看看。告诉你吧，我才不相信你说的，给你鸡蛋是因为吃了它没害处。"

"劳拉，你不是说，等你出去了要到中国去找个做生意的有钱丈夫吗？你说你的嘴唇会把中国男人的心含在嘴里，中国男人会把你的丰胸捧在手上。我说你脚太大，现在我还想再加一条，你不会中文，谁要你啊？"刘爱朝着吃惊得瞪圆眼睛的劳拉说，"如果你懂中文，你就知道鸡蛋羹的营养价值，这个'羹'字可不简单，上面是羔，羔代表最鲜美的食物精华，达官贵族才能享用羔。羔下再加个美，这就更不简单了，羔美合一，把营养和美味都包括了。再告诉你，中文字的形成，字形和字的愿望有关。"刘爱滔滔不绝，神乎其神。

连续几个晚上，刘爱都准时把用微波炉做好的鸡蛋羹端进小隔断，逼着简一口口吃掉。她能感觉到简并不中意塑料碗里飘出的带点腥味的热气。碍于面子，简憋着呼吸，把看上去像奶冻的鸡蛋羹吃下去。就在刘爱"鸡蛋疗法"的最后一天，也是劳拉"收获"交易品的小卖部开门的星期三，摩尔顿营地出事了。

营地的警报刺破碧空。两百左右的女犯从宿舍的几个通道门跑出来，睡懒觉的连制服也没来得及套上，拖着鞋披着线毯窜出来。提着网眼洗衣袋去小卖部领货的，从小卖部背着刚买物品的，包括在小卖部工作的女犯们，都神色紧张地丢下手中的一切，听着狱警的高声叫喊，快速在指定的地点集合。仓皇的神态让她们看起来像战争中逃难的人。

劳拉扶着简站在惴惴不安的女犯人群里。刘爱站在她们不远处，满脸不解。这种突击搜查不常发生，一旦发生了就有人倒霉。

"听说周日有人在厨房外面的树丛里放了一包毒品。"有女犯说。

"不是毒品，听说只是香烟。"

"不会是香烟。香烟不是那么要紧，据说有的管理人睁一只眼闭一只眼，管也不管。"

"香烟可是好东西。一根10美金，贵着呢。"

"难怪生意那么好的香烟大队，那么大胆地在操场上抽，来源一定不得了。"

"听说既不是毒品也不是香烟，是手机。昨天晚上有人报告，半夜有人在厕所里做'phone sex'。"

"喔，真的吗？那太带劲了。我也他妈的想听听我男朋友发疯的声音。"一个被判了长刑的年轻女犯感慨道。

"谁呢？谁胆子这么大？"女犯们互相猜测着。

女犯的猜测从来都无限夸张，但总是有蛛丝马迹。在摩尔顿营地，处处都是小道消息渠道。图书馆是小道消息集中地，每天都有新消息从那里溜出来。这些消息在几个大宿舍里流动着，等它们流出宿舍时，往往已面目全非。如果不是简生病了，她会把从图书馆听来的女人们互相猜测的精彩片段告诉刘爱，给刘爱一点心理准备。

"听着，你们仔细地听着，"一个新面孔的管理人走到女犯中间，"我刚刚上任，可能有女犯想看看我的能力，做了一些有趣的安排。今天没发现，不代表明天也不会发现。发现了该怎么处理就怎么处理。该吊销营区资格的就吊销，该送到费城监狱就送，决不留情。还有，别搞那些男不男女不女的游戏，让我发现了你们就后果自负。我想告诉你们，我会严格按照规章制度办事，不超过一分，也不降低一分。我希望你们知道这个摩尔顿营地是监狱，不是养老院，也不是游乐场。我叫杰米。"

女人们开始骚动。杰米的自我介绍，把操场四周树林里的鸟都吓飞了。女犯们交头接耳，惊恐中夹进了放松。因为她们从话里听出，这次突击检查，什么也没找到。

杰米管理人接着又重复了一遍入狱时每个人发的黄册子上的规章制度。他特别强调了每个女犯必须参加工作。"要养成工作的习惯。要记住，你们出去了，头上永远都会写着F。"

"F?"刘爱不懂，"他什么意思?"她转脸随便问了身边的人。

"罪犯呗。Felon。"那个女人不耐烦地看了刘爱一眼。

女犯们被告知要脱衣搜身。她们按照吩咐，挨个儿接受搜查。就在女人们排着队准备朝红桥走去，她们注意到，杰米管理人正在走向刘爱。

"你的号码?"杰米管理人问她。

"72323-054。"刘爱小心翼翼地回答。

刘
爱

"床铺?"

"A18。"

"就是你!"杰米管理人面无表情。

操场上所有的女人都停下了脚步。有人在偷笑,一种轻松猜疑的笑声。女人们的眼光全都聚集在刘爱身上。刘爱一直记得那种不祥之事将要发生前几乎让神经爆炸的寂静。刘爱最怕这种寂静。

杰米手中拿着一个绿帆布袋,和刘爱面对面站着。

谁也没想到,杰米管理人从他手中的犯人专用的军绿色布袋里,不紧不慢地抽出一件长袖拉链衫。他像抓着小偷的领子一般,紧握着那件长袖拉链衫的领子。"这是你的吗?"他把拖在地上的衣衫举到刘爱眼前。

刘爱下意识地看了简一眼,她的眼神正巧与简的眼神再次相撞。她想到几天前两人一起被关禁闭的时候简说过:"我们在一起,不怕。"想到这里,刘爱觉得底气足了许多。

"不知道。"刘爱低着头小声回答。她心里记住关禁闭的教训,能不回答,就不多嘴。如果上次简和她都不说"是的",她们就不会被惩罚,被关进犯规犯人的特别禁闭室。那与世隔绝的两天!如果不是和简关在一起,刘爱不敢想自己会怎样站着走出来,想到这里,她的腿开始不由自由地抖了起来。

"不知道?"杰米管理人两条过于浓重的眉毛紧缩了一下,"那谁知道呢?"他把衣服举得更高一点。

刘爱吓坏了。她看见她的罪证正在从淡灰色衣衫的纤维缝隙里溢出来。她藏在那件衣衫口袋里的鸡蛋碎了,鸡蛋清打湿了口袋的布料。那是证明她偷窃的罪证!

"你不要以为从厨房里偷东西的不是你,就能改变你偷窃的事实，你就没有罪。不过，如果你告诉我谁偷了鸡蛋给你，那么你的罪就轻了许多。厨房里案件不断，我要一个个解决。"杰米管理人这话是说给围着看热闹的女犯们的。他把流着蛋清的衣服扔在地上。

杰米管理人在等刘爱招供。他好像明白刘爱不是他要找的人，他要找厨房里的黑手。他要通过刘爱，堵住厨房食品变成交易商品的渠道。

"老监狱说什么来着？"刘爱心里打颤地问自己，"任何情况下，尽量不要牵扯其他女犯，无论是自己的还是别人的责任，否则日后有麻烦。报复，在监狱里就像女人们的闲言碎语，时时发生。"刘爱反复掂量着玛利亚的教导，想想自己应该怎样编造鸡蛋飞到口袋里的故事。

突然，她看见劳拉放下简的胳膊，众目睽睽之下，朝杰米管理人走去。她捡起地上的拉链衫，告诉杰米管理人，这件流着鸡蛋清的衣服是她的，鸡蛋也是她偷的。

"她为什么要把责任揽到自己身上？"刘爱后来问过玛利亚。

"为什么不呢？这样你和简都没有责任。衣服上反正也没有写名字，劳拉可以说自己把衣服挂错了隔断。要不然，鸡蛋是劳拉偷的，是你做的，简吃了鸡蛋，三个人全倒霉。再说，谁都知道劳拉想犯规，因为她要和她的母亲团聚。她已经几年没见母亲了，她说她很想念母亲。"

劳拉达到目的了。因为这件犯规的事，她被取消了营地资格，被送到营地坡下那个有铁丝网的水泥楼，那里是关押中层罪犯的地方，女犯们多为长刑或重刑，劳拉和她的母亲团聚了。

刘爱离开营地，看到任何一个猜疑的眼神，她就会情不自禁地想到那个鸡蛋事件，和那几声"看谁倒霉"的猜疑诡笑声。

百货公司的女经理感觉出了刘爱思绪的游离，她讨好般地用手抚摸了几下刘爱的短发。"你今天很时尚！"

时尚？刘爱不喜欢这个形容，此时更听不进去这个虚假的赞美。十一点二十五分了，简还没有出现！刘爱沉不住气了。她忘记了就是不说话也要礼貌地给女经理一个微笑的原则，她不停地用柜台上的纸巾擦着湿答答的脖子。女经理回身给了柜台里面的女人们一个潇洒的飞吻，佯装一切都在她的掌控中，快步消失在开始拥挤起来的人群里。就在刘爱目送女经理骄傲的背影的时候，刘爱听到缇娜在叫她："刘爱，有个叫梅里的女人给你电话。"刘爱看见缇娜捂住话筒，招呼正靠着柜台发呆的她。

难道刚才手机没接到的半路家的电话是梅里打来的？是梅里有什么急不可待的事要商量，还是半路家出了什么事？如果不是特别的情况，梅里不会把电话直接打到她上班的地方，除了半路家的管理人员。

刘爱接过电话。"你好吗？"刘爱问道。

梅里没有马上回答。电话里灌满了她控制不住的哭声。

今天早晨刘爱就察觉出梅里的失常。"我今天不舒服，不去上班了，你自己去坐地铁吧。"梅里裹着线毯坐起身来。她的两只白净得看上去有点浮肿的肉脚，在地上胡乱寻找着拖鞋。刘爱注意到她的眼皮像是在水里泡了一夜似的透明发亮，沉重地压着她一贯炯炯有神的眼睛。她显得无精打采。刘爱记得昨天晚上她"下班"回来走上楼梯时的脚步，像是拖了千斤重的脚镣，步履艰难。刘爱还想起梅里上床睡觉前没有洗掉脸上的残妆，这可不是她的习惯。

刘爱和梅里同一天从摩尔顿营地出来。那天梅里让她搭丈夫开来的车一起到半路家报到。就这样，两年多在营地里没有建立起来的友好关系，在一天之内拉近了。

梅里会有什么事如此悲伤呢？无论梅里的人生故事多么的曲折，在刘爱眼里，梅里是半路家里最幸运的人。梅里与丈夫的假离婚，使得她变得"无家可归"。根据美国监狱的"重建新生活"的规定，梅里幸运地提前走进半路家。不过在半路家期间，她必须保持她的谎言是真实的，她不能回到自己的家里。她找到的工作，是全职照顾小孩的保姆，她的雇主是她的女婿，一个对冲基金的老板。由于女婿钱挣得溢出口袋，梅里的女儿在家里做全职夫人。为了让梅里找到五个月"工作"，有能力支付半路家百分之二十五的工资，他们与梅里签了月薪2000美金的保姆合同，合同期半年。于是梅里每天早晨七点有车来接她去"照顾小孩"，晚上九点之前她在女儿家洗完澡，香喷喷地回到半路家睡觉。梅里以前告诉刘爱，她的丈夫每天到女儿家来团聚。梅里还告诉刘爱，她很想悄悄地溜回家看看，她实在太想念那张躺下去就不想起身的席梦思大床。更何况女婿的家离她自己的家不到十条街。

"我很难过。"梅里在电话里哭着说。

"我能为你做什么？"刘爱说了一句营地里每一个女人都会说的话。她们因为不同的案件走到了一起。她们的才智因人而异，但是她们的致命弱点大致相同。对欲望无尺度的追求，对钱的夸大的倾心，是错误的开始，也是她们相聚于此的原因。她们同命相怜。

"我昨天悄悄地回家了。"梅里在电话里再次哭起来，"我和丈夫的离婚不是假的，是真的。"电话那头号啕大哭的声音如潮如涌。

拾贰　简·华盛顿

红色代表吉祥，黄色代表财富，绿色代表希望。简·华盛顿带着这三种颜色，离开了营地，离开了给她这三种吉利颜色的刘爱。

"华盛顿女士，我是安迪，你的监外管理人。"电话里传来一个客气的男中音。

这个叫安迪的男人，在过去的一年里，在一定程度上，是简最可信也最可靠的男人。简只见过他两面，诚实地讲，要是在大街上迎面碰见，简大概要想想此人在哪里见过，但不会立即认出。但是安迪那个浓重的美国南方人特有的温柔口音，在简的听觉记忆里，亲切熟悉，像是老朋友。跟了祖母一辈子的乔治，说话的时候，句子的尾音就常常流露出一点这样的腔调。从离开营地的第二天开始，简就开始和这个听起来热情的声音打交道。小到申请批准到弗吉尼亚老家处理一些零零碎碎的事，大到忧郁症发作想在一个人的面前大哭一场，简都给安迪打电话。无论什么时间，安迪总是静静地听着简的倾诉，有分寸地考虑简的要求。能支持的一定支持，不能支持的，他也会像一块有着巨大吸收能力的海绵，将简失控的眼泪全都吸收进去。昨天找到刘爱之后简还想到，再有两个星期她的监外管理期就结束了，安迪也会随着这个结束从她的生活里消失，而且不应该再与他有任何的联系。简想好了，她会在每年的这个时间给他寄一张圣诞卡。

"你好，安迪。"简一边接电话，一边费力地推开小咖啡馆门上挂着的厚厚的挡风棉布帘。

简·华盛顿站在路边等着绿灯。她继续与安迪通话，同时用一种愉快的眼光，看着马路对面百货公司大楼黑色墙壁上，装饰得华丽非凡的大玻璃橱窗。橱窗前人声鼎沸，熙熙攘攘，节日的热情在阴冷的冬季寒风里膨胀着。简记得，小的时候祖母总是带她到这里来。橱窗里的故事在祖母的嘴里，变成一个又一个美丽的童话。简总是喜欢站在那个能够把身体变宽变长变丑变美的哈哈镜前，不停地看着自己变化的模样。长大了，她每年也这样做，直到被送进监狱。去年的圣诞节她没有到这里来看那面哈哈镜，因为她觉得，现实生活中的自己，已经像是哈哈镜里变形的人，何必还要从镜子里去寻找自己的影子呢？简从远处看去，她注意到，今年的橱窗似乎全是世外桃源的模型。玻璃橱窗里的世界与现实的距离，是那么遥远。也许，远了才有吸引力。

"真对不起，我没有能够更早地和你通上话，今天早晨你的手机一直没人接。你看到我给你发的邮件了吗？"安迪在电话里说。

"邮件？噢，对不起，昨天晚上我特别忙，没有看邮件。听起来很不像我，是不是？不过，我真的忘记看邮件了。"一年的交往，安迪成了简生活的见证人。事实上，简不是必须要告诉他自己生活的情况。她每月一次要在电脑上填写美国监狱局特别为出狱罪犯准备的那些机械的问题。这个每月网上报告，是象征性的管理，全凭诚实，像美国的税务政策一样。但是简喜欢给安迪写邮件谈自己的生活。安迪彬彬有礼、不过分亲近也不疏远的态度，给简一种让人安心的依靠感。

"我猜想就是这样。刚才你的律师大卫先生来过电话，他昨天也给你写了邮件。"安迪说，"华盛顿女士，我们需要你十一点半以前到我的办公室报到。"有过监狱经历的人都知道"报到"的意思。那是军令，军令如山。接到这样的指示唯一能做的，就是雷厉风行马上执行。

"我可以问问为什么吗？"简沉不住气了，那种让她胃里突然翻腾的感觉，随着他们的对话，爬上了简的心头，"什么事需要这么急着见面？"

"你的律师会向你解释。我想你最好现在就出发，你已经晚了。"安迪挂断了电话。

一辆纽约特有的黄色出租车，极有风度地转了一个大弯，优雅地停在简的面前。简没有立即打开车门上去。她在想要不要马上给安迪打回去，把这个突如其来的见面推迟到下午。简原先打算在隆迪百货公司做完美容，就邀请刘爱和她一起共进午餐。她早就了解到，百货公司的工作人员，有一个小时的午餐时间。

简还是上了车。她把手袋放在腿上，马上拨通了律师的电话。

"大卫，发生了什么事？"简顾不得寒暄。

"你快到了吗？"大卫没有马上回答她，"我在大厅等你。我们需要三十分钟准备一下。"

"请告诉我发生了什么事，为什么要这么急地见面。"简的声音有些走样。她感觉到自己拿电话的手有些发抖。三年前每次去法庭的时候，她的手总有这种精神性的颤抖，她害怕这种感觉。

简换了一只手握着电话，她让那只发抖的手握住为刘爱准备的小礼盒。她希望这时候能握着刘爱的手。在那个被关禁闭的晚上，刘爱是怎么说的？她说，两个人在一起就不怕。但是现在，这辆车却将她从刘爱工作的那个大楼带走，越走越远。为什么是今天？为什么在我生日这天？

"大卫，我只希望你用最简单的一句话回答我的问题。今天见面为什么？"简的声音听起来焦躁不安，带着歇斯底里的恐惧，"大卫，对不起，我失态了，你知道我在看心理医生。我很怕想到要和你在法院见面的原因。这不是因为我又做错了什么，我只是心理上害怕，我像一只被打断了腿的鸟，不但站不起来，看见枪或听见枪声，就想到死亡的来临。"简在恳求。

"我明白，也很理解。"简的律师似乎习惯了简的这种不安的声音，平静地安慰着简，"你不用这么担心。如果是很要紧的事，我昨天没收到你的回复，今天一早就会给你电话，或者去你家。很抱歉上午九点到十点半我要出庭，也没能再早些提醒你。不要紧张，我在大厅等你。你真的不必这么紧张。"放下电话前，律师加了一句："政府星期五下班后才发来的邮件，希望和你见面。"

"请开得快些。"简无力地向司机说。

老练的司机踩足了油门，像一条鱼那样，在车流涌动的第三大道上窜游着。

一种似乎已经退却了，或是完全忘却的情绪，随着出租车越来越接近法院，在简的心里油然而生。那是一种两脚悬空吊在天上，不知何时落地的未知感。这种情绪在她离开营地之前，一直折磨着她。

出租车正在经过一个教堂。简注意到那扇紧闭的庄严木门之外，站着一个女人。她没有戴头巾，满头的白发在寒风中飞舞着。她那张瞬间而过看不太清的脸，似乎全神贯注地盯着木门，等着它打开。这个女人执着地站在那里的样子，让简想到离开摩尔顿营地前，她最后一次参加宗教活动的那个晚上。

那个晚上，五位每周一次，前后已经出入摩尔顿营地三十年，为迷路女犯分享《圣经》的老人，带来了营地不允许拥有的蜡烛和几枝营地的花园里没有的珍珠花。

房间中央的地面上，点着四支发着诱人亮光的小蜡烛。插在玻璃花瓶里那三枝有着紫色花瓣的香水珍珠，招摇地吐着芳香。惨淡的荧光灯被音乐罩上了灵性的光泽。神圣的音乐在老人们的指尖溢出，每一个音符，都敲打着女犯们封闭的心灵。女人们在吉他忧伤的旋律伴随下，一边背诵着可以让人把灵魂交付上帝的《圣经》话语，一边伸出左右手，与站在两侧的女人紧紧相握。这个以女犯的手挽成的圈，在女人们的心里，就是营地生活的救生圈。救生圈上趴着她们这些不甘被生活海潮冲走，挣扎着要活下去的人。

音乐的潮水一会儿把女人们托起，一会儿再将她们抛下。点点烛光、被烛光照耀的珍珠花瓣、吉他的深沉旋律和女人们虔诚的近似哭诉的歌声，把营地的教室变成了天堂。

简紧握着刘爱的手。第一次这样使劲握着，永远不想再松开。刘爱没有出现之前，简也是这样十指紧扣地抓着别人的手，但是从来没有这么使劲过。那个晚上，握住刘爱的手，简感到身体里窜着一股神秘的电流。这股电流，强烈得能瞬间击碎她积压在心头的委屈、侮辱和悲伤，让她像是在握住希望，让她有一种灵魂找到归宿的感觉。

"今天晚上我们一起要分享的话题是，你被拒绝过吗?"音乐一停，背着吉他边弹边唱的白发老夫人就把当晚的话题写在教室的墙板上。过去三十年，这些老人见过无数在这里服刑期的女人，听过无数催人泪下的故事，抚慰过无数女犯寂寞的心灵，她们每周带来的话题，目的就是让女犯倾诉。老人们似乎看到了，这个没有围墙的营地，围满了伤心的故事。故事是需要有人听的。

坐在教室角落地板上的那个叫苏珊的女人，主动要求先发言。苏珊在营地的职责是在餐厅里清理所有的垃圾，包括从女人们嘴里掉落的垃圾。每到午餐和晚餐时，她都会像嗡嗡叫的蜜蜂一样，在餐厅里每张桌子之间飞行。她端走别人吃完的有着剩菜残羹的托盘，同时端走她在那张桌子上听到的只言片语。两百个女人的午餐和晚餐，也是闲话的盛宴，而苏珊又是剩菜的处理机。她做完餐厅的事，就主动帮助其他工作小组。女犯们喜欢她，更喜欢她的小道消息。谁也不会想到，这个碎嘴婆苏珊，竟然拥有法律文凭，并在纽约拥有一家通信器材公司。她的案情和毒品、酒精有关。她已经在摩尔顿营地住了四年多，再过几天就要去半路家了。这也是她最后一次参加活动。

苏珊特地在头上包了一块染过色的毛巾。摩尔顿营地的女人们出席告别聚会的时候，都会刻意打扮一下自己。那天晚上简·华盛顿也特别打扮了一下。因为这个聚会，也被女友们用来为她送行。简满头飞舞的鬈发，用刘爱亲手拿毛线给她做的头绳扎在头顶。刘爱还从营地操场的树林子里，找到一朵叫不出名字的、在冬季里勇敢开着的黄色小花，别在简左耳边的头发里。

"我很紧张，我很害怕被拒绝。"苏珊两条细长的腿交叉在一起，两只因长期在厨房与高浓度洗碗剂打交道而变得粗糙的手来回揉搓着。似乎只有这样，才能把她满心的不安搓尽。"我有很多话要说，但不知从哪里说起。我这几天魂不守舍，一直觉得很不安。我不知道出了摩尔顿的生活会是怎样。我很怕，真的很怕。"苏珊服完四十八个月的刑期，她将像一条干渴的鱼重新被放回大海里。她心神不宁地唠叨了几个星期，逢人就说她舍不得这里的姐妹情，四年的摩尔顿营地生活使她有一种"家"的依靠，依次构筑了自己的朋友圈和姐妹情。管你愿不愿意听，反正她会找一个愿意听她倾诉的小隔断坐下来，长吁短叹。对一些要在这里度过漫长刑期的女人来说，有人拜访倾吐心声，不是一件讨厌的事，更何况是苏珊。她是一个逢人就会送上一个坚实拥抱的热情女人。

"我能不紧张吗？我以为最能依靠的男朋友在电话里告诉我，由于从纽约开车到摩尔顿营地需要近两个小时，所以他不准备来接我。他还说：'你的家人应该来。'他哪里知道我是多么希望离开营地后，他就把车停在路边的树林里，像从前那样在野外做爱。原谅我的粗鲁，我已经四年没有碰过男人，也没有被人碰过！"苏珊眼睛里开始溢出泪水，"他怎么能这样拒绝我呢？他住的是我的房子！"苏珊开始哭出声，"这几年他占着我的位置做不成一件事。他的这次拒绝让我很难接受！我这两天总是在想，干脆叫他滚蛋，把他从公寓里踢出来。可是离开了你们，再把他踢走，我这样一个五十岁的联邦监狱的罪犯，谁会爱我？我害怕孤独。"苏珊泣不成声，"他拒绝来接我，打碎了我离开摩尔顿营地的第一个梦。"

苏珊的话音还没有落地，一个新来的年轻女人马上接下去。"我也被拒绝做爱，所以我有机会和大家再次见面。对不起，我忘了先报名字，我叫塔莎。我以前是厨房的面包师。"塔莎毫无修饰地开始了她的故事。她用了许多赤裸裸的形容词来形容她被拒绝的过程。在摩尔顿营地，女人们谈性谈得很透彻，绘声绘色。那些被判了长刑的年轻女人面对长夜，谈性事，是一种解脱。

塔莎的故事很短很痛。她告诉大家，她从营地住进了半路家后，她丈夫总会开几个小时车，到半路家附近的酒店里和她见面。丈夫表面上努力变换花样，但总是猥猥琐琐。"他的身体在拒绝我。他不需要我了。"塔莎低下了头，两只手神经质地将一张小纸片撕成一条一条。一声接一声的"嘶啦、嘶啦"声，像一把锋利的小刀划破空间。教室里寂静无声，每个女人都在想着自己的事。简看见刘爱的眉头紧锁。她在想她和丈夫的关系吗？简的心里开始产生这种说不清道不明的未知感。

"之后他告诉我，我们的婚姻关系不能继续了。他说他坚守孤独等了几年，现在我终于住进了半路家，几个月后就真正自由了，但是他不能再和我面对监狱这两个字。他告诉我，每次见面都是与监狱有关，他一听到监狱这两个字腿就发软，一想到摩尔顿营地就兴趣全无。他不想也不能再把自己的生活与监狱这两个字联系在一起。"塔莎没有流泪，"一个月后我们办完了所有的手续。他是一个有责任心的男人，他把房子和车都留下了，并将持有人的名字改成塔莎。"塔莎说，丈夫的离去，比她自己被关进监狱更让她失控。她对自己失望到了极点。她想证实自己的身体是不是已经不能让男人兴奋了。很快她就在半路家里和一个被关了六年的房地产商挂上，两人悄悄在外面开房。那个比她小几岁的六年多没碰过女人的男人，见到塔莎，如老房子失火，完全没救。她也从这精力如火山爆发的男人身上找回了自信。他们不但在外面见，还偷偷地在半路家见，甚至还偷偷办了结婚证。他们违背了在半路家不能与同在的异性有任何超过常人的关系的规定。塔莎被送回法庭，又判了六个月。她的那个新丈夫也被送回监狱，他被判了九个月。"我不知道九个月之后，他是不是会像我的前夫一样，也拒绝我的身体。"

没有人能回答塔莎的问题，包括那几个做了三十年监狱志愿者、历尽种种人间风霜的老太太，也包括托着人类恐慌不安的灵魂的上帝。女人们想劝说塔莎，老太太鼓励她说，上帝一定心疼塔莎，会给她指路，会牵着她的手走进爱的花园。不幸的是，监狱生活为每个人重组了人生。每一组人生都像托尔斯泰在《安娜·卡列尼娜》那本巨著开头说的"幸福的家庭都是相似的，而不幸的家庭各有各的不幸"。在这些不幸的女人中，不幸被拒绝的故事，似乎比中国大街上的自行车还多，而且都与她们这段特殊的监狱生活有关。

那天晚上玛格丽特痛心地讲了她钟爱并助其读完大学的干女儿，拒绝给她的法官写信。琳达愤愤讲述了为了筹集律师费，她向过去的朋友求助500美元，但她最好的朋友，那个时常和她打情骂俏的男朋友，自从接到她的求助信后就消失了。"我来到摩尔顿营地之后，他给我写了节日卡，并在卡上写：任何时间，如果有需要，请一定不要介意告诉我。我把那卡撕了，像撕碎他脸上套着的假面具一样。"虚胖得像团棉花的琳达，曾是一个健身教练，她的客户不乏有钱人。据说她有私人游艇，毒品就是在狂欢聚会的游艇上发现的。从那天起,她从身材健美而富有的社交明星,渐渐变成身体肥胖两手空空的女犯。政府没收了她所有的财产,包括富商老头送给她的游艇。

总是顶着一头小发廊里剪得层次分明的短发,从容地扭着不胖不瘦的身体的鲁本,向来都是营地美满家庭的代言人。摩尔顿营地的女人们猜测着,鲁本夫妇要么是名流,要么是当地社区的显贵人士。

鲁本因挪用她自己的财务公司几十万美元而被判七十八个月刑期。这个总似一阵风从你身边刮过、快六十岁的女人,是女犯中少有的被人最需要的人。因为她知道申请半路家的知识和技巧。一位家产上千万美元、住顶层公寓的女人,想提前离狱去半路家,以便一只脚先走进自由,她去鲁本那里求教。之后,按照鲁本的建议,她把生孩子后精神不稳看心理医生的病例,从记忆的储物间翻出,让有名的心理精神医生再次论证,"这样的病史在生活巨变或人生面临挑战的时刻,常会旧病重发。"因为这种精神不健康、有心理障碍的人符合半路家的要求,那位被判了一年零一天的女犯,拿到三个月半路家时间。这样一算,除去法定的一个半月表现好的时间,再加上一个月的家庭监控时间,再加上三个月的半路家,这个女人在摩尔顿只待了六个多月!鲁本从此名声大振。每个想请她出主意的人都会从小卖部里买日用品以交换鲁本的忠告服务。鲁本是个生意人,对她来说,生意经像粘在高血压病人血管上的脂肪一样,想躲也躲不开。

在摩尔顿营地女人的眼里,鲁本虽然身陷监狱,心里的月亮一定是圆的。因为每周六探监的时间,她的丈夫都虔诚地坐在鲁本的对面,两眼深情地望着鲁本。谁也没有想到,鲁本心里,也有残缺的月亮。

"'妈妈,我不能和你视频。'"鲁本开始讲述她被儿子拒绝的故事。"'妈妈,如果我说没有时间和你视频,那我就是在骗你。'"鲁本脸上堆起愁苦,像是房顶上突然出现了一块沾了水的棉絮,沉甸甸地压在她的头顶。

"你有儿子?从来没听你提到。"有人惊叹着。"好像从来没见过他来看你。"另一个女人不知趣地说。

鲁本眉头紧锁,看得出,她挣扎在最痛心的回忆中。她说,她开始时完全不知道为什么儿子会拒绝与她视频。她知道儿子近日正和一个出身政治世家的女孩谈恋爱。鲁本多次写邮件,每周见面时也向丈夫要求过,希望儿子寄张他和女孩的照片。但是这事一拖再拖,给儿子打电话不是在忙就是不接,所有关于儿子的消息,全是鲁本丈夫周末探监时透露的。"妈妈,我刚被国家筹备委员会聘用,我们大学整个经济系就录取了我一人。我不愿把你在监狱的事对外宣布。你知道,建立视频首先要进入监狱系统特别网站,我还要把所有个人信息包括社会安全号都填上。我不想与监狱系统有任何联系。"鲁本平日的骄傲,被自责淹没。"我入狱让儿子丢脸了。"鲁本紧咬着嘴唇,试图将心中的悲伤通过失声痛哭发泄出来,"我怎么算还要在这里待六年时间,如果六年间我的儿子还是这样拒绝我,这是让我最痛苦的事情,由于我的错误,伤害了他的自尊心。"

女人们被拒绝的故事千奇百怪。轮到刘爱了,她从坐垫下抽出一个纸卷,把它铺开在那几枝正散发着花香、不懂人间悲伤的珍珠花旁边。那是她为了简做的送别留言告示。她不觉得自己有什么特别的故事值得分享。整个晚上,她都在看着简,想着明天早晨简的离开。

摩尔顿营地有这个习俗。有人要出狱了，她的好友就会用小卖部里买来的食品或物品，去请那个做离别告示的"专家"。这个女人负责营地活动，搞活动用的彩笔和其他手工艺原料，都在她专用的柜子里锁着。你和她谈好交易，她就会用十六张白色的打印纸粘贴在一起，做出一个不大不小、和隔断墙面差不多宽的离别告示。她还会根据要走的那个女人的特点，在纸面上贴出一些涂了颜色的立体图形。比如你是一个很男性的女人，你的离别告示上一定少不了有球棒或威武的球帽之类的体育象征。一般这样的告示要在隔断板上贴几天，来回走动的人可以拿起在一旁用毛线系着的圆珠笔留下祝愿的话语。

简不是一个特别合群的女人。她的时间除了用在图书室图书员这个职位上，其他的时间就看书。她的社交活动仅此而已。简离开摩尔顿营地的时间，除了几个特别投缘的女人，多数人毫无所知。刘爱知道如果她早些把离别告示贴出去，要是只有稀稀拉拉的几个人留言，简会感到不舒服。所以她托人做好了离别告示，特地等到这个小聚会上拿出来。她知道，这里有简喜欢的，也有喜欢简的女人。在讨论"被不被拒绝"这样的话题下，邀请大家签字，谁能拒绝呢？

刘爱为这张离别告示用尽了心思。纸面上堆着用一张张大小不等的纸叠成的书本，它们重叠着搭成一座书山。这张告示放平了，书会竖立起来；折起来，书就顺从地平躺下去。这种折叠技巧，在摩尔顿营地还是第一次亮相。书的右下方画着几十双眼睛。只有简注意到，在那堆眼睛里藏着一对月亮形状的眼睛，那双眼睛的眼角，挂着一滴泪水。那是刘爱的眼睛。

简·华盛顿

简被这件可以称为当代艺术品的离别告示惊呆了。她想走过去再次握紧刘爱的手，她注意到刘爱也在朝她走来。可是就在这个时候，教室的门被粗鲁地推开，劳拉冲了进来。谁也没想到故意犯规被送到普通监狱的劳拉，怎么又回到营地来了，而且像风一样刮进了这个只有白皮肤加上一个黄皮肤参加的宗教活动。在营地，黑人有他们更为庄重的宗教仪式，劳拉邀请简去过。每个周五的傍晚，娱乐室的小豆腐块窗子里会飞出虔诚的哭喊和歇斯底里的呼叫声："上帝，饶恕我吧。请把你高贵的手伸过来。请让我抓住它，请带我走进你仁慈的天堂。"一声高过一声，直冲云霄。

"母亲，我告密立了功才能回来送你。"劳拉冲向简，两只长而粗壮的胳膊张开到极致，"母亲，我和狱警做了个交易，如果我把拥有手机的女人举报给他，他就保证恢复我的营地身份，把我送回这里来。哦，我好担心我回来了你却走了。我真高兴能够看见你，高兴你能离开这里，可是，你走了我会想你的。"劳拉不顾别人诧异的眼光，声音里浸透着泪水。

简原本正要伸向刘爱的双臂，伸向了劳拉。

"劳拉，我也会想你的。告诉你的家人，不要再担心你没钱用。我会从这个月起，每月给你汇300美金，我想你够用了。别忘了把你的账号给我写下来。"简说。

"我在外面等你。"她补充了一句。

劳拉未征得简的同意就开始称呼简为"母亲"，简有点不知所措。"你知道我为什么喜欢你吗？因为我的眼睛长得像你，只是我的皮肤比你黑！"劳拉确信不移地说。奇怪，劳拉是摩尔顿营地第一个看出简有黑人血统的人。过去几年，除了那头翻卷的

半路家

红发会让人好奇简的祖先来自哪里，她白皙的皮肤、挺立的鼻子和那两片足够饱满但厚薄适度的嘴唇，让不少人以为她是英国人。她总是不正面回应。祖母继承了美国南方黑人那种坚强的深黑，但是祖母却从来都骄傲地介绍说，简是贵族的后代。

劳拉的突然出现，打乱了刘爱原先计划好的几个签字步骤。女人们完全不顾刘爱的安排，随心所欲地找地方填写着她们临时创造的离别赠言。劳拉一个晚上都牵着简的手，一分钟也没有放下。刘爱和简没有机会说上一句话，但是她们的眼神却一直在交流着。直到九点钟查房。

也许是劳拉突然回到营地，人数突然多了，而点名的名单上，还没有来得及加上她的名字。狱警手忙脚乱，来回点了三次。那个本来就要拖得让你恨不得把星星抓下来掰碎的点名，这次拖得更让人无法忍受。所有的女人都站在自己的床前，足足站了一个多小时。

宿舍里正在酝酿着火山爆发前的焦躁，可是刘爱心里却感到无比的庆幸。在点名的警官没露面、经过她和简的隔断之前以及离开之后的时间，刘爱的左手一直紧握着简的右手。简还记得刘爱在她的耳边说："就这样点一个晚上吧，我希望永远这样点下去。"简听着这些，后悔以前没有早早地握住这只能量无限的手。偌大的营地，一望无际的树林，可是只有在这个所有女人各就各位、不准走出自己隔断的时候，她们才能这样无忧无虑地握手。那天晚上，简把自己耳机的另一只戴在刘爱的耳朵上，她们就这样站在那里，手牵着手，听着那首《Hello》。

第二天，天还没有亮透，简被刘爱轻轻地摇醒。

"嗨，简，我还有个小礼物送给你。"简看见刘爱坐在她的床前，手里拿着一个用杂志纸包着的小包。小纸包用几条彩色的毛线扎着。

简坐起来，双手接过刘爱递过来的纸包。在被女人们称为黑洞的下铺，特别是在晨曦微露的清晨，她看不清刘爱的表情。鬼使神差，她的手又碰到了刘爱的手。她有一点想在这个黑得看不清表情也无人打搅的时刻，凑到刘爱的脸前，给她一个吻，或者不那么过分的，一个紧紧的拥抱？但是简没有这样做。她不知道刘爱会做出怎样的反应，她不敢贸然做出任何可能损伤她们现在关系的行为。她甚至自责自己为什么会有这样的念头。简把自己已经向前探着的身子缩了回来。

"我现在可以打开吗？"

"当然！"刘爱下意识地把双手握在胸前，"我一直在等你醒来。"刘爱加了一句，"我不想太早叫醒你，可是要是再晚了，别人会来和你道别，我就没有机会和你说话了。我不喜欢被搁在一边的感觉。"这种不加掩饰的解释方式，只有刘爱这个不懂英语修饰的外国人才会用。简喜欢。

简从来没有收到过这么小的礼物。她怎么也不会想到，昨天她说过喜欢的那页卡地亚杂志广告，会被刘爱剪下来作为包装纸。红色的包装纸里静静地躺着三颗颜色不同的水果糖。这三颗不同颜色的小糖，谁会想到之后又被简留下，委托老监狱玛利亚在中国新年的早晨，送还给刘爱。简也不会想到，这三颗小糖正在刘爱的手提袋里，等着被再次送到她的手里。命运的戏弄，让人永远难以把握。

"祝你一路顺风！"在送简离开营地的那个早晨，刘爱对简说。

简从来没有搞懂刘爱奇怪的英文。

半
路
家

"哦，你不懂。"刘爱像解释白果药用疗效那样，极为认真地解释这几颗糖果的含义，"你知道糖的意思就是甜，对吧?"

简点点头。其实她不知道刘爱是否看清了这个点头。她总是在一种文化隔离中体验着刘爱。她喜欢这种体验。有时候她吃惊地想，也许父亲远走东方的意义，就是让她的血液里，有着对异国他乡的好奇，或者说，离开正宗的弗吉尼亚庄园，离开仰着头走路的上东区那种一贯性的思想。

刘爱总是觉得自己最懂简。"我想你一定知道这三种颜色在中国人眼里的意义。红色代表吉祥，黄色代表财富，绿色代表希望。"刘爱认真地解释着，"简，我离开中国的时候，我的爷爷送了这样一包糖给吉姆，你看，他的事业、人生多好。我连着四个星期买了小卖部的水果糖，凑齐了这三种颜色。我要把最甜的、最好的祝愿给你。"刘爱说完站起身，又从她的上铺拿出一枝白色的小花，"在中国，这种花叫作水仙，只有在春节的时候才开。我也不知道为什么厨房那个角落里有这样的花，听玛利亚说，那是一个做非法移民的中国女人种的。你放在包里，路上闻一闻。"

就是那个早晨，那个意味着一切将重新开始，但又意味着一切永远不会结束的早晨，左右着简的生活。

自从把那三颗颜色各异的水果糖给了简，刘爱就没有再说一句话。她忙着做最后一次鸡蛋羹，发呆地看着简一点一点把它吃完。她又帮着简把她留下并答应送给不同女犯的东西，送到那些人的隔断里。然后再用自己的杯子冲了一杯咖啡端到简的手边。

一切交代完毕，刘爱爬上她的上铺。她坐在上铺看着进进出出过来和简道别的人和简拥抱。她知道这些拥抱有的带感情，有的是礼貌。不少人只是路过A18门口，不得不进来表示一下。简是个安静得几乎像在营地不存在的人，大多数人大概不会在意她叫什么，就像她们不在乎刘爱叫什么一样。她云淡风轻地出现，又毫无声响地离去，在营地，少有。

"简·华盛顿到大厅报到。"走廊里的喇叭响起了通知女犯离开的指令。听到广播里叫简的名字，她知道时辰已到，离别就在眼前。刘爱突然从上铺爬下来，从简打好的行李包里抽出卷好了插在那里的离别告示，在那即兴画的枝叶交缠似开非开的花骨朵，和扬着花头朝一个方向痴情翘盼的小花中，加上自己心里一直想着的一句话："告别了，直到我们再见！"（So long to you, until we meet again！）她又在右下方写了一行似乎被离别悲伤压弯了腰的小字："我最亲爱的，我多么希望你把我也带走，你是我的一部分。"（My dearest，please take me with you. You are part of me. Love.）写完这两句带着浓郁感情色彩的离别留言，刘爱卷好那张自己亲手做的离别告示，并把它再次插进简要带走的行李中。

A18隔断的墙壁空了，下铺只剩一张光溜溜的空床。简那个质量较好的床垫，已经神不知鬼不觉地被其他女人拖走了。黑暗中那张空床铺像一个可以吸走灵魂的空洞，让刘爱的心突然难过起来。她好像知道自己的心，已经随简走出了摩尔顿营地。

走廊里认识的不认识的女犯们，都拥上前与简拥抱。摩尔顿营地就是这样，所有出去的女人，都能够得到要继续在这里受罪的女人们的临别祝福。嫉妒那种东西，在这里，在这个时候，化为乌有。

老监狱玛利亚走在送行小队伍的最前面，劳拉一路小跑紧随。她们每人背着一个刘爱用毛线织的大包，包里有简三年来保存的不想丢掉的杂志和书籍。她们要早些赶到帮着出狱女犯运送行李的小面包车前，她们要保证简的东西能够放在一个最合适的位置。那天一共有四个女人同时离开营地，除了简，另外三个都是长刑期，大包小包的像是要远行。

"简，别忘了，一共三个背包。两个在车上，一个刘爱背着的。"玛利亚用送儿女出远门的口气叮嘱着。这个前后三次坐了近二十五年监狱的毒品交易老手，从来不给任何人送行，除了她爱过的那个韩国女人。"送走了，就在关系上画了句号，送个什么？看人家走，我心里酸酸的。"她对刘爱说，"刘爱，如果不是你，我也不会送简。我不想看到你一个人发傻地送她。送走就完事了，一去不复返，我早看透了。"

小坡上那条标示隔离的黄线就在眼前。不知为什么，简脑子回想着她注意过的那些离别。她见到过一个除了头部，满身上下全刺着飞龙和菊花，总是把裤子半拖在腰胯下部，走起路来雄性四射的"他"。当"他"的另一半，一个黑发瀑布般飘逸、屁股经过整形加高、一走三扭的女孩离"他"出狱后，"他"如山崩地裂后被救出的幸存者，奄奄一息地躺在床上不吃不喝好几天。她也见过一个六十多岁情感丰富的文化人送走她的"他"，像初恋的少女一样以泪洗面多日。她还看见有人每天傍晚等在分信的管理室前，有信她流泪，无信她也流泪，她把收到的那一半寄来的卡片，上供般地摆在她一睁眼就能看见、躺着也能伸手拿到的地方，日夜守着。她还看见一个女友因犯规被关在特别禁闭室的"他"，为了能够在每天一个小时放风时隔着铁网见到女友而故意犯规，最终被戴上手铐押到特别禁闭的牢房。"这些关系都是无望的，大部分都是短命的。"玛利亚说，"别看她们要死要活的，出去就玩完。这里的女人百分之九十都是结了婚的，有丈夫有孩

简·华盛顿

227

子，出去了怎么生活都不知道，哪里还能顾得上什么感情？我看得多了，监狱不相信眼泪，更不相信感情。"老监狱早就看破红尘。

玛利亚和劳拉自觉在黄线之内停下，一寸不超。

刘爱不止一次地想过，人是一个怎样奇怪的动物啊，在这个像校园一样没有铁丝网、没有铁栏、房间里没有监控的营地，女人们按照别人写在纸上的规矩，虔诚地度过她们的刑期。"我不是罪犯！""我的案情水分很大！"刘爱时常听到女犯们委屈地呐喊，也时常看见一些女犯日夜不分地查找法律文件，不断上诉。但是无论你是腰缠万贯的富贾，还是靠卖毒品度日的穷人，穿上绿色囚服，你就被打扮成罪犯。无论你承认不承认，你的尊严逃走了，你成了必须言听计从的无名小卒。每天下午四点和晚上九点，周六周日上午十点，下午四点和晚上九点半的点名，女人们都乖乖地站在上下铺前等待着。

简站在黄线之外，刘爱站在黄线之内。这条黄线已经被无数个进进出出的女人的脚踏过，颜色淡得几乎看不清。但是这条黄线不用看得清，它已经刻在女犯们的记忆里，就像摩尔顿营地其他的规矩一样。

"刘爱，我会想你的，"简站在黄线的那一边轻声说道，"我希望能把你也打包在我的行李中。"

刘爱张了张嘴，本来想把准备了好多天，昨天晚上背了一个晚上的离别致辞清清楚楚地说出来，但是当她如此近距离地站在简的眼前时，她准备要说的话全散了。

"我有一个小礼物要送给你。"简从口袋里掏出一个用纽扣做的戒指，"这是我昨天晚上做的，希望你喜欢。"

站在黄线一边的简犯规了。她的右手拿着戒指，跨过了走出去就不能再超越的黄线。

站在黄线另一边的刘爱也犯规了。她伸出去的左手，越过了她不该跨越的界限。

简小心地将纽扣戒指戴在刘爱的左手指上，她感觉到刘爱的手指在微微发抖。阳光照射在那枚绿色的纽扣戒指上，一片新绿荡漾在刘爱的脸上。黄线两边寂静无声，只有一只大鸟欢叫着从送行的女人们头顶上飞过。

简不知道自己是不是应该张开双臂拥抱刘爱，或者摸一摸她那头短短的头发。刘爱也显得失魂落魄。她好像也在想，是不是该摸一摸简那头在阳光下发出金红色的头发。一切都乱了方寸，她们说话的能力完全消失。简记得那天她的喉咙很干，很痛，很堵。

她们就这样面对面地站着，四目相对。她们都知道，眼前的黄线已经把她们划入两个世界。

一个管理人从她们身边擦肩而过。他就是那天查出鸡蛋的警官。他腰间挂着的钥匙、手铐、对讲机，在他黑色皮靴踏地声的伴奏下，发出绝对权威的交响乐，那支只有在监狱里才能听到的"哗哗"的交响乐。它似乎在向这些不知天高地厚的送行的女人宣告："走吧，这就是永别！"

简一步几回头地走向坡下的办理离狱手续的水泥建筑。她的金红色头发在刚刚跳出地平线的阳光下，闪着释放后的自由的光芒。

刘爱站在小坡上的黄线内，看着简的身影渐行渐远。她看见简在走进办公区那个水泥建筑物大门的那一刻，突然转身朝着送行人站的方向，用最大的声音喊道："刘爱，我爱你！"

简记得刘爱扬起手，朝着她拼命地挥舞着。她没有听见刘爱说什么，她原来以为刘爱会声嘶力竭地大叫。可是简只看见她挥舞着的手臂。

简就是带着这种空落落的未知的感觉，离开了摩尔顿营地。

半
路
家

拾叁 刘爱 2017 / 12 / 16 AM 12:00

简失约了。刘爱无奈地站在柜台里面，看着眼前随着
圣诞音乐、拎着大包小包游走的人流，手里握着传递
着悲伤和眼泪的电话，她突然想起不知从哪里听来的
一句话："幸福不是故事，不幸才是。"

"我痛苦极了，我真的痛苦极了！"梅里在电话那头哽咽不
止，"刘爱，我该怎么办？他这些日子已不再到女儿家来吃晚饭
了。他总是推说工作忙，昨天下午我偷偷回家了，我好像感觉到
什么。我看到他准备送到女儿家的一封信。在信上他请求我的原
谅，因为陪他度过几年黑暗之夜的女人，他的合作伙伴怀孕了，
他必须和她结婚。啊，天哪，我没有家了，再一次没有家了！
啊，上帝……"

"我能帮你什么，梅里？"这个突如其来的电话，把刘爱从期
待见简的急切情绪中拉进一个她熟悉的故事。梅里和摩尔顿营地

女人的痛苦，总是有些相似。有的女人入狱前为保护财产假离婚，几年刑期释放后，发现假离婚的丈夫已另有女人，假戏成真。男人请求原谅，解释过去的几年多么艰难孤单，可怜得令人心碎。女人深知大势已去，水已经泼出去，无法收回。但是她们从此掉进无边的苦海，挣扎求救成了她们的家常便饭。

刘爱心里明白，要安慰伤感过度的梅里，唯一能做的就是聆听。在摩尔顿营地，倾诉和聆听，是让身陷苦难之海快被淹死的女人们，有一个救生圈可以抓住。抓住并不等于获救，但能在茫茫大海中浮着，体力好的和内心坚强的，也许能撑到上岸。虚弱的和内心脆弱的，结局与沉下水面一样，只是个时间问题。

"我需要见你。我需要倾诉，我的痛苦快把我的精神击垮了。我不知道自己应该怎样做。"梅里一边哭一边说。

梅里是摩尔顿营地唯一一个对中国文化有兴趣的西方女人，也能够说几句半生不熟的中文。梅里天生一副热心肠，在营地她时常做些吃大亏占小便宜的交易，只为给受苦的女人创造一点胜利者的感觉。她总是口无遮掩地讲自己的事情和家庭的故事。她像一个穿着透明外衣的女人，让自己的五脏六腑一目了然。梅里骨子里有一种优越感，像简一样。但是简是犹豫的，而梅里，在摩尔顿营地，是一束永远不灭的阳光。

刘爱不能拒绝梅里的要求，她是简的好朋友。刘爱还记得认识梅里的那个她永远想不透的美国国庆节。

女犯宿舍前那片通往操场跑道的草地上，铺满了一条条从床铺上抽下来的不黄不白的线毯。线毯平铺在松软的草地上，四角被书压着。有的线毯上摆着装着冰的塑料杯或所谓的手提冰桶，不少水杯歪倒着，把线毯浸湿了。有的线毯上摆着不知从哪里搞到的盛糕点用的大塑料果盘，盘子上放着小卖部里卖的几种种类永远不变的甜点。在这里度过美国国庆节的女人们，有经验的已将几张专门为监狱特制的连体桌椅独占下来。树荫下的桌子上铺着线毯，摆着十多个褐色纸板。在这些用来代替餐盘的硬纸板上，有彩色笔画的图案。图案红黄绿蓝，各有特色，出自不同女犯的手。餐盘板上放着从小卖部买到的黄色的刀叉。十几只用矿泉水瓶剪掉瓶口做成的"水杯"，优雅地摆在黄色刀叉旁。最为引人注目的是，桌子的中央也放了一个被剪了口的大一些的塑料瓶，瓶子里有一把从营地里几个不同的花圃剪来的鲜花。有黄中带红的水仙百合，有紫色的勿忘我，还有一些叫不出名字的姿态婀娜的野花。

两个用铁架子架起的塑料帐篷，搭在厨房后门外停货车的水泥平地上。一个帐篷底下架着使用煤气的烧烤机，烧烤铁板上那一团团牛肉和肉饼，被超热的铁板烤得四边流油，滋滋作响。另一个帐篷下用一些做活动用的折垫桌围成一个正方形，桌面上放着厨房盛放食物的大盘子，盘子里有烤好的鸡块，有土豆苹果色拉，还有大概在厨房里早已烤好的肉肠。再就是放了奇怪调料的黄色米饭。最吸引人的，是那一块块切好的西瓜。它们整齐地摆在那里，红艳艳，水淋淋，在烈日下尽情散发着魅力。桌子围挡内站着的服务员，戴着在厨房里工作必须戴的一种质地极为稀松的廉价白色小帽，除了能把头发托起，什么都挡不住。这些女犯为今天能够鹤立鸡群般地站在那里分配平日少见的食物，个个精神抖擞，面带自豪。她们公事公办地按照规定的分量，把每个女犯应该得到的那份，分配到冒着满头大汗排队的女人们端着的塑

刘
爱

料盘里。

　　摇滚音乐在烧烤的烟雾和女人们的叽叽喳喳声里荡漾。铁架上粘着用厨房废弃纸盒剪成并染成红色的"Happy July 4th"字样，向每个女犯提示今天这个值得骄傲的日子。女犯们穿着用旧囚服任意裁剪的汗衫，挥汗如雨地等待着盘中餐。她们明知道即将装进她们盘子里的，是冰冻箱里化了冻再烤的鸡块，做汉堡包用的全是过了期的牛肉，色拉里是加工过的带皮切好的土豆和全身伤痕累累的苹果，并不是她们在外面吃到的新鲜土豆水果色拉，还有从罐头里倒出来的有年头的豆子。所有这些都代表着低品质。但是女人们的注意力，已经从食品质量转移到今天烧烤释放的烟雾，转移到在草地上不受时间限制的悠闲进餐，转移到狂欢音乐的激动，转移到一种感觉上的自由。

　　阳光下，不少女人为庆祝国庆，特地涂抹了彩妆。油亮的浓妆脸和简单到类似原始人的着装，搭配成一幅奇怪的画面。这个画面随着刘爱的思绪无限度也无意义地向远处延伸着，她荒唐地想到时光倒退，她正在承担一部遥远或现代的电影中的野味烧烤的角色，一个客人的角色。

　　"这里每个人都在演自己的电影。"刘爱心里这样想。昨天晚上她听见简、梅里，还有那个据说拥有过不少企业（包括出版公司）的女人聊天时说到电影。她不太懂她们所用的词，但是她感觉到这样的谈话吸引着她。她希望自己能参与。她们怎么说的？她们的案子就好像政府对一个他们决定要调查的案子写剧本。这个剧本里有主角和配角，主要演员的演出成功必须有配角支持，还有说不上话只是上场凑数的群众演员。剧本定下后要开始找合适角色的演员。演员登台前要有大量的排演，比如申诉、公审等。正式演出前，每一个角色必须穿上导演为其定制的服装。演出开始，你就按既定的准备念台词；演出成功，你就穿着演出服走进监狱。

刘爱回想着简讲上述这番话时的情形，看着烟雾和音乐中化着妆的黑色、白色和不黑不白的脸。她看见烈日下满头大汗的劳拉，戴着小白帽，像镀了金的黑雕塑，无比自豪地站在西瓜盘前。她认真地将一片片滴着甜汁的西瓜夹到女人们的食盘里。刘爱想，她会是一个不错的演员，比现在电影上出现过的黑女孩都有个性。她的自然条件这么好。瞧她那厚厚的嘴唇，今天涂着艳红唇膏，像一颗活跃的心跳出这个塑料帐篷。她的腰很细，长长的腿，顶着一个活力四射的翘屁股。

午后的烈日随着奔放的音乐，不断提升着热度。艳阳下，排队的女人们热情不减。刘爱看见梅里脸上用红白蓝颜色画了美国国旗，穿着白底但用墨水或者是绘画涂料调染加上色的汗衫，从宿舍里跑出来，挤到队伍最前面。她是今天烧烤活动的主角，仅次于厨房的大厨。刘爱还看见排队的女人们不像平时那样计较，她们不在意那些插队提前拿到食品的女人。节日的喜悦让女人们变得大度而慷慨。今天是7月4日，是国家独立日，多么自豪，能作为一个美国人，虽然身处监狱。

"感谢上帝吧。你们每天睁开眼睛还活着，吃喝住不愁，生病了还有医生，就像是在度假。你们马上就可以吃到监狱烧烤。"梅里的声音冲进刘爱的耳朵。她看见梅里前后左右地与排队的女犯闲扯着。她脸上画着的美国国旗，在她的自豪和喜悦中任意飘扬着，一副天塌下来也扛得住的样子。

刘爱看见梅里跳跃着走到一台像是中国20世纪80年代流行过

的笨重录放机前，忙碌地挑选下一个要播放的音乐盘。她故意对着时不时窜出杂音的话筒大声呼叫着，询问女犯们对音乐的选择有什么意见。也许她明明知道，谁也不会在意挑选什么音乐，只要音乐不停顿，只要音乐能麻醉她们思念家人的神经，只要音乐能把心里的伤感，全部封锁并储存起来，只要能忘记自己身在监狱，什么音乐都行。但是梅里还是大声高喊着，她那有号召力的声音和疯狂的音乐交织在一起。后来刘爱听说，为能够争取到控制7月4日国庆音乐的机会，梅里费尽心机。她提前几个月就开始跟营地的每一个管理人游说，并暗示她的算命特异功能。7月4日这天，当她像专业DJ一样，坐在应该摆进音响博物馆的录放机后面，不时拿起话筒声嘶力竭地大声尖叫征求女人们的意见时，她所享受到的快感，比得到性高潮还要强烈。一个对自己命运失去控制的人，突然控制了营地近两百女人能欣赏什么音乐，她的声音和震耳欲聋的摇滚乐一起在营地的上空飞扬，她的满足感也达到了顶峰。7月4日对梅里来说，不仅是美国的国庆，也是她个人监狱生活的节日。

"噢，让我来介绍一下，这是我的朋友刘爱。"简朝着正向她和梅里走来的刘爱介绍道，"这是梅里，是我的朋友，她也是纽约来的。你要是周六想拍照片就找她，不过别忘记了在小卖部买照相的票，10美金一张。她还会算命，推算前程。"

刘爱很高兴简能够将梅里介绍给她。在她的眼里，简是这个陌生、可怕、不友好、陷阱重重的监狱里，自己唯一可以依靠的人。刘爱心存怀疑地走进监狱营地，评判力和自信随着案件一起摔得粉碎。她的律师告诫她，监狱里没有朋友。"一朝被蛇咬，十年怕井绳。"刘爱的灵魂被打上了一个黑色的死结。

在监狱营地，握手这样的礼仪被拥抱代替。认识的，不认识的，或是刚认识的，拥抱，成了连接相识的最真诚的表示。这时候，上下铺住着的简和刘爱，就像中国东北腌咸菜似的，她们的关系慢慢"入味"。刘爱注意到过去几天简一直有意无意地打量着她，偶尔随意地问刘爱几个问题，这些问题多半都是与刘爱的过去有关的。奇怪的是，简的问法不太直接，但像一把钥匙，刘爱总会兴致勃勃地回答，或者倾诉，甚至主动告诉简她走进摩尔顿营地的真实原因，并把最不应该讲给狱友听的事告诉了简。比如她的律师怎样游说她认罪，怎样坚持要她说自己这样做是明知故犯，但明知故犯是不真实的，因为刘爱永远不会去做触犯法律的事。出事之后，自己又是怎样每分钟鞭打自己。"你的律师是对的。"简听完了这样说。"为什么？为什么是对的？"刘爱不懂，简也没有解释。

梅里端着几片西瓜走过来。她没有拥抱刘爱，但是把装了西瓜的盘子递了过去。这几片刚刚切好的滴着西瓜汁的西瓜，是今天中午大餐的最大亮点。梅里说，这是她拿其他食物换的。谁都知道这是谎言，因为梅里能算命，在营地，走到哪里她都能拿到女犯正常权利之外的东西。她根本不用担心那些过了期的烤肉。她端着西瓜走过来，这是她与刘爱认识的最好的见面礼。

刘爱对西瓜的感情，比对任何其他水果都深。因为从她还在奶奶怀里吸奶瓶的时候，西瓜汁就是她唯一的果汁。20世纪60年代，几毛钱就可以买到一个又大又圆的西瓜。奶奶总是先把它浸在水缸里，让它变得冰凉，再把它切开，分成几块，再拿一块放在碗里用勺子挤压出汁水，把汁水倒在洗干净并用开水烫过的小玻璃瓶里。奶奶会把装满西瓜汁的小瓶子用瓶盖严严实实地盖好，再放进盛着刚从院子里的水井打上来的凉水的水缸里，按时间喂刘爱。当刘爱长大一点，奶奶还是这样把瓜切成几块，只是不再挤压汁水，而是用小勺子把西瓜瓤舀在小碗里，上午、下午、晚上，一天三小碗，一个瓜可以吃两天。瓜子洗干净炒了，奶奶每天抓一把嗑着磨牙。瓜皮洗洗，用酱油、醋和糖浸一浸，变成很爽口的夏日小菜。据爷爷说，西瓜皮那层绿绿的硬皮最为清火。"西瓜是最不浪费的一种水果，从里到外都可以吃。"奶奶每年夏天都反复说。现在北京的瓜果种类多得让人看花眼，但是奶奶还是偏爱西瓜。

"我听说你们中国人连瓜皮都吃？"刘爱抬眼看到梅里出神地凝望着她，这才意识到，她自己已经把手中那片西瓜咬到接近绿皮了。她有点不好意思，但是她被突如其来的问话噎住了。

"梅里，你刚才说什么来着，你的女儿？"简看出刘爱不知所措的窘态，她一副漫不经心的样子，随手把自己盘里那片西瓜放在刘爱的盘子里，"我小时候在弗吉尼亚老家时，也是这样吃西瓜的。"简为什么要为自己解释？她怎么能看出自己的尴尬？刘爱心里暗暗地想。她感激地向简投去微笑，发现这时候简也在看她。她们的眼光在烈日下相撞，没有声响，只有光芒。刘爱还发现简那头扎成一把的鬈发，在烈日下像一团正热烈燃烧的火焰。

刘爱对简的身世和案情一无所知，但是简看刘爱时那转瞬即逝的眼神，让刘爱心里升起一股对简说不清道不明的怜悯。这种感觉像雕塑家手里的刻刀在刘爱的心上每天划了一道，刘爱总是不由自主地想到，也许她有能力弥补简失去的什么东西，虽然她并不知道简需要的是什么。刘爱觉得她的这个下铺，像个谜。简每天三个小时在图书馆上班，或是戴着耳机在下铺看书，其他时

238

间除一日三餐去餐厅，她就靠在床上看书，从来不议论任何其他女犯，似乎她们的存在与她无关。不过，搞不清为什么7月4日这天，当梅里扭着腰走回音乐的狂欢，简看着梅里的背影，突然把梅里的身世告诉了她。

梅里有张普通得不能再普通的脸，但一经浓妆艳抹，就立即像是戴上了一副最迷人的、拥有无限女人味的面具，再加上她圆滚滚的屁股，走起路来左右摇摆着，一股招摇过市的样子。刘爱永远不会想到，在这样一个女人身上，居然有如此难言的苦痛。

"她已经在这里好几年了，你别看她每天像一股春风一样，笑容满面，一会儿吹到A隔断，一会儿吹到B隔断，可是她是个不幸的人，有许多苦不堪言的故事。一年前她的丈夫和她离了婚。不过正是因为无家可归，她和你一样，被批准提前离开营地，明年秋天和你前后脚出去。她真的是个不幸的女人。"简又重复了一句。

刘爱不太记得所有的故事，她只记得梅里出生在麻省一个偏远的乡村。她活跃的性格比美丽而单调的面孔更引人注目。特别是她扭着腰肢招摇过市的样子，几乎迷倒了所有变声期的男生。她是当地五月花小姐，是球赛啦啦队队长。没有读大学是因为她怀孕了，她和一个后来转成体育经纪人的男生结了婚，跟着他到处参加比赛。到了纽约后，她决定留在这个流光溢彩、夜夜笙歌的城市。她离开时除了抱着不到一岁的女儿，一无所有。前夫也没有刻意挽留她，只是告诉她分开也好，因为他们都还没有开始体会人生，没有经历过爱情就奉子成婚。梅里在纽约做过所有她可以做的工作，但她的生活依然与印象中莺歌燕舞的纽约无关。她的钱包很扁，而肩上的财务负担越来越重。女儿有母亲的腰身、屁股和阳光的性格，幸运的是，有她父亲那种不笑也甜美的脸。梅里看着一天天长大的女儿，心里的决心也更加坚定：要找个有钱的男人，让女儿走进应该走进的社会圈子。梅里特地在曼哈顿一个最有特色的餐厅找了个女招待的职位，她在那里认识了他，一个离了婚、比她大二十岁的，但在纽约上东区公园大道有顶层公寓，在佛罗里达海边有超大别墅的华尔街对冲基金老板。没有再完美的条件了，她不假思索地嫁给了他。梅里一夜之间变成了上东区的名流。梅里是那种不甘寂寞的女人，受不了白天黑夜在公寓里等丈夫回家的感觉。在朋友的介绍下，她参加了一个女人间融资互助的"礼品俱乐部"。这个俱乐部将互助资金产生的利息用于纽约贫困儿童的救助项目。梅里的空虚把她送进了一个个融资午餐、晚餐、游说新客户的项目中。一切似乎顺理成章，由于她丈夫的姓氏，她成了该俱乐部的融资明星，身边堆积起一群像她一样有闲钱但生活空虚，或是没闲钱又想发财的女人。梅里的衣着打扮成了其他女人拉客户的样板。"她是这个俱乐部成功的典范。"那些女人总是把她推到前面。

如果故事能这样继续，梅里大概依旧在津津乐道地招揽新客户。几千美金的入门门槛，对上东区的大富小富或装富的女人们都不是个大数目。能够即刻出没在珠光宝气里，投入的钱又能有如此高的回报，而且俱乐部的会计师和律师的名气都如雷贯耳，这样的社交平台是梅里多年求而不得的。直到她被以"非法融资"罪名起诉。奇怪的是，在她应付政府起诉的过程中，她被问得最多的是她的丈夫是否知道她在俱乐部的行为，有无参与；她存在银行里的融资得到的提成，她的丈夫是否知道。梅里的律师还特别向她提示，如果她能举出一两个例子说明她的丈夫参与或支持她做"礼品俱乐部"的事，梅里可以免进监狱。"不，他什么也不知道。他除了能记住回家的路，脑子里只有他的工作。"梅里想，如果丈夫有时间过问一下她在做什么，她大概什么也不会做。梅里的"案件"登在报纸头条，她丈夫的名字和照片，以及她的"丑闻"一起成为华尔街的新闻。她丈夫的生意也像他被污染的名声一样，被扫进纽约的垃圾桶。但通过这些消息，梅里发现，她的丈夫之所以忙得顾不上关注她，除了生意，还有女人。像第一次一样，梅里搬出了豪华的公寓，不过这次她的女儿已大学毕业，而她手中已经有了不少私房钱。

梅里的起诉人没因为她丈夫的身败名裂而罢休。如果原来这个案子的目的是以她丈夫参与"密谋"这个"礼品俱乐部"，从而把她丈夫从参选政治角色的位置上搞掉，梅里大概最多落个监外执行的惩罚。但梅里偏偏又是个有良心的女人，即使恨丈夫恨得牙痒痒也不撒谎。她的案子最终只能走公审这条路。就在公审的前夜，她最亲近的女友，也是她的会计师敲响她的门告诉她，政府要求她上堂作证，告诉公审团她提醒过梅里，所有的佣金均要报税，否则将吊销她的会计师执照并起诉她。"可是你没有这样告诉过我，你告诉我这个收入不需要报税，因为最终每个投资人会拿回投资并加上回报。"梅里说。可是会计师还是上堂作证了，包括俱乐部的律师。梅里被判了六年。

简脸上涌出只有经历过营地生活的女人才有的那种真正同情的伤感。她继续说，梅里被关在弗吉尼亚的一个女监营地。她一直不放弃起诉，因为她的丈夫在财务上支持她。当她服刑到六个多月时，有一天突然接到通知被立即释放。梅里赢了上诉。她哭着笑着扔掉一切，坐着巴士赶回纽约，想给丈夫一个惊喜。她想，这次无论怎样都要和他白头到老，六个月的监狱经历让她万念俱灰，她不停地告诉自己生活可以简单到不能再简单，一切都可以没有，只有亲情和健康不能失去。她一路颠簸赶回纽约公园大道的公寓，进电梯时却被赶了下来。"我是梅里，梅里·强森，强森夫人。"梅里向新来的站在大堂前台的值班人解释。那个人用奇怪的眼神把梅里从上到下看了一遍，他不失礼貌地皮笑肉不笑地朝她咧了咧嘴，示意梅里可以在大堂一角的沙发上稍坐，转身进了后面的经理室。

当时的梅里，脚上蹬着咧了嘴的脏球鞋，身上穿着不合季节的球衣球裤，背着一只犯人们发的洗衣用的白色网线袋，袋子网眼里露出翻卷了书皮的《圣经》和几个放文件的黄皮信封。谁能想象这样一个蓬头垢面的女人，是顶层公寓那个永远西装革履、有司机接送的男人的太太？连他家的女佣也当不上。

简接着对刘爱说，那个年轻的看门人以为梅里可能是曾经与强森先生有什么感情瓜葛的神经病，因为过去几个月强森先生身边有个女人，他送邮寄包裹过去时，称她"强森夫人"，她也默认了。梅里那天在大堂里等了一个多小时才被允许上楼，用她的话说，看到了比一辈子加起来都多的轻视。以往邻居间客气的亲热，变成惊讶的逃避。在他们眼中，她像一个得了瘟疫的病人。"那天我突然想回到女监营地。"梅里告诉简。

大楼的管理人打了一圈电话，梅里终于被值班经理送进了公寓。门厅里的百合香气宜人，客厅里电视开着，烤箱刚刚关火，烤得火候正好的巧克力布朗尼已被取出，在桌台上散发着糕点特有的香味。桌上放着有女人口红印的高脚酒杯，冰箱里有一瓶打开过的新西兰沙特妮白葡萄酒。厕所里有女人的香水味，卧室的床头柜上，有一大瓶专门用来喷床单的百合花香水，还有一本专门为女人无所事事时读的小说。房间里没有人。或者人刚刚离去。

送她上来的大楼经理神情极不自然地对梅里说，梅里的丈夫强森先生在亚洲出差。

怪谁呢？梅里问自己。她告诉简，那天她没有生气，反而心存感激。虽然在法律上她依旧是强森夫人，可是她在进监狱前就自己跑了。那时候她还是个根本不知天高地厚、爱发脾气的小女人，把自己摆在一个不可动摇的位置，认为这个家没有她，地球就停转了。她还没喘过气定下神，就被送进监狱。前前后后一年的时间没有回这个家了，强森居然让那个本来在这里住着的"强森夫人"立即搬出，把梅里亲手扔掉的家，再次送回她的手里，她能不感激？不过那天上楼之后，直到强森从国外回来，梅里都没有下楼。她害怕在电梯里撞见熟人，她害怕那些假装什么也没发生的轻松的"你好吗？"之类的问候。她害怕自己的言行已有了监狱的痕迹。她最害怕的，是有人会问她"监狱一定很可怕吧。"梅里说，如果真有人问，而且她真实地回答，对方一定认为她应该进疯人院。因为她会告诉他们，监狱不可怕，她觉得更可怕的，是她今天面对的生活。

"梅里真是个极为不幸的女人。"简深深地叹了一口气，接着告诉刘爱，刚才说的一切都是几年前的事了。当梅里看了几百次心理医生，渐渐开始又和丈夫一起去参加社交活动的时候，律师告诉梅里，她要去法庭。"为什么？这事还没有完？我赢了，我四年前就被释放了！"梅里真的发疯了。最后她还是去了法院，因为在她拿到的那张立即释放的通知上，有一行像藏在血液里的寄生虫般的小字：重新审判。"你没有看？几年都没有看？"律师不敢相信。"有什么可看的？我只记得'立即释放'这几个字，我得到通知，在得到这个消息之后两个小时必须离开营地。我哪里还顾得上看那张纸！"那天梅里看了那张通知，欣喜若狂地离开弗吉尼亚女监营地，回到家又完全没准备地应付处理另一个强森夫人事件，这让她心力交瘁。她回到公寓的当天晚上就把从监狱里穿回来的衣服全都投入壁炉里烧了，那张通知放在裤子的口袋里，连同带着羞辱记忆的衣服全部变成灰烬。

法庭上再次播放了几年前公审的录像，梅里被重新判了五年。"你已经执行过六个月，再加上法定的一些可以减刑的计划，你只需要在监狱住三年。"律师这样安慰梅里。就这样，梅里被再次带回营地。

"就三年？律师说得真轻松。"梅里告诉简，她记得当法官判决她再次进监狱执行三年刑期的时候，她恐惧得从法庭的椅子上跌了下来，昏了过去。她的丈夫蹲在地上，抱着她号啕大哭，哭声悲惨得像送葬的人。她的女儿双腿跪在地上，仰头看着法庭的屋顶，像是在向天棚上雕刻着的正义雕像问话。像母亲这样的案子有多少？有多少女人从这里走进监狱？多少母离子散？多少家庭支离破碎？

刘爱完全想象不出，在眼前这群疯狂跳舞的女人里，还有梅里这样的女犯。她不能理解，今天的梅里脸颊上刚刚用红白蓝水彩笔画上色彩鲜艳的小国旗，正在随着西班牙舞曲欢悦地扭着腰肢。简讲的故事，像悲伤的大提琴独奏，在刘爱这个移民的心头，讲述着悲苦的故事。眼前这个故事的主角，她人生之戏的主要演员，一个被司法机器拧错了位置的螺丝，前前后后在监狱执行期上诉不断被驳回的女人，一个时常痛苦失眠、泪水湿枕的女犯，正在和其他女犯一起扭动着屁股，随着音乐欢快起舞。有一个大力士般肥壮的身体上架着黑油油大脸的女人，摇着粗如象腿的胳膊，呼哧呼哧地喘着像老火车吐气般的气息，紧跟着梅里。刘爱看见梅里被她抓小鸡般一把抓住，扯住胳膊随舞曲旋转。梅里那两块极为勾眼的屁股肉，活跃地抖动着。她脸上那两面随时可以飘起来的美国国旗，在音乐中自豪地唤醒女犯们的灵魂。国庆节让梅里忘乎所以。

"注意，请注意！"玛利亚蹿进跳得正欢的舞群，一把抓住梅里，把她拉回到放录音机的台子前。她把话筒交给梅里，"你忘了今天米雪女士要讲话。"玛利亚从来就不喜欢任何女人比她强。没有抢到在国庆节掌管麦克风的这个工作，玛利亚早已把梅里恨得底朝天。

"各位请注意。"梅里喊叫着。午后的烈日爆烤着所有女犯宽容大度的脸。

"女士们，国庆节快乐！"米雪女士厚重柔美的女中音腔调，让空气中飘动的愉悦更加迷人，"女士们，我很高兴今天有机会和你们一起欢度我们国家的节日。我特别高兴看见，虽然你们正在经历人生中一段艰难的日子，但是你们和我一样，享受身为美国人的自豪。我们每一个人都用自己的行为描绘自己的人生。我相信，我可以用我们这两个字来称呼我们，我们都是，一定会成为更好的，让你自己和你的家人尊敬的美国人。"

有人吹起口哨，刘爱被这段开场白吸引了。她这是第一次这么长时间地盯着这个新来的管理人。她注意到她几十条小辫子精心盘在头顶，很像电影《蒂芙尼早餐》（Breakfast at Tiffany's,

1961年美国电影）里女主角梳的那个发型。她戴着一对超大的金色耳环，这种耳环似乎不太适合监狱的生活环境，但它们今天在午后烈日的纵容下充分显示着自信与辉煌。她那双超大的带着善意的眼睛，横扫着每一个站在她面前的女人。她似乎没有注意到眼前这些女人的衣着。为了抵抗炎热，女犯们将发的绿色制服剪得像尿布一样，看起来破衣烂衫，寒酸到几乎无法形容。

她注意到了这些女人脸上的笑容。"女士们，从今天起，我不仅是你们的管理经理，我还会代表刚刚调走的苏珊女士做你们案件的管理人，处理你们去半路家等一些具体事宜。"她眼睛里放射出希望的热流。口哨声和欢悦的呼声此起彼伏。对经历过多次国庆节的女犯来说，这次的确是一次特别的活动。从来没有管理经理会在节日当天亲临现场，从来没有管理经理会用"我们"来概括自己和女犯们的关系。女犯们失掉的尊严，好像被米雪那段由"我们"串起来的演说，从污浑的泥汤中捡了回来。她们可以穿得像原始人那样，用几片破布遮体，但她们的灵魂却在"我们"的称呼下升天。

刘爱注意到简今天也表现出难得的兴奋。她被梅里拉进沸腾的音乐。太阳下，她满头火焰般燃烧的鬈发放肆地欢跳着。梅里和她跳起探戈，真没想到简是个舞场老手，她一转身一踢腿，每个动作都十分地道。刘爱注意到她完全是随着音乐而动，她和梅里配合得天衣无缝。

这些由于种种罪名被迫在这个人生最底层的地方相聚、相识、相处，这些肤色不同、头发不同、语言也不同的女人，跟着被陈旧音响过滤后变得有些声嘶力竭的音乐，夸张地扭动着像是在地狱的烈火中煎熬的身体，忘情地沉浸在短暂的自我中。刘爱望着她们，心里产生了一种莫名的伤感。她在想，音乐总会停止，四点钟点名马上就要到来。每个女犯必须马上回到她们的床边，站在她们必须站着的位置。现实会像毒蛇爬近一样，一点点把人咬住。远离亲人身陷监狱的无奈，马上就会重新爬上心头。这些女人，为自己故意、无意，或者受陷害而形成的罪行，把全家老小都锁定在痛苦的马拉松的跑道上，互相碰撞着。国庆节这天，女犯们像得了健忘症一样，忘却自己身在何方，尽管夜晚依旧会来临。

想到这里，刘爱告诉电话里的梅里，她永远是她的支持者。

百货公司的时钟，整整敲了十二下。简已经迟到了一个小时。当梅里告诉刘爱，她就在百货公司的门外，希望刘爱能够把吃饭的一个小时给她，刘爱犹豫了一下，答应了。十二点她必须吃午餐，无论简出现还是不出现。刘爱原来幻想，这个十二点到一点的时间是属于她和简的。刘爱和梅里约好了在马路对面的那家提供咖啡和三明治的餐厅见面。

刘爱跨进马路对面的餐厅时，梅里已经像一只被打断了腿的猫，蜷缩在餐厅的一个角落。刘爱记得，在摩尔顿营地，梅里是个人缘很广的女人。她和玛利亚不一样，玛利亚总是手拿一团有着胡椒粉味道的手绢，在两眼发直的女犯面前，装神弄鬼。而梅里则是拿着她那本算命的书，出现在不同女人的隔断里，煞有介事地替女犯们解读困惑的命运。梅里家境富裕，不愁没钱买小卖部的零食和日用品，但是她从来不必花钱，她的所有需求都被她的算命收入满足了。每个星期小卖部开门的日子，梅里的床上总是有座新堆起来的小山。她从来都是毫不在意的样子，笑眯眯地把这些东西放进她的铁皮柜子里。只有一次，一瓶橄榄油的盖子松了，梅里的床变成了油池。那天梅里骂人了，骂得很礼貌，但是骂得脖子爆出了青筋。后来梅里把"玛利亚"这个名字踢出了来往者的名单，直到这次在半路家再次碰上。

每当刘爱看见梅里为女犯们提供"命运指点"有偿服务的时候，每当她提到什么"东方神气"这句话，刘爱就想试试。但是她怕简说她中了什么邪。

可是今天简失约了。她对简的那种说不清道不明的感觉，今天变得更加强烈。刘爱决心冒着风险算一次命。她要把自己赤裸裸地交给梅里。

"你想知道吗？真的不怕知道吗？"刚才还萎靡不振的梅里，语气里多了一丝兴奋。梅里拉起刘爱的左手，眼光聚视，全神贯注地看着刘爱的手纹。

"你没有男人缘。没有。你的这条纹太干净了，像婴儿的手纹。我敢确认，你的丈夫是你第一个男人，也是最后一个触摸你身体的男人。"梅里果断地对眼前的刘爱下诊断。

"为什么呢？你看到了什么？"刘爱追问。

"刘爱，我看到你是一个女人爱、爱女人的女人。"梅里看着眼前脸色刷白的刘爱，鼓足了勇气说出这句话。

刘爱觉得自己的脸像有火烧。那次被关禁闭，她和简拥抱时的感觉，令她疑惑自己是否爱上了从另外一个世界走出来的女人。每当她看见营地里因为刑期长而出现性饥渴的女伴，看见她们相互慰藉着孤独的心灵，一如搭伴过日子的夫妻，她就心慌。很长时间以来，刘爱总想试着搞清楚自己属于哪一类。

刘爱开始寻找答案，她把入狱归咎于三十八岁本命年时，没有听奶奶的话，没有在腰上系红腰带，没有在手腕上系红头绳。

梅里说对了一半，今后的日子有没有男人缘，她也不知道，也不想知道。她从小就不喜欢和男孩子玩，她喜欢保护女孩。她长大的院子里，每年夏天都有一个从云南来看望姨妈的比她大两岁多的叫小花的女孩。每个夏天都是刘爱最欢乐的季节。小花从云南带来许多在北京看不到的奇怪的食品，她们会在蚊帐里玩过家家。小花做妈妈，刘爱做爸爸，玩具娃娃是她们的孩子。小花学着她偷看到的父母在床上的动作，把刘爱的手拉到她扁平的胸上，让她捏那一颗像小米粒一样的乳头。刘爱觉得被蚊帐关起来的世界很神秘。她没有父母，蚊帐里的小家让她觉得她是有出处的，父母只是在什么遥远的地方。小花后来去了越南，刘爱也不再想她，一切都成为发黄的旧照片，只是夹在她记忆的相册里而已。

"我认为你说得不全对。"刘爱留意观察着梅里的反应。

"你还记得老监狱和简打架吗？老监狱没完没了地发火，"梅里说，"她说你一定是简的情人，她说你把头发剪成男孩子的样子，身上涂了香精油，你走路时慌慌张张，像失恋的猫一样。"梅里的眼睛和刚才看刘爱的手纹时一样，充满小心和推测。

"我想她猜错了。"刘爱躲开梅里审视的眼神。简不过就是监狱里一个女伴。就像这两天，她突然要出现，又突然无言地爽约。

"我当然记得她们的争吵。"刘爱说。刘爱记得那次老监狱和简的争吵是发生在鸡蛋被查、劳拉被拉走的那个晚上。九点半点名之后，两个陌生的狱警手拿绿色布袋，到老监狱的隔断，把劳拉的物品塞进两只袋子里。看着他们拖着袋子走出宿舍，再看看人走床空的上铺，玛利亚突然走进 A18 隔断，冲着躺在床上的简大叫大喊。

"都是因为你，你这个婊子！"老监狱愤怒的声音惊动了所有的人。刘爱赤着脚从上铺跳下来，站在老监狱和简之间。

"你为什么要对她这样无理?!"刘爱脱口而出。

玛利亚推开刘爱，更加靠近简："你以为你是谁啊？告诉你，这里是监狱，过来的人都一样，两个字，罪犯!"

刘爱看见简坐起身来，脸色苍白，轻声说道："你这样说话难道不觉得脸红?"

"脸红？脸红的应该是你！你吃着碗里的还看着锅里的，太贪心！你把劳拉还给我!"老监狱两只胳膊像猫抓一样，在简的胸前乱舞。刘爱听不懂她说的是什么。"你有了这个中国人，那就把劳拉还给我！都是因为你，一个偷鸡蛋，一个做给你吃，你，你……"老监狱气得喘不过气来。

简听不下去了，两只手捂在耳朵上，脸痛苦地扭曲着。她满头乱发龙飞凤舞，完全失态："谁也不属于我，我也不属于我自己，你这个疯子，快走开，快!"

那天晚上，营地女人们最大的闲话，就是这个"争风吃醋"的事件。刘爱觉得自己那天晚上真的成了一个不男不女的小丑。她想起在北京工作的那个百货公司里，就有一个走路扭来扭去的男人，他是服装部的售货员。有一次一个试衣服的男人跟他开了个玩笑，说他应该在女装部工作。第二天他自杀了。虽然这是20世纪80年代发生的事，但是刘爱还是吃惊，这件事在她的脑海里，依旧记忆犹新。这些日子，她总会突然想到那个自杀的男同事。

刘爱知道，她们绝对不是那种被关在监狱里，走路十指双扣，形影不离，像是过日子的夫妻。她也不会与简共同预算，共同买小卖部的生活用品，共同读一本书，共同发表见解。更不会像临时"伴侣"上演一夜情，以解决荷尔蒙的失控，走马灯似的在营地里提供和接受"感官"服务。她只觉得简的出现，给她一种心灵和肉体得以安慰的感觉。

刘爱记得，简离开营地之后，梅里鼓励她继续参加每周三晚上的宗教活动。"你虽然不是基督教徒，这不重要。靠近上帝，倾吐你的悲哀，你会内心受益。"刘爱一直认为，这个为人热情三句话不离"东方神气"的梅里，上辈子大概是中国人。"你会受益的，这个小圈子里会再有一个像简一样的女人。"梅里这样劝慰她。

刘爱没有听取梅里的劝告。简离开营地之后，刘爱把想象简忧伤的眼神、嘴角上带些嘲讽般冷静的微笑、走路时脚步里释放出的一种傲慢，作为打发时间的电影。那些被放大了的烙在她灵魂里的印象，随着时间日益加深。

午餐被梅里的眼泪浸泡着。刘爱说不出什么安慰的话。刘爱问梅里，她的财产怎样能够得到保护，梅里告诉她，史密斯答应帮助她起草一封给律师的信。刘爱想，女人在失去男人的情况下，往往过度悲哀的心情让她们忽略了资产的保护。摩尔顿营地的女人们已经失去了太多，她们能够保护的，非常有限。

午饭后，梅里陪着刘爱回到百货公司。大厅收银机不停地唱着满意的歌。柜台右边的自动电梯，载着兴致勃勃逛商场的人上上下下。空气中跳跃着"铃儿响叮当"的音乐，柜台内外的人都像是这场交响乐的演奏者。

化妆品柜台比上午更加热闹。刘爱看见几位漫无目的的中国人在大厅中央晃来晃去。她想走过去，用中文问声好，再把他们请到柜台前。以前她就是这样不放过任何一个销售的机会，她要为吉姆的公司做出业绩，她要让自己的黄皮肤有面子，她要告诉家人她是一颗优良的种子，种在西方的土地上依旧可以生根开花结果。可是今天，她的脚被简的失约困住了。预约就这样无声无息地取消了，莫名的失落感像是把刘爱送进一部急速下降的电梯，让她感到心慌。午餐喝进去的咖啡，翻天覆地地在胃里翻腾着。

柜台里的销售员都知道，刘爱今天最重要的任务，就是下午的那个中国代表团。这是圣诞节前刘爱拉进来的最后一个贵妇采购团，三十六个口袋里装满了美元的中国女人！刘爱不参与超额奖励，但是她又是一个与她们奖金最有直接关系的外人。

百货公司的化妆品柜台，是女人梦幻的乐园。多少年的职场经验告诉刘爱，早晨十点钟踏进大厅直奔化妆品柜台的多半都是闲而无事的有钱女人，或是有点儿钱的老女人，美容是她们的终身事业。今天早上刘爱看见一个过早戴上皮帽的老女人，一张脸已被整得让人不忍直视的女人，不停地要缇娜给她拿这拿那。她尖厉的干咳声，提醒着客户第一的真理。刘爱明白她是缇娜的老客户，她分批购买美容或化妆品，哪怕为一支口红，也会单独来一趟。每完成一次销售，缇娜就会大方地在那个咖啡色小纸袋里装上不同的促销试用品。要保持客户忠诚度，实物比笑脸更实际，无论是在北京或纽约。刘爱这样想。

"刘爱，有个中国女人找你。"缇娜朝走进柜台的刘爱说道，"应该是为了下午来的那个贵妇购物团的事来的。哦，她来了。我告诉她，你一点钟之前会来。"缇娜压低了声音。

"刘爱，是我。"站在柜台外面的，是一位看上去二十来岁的中国女人。刘爱看着她，她是这样眼熟，曾似相识，但又想不起来在哪里见过。

那个女孩递过来一张名片，刘爱的血瞬间凝固了。

拾肆 简·华盛顿 2017 / 12 / 16 AM 12:00

"我心已蒙上灰尘。我想不出来更恰当的说法……我有一次观察过一只加拿大鹅，它的伴侣被猎人杀死了。你知道这种鹅的配偶是从一而终的。那雄鹅成天围着池塘转，日复一日。我最后一次看见它，它还在野稻丛里独自游来游去，还在寻觅。"自从离开营地，简就不由自主地回想着《廊桥遗梦》里罗伯特写给弗朗西斯卡最后一封信的这几句话。她忘了祖母给她的智慧："只有忘却，才是最完整的记忆。"

简认为自己是一个被记忆纠缠的人。而查理，从谈恋爱的时候起，就开始不断地为简的记忆做最专业的解释。特别是简的案子发生之后。当简被保释出来之后，在家里等待案件发展，最终到法院宣判的那段时间，查理将所有可能帮助简的法律全都仔细

\text{简·华盛顿}

253

地看了，包括他一生最不愿意去的地方，珍珠街500号丹尼尔·帕特里克·莫伊尼汉联邦法院大楼的历史。

简乘坐的出租车，灵活地行驶在满是行人的珍珠街上。珍珠街南端起于炮台公园，北端至中央街，本来是曼哈顿岛的东海岸线，但经过多次填海之后完全成为陆地。街名得名于殖民地时期这里曾是蛤蜊的产地。简想起出事以后，查理第一次开车带她到这里来的时候说，这座1933年建成的美国纽约南区联邦地区法院，是美国最有影响力、案件处理量最大的法院之一，因为纽约市（除布鲁克林、皇后区、斯塔滕岛，后三地属于东区）很多涉及联邦法的案件都要在此审理。从创建开始，南区就有一百四十二个法官，比其他任何区法院都多。查理鼓励简要相信建筑这座法院的每一块砖瓦。"你看，这是著名艺术家Lorenzo Pace的雕塑——人类精神的胜利。"查理指着门前大厅的墙面上刻着的乔治·华盛顿的话："正义的真正管理是好政府最坚定的柱石。"

这栋大楼简来过不少次。每一次来，她都会看一眼墙顶上的那三个代表着法律、真相与公平的雕像。大楼的尊严和自己的处境，让简觉得自己无比的渺小、丑陋。每次踏进大厅，简就开始在内心鞭打自己，直到把自己打得遍体鳞伤。今天，简带着同样的感觉，再一次走进大厅。她觉得自己突然矮了，矮小到像地上的一星灰尘。她低着头过于客气地将身份证递给安检人员，小心翼翼地将该脱的该放的，按照安检人员的指示，放在那只塑料盒子里，然后像一丝无声响的风一样飘过安检机。她有意地躲避安检人员的眼光。她觉得那个脸上带着慈祥微笑的胖男人，一定还记得几年前，她被保释出来的时候，脚上绑着电子追踪器到这里来上庭。简心里知道，这样的想法其实很可笑，因为过去几年这

254

半
路
家

里的安检人员一定见过成千上万人，自己不过是沧海一粟。不过无论理智上她如何清楚这些道理，在感官上，简就是控制不了这种卑微的感觉。

监外管理人安迪的办公室，就在这栋庄严的大楼的六层。

简在监外管理人办公室访客区域，等了二十多分钟。她按照规定在墙上挂着的登记电脑上填写了被监外管理的特别号码。这个号码不像罪犯身份编号那八个数字一样会伴随你一生，这个号码将随你监外管理时间的结束而消失。简总是忘掉。

简的律师大卫，帮助简在电脑上填写好申请后，不久就看见安迪从访客区的一扇小门里探出头。"华盛顿女士，大卫，请跟我来。"安迪的声音充满了善意。

安迪没有把他们带到自己的办公室，而是把他们带到了走廊尽头的一间小会议室里。这里只有一张有了年头的木桌和几把同样古老的椅子。安迪坐在桌上的电脑前，简一进门，就看见曾经在法庭上横眉冷对的检察官坐在桌子前面。检察官不再那样满脸严肃，怒发冲冠。他的神态稳重自如，笑容亲切和蔼。他那张带着微笑的嘴形，不再装满了一张口就飞出来杀伤人心的子弹。据大卫律师说，检察官已经提升到助理总检察官的位置。外面传说因为他办的案子总是抓有名的人，几个大的律师事务所都在邀请他加盟，他的经验和对检察机构的了解，会引起有钱的白领罪犯的关注。他们都会请他做辩护律师。知己知彼，百战百胜。这是世界通行的法则。

"感谢你能抽出时间来参加这次会议。"年纪不超过四十岁，有着一头金发的检察官，有礼貌地伸出他那只一看就没做过什么粗活的手。他伸出手，但没有起身。他也许不必为前罪犯起身。

大卫客气地弯下身，恭敬地伸出自己的手。

站在检察官对面的简，注意到检察官在看她，一副友好、宽厚的神情。简心里想，不知道检察官先生有没有意识到，她的一切全改变了，但又没有改变。监狱的改造，摩尔顿营地的日子，她已经是一个一无所有的女人。但是她的礼貌还在。她似乎也没有变得皮肉松弛。她走上前，像她的那个很有声望的律师大卫那样，半弯着腰，伸出手，和检察官握手。

"安迪，我想我们开始吧。"检察官向坐在电脑前的安迪示意。

"我准备好了。"安迪回答。他抬起头，有点抱歉地对简解释说："你还在监外管理阶段，所以会从你的信息开始问。"他似乎是好意提示简。

"没有问题。"简的律师说道。当简和律师在大厅见面时，律师已经提示过她，除非必须她来回答，一切问题都由律师来回答。

"你的号码？"检察官开始问。

"72368-054。"简·华盛顿在律师同意的眼光下回答道。

"出生年月日？"

"12月16日，1971年。"

"噢，生日快乐，华盛顿女士！"检察官意识到今天的日子，"我希望我们不用太长的时间，你的家人一定在等你，希望你有一个愉快的生日晚会。"检察官说道。

"检察官先生，谢谢你的祝贺。不过你说的一定是另外的一个简·华盛顿。我，没有家人在等我。我的丈夫有了新的爱人，我的狗也已经上了天堂。我的老乔治已经坐了轮椅。我祖母的小酒馆也被拍卖了。我今天本来计划和摩尔顿营地的一个女友一起吃个生日午餐，但是，我却要到这里来。我已经一无所有。"简说得很激动。一般来讲，在类似这样的场合下，没有得到律师的同意，简总是沉默无语，就是说话，也是音调文雅。但是今天她却忘了这些规矩。她嘴里吐出的字，带着别人都能感觉到的伤痛，挣脱而出。

律师拍了下简的肩膀，打断她的话："华盛顿女士回来这一年经历了很多意想不到的事，她正在看心理医生。这个安迪很清楚，我想，我们继续会议吧。"

"你没有向我提到要去见一个前联邦罪犯。"监外管理人安迪抬起头，直视简的眼睛。

说错话了，简心里想。她后悔刚才的失态。这一失态，让她提到了与刘爱悄悄见面的秘密。简心里想，如果他们要问和哪位见面，她一定不能提到刘爱的名字。因为刘爱还住在半路家，说不定这么一个小的犯规信息，会把她再次送回监狱。她告诫自己要闭上嘴，要知道自己不过是他们工作棋盘上的一个棋子，他们才是下棋的人。她记得营地里那些在监外管理期犯规，被再次送回监狱的女人们说，对待管理人，坚决不能感情用事，不能放松警觉，他们是美国监狱局的眼睛。一个重返营地的女犯说，她再次被判了三年就是因为爱上了监外管理人。"他比男影星还要迷人。他看了我一眼，我的灵魂就被勾走了。我开始和他说有感情的笑话，他从来不反驳。两年后我请他抽了一支可卡因香烟，没两天我就被带到法庭。我看见他坐在听众席，眼神还是那样迷人。那个混蛋，我当时真想冲到他眼前给他两拳，后来想想，还是自己的错，他只是履行职责。"

"你和这个前罪犯是什么关系？是亲戚吗？"安迪像是询问，也像是提示。

是什么关系呢？简自己也不能用一句简单直接的话来回复这个简单直接的问题。要说她们的关系，那是她们在摩尔顿营地第二次碰面之后，从那个莫名其妙的夜晚才真正开始。简的眼神跨越安迪的肩膀，直视他背后墙面上挂着的一幅印刷风景画，远远看去，画面上的草地和天上飘的云彩，像是只有摩尔顿营地才有。记忆开始纠缠着简。这种眼睛朝前看，心绪却飞向天外的时刻，自从离开营地，简时常有。

　　桌下，大卫律师不经意地踢了一下简的脚。一年来，她一直小心翼翼地按监外管理规定做事。她没有给刘爱回信，没有到刘爱住的半路家去找她，一切都为了不出错。刘爱还有一个多星期就彻底离开美国监狱局了。而自己，再有几天就能完成监外管理的程序。她意识到这一脚的暗示。

　　"也许我刚才没讲清楚。我并不知道中午能不能见到我想见的朋友。我只是想碰碰运气。"简慌忙补充道。

　　"我想情形应该是这样。好，我们继续。"检察官这么说。看来房间里没有人想继续谈论她要见的是谁。刚才在楼下律师告诉她，今天是他们"求助"于她。"我希望你能够配合他们，但你有选择权。如果有什么特别的需求可以和他们交换，今天是一个很好的讲条件的机会。"律师说。

　　这是个好机会，也许可以得到与刘爱见面的批准。简突然这样想。

　　"我本来想见的人是我的上铺。她在我生病的时候，一直关照我。"简突然抓起刚刚要放弃的话题，对面前的几个男人解释说。

　　"你知道她的号码吗？"检察官问。他的眼神透出职业的敏感。

　　"知道，72323-054。"简背诵道。

简看见安迪将那几个数字输入电脑。他们一定是进入了刘爱的档案。她注意到安迪和检察官都将脸凑近电脑屏幕，鼠标在安迪的手中挪动着。

"在美国监狱，你的名字已经不重要，重要的是你的罪犯身份编号和你的生日，还有与血液有关的一些数据。这些信息将在美国监狱局保留一百年。你一旦进入了这个系统，死了也逃不走。"简记得营地的女人这么说。

"我想你可以和她见面，写个申请吧。你的监外管理期再有几天就完成了，不过你要建议她给管理她的半路家写个申请。好，我们继续。"安迪对简说。

简感激得快要痛哭流涕。她欣喜地想，这是一个多么好的生日礼物。这个会议以后，她就可以在拿到批准的情况下，名正言顺地去百货公司找刘爱，去向刘爱解释今天的失约。她突然觉得那辆跑出铁轨的列车，又回到了原来的轨道上。火车继续朝着既定的方向行驶着。

"我希望你能够帮助我们。我们希望让你知道，你涉及的这个大案很快就结案了。你的同犯爱德华和娜欧蜜将在17日判刑。"检察官解释说。

简的手开始控制不住地发抖。她不停地拨拢着那几缕垂在眼前的鬓发。曾经，这个年轻的检察官就是用这样的语气宣读她的罪行。"在我们四年多的跟踪调查中，发现他们在被起诉之后，为了躲避原有的房地产诈骗及税务等罪行，试图贿赂纽约竞选人。我们已经掌握了足够的证据。我们需要你的协助，就是找出你第一次去他们公寓时拍的照片。因为这张照片将证明他们已经认识了不低于六年。据我们掌握的证据，他们夫妇是麦当先生的金主，支持他从市政府城市建筑管理部助理，成为今天这个重要席位的竞选人。"

"我不记得那天晚上我拍了照片，也不知道他们谈论的事。哪位政治家？我完全不记得。"简紧张地对律师说。

"你可以看一下这个。"检察官从他的手提包里拿出一个黄色牛皮纸信封，从里面抽出一页纸，纸面有一处用黄色彩笔做了备注，上面写道："麦当先生参与了2011年公司的年终晚宴，之后也去和我们共庆'华盛顿项目管理委员会'的成立。那天晚上简·华盛顿用她的手机拍了照片。那一年圣诞节，我收到她的贺卡里就夹了一张那天的照片。很遗憾，我现在找不到这张照片了。"落款人是罗德。

简完全不记得这个罗德是谁。律师告诉她，这个人就是和她一起被抓的负责项目融资的人。简想起来了，这个男人就是那个优雅地拿起她的手亲吻的人。那天他的西装小口袋里插着一块极为耀眼的黄手帕。同时她也想起来，那天晚上的确拍了一张照片，用她的手机。是娜欧蜜拍的，那天她的一边站着的是爱德华，另一边站着的是那个被称为"政府"的先生。她记得，那天她很兴奋。

"我不记得有没有这张照片。"简说。她心里想，无论有没有这张照片，事实上，她记得自己有。但是她不再想参与任何与这个案件有关的事。她已经为自己的愚蠢，付出了一切代价。

"你肯定吗？"检察官的两只眼睛像鹰的尖嘴，啄向简灵魂深处。

"再想想，这个回答很关键。"律师紧随着说。

"是的，我肯定。"简眼前再次出现那张她记得的照片。

半
路
家

检察官没有反应。在安迪、律师大卫和简的目光下，检察官像变戏法一样，从背包里拿出一个相机一样的东西。他白嫩的手指精准地将它在桌上定位好，然后拧了拧小小的开关。里面传出简和娜欧蜜在宴会上见面时的对话。简看见照相机镜头上，出现了自己最后一次和娜欧蜜见面时痛苦的脸。

"我们一直都很想念你。"娜欧蜜说。

"我们？你和爱德华？为什么？"简冷冷地问道。

"哦，不是爱德华，是那位在政府工作的人。"

"他好吗？"出于礼貌，也因为不知怎样继续她不愿意的谈话，简随口问道。

"他很好。他正在竞选市领导。你还记得那天我们一起拍的照片吗？可惜那样美好的时光再也没有了。"娜欧蜜无限惋惜地感叹着，"你还有那张照片吗？请保存好，也许有一天他还可以帮助我们。"

"我还有那张照片。"简脱口而出，"我最近整理东西的时候，看到它和以前的照片都还放在客厅的钢琴上。我准备把它拿下来，不过还没有时间做。"

"可以让我复印一张吗？"娜欧蜜的声音显得很激动。

"当然可以。"简淡淡地回答。

镜头关闭，录音就此停止。简觉得心口一阵刺痛。她想起那天的见面，她记得自己逃出宴会厅时的狼狈。但是她万万没有想到，那天她只顾着厌恨自己和娜欧蜜的见面，却忘记律师大卫给她的忠告，不要见任何与案件有关的人，不和任何人提案件。

检察官觉察到简的手神经质地颤抖着。他看了看安迪，再看了看律师大卫，言下之意——"你们觉得下面我们应该怎样继续？"

"简·华盛顿女士一直在求助心理医生。我跟她的医生通过话，他很担心简的状况，因为她时而有自杀的想法。所以，我认为她刚才的回答，可能也是在思维不太清晰的情况下，特别是在情绪处于恐惧状态下说出来的。"律师大卫解释说。

"简·华盛顿女士的情绪很不稳定，这个我也知道。她有的时候给我的邮件，条理不清楚。"管理人安迪这样在一旁帮腔。

简的两条腿也开始发抖。她很清楚，如果她被确认故意撒谎，后果可轻可重。她记得摩尔顿营地里曾经有过一个因为撒谎，又被判了两个月的女犯，她的故事可笑也可悲。这个美丽的女人，因为什么罪行被关了四年，出狱之后又完成了将近两年的管理期。就在还有五天就要成为真正的自由人的时候，突发事件将她送回了监狱。那天她陪着八十多岁的母亲去大西洋城赌场玩，母亲尿急，要她代坐在老虎机前的椅子上，以免这个母亲眼中的幸运座椅被别的赌客占去。这个女人坐下，本来毫无试手的打算，但是就那么一个瞬间，她的手痒了。她看看周边，没有任何认识的人，手那么不由自主地往老虎机上的摇杆一拉，不得了，老虎机的屏幕上堂堂正正亮出三个"7"。整个赌博大厅的铃声欢唱起来，所有的人都用极为羡慕的眼光看着这个中了大奖的幸运美女，只有她自己尿都快被吓出来了。赌场的工作人员随着震耳的铃声拥到她的身边。

"女士，祝贺你！"赌场的管理人也赶来了。

"哦，不是我，是我的母亲赢的。"女人惊慌地解释。

"不是，是她赢的。"老母亲以为女儿是谦虚，也可能是希望女儿能拿到奖金。

"不是，不是我。是她！"女儿要哭了。

262

"请不用谦虚。我们的摄像头会告诉我们，谁是真正的赢家。"

母女双双被请到领奖办公室。女人被确认是真正的赢家。赌场的管理人开始安排领奖程序。这下糟了，他们需要女人出示身份证明。

后来到底是怎样把她的身份证明和犯罪历史连上的，这个女人没有解释。她只告诉简，她犯规了。她的判刑记录上明明写着，两年之内不准接近赌场的任何设备，她不但这样做了，还撒谎。她被再判刑两个月，同时加上一年的监管期。

简不敢往下想。她犯了和这个女人同样性质的错误。

检察官的目光在天花板上游移，好像那一片残灰色的顶棚里，能寻找到将简从撒谎的罪恶中解救出来的答案。他一定不想再让这位女人因故意犯规被再次送进监狱。送她进监狱，是事件本身自然发展的结果，而不是他个人的意愿。虽然他是简的案子的主要执行人，但他对简的个人品行和历史了解甚少。检察官把眼光转向安迪，再转向大卫，最后落在简的脸上："那好，我重新问一遍，华盛顿女士请重新回答一遍。我希望这次你是在思维清楚的情况下答复我。要知道，对政府撒谎，是要付出代价的。"

"也许，我可以找到这张照片。"简如枪口下的死尸。

"太好了，谢谢！"检察官如释重负。他转头要安迪将今天谈话的记录稿打印出来，并双手把它摊放在简的面前。简低下头，看到上面写着年月日，谁出席今天的会议、他们的问话和自己的回复。

"请在这里签字。"检察官用手点了点简需要签字的地方，"你今天回去将照片找出来，尽快交给你的律师。"检察官的脸上浮现出胜利的喜悦。

简站起身来。她看看表，刚刚十二点半。她想，签完字之后，她可以马上写一个与刘爱见面的申请，安迪马上可以签字。她看见检察官和安迪讲话时的轻松，知道自己已经帮了他们大忙，至于大到哪里，她还想象不出，但一定是做了他们需要她做的事情。她计划着一出大门，在大厅安检值班室拿回留在那里的手机，马上就给刘爱打电话，直接打到她工作的柜台。因为她已经被允许和刘爱见面！

"那我们，18日下午两点见！"检察官收起简刚刚签完字的那页纸，再次向简伸出手。

简伸出一半的手，突然停了下来。"18日？什么意思？"她既像是问眼前的检察官，又像是问站在身边的律师。眼神里满是疑惑。

"你没有向她讲清楚？"检察官问律师，语气毫不留情。

"华盛顿女士，18日下午你需要出席法庭的听证会，证明政府机构的代表参与并支持了你们违规融资的活动。"检察官严肃地向简解释道。

"我昨天写了邮件，遗憾的是简·华盛顿女士从昨天到今天，还没有看邮件。"律师一板一眼地说，声音明显比平时多了一份不必要的谦虚。

如果不是摩尔顿营地的经历，简永远不会知道辩护律师和检察官之间微妙的关系。美国许多有影响力的办案辩护律师，都是走同一条路线。从法律学院毕业后马上争取到政府检查机构工作。在那里他们可以了解司法机构的运作程序，同时也可以建立起极为有用的人脉关系。检察官的角色是一个没有定义的职业，他们可以凶猛如狼，也可以狡猾如狐，更可以善解人意。他们有权利规划他们想象中的案件，并为这个既定的案件寻找根据。他们有权利犯错误却没有法律追究他们的失误，虽然有些失误人命关天。这些检察官抓的案子越大，放进监狱里的人越多，犯罪人向政府缴纳的罚款越多，他们的业绩就越出色。当了一段时间检察官后，他们大部分会转到律师事务所去当案件的辩护律师，像简的律师一样。简知道她的律师二十年前就是纽约南区业绩显赫的检察官。这样的话题在摩尔顿营地，已被女犯人的嘴说透说烂。见到自己的律师谦虚的样子，简再一次想到了女犯们的话。

"律师会为了挣钱而帮助你，也会为了尽快办完案子而推动检察官的工作。律师不可信。"营地里的女人们，这样定义着检察官和律师的关系。简不愿相信这个说法，更不敢相信这会是事实。她这个从美国最原始的土地上生长出来的树苗，对美国历代政府执行祖先定下的宪法坚信不疑。她尊敬大卫，从心里依靠着他。

"大卫，我已经签字了，但我不认为我应该出庭作证。"简对自己的律师说。

"我们认为你在这个问题上没有选择。何况你刚才已经签了字。"检察官说，"请听清楚，我们需要你带着照片，在法庭上重复你刚才说的话。"从被抓的那天起，这位长相温和的年轻检察官，就是掌握她命运、决定她死活的人。她记得他在法庭上，像一只不知深浅的幼狮，横冲直撞，咬住猎物决不松口。

简一屁股坐回椅子上。她手上搭着的大衣拖在水泥地上。简对这个小房间并不陌生，但从来没注意过它的地面。这个水泥地面像特别监禁室的地面一样，是灰色的，透着一种阴森森的冰凉。简不由得打了一个寒战。她再次意识到，她的名字，依旧是美国联邦罪犯拥有的那八位数字。虽然她已经出狱。

检察官和监外管理员似乎没太注意到简的反应。他们和律师约定，今天让简好好过一个生日，明天下午三点钟再次见面，把18日法庭上需要注意的事项，做一些交代。

"华盛顿女士，这是一点背景资料，你可以先准备一下。"检察官再次打开他那只设计时尚的黑皮提袋，从里面拿出打印好的一页纸递给简。

"我周五已经把这些内容用邮件发给大卫了，看来邮件对你不是最直接的沟通方法。"他轻松地开着玩笑。他斜挎着包，随意地对管理人和律师说了声"明天下午三点钟见"，就潇洒地离开了。

简看着他的背影想，如果在大街上看到这样一个头发金黄、眼睛蔚蓝、斜挎着名牌包的年轻男人，你大概永远不会想到在法庭上，他会像一个猎人一样，拿着枪随时跟踪猎物，直到把猎物打死并挑在枪杆上炫耀。简拿着那张纸，她知道，自己就是猎物，她的命运跟着她的签字，已经被他装进那只时尚的路易·威登挎包里。

简扫了一眼那张谈话提纲，上面写道：

需要简·华盛顿准备以下几点：

1. 认识娜欧蜜和她丈夫以及参与他们的活动的经过，包括他们是怎样诱导你参与这个非法融资项目的；

2. 拿出照片，介绍拍摄背景和过程；

3. 何时把照片寄给了重要同犯，包括政府官员；

4. 见过那位政府官员几次，分别是在什么情况下见的面。

半路家

简感到胸闷。她想躺下，但她知道她必须站起来，走出去。她必须走出这个四壁如洗，有着像特别监禁室一样阴冷的水泥地面的小房间，必须穿过那个神圣的挂着美国司法历史上有名功臣油画、铺着最坚硬的大理石地面的法院大厅，必须经过那一扇扇包着皮面的紧闭着的大门。门内可能正在上演着她曾经经历的故事：听证、认罪、判刑。她想象着一切可能会出现在她走出这栋大楼时发生的事，似乎已经听见罪犯亲友们悲伤的哭声。简觉得天旋地转。她再一次感受到，自己离自由的遥远。

"让我想一想。大卫，我不能出庭作证。我受不了那个环境。我也不想再看见娜欧蜜和爱德华。我正在试着把那场噩梦忘掉。"简凝视着大卫梳得整整齐齐的头发。

"我想我们没有拒绝的理由，特别是你依旧属于美国监狱局管理。只有几天了，上庭也就是几个小时，你可以按照他们的指示去做。再说，我个人不认为出庭作证对你的情况有什么不好的影响，你已经为你的失误付出了代价，你完成了刑期，马上就要彻底走出阴影，你可以再次做自己的主人。"律师劝说道，他走到简的身边，弯下腰，"简，你可以做到的。"

"大卫，你不懂，你不懂我。"简右手一直神经兮兮地抖着。她用尽力量试图稳住，她想把手伸到一直放在桌上的小礼品袋上，像心理医生教她的那样，这种现象发生时，尽可能抓住一个东西，让你的手有一种责任感，让你的注意力转移到拿稳这件东西上，手抖的现象便会自动减轻。她抓住手袋，还没把它真正拿稳，手袋就从她抖动的手指间滑落到地上。

"我这是怎么了。"简觉得心跳得很快，像一只兔子在用脚踢她的胸膛。

"你太紧张了。作证在司法过程中是很常见的。"律师说。

"不，大卫，这件事让我觉得这场噩梦永远没有完。"简大声地反驳，"我的人生已经支离破碎，我的名誉也被扔进了垃圾堆。我的心已经累得不能再承受过重的苦难。我要把监狱、法庭、检察官、罪犯这些本来就与我无关的词，从我人生的字典里彻底抹掉。我再也不要沾上它们！可是，作证把我再次拉进去体验它们，我很害怕！大卫，我不想，永远不想再看见娜欧蜜和爱德华。我不明白他们为什么四年后才被判，也不想知道他们的所作所为，我作为同案被送到监狱，你知道我只给了他们我的姓氏和我的关系。我的愚蠢已改变了我的一切。他们是不是贿赂了那个官员，我全然不知。如果出庭，又要把我拉进那个贿赂的案子，我会不断地被他们拉进来作证，用那张照片，直到把这个竞选人送进监狱。"简想起营地接待在校学生参观时，女犯们坐在各自的隔断里，让那些排着队的年轻人过目。那种动物被游客好奇观望的耻辱，在简的眼前重现。

大卫不说话了。他找不出什么比沉默更好的方式，来表示他的理解。他看着眼前曾经高昂着头在社交圈里踱步的女人，现在像是在森林里迷路的斑比小鹿，一副不知所措的恐慌。他记得简刚从监狱回到纽约时，半夜打电话叫醒他，说又听到联邦调查局如雷响的敲门声，"大卫，你快来，我需要律师！"她在电话里失控地大喊。有一天他约简出来吃个午餐，一起商谈一下她祖母在弗吉尼亚那些土地出卖的事。简走进餐厅坐下后又坚持换一家餐厅，因为她看见了一个熟人。那女人明明注意到简就在两张桌子之后的一张，但故意视而不见。简·华盛顿把刚点的一杯鸡尾酒往桌上一放，拿起手袋就走。大卫还注意到，简反复提到摩尔顿营地的人和事，每次说起来总是兴致勃勃，她之前的生活，好像已在她的脑海里烟消云散。大卫为简找了一个专门为从监狱或战争中走出来的人治疗创伤后遗症的心理医生，他认为简需要很多帮助。

"大卫，请帮助我。"简把落在地上的手袋捡起来，她找大卫借了一支笔，将刘爱柜台的电话号码写在那张谈话提纲上。她告诉律师，今天晚上会给他一个电话，谈谈明天的事。

"大卫，我很累，我想马上去看看那个朋友，然后很快回家。我要找到那张照片，不过，我还是不想去作证。"简在电梯里说。

"你今天好好休息，晚上九点半后我等你电话。"律师安慰简。

法院大厅外一片闪亮刺眼的银白，雪停了。寒冷冻在空气里。

街道两旁赤裸的树枝，在狂风中挣扎。简满头的鬈发，被吹得瑟瑟发抖。她用那只没有提礼盒的手，挽着大卫的胳膊，从法庭大门口一个一个台阶地走下。她突然想到查理，想到挽着查理走台阶的感觉。人的一生，总是要挽住另一个人的胳膊向前走，简这时候再次想到了刘爱。

大卫要去不远的停车场取车，他拥抱了一下简，疾步离去。"我还有个电话会议。"大卫一边回头向她招手，一边说。

简放开大卫的胳膊，心头一阵空落。她喜欢大卫，她像依靠家门口装的安全报警设施一样，依靠他给她的保护。

迎面吹来了刺骨的寒风，气温比早晨出门时低了至少两度。简迅速穿过马路，她要在那里招一辆顺路的出租车。

在法庭对面的交叉口，她又看见了那个畏缩着蹲坐在落满了积雪的纸壳板上的年轻女人。她几个月前就在这里。简看见，这个女人戴着破旧毛线手套的手，依旧举着那个写满了字的硬纸板："监狱前女犯，无家可归，教师执照，流利意大利语。"

这个蓬头垢面的女人，和板子上醒目的大字，刺痛了简。简停下来试着和她对话，但对方似答非答，两眼迷茫。

"太冷了，你应该找个暖和一点的地方。"简弯下腰，试图扫掉那女人头发上堆积的雪霜。

"别碰我！"那女人倔强地把头扭到一边。她的眼光凶狠却涣散，像破碎的网。

简想，她需要待在精神病院，而不是在大街上。她打开手袋，想给那女人一点钱。当她低下身子把钱递到那个女人眼前时，那个女人竟然扬起另一只手，狠命地朝这几张绿色的钞票打去。简觉得她那只重重的拳头打到了自己低下的头。

一阵呼叫，从远到近的尖锐呼叫，伴随着刺眼的光，在简的脑子里闪烁着。这种呼叫有着无比强大的震撼力，像是摩尔顿营地拉响的警报。

"呜，呜……"这种揪心的警报，漫天大雾般包围着简。

简的视线穿不透浓雾，雾气从四面八方朝她涌来。

半
路
家

拾伍 刘爱 2017 / 12 / 16 PM 1:00

生活中有无数个偶然，有的偶然来去无声，出现了再逝去，不留痕迹。有的偶然却是致命的。"人生，往往不是你做了什么来决定你的命运，而是你认识了什么人。"刘爱和简，都是在错误的时间，走进了错误的地点，碰见了错误的人。

刘爱从那年轻女人手里接过名片。名片印得非常考究，粉色纸片上烫着金色的字，中英文准确无误，字体排列得体，一看就知道出自倾向于华丽装饰的设计师之手。

方小月。刘爱定了定神。名片中央的名字，把情绪原本低落的刘爱，推到了精神失控的边缘。

就这么三个最为简单的中文字，把那个刘爱永远不愿想起更不愿意看到的，那个故意或不故意把她推进监狱的人，毫不隐讳地再次展现在刘爱的眼前。

"我是方小阳的妹妹，方小月。"那个年轻的女人客气地介绍自己，"我的姐姐委托我来看望你。"

这个声音曾似相识。不知为什么，这个声音居然勾出刘爱心头的一丝伤感。她的心突然像是被什么小虫子咬了一口，一种钻心的疼痛在心头蔓延开来。刘爱抬起头，两眼迷茫地盯着眼前这个突然出现的年轻女人。眼前这个女人过于寡薄的脸上，涂了厚厚的粉底，两只杏仁眼透着无知的眼神，眼皮上贴着不适合亚洲女人用的过长的假睫毛。她的牙齿上包了一层过于白净的颜色，使得她的笑容带着刚从牙医诊所出来的药水味。她的肩膀很尖很瘦，她的身材很扁很干，像一根被榨了汁的麦秆。不太多的黑发直直地披在肩上，看上去像是头上戴了一块浆过的黑丝围巾。她的外形与方小阳的圆润相差万里，但是她的声音，让刘爱确认她们是从一个母胎里培育出来的姐妹。她们形不同但声相似。

年轻女人安静地站在刘爱的面前，脸上呈现出只有善解人意的人才有的胸有成竹和早有预料的那种平静。

刘爱想礼貌地对眼前温文尔雅的方小月打个招呼，但是心里的那股疼痛堵住了她的喉咙。她觉出自己的眼睛有些酸，想哭，但是没有眼泪。刘爱怎么也想不到，她最盼望见的女人失约了，却见了一个她一生最不想见的女人的妹妹。

刘爱和方小月相视无言，面对面地站着，她感觉到上午剪短的头发，正在变成一支支竖立的利箭，只要她一声令下，这些利箭就会脱离头皮，朝眼前这个女人刺去。刘爱的潜意识里想象着，过去三年，她自己的脸皮，在监狱又脏又硬的地皮上被磨得鲜血淋淋，而现在她手上拿着的粉红色名片就是用她流出的血染成的。

半
路
家

过去的故事好像变成了一个个镜头，正让一台老式放映机在眼前"吱呀吱呀"地播放着。她看见自己拿着方小阳给她的信用卡，像是上帝赐给神果那般，百般珍视地放进钱包里；看见自己拿着别人的信用卡，在隆迪百货公司不同的名贵产品柜台上刷着，售货员睁一只眼闭一只眼看着她代签卡上的名字；她还看见自己拿着方小阳给她的现金提成，走到银行窗口，给爷爷奶奶汇款。镜头最后定格在她被抓了以后，要律师几百次拨打方小阳男朋友郝先生的电话，但他人走楼空，他所用的几个号码全停机了，连方小阳北京的电话也没人接听。刘爱看见自己卖房子抵债，像一支燃尽的蜡烛，赔款用尽了蜡烛的最后一滴。

　　方小月站在刘爱的眼前，平静地背诵着一定准备了许久的台词。"你出事的那天郝先生正在飞机上，下了飞机才知道你出事了。"方小月解释道，"我姐姐要我告诉你，那些信用卡都是贵宾俱乐部的重要会员，代购是我们当时增值服务的一个项目。我们和会员签好费用比例，给你的提成是从我们正常的利润里扣除。他们并不知道那些卡是假的。"

　　现在说这个有什么用？刘爱想。太晚了！如果当时郝先生和方小阳能够在法庭上站出来，将这些事实公之于众，也许她的丈夫不必背着相机四处流浪，也许她的儿子可以堂堂正正地把女朋友带来见她，也许她的爷爷奶奶不必在如此高龄承受这样惨重的打击。但是抛弃已经存在，历史不能重演，再解释什么也已无济于事。过去两年，每当她想到那两张脸，她都想把它们的每一个部位拆卸下来，仔细研究它们是用什么罪恶原料组成。

　　时光倒退，倒退到刘爱认识方小阳那一天。如果那天的刘爱是今天站在这里的同一个人，她绝不会盲目追求只和数字有关的目标。在摩尔顿营地的女人，无论有罪无罪，无论罪轻罪重，大多为了一个字而受难，那就是钱。

"我姐姐让我特地来看你。姐姐的生意已经做得很大，她要把代表团这块全部带给你。从现在起我会从中国给你送来很多采购团。郝先生已经建立了国际咨询公司，他和姐姐也结婚了。"方小月提到姐姐，脸上涌起一片女孩的真诚和甜蜜，她的微笑让僵硬的牙显得放松许多。

刘爱猜想方小月该说的已经说完，就像她和她姐姐的交易关系一样，早已切断。今天她的出现对刘爱来说，就是在切断的线头上，再打个死结。

"祝她好运！"刘爱真诚地说，"我也感谢你这么想帮助我，不过我只在这里工作到年底。"

"今年年底？那只有两个多星期了。"方小月吃惊地说。她原本想，一个刚从监狱出来的联邦女犯，能找到这样一份体面的工作，还不做到老？

"是的，就两个星期了。所以你今后就直接和缇娜经理联系吧。"刘爱的声音平稳无味。

方小月低下头。过长的假睫毛跟着她的思索，上下忽闪着。她的这个眼部动作，让刘爱想到四年前第一次见到方小月的那个晚上。当时正带团到纽约旅游的方小阳，和到纽约开会的郝先生巧遇。他们请刘爱晚上一起去百老汇看演出，方小阳带了一个小女生一起来，说是她的妹妹，刚办了假结婚来到纽约。方小阳拜托刘爱照顾她刚"嫁过来"的妹妹。刘爱记得，当方小阳失口提到妹妹假结婚这事时，刘爱注意到方小月低下了头，眼球忽上忽下地转悠着，一副被害者的无奈。那时候她的眼皮上没有贴假睫毛，看上去单薄可怜。"我们和刘爱长久合作，友情长存。"方小阳说这话的时候，特地看了一眼她的妹妹。刘爱记得那天晚上没谈几句，演出就开场了。刘爱对方小阳的妹妹几乎没印象，对她假不假结婚也没有在意。她在意的是，方小阳对她的信任。

"你就是方小阳那个来美国结婚的妹妹？我记起来了。"刘爱不知道为什么自己要提到结婚这两个字。

"我以为你早就想到了。"方小月脸上浮现出紧张而僵硬的微笑。很明显，她在意了。"你不记得我吗？你不记得我姐姐是怎么介绍我的吗？"方小月语无伦次，小心地试探着。

刘爱终于明白她的来意。她昨天还以为，自己能轻易地拿到这个采购团，是公司的品牌和自己设计的买卖双方共赢的计划，说服了中国城那个中介机构。她万万没想到，藏在合同后面的方小阳，包括她对假结婚的担心，才是自己拿到这个贵妇采购团的真正原因。

"不记得了。那天晚上时间太短，要谈的事情又多，剧场很黑，你姐姐怎么介绍你，我根本记不得了。这次监狱的经历让我的大脑清空了。我什么都不记得，也不想记得。你好好地生活。纽约是个可以生根开花的城市。"刘爱说完这句话后再次觉得，她们之间所有该说的全说完了。她过去没有告诉任何人关于方小阳的妹妹通过假结婚拿到绿卡的事，今后也永远不会向任何人提起。她现在唯一想记住的，唯一不能放弃的，就是简。

刘爱记得向简谈自己案件的时候，提到方小阳这个名字。她告诉简，"文化大革命"期间奶奶家传的药房被封了，他们全家被赶回老家。她记得那带着泥浆味道的河水，那灼热的骄阳，奶奶那双因操劳而变得粗糙的手为她抹泪时留在面颊上的微痛感，站立时头能碰上顶篷的小屋里荡漾的那股浓郁的气味。她记得自己走出乡村，挤在被炎热的汗味搅得头昏的火车上，到北京找在一家酒店当门童的表亲。她记得表亲提着礼物带她拜见百货公司人事科长的那副殷勤。记得她应聘到百货公司的第一份工作是管理化妆品仓库，每个月的工资三十六元。那个时候刘爱满脑子只想着一件事，挣钱，马上挣钱。是她把爷爷奶奶接回北京，是她按他们的愿望结婚，是她每个月把钱交给奶奶。她记得奶奶对她说，小爱，你不属于贫穷。刘爱幻想着今后出人头地的日子。她喜欢自己穿着高跟鞋，步伐急促地混在晨光中的上班族人群里。虽然她工作的地方是地下室，她要八小时告别阳光，在空调及灯光里做动手不动脑的工作，但是她好歹已经离开乡村，走进了北京城。

生活像一个赌盘，张三的噩梦可能是李四的好运。就在刘爱专心研究所有仓库里的化妆品，从破损的纸箱里拿出不同的产品，试着涂抹她原本圆润的皮肤时，化妆品柜台一个干了一辈子的销售突然因病辞职，刘爱被调上一楼，开始做起化妆品销售员的工作。这时候中国市场经济已经活跃起来，她工作的百货公司也办起了基础英文班，而且有一个从美国来的年轻人教英文。在这个英文初级班里，她认识了那个把她送进监狱的方小阳。

生活中有无数个偶然，有的偶然来去无声，出现了再逝去，不留痕迹，有的偶然却是致命的。刘爱还记得和方小阳在纽约的再次相遇，像是命中注定，也是致命的。那一年，中国到纽约的代表团，多如秋叶落地，满街都是。方小阳带着中国代表团大摇大摆地走到刘爱面前，刘爱不敢相信自己的眼睛。当年那个只有一条裙子，晚上洗了白天上班再穿的方小阳，衣着打扮与纽约第五大道的富婆相比毫不逊色。

"刘爱！真没想到能在纽约碰见你！"方小阳惊呼道，"这是郝总。"方小阳得体地介绍着站在她身边身穿剪裁得体的深米色西装的中年男人，"郝先生是政府人员，他专门批准出国考察团，也协助民营企业安排出国访问，极有实力。"方小阳补加了一句。

"幸会，幸会！"郝总很有礼貌地伸出右手，"很高兴认识你。"

"郝总，刘爱是我早年的朋友，我们一起开始学的英文。刘爱，你有名片吗？郝总，您的名片呢？刘爱工作的这个百货公司历史悠久，可以和我们的旅行项目结合。"在几分钟之内，方小阳就把眼前人联系在了一起。

"这是我的名片，"刘爱看见郝总拿出西装口袋里插着的派克钢笔，在名片上留了他在纽约办公室的号码，"我们可以共同运作旅游计划。未来几年中国将有几亿人次出国旅游，在境外的消费超过千亿美金。我们全力抓住这个机遇创造最大效益。"

郝先生和方小阳成了刘爱最亲密的朋友，他们带来的代表团成了这家百货公司一道最美妙的风景线。这里的销售人员从来没见过这么多蜂拥而来、成群结队的买家，他们大包小包地购买化妆品，一团一团聚在大厅里大声喧哗。他们花钱如流水。他们请刘爱做他们在纽约的代表，并为他们做代购。客人列出需要采购的单子，刘爱用他们留下的信用卡支付。

"你用不同名字的信用卡支付？"简不相信这种事，"你用不同的名字签字？你不知道这是违法的？"

怎么能不知道呢？刘爱在法庭上老实承认。但是她没说，在中国，只要对方同意，代人签字的事很普通。从刘爱出生到在美国被起诉并走进监狱，法律始终游移在她的生活之外。她做事凭良心，而不是依靠法律。

"人生，往往不是你做了什么来决定你的命运，而是你认识了什么人。"刘爱记得简听完了她的案件，深深地吸了一口气。她大概在想自己的厄运，也就是在错误的时间，走进了错误的地点，碰见了错误的人。

刘爱想放弃头脑里灵魂的挣扎，摆脱眼前的境况，她想找个理由离开几分钟，最好是去厕所。在营地，无论发生了什么事，去厕所，都是不能被拒绝的理由。就在这个时候，缇娜经理的叫声，把她定格在原处。

"刘爱，我希望你和方小姐交换一下联系方法。她去年就来找过你，说是要给你生意。她的一些建议非常有意思。我想我们应该和她认真探讨一下合作的可行性，或许吉姆也有兴趣听听。我希望能开启和他们网购的合作。"缇娜走过来，用她那条胖胖圆圆的胳膊，搂住刘爱不足两尺的腰身。她的脸上绽放出难以抑制的笑容。在商言商，她像是已经从即将开始的疯狂销售，看到了直线上涨的数字。

"天哪，代表团到了，她们早到了！"缇娜无比兴奋地惊叫起来。

百货公司的旋转门"呼啦啦"把中国贵妇采购团推向化妆品柜台。刚才还在刘爱面前举止文雅的方小月，忽然像牧羊人一样，冲到代表团的前方，左拦右拦，试着把女人们的喧嚣热情压住。刘爱看见她压低声音向那锅沸腾的热水说了些什么，大概在向她们再次说明注意事项，以保证这个从中国三线城市组来的购物团，能够按照事先的安排，先集中到刘爱的化妆品柜台，而不蹿到令人眼花缭乱的其他销售柜台。"这里有我们自己的同胞，

半路家

她会送每个客人一个免费大礼包，加上一把有着这个百货公司标志的伞。"方小月故意大声地重复这句话，说话的同时，刻意朝刘爱这边看看。刘爱字字听在耳朵里。

贵妇采购团像是一条威武的长龙，一眨眼的工夫把化妆品柜台缠了个圈。

"刘姐，这个团购买力特别棒。"方小月一改刚才的矜持，像老朋友一样，凑在刘爱的耳边说，"那个女的，"她用嘴努了努一个浑身珠光宝气的女人，"她是大买家。她是个有背景的富婆。她的丈夫在国内有不少大地产项目。她也很有号召力，你就紧盯着她，她中午喝了不少，一乘兴，一个柜台就买空了！"

刘爱完全不记得方小月假结婚这件事，是方小月今天最大的收获。她像是脱掉了厚重的棉衣，一身轻松地套上她在贵妇购买团里应该穿的角色套装。刘爱注意到，刚才她站在刘爱眼前，一脸虔诚地等待处置的宁静表情，已经换成了傲慢。在这个钱比她多的贵妇采购团里，她有一个比钱更有用的东西，至少这个时刻，那就是她的英语。

戴着假钻石的女经理不知从哪个方向冒了出来。她拿出印着中国字的名片，像是老鹰抓小鸡一样，似乎有点强制性地不停塞进女人们手里。百货公司销售大厅中心那棵用几千个红色丝带装饰的圣诞树，空气里无处不在的圣诞音乐，擦肩而过的提着大包小包的采购者的身影，化妆品柜台上摆出的令人眼花缭乱的化妆品，让中国女人们毫不在意女经理递出的这张小纸片。她们关注的是女经理脸上化得精美到位的淡妆，剪裁得体的衣着和闪着迷人光泽的钻石首饰。团里有两个穿着丝绣旗袍的女人，更是伸手碰了碰女经理耳朵上挂的超大钻石耳环。她们一定在试着给那对晃来晃去的耳环定价。

"我的名字是她给取的。"女经理把站在柜台一角的刘爱拉到客人们的眼前。的确，是刘爱建议经理在名片上印个中文名字。女经理的英文名字是 Marline，刘爱给她起了一个中国人容易记住，但同时又能让人想到化妆品香味的"茉莉"。这个名字已经被之前的代表团验证成功，现在那几个组团的中介公司，张口闭口都叫她"茉莉花"经理。贵妇采购团的女人们按照"领导有权给好处"的中国式概念，挤着凑到了茉莉花经理的身边。"哎，你问问她，我们买这么多，有百分之几的折扣？你给翻译一下。"一个女人对刘爱嚷着。

一楼大厅的销售人员，目光全都集中到这些声音很大、出手令他们眼红的亚洲女人身上。

女人们像在台上走秀。她们有姿有态地在这个历史悠久的百货公司大厅里招摇过市。这些女人知道，虽然她们不懂英文，虽然她们还不太了解名牌的意义，但是她们五颜六色的钱包里，装着这里打扮优雅、说话动听的假模假样的采购人所没有的，那就是无限的购买力。她们也知道，这种旅行社落地第二天就把她们带到这家百货公司来花钱，一定是有背后交易。到熟人那儿买东西，给个面子，在今天的中国就像喝杯茶那样普遍。至于领队和卖家有什么交易，女人们不管。谁还会做没有利益的生意？这在中国，算个啥？大家心照不宣。领队们也都知道，刚下飞机头几天接待最有效，之后这些人看花眼了，选择的余地大了，购物"指南"就很难做了。

缇娜脸上洋溢着热情的笑容，在柜台四周忙碌得像只蜜蜂。茉莉花经理一手抓住方小月，一手抓住刘爱，正在向那个有购买号召力的富婆大力推销。"我们这家美国老牌百货公司，经营的商品最全，价格也是最有可比度，特别是化妆及美容产品。这里有中国人做顾问，货真价实不说，消费超过1000美金就有价值100美金的大礼袋，机不可失。"

如果是三年前，刘爱也会像她这样不顾一切地把鱼收进网里。她会在代表团中甜言蜜语，左右逢源。能够在香气四溢、富丽堂皇的销售大厅向国人推介世界名牌，她的美国梦才能成真。

刘爱看到方小月趁女客们挑挑拣拣地看货，指点着快被她吹晕的茉莉花女经理，"中国网购销售额超过上千亿人民币，你们一定是看到了中国的网购能力。我们注意到你们百货公司启动了网络直销，这样中国的网民可以直接订货，实时下单。"方小月拿出一张准备好的报纸，指着几行数字，说，"这是当地华人报纸登的，一天有600万网民抢购商品。想一想这个数字，一天600万！这只是开始，如果你们和我们合作，把网购做到中国的二三线城市，数字大到难以想象。"

刘爱注意到方小月依旧时不时地转头寻找着自己的眼神。她们只要眼光一对上，刘爱马上听见方小月叫着："我们要给我们自己的同胞支持，她是这里的美容顾问，今天身体不太舒服，我们多买些东西，就是对同胞最好的安慰。"

方小月嘴巴不停地说着，全是善解人意的话语。她大概猜想，刘爱今天的木然，一定与自己的出现有关。刘爱和姐姐方小阳的交易她不太清楚，但是姐姐一直挂念着她，交情一定非同小可。

半个小时之后，满头大汗的方小月，带着大包小包的贵妇采购团准备离开柜台。临走前她特地转身回来，又递了一张名片给刘爱，一张印得很随意的白纸名片。"这是我的手机号和家庭住址。"刘爱注意到，方小月的家，离她现在住的半路家很近。

采购团在方小月和茉莉花经理的带领下，乘着扶手电梯向三层女装部冲去。有着强烈购买力的女人们，留给化妆品柜台一大堆拆开并扔下的包装纸盒。两位售货员像是过年拿到了红包似的，欢天喜地地清理着刚刚结束战斗的柜台。缇娜也像中了六合彩，兴奋地哼着歌，在收银机前埋头清账。

"她们怎么把这样高级的包装扔了。"一个女售货员不舍地把新产品夜妆护肤霜的盒子拿在手上，看了又看，"她们把免费大伞带上，却扔下这些漂亮的盒子。我可不会这样。"

"人家说，这些包装华而不实，也太重。她们还说这些不是礼品，自己用，所以不在乎。这些中国人怎么这么有钱！"另一个女人无限羡慕地感叹道。

刘爱听见了，她们说的现象她也注意到了。她觉得自己是个落伍者。她已经回来工作两个多月了。她发现美国当地的客人，年龄大部分是五十岁以上。但中国来的客人，年龄从二十岁开始。这些年轻女人出手快，她们对"延缓衰老"比"还你年轻"更为倾心。刚刚满载离去的采购团，最高年龄大概四十岁左右。

刘爱想到自己。十年前的她，最奢侈的面霜是欧莱雅。现在呢，她还是像在摩尔顿营地一样，把橄榄油和一种6美金一盒的无添加剂的护肤品混在一起使用。她的人生，在美国兜兜转转了一大圈又回到原地。只是，她心里多了简。

没有人在意刘爱的离去，包括缇娜。平时她总是隔三岔五地在刘爱的身边说几句，表示她对刘爱存在的关注。但此刻，收银机的魅力超过一切。

刘爱转身回到为客人做美容的小空间里，她脱下为了给简做美容特地换上的白色制服。她从来没有像今天这样，对热销业绩心不在焉。离开营地，每天从半路家到这里来上班，虽然她不参与营销分成，可是只要她一走进柜台，她血液里的那股销售激情就会油然而生。可是过去的十几个小时，除了方小月的出现，她都在想简。她在想简安排的"巧遇"，巧遇之后她们可能会度过一个美好的午餐时光。

午餐前她碰见了一个长得酷似简的女人。刘爱无法忘记她看见的那个女人的样子。

那时，刘爱悄无声息地离开柜台，是因为突然看见一个火红的围巾随着人流拥进大门。她踮起脚，目不转睛地翘首望去，她看见那火红的围巾下，紧包着一个超大的墨镜和一张小得看不清五官的脸。她是简吗？刘爱的心被眼前闪出的镜头紧紧抓住。她看见那女人把大衣的领子高高竖起，领角两侧保护着一张涂着鲜红唇膏的似笑非笑的嘴。也许简还记得红色代表幸福的说法，记得我告诉她，中国人在最喜悦、最幸福的时候，都用红色表达喜悦的情绪。也许她特意用红色来告诉我，也许我的每句话，都藏在她的心里。也许今天不是失约，而是迟到。刘爱的心剧烈地跳起来。她站在柜台后面，两眼紧紧追随着那个红围巾。

刘爱觉得她的眼神已经和那个女人大墨镜之后的眼神对接。这种感觉让她灵魂出窍。隔着眼镜相望的魔力，比直视更有震撼力。她永远记得她第一次无意中碰到简胳膊皮肤的感觉，就是这种感觉，让她想念简想到今天！

"简为什么要停步？为什么要向左边张望？"刘爱看见那个戴红围巾的高个女人停在大门口左边的手提包柜台边，好像在犹豫什么。犹豫什么呢？刘爱断定，简的任何犹豫一定和与她见面有关。今天的时间应该属于她们俩，她已经迟到了。

她为什么要向左手转弯？她也许忘记了我的柜台。刘爱跨出柜台，跨过所有挡住她视线的障碍，朝那个红围巾跑去。她期盼当自己突然出现在红围巾眼前，简会惊喜地张开双臂拥抱她。

"请你把那只红色的包拿来，我想仔细看看。"刘爱看见红围巾女人摘下大墨镜，并把她的一只带着金链子的精美手袋放在玻璃柜台上。就在这一刻，刘爱的心开始向海底沉落。她看清楚了，墨镜遮住的眼睛没有简的宁静和深沉，红围巾下罩着的，是一头金色的头发。

简真的失约了，没有任何的解释，就这样随意地失约了。"也许她最后还是决定不来了。为什么要来呢？摩尔顿营地已经是历史，我们没有任何约定，一切本来应该被遗忘。"刘爱沮丧地想。她下意识地侧脸看了一眼卖包的柜台后面的镜子里，自己那头超短的头发，样子滑稽且可笑。刘爱为自己的冲动而悲伤。

缇娜把钱从收银机的抽屉里拿出来认真地点着数，手指灵活得堪比机器人。她的神情无比满足，依旧沉浸在这场销售盛宴中。她就是这样的女人，让刘爱想到曾经的自己。从她的身上，你能闻到努力实现梦想的味道。其实，刘爱知道缇娜的生活也是一只被戳破的气球，扁扁地摊在地上，但是一走进柜台，她的生命就开始发光。

缇娜开始哼起一支别人听不懂的歌，完全没有注意到刚才有电话打进来，而且刘爱接了电话。刘爱从来不接电话，按规定也不可以接电话。直到刘爱拖着灌了铅的腿，走到缇娜眼前。

"我看你在忙，就去接了刚才打进来的电话。"刘爱低声说道。

"没关系的，今天特殊。刘爱，你知道我在想什么吗?"缇娜没抬头，全神贯注地点着手里厚厚的绿票子。听到刘爱的声音，让她想起自己正要告诉刘爱的玩笑。"我在想，如果中国一直使用现金而不发展信用卡，你就可以躲过这场牢狱之灾啦。你看，中国人都是带大笔的现金来购物。"

刘爱没搭腔。缇娜好像觉出什么，转过脸看见刘爱失魂落魄的样子，才想起刚才电话铃响的事。

"刚才是谁打来的电话?"缇娜问道。

"是纽约大学医院急诊室打来的。我的朋友，那个预约来做美容的女人在医院。"刘爱回答。

"是谁? 是谁在急诊室?"

刘爱告诉缇娜，那个做了预约的女人，她最想见的女人，现在躺在急诊室里。她希望缇娜帮助她马上给半路家打电话，批准她立即从这里去医院。

"医院的电话里是怎么说的?"缇娜惊呆了。

"接电话的人说，好像是什么'心碎症候群'①。她说，由于压力和严寒，会让一些本来就有缺血性胸痛病的患者，特别是女人，出现心脏缺氧，这种突发的现象，可能造成心脏衰竭而死。"

"她现在怎么样?"缇娜一边说话，一边快速将手中的现金放回收银机，并把收银机关好。

"正在抢救。打电话的人说，她一直在喊我的名字。"刘爱拼

---

① 心碎症候群最早是在1990年代，由日本医学界发现和命名。正式的名称是"章鱼壶心肌症"，由于患者左心室会出现异常胀大，正本笼杯状的心室变成壶状，颇似日本渔夫用来捕捉章鱼的圈套，因而得名。心碎症候群的发病，通常是在患者遭受严峻的心理或生理冲击之后发作。数据显示，有3%到17%的"心碎症候群"患者在罹病五年后身故。英国每年约有3000人被确诊为"心碎症候群"，约九成为年长女人。

命控制着自己的情绪，"我要马上去，必须马上去！"

缇娜拿起电话，拨通了半路家值班室的电话。

"对不起，打扰你了，妮可女士，我是刘爱的老板。"

"谁？谁的老板？你的号码？"对方的声音混杂着噪音。

缇娜把电话递给刘爱。"她问你的号码。"

"72323-054。"刘爱悲伤地背诵道。她站在缇娜面前，低着头，一副完全被打败的残兵败将的神情。她是第一次在上班的时候，报她的罪犯编号。

刘爱听见对方的手指在键盘上的敲击声。"好了，刘爱，什么事？"对方大概打开了刘爱在监狱电脑系统里的档案。

"我需要请假，我必须马上去医院。我的朋友在急诊室！"刘爱急切地央求道。

"你的朋友？她在你的访客名单上吗？"对方问道。

"没有，但是，她是我最好的朋友。她正在抢救，她需要我。"

"对你的朋友的情况我很遗憾，但是如果她不在你的访客名单上，我有什么依据来证明你和她的关系？"

"请求你通融一下。她真的很需要我。"刘爱的声音混杂着哭腔。

"对不起，我没有权力这么做。我给你的建议就是，按时回到半路家。"

刘爱听见对方挂掉了电话。

拾陆 简·华盛顿 2017 / 12 / 16 PM 6:00

人，不就是当他们失去了什么，才有千万种后悔，后悔那个不应该的失去吗？

简的脸已经被护士清洗干净。医院用的有点药味的面霜，让她惨白的脸透出几分明亮。如果不是她的头上和身上插的那些管子，你会觉得她正在享受宁静的午睡。

简长长的睫毛轻轻伏在她闭着的眼皮上，嘴唇微微张着，不时地哆嗦一下。病床边的床头柜上，一个水晶花瓶里插了几枝含苞待放的百合。简最喜欢的就是百合，她喜欢那股洁净的带有一种悲伤的清香。

"华盛顿女士在休息。"带着查理走进病房的女护士，走到正在控制简命运的机器前，看了看挂在床头的电视屏幕，小声地对查理说，"主治医生正在和其他专家商量华盛顿女士的情况，你先等等。"

"我能做些什么?"查理的眼泪在他的声音里挣扎。

刚才医院急救室从简的手提袋里找出她的手机,按照简拨出的最后几通电话,先后给查理、管理人安迪、律师大卫打了电话。当医院得知大卫是简的律师时,他们问华盛顿女士有没有家人,大卫律师告诉他们,简有个知己姐妹,在隆迪百货公司化妆品柜台上班,她们原先计划今天见面。上午简在监外管理人那里的一通表白,大卫已经察觉到,这两个女人的关系非同一般。他建议医院也通知刘爱。

查理把病房门口不远处放着的两把椅子,搬到简的病床前。查理的父母正在往医院赶。他们本来已经接到查理的邀请,参加今天晚上简的生日晚会,谁也不会想到,他们的惊喜见面,却要在医院的急救病房里。

"华盛顿女士进来的时候,叫过一个听起来奇怪的名字。"护士说。

"是刘爱吗?"查理问道。

"好像是。"护士想了想,平静地回答。她不知道这个名字在这个故事里的意义。

"你可以跟她说话,我想,华盛顿女士会很想听到你的声音。"护士告诉查理。

查理走到病床的另一边。他先是弯下身子,把脸贴到简的脸上。他们的皮肤没有距离地贴在了一起。这时候,查理才觉出,这种温暖的感觉,可能将离他而去。

消息来得太突然了。当时查理正在简最喜欢的一家内衣店,挑选一件丝质的睡衣。他记得简从营地回到家之后,一直穿着袖子已经磨破了的睡衣。查理原本想,今天是一切重新开始的日子。

半
路
家

查理轻轻地吻了吻简失去血色但依旧饱满的嘴唇。他感觉到简似乎在使劲，使劲给他一个回吻，但是他的眼睛看不到任何动静。简棱角分明的嘴唇一动不动，凝固在她安静的脸上。

查理在病床前半蹲下来，一条腿跪在地上。他将手伸进西装左边内侧口袋，拿出一个很薄很精致的灰蓝色记事本。他小心翼翼地翻着，他在找准备好的今天要和简说的话。

自从简进了摩尔顿营地，查理的生活中就有了许多无言的记录。他觉得自己和简讲话的权利，已经被厄运带走许多。简在美国联邦监狱里食不知味，如行尸走肉般地活着，他们通话的时间被格式化了。时间一长，讲的话也被格式化了。每次想和她讲话的时候，多数时间他无法主动给她打电话，他要等简给他打来。查理已经习惯了在和简通话和周末见面前，把要说的事记在这个灰蓝色的小本子上。周末探监时是不可以带任何东西进去的，一根线也不可以。查理每次都将要说的话题，用圆珠笔写在手掌上，以免忘记。简从营地回来之后，查理的这个列谈话提纲的习惯，似乎已经成了他和简交流的一种形式。特别是搬出去之后，每次和简通话，如果有什么特别需要谈的事，查理总是把它们记在这个小本子上。

"我可以拉着她的手说话吗？"查理问正要出门的护士。

"我想没问题。我去看看医生那边的情况，你如果有什么需要，就来找我。"护士说完话就退了出去。

冬日午后的阳光透过窗上挂着的白色纱帘，星星点点地洒落在简散在枕头上的鬓发上。这头查理熟悉的火红的头发，此时温顺地躺在那里，任阳光在它的表层挪动舞步。简的头发原本是这个安静女人身上最活跃的部分，它们会随着简·华盛顿的身体动作而飞舞，即便是在简睡觉的时候。简一翻身，它们就随之跳跃。查理心头一阵难过。

查理拉起简的手，把它轻轻地放在腿上。简手心的皮肤，散发出一丝微弱的热度。查理感觉到他们手心之间的热度，正透过皮肤交流着。他们曾经经常这样拉着手，从什么时候开始拉得少了，他已不记得了。

"简，这个本子上记的话，是我准备今天下午在律师楼见面时说的。不过我希望现在你能听见，你一定要听见，你的心是醒着的。"查理翻到夹了一张小便条的那页。

"我计划先问你，你愿意和我复婚吗？如果你的心里还没有别人，如果你说愿意，我就会把准备好的你曾摘下来的那枚戒指，那枚特地为你挑选的钻石戒指，戴在你的手指上。我要让那个为我们起草离婚协议书的律师，见证我们的新婚。我希望你能看着我把那个撕碎了你的心的离婚协议书，当着你的面撕成碎片。我在这个记事簿上，还写下了我要对你说的话，这些话我一直都想说，但不知道为什么没有说出口。我想告诉你，你心里对我的那种自卑感完全是错的。你认为你是从监狱里出来，而我一直在自由的空间里随意地生活。我想告诉你，你错了。自从你进了监狱，我和你一起在执行刑期。我还想告诉你，我早就找到了关于'床前明月光'的诗人李白的介绍。我之所以之前没有告诉你，是不希望想到那个你总是提到的刘爱。诗人李白是中国唐代著名浪漫主义诗人。他留下的一千多首诗歌，四分之一都是与酒有关，或是在喝醉了的情况下写的。我早晨提到带一箱你喜欢的红酒，就是想，也许刘爱会在你的生日晚宴上出现，再背诵那首美丽的想念家乡的诗。我希望你喜欢的红酒，能够帮助我找回

半
路
家

你。哦，最后我想在律师面前说，在你今天生日的时候，我们可以把顶楼的客房腾出来，让你的女友搬进来。我不知道自己为什么会有这样奇怪的念头，怎么会像60年代的人那样谈论爱情，但是我在记事本上就是这样写的。我想，爱你，就应该试着接受你爱的人。"

查理没有注意到，劳拉已经站在病房门口。她刚才将收到的快递送到简要她送去的律师楼，在那里她得知了这个惊人的消息。

劳拉靠在被她轻轻推开的病房门上，她看见查理满脸的泪水，几次俯下身子，轻轻地抱一抱平躺在病床上的简。"他为什么不早告诉她，为什么要等到她听不见的时候才这样说？人，为什么当他们失去了什么，才有千万种后悔，后悔那个不应该的失去。"

"简，醒过来吧。"查理恳求道，"我们回家。以后我再也不会让你一个人去法院了，珍珠街的吵闹算什么？我害怕现在的宁静。我们一起回家，你也不必再去法庭作证。大卫律师打电话告诉我，那个政府代表，已经在今天下午认罪了，听证会已经取消，你再也不用面对那些人了。"查理不再看着手里的小本子。

劳拉看见查理的眼睛已经痛苦得变了形，她心酸了，她想拥抱眼前被悲哀压垮了男人。劳拉从来没有拥抱过白种男人。可是在死亡面前，黑白早已失去了它原有的颜色。

寂静病房里流动着查理控制不住的哭声。劳拉走近查理的背后，正准备拥抱查理颤抖的肩膀，这时查理的身子再次向前倾斜，抱住简的双肩，泪水滴在简的脸上。劳拉看见查理的泪珠滚到简的嘴角，像两颗珍珠一样，停挂在那里。

查理转过身，站起来，抱住他从来没有见过但是名字却很熟悉的劳拉，哭得像个失散了但终于再次见到母亲的幼儿。

护士回来了，带来了一个叫吉姆的人。护士对查理说，刚才有个叫安迪的男人打电话过来，询问华盛顿女士的情况。再就是大卫律师正在来医院的路上。

查理不知道这个吉姆是谁。当吉姆递过来他的名片，查理才恍然大悟，这就是大名鼎鼎的隆迪百货公司的继承人。报纸上时不时有他们家族的消息，最近的一条，是说百货公司正在准备做一次历史上最大的资本收购。

"刘爱正在争取半路家的批准，今天能不能来，还是个未知数。"吉姆说这话时，一直紧握着查理的手。

吉姆是谁？他为什么出现在这里？为什么要提到刘爱？他和刘爱又是什么关系？劳拉不等查理提问，急不可待地把一堆的问话抛给吉姆。

吉姆没有马上回答那些他知道自己必须回答的问题。他先是交代护士，如果他的哥伦比亚大学的同学，纽约最好的心脏疾病医生到了，马上来通知他，又检查了一遍手里拿着的手机，像是要看看有什么最新的留言，最后走近简，俯下身子，伸手在她插了呼吸器的脸上，轻轻抚摸了一下。"这张美丽的脸，怎么会有这样的命运。"吉姆想。

吉姆记得，刘爱离开营地后，他请她在哈佛俱乐部吃午餐的时候，刘爱多次提到这个叫"简"的女人。刘爱还向他提到，等她的半路家时间结束了，她就会开始找这个女人，还请求吉姆帮助她。"她姓华盛顿。她开了个有名的酒吧饭店，就在麦迪森大道的拐角。"当时吉姆已经被刘爱自己的故事搞得心里堵了一块石头，没有太多地留意刘爱对这个叫作简·华盛顿的女人的描述，但是他记得，当刘爱提到简的时候，眼睛里像是闪烁着节日的烟火，转瞬即逝但璀璨绚丽。

护士再次进来，身后跟进来几个神情严肃的穿着医院白色制服的男人。其中一位看上去很资深的和吉姆年龄差不多的男人，在吉姆的耳边说了几句。

查理、劳拉和吉姆，被护士请到急诊病房外边。走廊里的椅子都被随病人来急诊室的人占着，那些苦痛和焦急的脸，让走廊里的空气变得更加稀薄。他们三人不敢走远，找了个角落，靠着墙壁等着。

吉姆告诉他们，刘爱是怎样离开北京，怎样在纽约起步，怎样拿到第一张公司年终奖金支票的。刘爱在不久前委托他，希望能担保她租个公寓。"我没有任何信用的证明，没有人愿意把房子租给一个刚从监狱出来的罪犯。"几天后吉姆的秘书在化妆品柜台留了个信封，信封是一份签好的租约。一个厨房、厕所、卧室都在一个空间里的小公寓。这种窄小但是很实惠的小公寓，在隆迪百货公司这样的地段，还不太容易找。吉姆说，他完全没有在意，秘书给刘爱找的这栋离百货公司上班只需步行的老楼，就是刘爱工作后租过的第一个公寓。不同的是，二十多年前这样的小房间只需500美金的月租金，而今天要2000美金。他记得刘爱曾在那个只有厨房大小的房间里，摆满了他在中国的时候喜欢吃的菜。刘爱学着影视剧里的做法，特地买了两支蜡烛，点在用十几美金买的小圆桌上。刘爱说过，是吉姆打开了她人生的一扇新的大门。她希望吉姆知道，他没有看错她，她是一颗只要有土壤、有雨水和阳光就能生根发芽的种子。她可以为百货公司创造业绩，她要成为吉姆最为骄傲的销售人才。

"可是刘爱还是刘爱，她的皮肤永远是黄色的，她的思维还是中国式的。刘爱后来告诉我，那天她烧了红烧肉，做了红烧黄花鱼，还做了油爆虾，还有她最拿手的鸡蛋羹。再加上豆腐粉丝汤，四菜一汤，都是我在北京教书时最爱吃的菜。可是那天晚上我失约了，因为她没有告诉我准确的时间，只是很含蓄地给我写了一张卡：'你周五晚上有时间来吃晚饭吗？'这就是中国人。"吉姆肯定地说，"刘爱的爷爷是一个很有名的老中医，刚才我去隆迪百货公司销售大厅时见到了刘爱。她说，她要从中国拿一些能治疗简的中药，叫什么还魂草。她小时候大病不起昏迷了几天，她的奶奶在床边烧了几天草，一边烧一边呼唤她的名字。她就在草药的香气中苏醒了过来。她要像奶奶那样，边烧边呼唤简的名字，直到她睁开眼睛。"

听着吉姆的叙说，这种可想不可信的故事，虽然离现实这么的远，但是它带来了希望。劳拉突然情不自禁地说道："我就知道，只有刘爱能救简！她们的关系是上帝给的！"

"她们的什么关系？"查理问道。

"你指的是什么关系？"吉姆问道。

两个男人沉默地等着劳拉的下文。

她们是什么关系呢？其实劳拉根本不清楚。她告诉查理，简离开摩尔顿营地之前，营地有一个年度圣诞晚会。那天晚上刘爱准备了一个节目，以小提琴二重奏作为背景音乐，朗诵那首"床前明月光"的诗。简找人借来适合刘爱肤色的化妆品，为刘爱化了妆。

劳拉说，后来她听见简对刘爱说，当她的手指碰在刘爱的脸上，把口红轻轻涂在刘爱嘴唇上的时候，她的内心涌出想抱住刘爱的冲动。

"你怎么能听见她们说这样的话？"查理很急切地问。

"摩尔顿营地没有秘密。我们的隔断都是通着的，除非她们在外面说话。不过，那天晚会上出了事，晚会没结束我们就被赶回隔断了，谁也不准走出宿舍。"劳拉解释着。

劳拉告诉查理，那个以"爱的力量"为主题的年度圣诞晚会，是在女犯们每周与亲友见面的大接待室里举行的。如果说摩尔顿营地的女犯是用最聪明的头脑，办了最愚蠢的事，那么那一晚上的活动，就是用最愚蠢有限的材料，创造出最聪明无限的想象。

"舞台，是用垃圾袋和拆开的硬纸盒板装饰的。舞台背景是一个近三米高、三米宽的圣诞花环。那个巨大的圣诞花环，是女犯们用树林里折断的树枝做成的。圣诞花环上系着上百只涂成深浅不一的紫色的垃圾袋做成的大蝴蝶结。圣诞花环从上到下用一根麻绳挂着'2016'四个大数字，这四个用厨房废弃的纸盒剪成的数字上撒着如星光般灿烂的银粉。舞台右角的主持人讲话台，被装饰得如一件当代艺术品。放讲话稿的那片缺了角的木板，三边都贴着彩色薄纸片剪成的小花，看上去五彩缤纷。那根用来支撑这块木板的木棍，被银条纸包扎着，闪闪发光。舞台上盛开着的大丽花是用涂成珍珠红色的咖啡滤纸扎成的，用垃圾袋扎成的蝴蝶在花丛中翩翩起舞。用绿纸剪成的小草，一簇簇堆在舞台的地面上。远远看去，整个舞台就是一个鲜花盛开的大花园。要知道，那些都是简和刘爱做的。"

"主持人穿的衣服，让所有女人惊呆了。她套着一件刚刚用针织线做好的宝蓝色无袖连衣裙。她故意暴露出高耸的乳房。"

劳拉看了一眼查理。她觉得在这个时候太过分地提到和性有关的词句不太合适，"主持人的皮肤比我还要黑，是那种最有光泽的诱人的黑色。她头顶上编着几十条小辫子。那些小辫子像一条条妖里妖气的小蛇盘在头皮上。据说这种发型很时尚。她本来就野性十足的脸上，涂着夸张的颜色。她的耳环是细铁丝上穿了两团毛线卷成的球球。她胸前挂着的项链用纸折叠成的方块穿成。她没有真正的胸罩，而是用一块长长的布条，兜住她要蹦出来的胸。如果不看她的脚，你会想她这样的美丽，一定只能属于真正的摇滚乐晚会。但一看她蹬着的那双在野外作业的黑皮大头工作鞋，你就知道，她这种废物利用的本领，只能在监狱里使用。"

劳拉注意到查理低下头，认真地听着她的叙述。

"我从来没见过如此神圣的场合，也从没有听过那种让人灵魂出窍的音乐，更没有看见过那样疯狂得快要把屋顶冲破的舞蹈。几个女犯的前胸挂着边上用带孔的计算机打印纸做成的装饰，穿着用白被单临时缝就的拖地长裙，手腕上系着用红、绿、蓝、黄、紫等几种毛线做成的彩绳，伴着音乐出场。她们从坐着的女犯身边走过，不知是'导演'的意图，还是舞者自己的创意，她们一边进场一边随意地停在女犯观众席间，双手邀请座席上毫无准备的女犯伴随她们一起踏上舞台。那天晚上简被那个屁股整成两团大面包的女人邀请走了。我看见刘爱张着嘴，吃惊地看着简细长的腰肢随着音乐缓缓扭动着。那天简没有用头绳将她不听话的头发扎住，那头火红的没有被束缚的鬈发，随着音乐摇摆着。在音乐升起的时候，简的双臂也如其他舞者一样，伸向高处。女犯们伸展着她们的手臂，试图抓住满屋游荡的音符，然后随音符自由地升入窗外满是繁星的夜空。刘爱的手突然碰到了身边

296

半路家

空着的椅子，我看见她的眼神里冒出一种好像丢了东西的恐慌。"

"我听刘爱对简说，她选择的小提琴二重奏，曲名叫'梁山伯与祝英台'。她是让儿子从中国城的旧货店找到，直接寄给管理人，说是为了这场圣诞晚会。刘爱还告诉简，小时候她奶奶带她看过'梁山伯与祝英台'这个历史舞台剧，讲述了一个富家小姐祝英台为了进书院求学，女扮男装。在读书期间与一个穷书生梁山伯相知相恋。但因种种原因两人不能如愿成婚，最后双双殉情，变成一对蝴蝶的爱情悲剧。她还记得扮演梁山伯的人是一个女的。她问奶奶，女的为什么要扮男装，奶奶只是简单地告诉她，这是剧情的'需要'。"

劳拉还说，那天晚上她听见刘爱对简说，从认识简的第一天，她就觉得这个世界上只有简能够看穿她的眼底，看透她的心。

护士走了过来，说医生没有做任何定论，这个星期还会来几次。一听到"这个星期"这几个字，查理没再往下听，快步走回病房。

"简，你听到了吧，医生说这个星期都会过来看你！"查理把"你不会离开我们"这几个字，像是宝贝一样含在嘴里，不忍说出口。

"简，刘爱可以带回来草药！"劳拉也走进病房，"在刘爱回来之前，我每天都会来陪你。我会带一个中国菜单来念给你听，我还会读你喜欢的《廊桥遗梦》，我会念给你听。还记得吗？你总是劝我多读书。"

"简，你不会孤独的。你有我。乔治马上就会坐着轮椅来，那个能把鸡尾酒调得让人喝了以为自己上了天堂的调酒师丹尼，他也会来。他刚才给我打电话说，他会带着他的妻子和两岁的儿子来陪你。对了，你的律师正在路上。听护士说，法院的安迪和政府检察官也来电话了，希望知道有什么可以帮助你。你闻到百合的味道了吗？那是我带来的，我保证你每天都能闻到百合花香。"查理把嘴凑近简的耳边，轻轻地念叨着，像一个母亲对着自己熟睡的婴儿喃喃私语。

劳拉叫了起来："眼泪！她流泪了！"所有的人全都俯下身子。一滴小小的泪珠，挂在简的眼角。

一缕不知什么时候荡在简额头上的鬈发，被查理轻轻地拨开，让她的脸再一次袒露在下午的阳光里。

病房里静极了，只有劳拉抑制不住的抽泣声不时响起。

拾柒 刘爱 2017 / 12 / 16 PM 7:00

"你既然求这事，不为自己求寿、求富，也不求灭绝你仇敌的性命，单求智慧可以听讼，我就应允你所求的，赐你聪明智慧，甚至在你以前没有像你的，在你以后也没有像你的。"（《圣经·列王记上》3:11-12）

　　大雪飘了一天，弗顿大街两旁光秃秃的大树裹了一层雪白的鱼鳞，像是穿上了银色的套装。刚过六点，夜幕已经拉开。昏黄的路灯下，细小的雪花打着圈圈旋转着，星星点点落下，瞬间无踪无迹。

　　离半路家只有两条街的弗顿地铁站，架着一座形如"天"字的天桥，天桥左右两个带着简陋天棚的绿色梯子，将上上下下的人流，分散到左右两条人行道上。刘爱的方向感不像她掌控化妆品营销那样得心应手，不知多少次下错了梯子，只好多花上五分钟绕道行走。五分钟，对于要准时回到半路家的刘爱来说至关重要。刘爱决定找个醒目的建筑物作为标记，这样可以准确走上正确的人行道，也可以避免走五分钟的弯路。

刘爱找的路标，就是那个一开门就把音乐放得震天响的出售音乐设备的店铺。这家不大的商店，只要天晴，总是把一大堆大小不等的音响摆在人行道上，从那几件做工粗糙、功率十足的音箱中，摇滚音乐如洪水涌出，狂热地冲向从地铁天桥上走下来的人。刘爱每天下班走出地铁，第一件事就是追踪音乐的来源。今天更是如此，她要在六点半之前赶回半路家。她要在负责半路家工作的凯润女士下班之前，赶到半路家。

刘爱顶着呼啸的北风和扑面而来的摇滚乐，心头装着无言的沉重，低着头疾步朝半路家走去。她本来可以早些离开柜台，但是后来半路家值班人在电话里告诉她，凯润女士一直在与分管纽约地区半路家的美国监狱管理局相关机构请示，希望刘爱能够直接从百货公司去医院的急诊室，这样可以节省将近三个小时的路程。

整个下午，刘爱一直心存感激地在柜台前等着。直到五点钟，刘爱被半路家打来的电话告知，凯润女士没有找到负责批准的人，目前尚没有任何允许刘爱改变行程路线的消息，所以她必须先回到半路家。值班的人还好意提醒刘爱，务必在七点之前回到半路家。如果超过十五分钟尚未回到半路家，将以逃跑论罪，将她再次送回监狱。

拐个弯，就是公园出口处那个墨西哥女人丽莎卖早餐的热情街角。天气好的时候，这个街角总是有一堆人靠坐在公园的铁栏杆上，抽着烟，讲着西班牙语。丽莎有时也在这里凑热闹，她每次见到熟识的半路家住客，就热情地打个招呼。"明天早晨别忘了来吃个鸡蛋卷饼"或是"我刚进了质量最好的香肠，明天早上见啦"，这些与她的生意有关的销售提醒，从她那张从早到晚都涂着浓艳唇膏的嘴里喊出，让那些心里刻着前罪犯标识，在只肯接受有前科的工作岗位上劳累一天，正从自由走向封闭的半路家的人，精神一振，备感亲切。丽莎每次见到刘爱，总是特别在她常规销售句子的前头加几个字："亲爱的，明天我给你做杯最香的咖啡。"可是过去一个星期下下停停的风雪天，把丽莎热情的闲话冻回去了。这个拐弯的街角，这几天的傍晚车去人空。公园出口处，像一张牙齿掉尽的大嘴，黑洞洞的，阴森可怖。这两天，刘爱从弗顿大街转进这条小街的时候，总是谨慎地左看右看，生怕从那个黑洞跳出一个持枪抢劫的人。刘爱早就听说，这个半路家所在地，曾经是纽约最不安全、枪杀案发生最多的一个区。

刚一拐弯，刘爱就发现今天这条小街超乎寻常的忙碌。远远看去，半路家那个白色铁皮门似乎是开着的。门里倾泻出来的白色的灯光，让刘爱看清了停在门口那辆车顶上旋转着红白蓝三色警灯的面包车。光影里人影匆匆，她看见有人被带出来，送上面包车。她听见面包车的门砰的一声关上，然后车头前的驾驶灯开启，车开始移动，警笛呼啸，从刘爱身边疾驶而过。

一定是什么人被带走了，刘爱心里思忖着。自从离开营地，无论是走在大街上还是走进半路家，只要听见警笛声，或是有警车从身边呼啸而过，刘爱的身体就会不由自主地僵在那里。似乎那呼啸的声音会像龙卷风一样，把她从现实的土地上连根拔起，把她送到她最不敢想象的地方。像她三年前从家门出来的时候一样。

刘爱低着头，提着心，机械地按了按白色小铁门的门铃呼叫

刘
爱

器。她机械地报了自己的八位数字，铁门嘎的一声弹开。刘爱机械地走进半路家。

进门报到的小窗口处吵吵嚷嚷挤满了男人。一个满脸横肉的男人，正神色激动地讲述着刚才被带走的那个男人悲惨的消息。看见刘爱进来，他故意提高了嗓门，那意思再清楚不过，他要把这话说给史密斯听，他希望刘爱能替他把话传过去。

"他妈的，我要把她撕成碎片！那个婊子以为自己是谁呢？就她那样子还值得那么多记者在门口等她，冤不冤案他妈的跟我们有什么关系。但是她那个小报告把我的兄弟送了回去，我他妈的跟她没完！"

刘爱不敢转头仔细看那张说话的嘴。她假装什么也没听见，或者什么也没听懂，一副漠然的傻样子。这是简教她的。自从在营地那次因为回答错了，两人被关了禁闭，简就告诉刘爱，凡是感觉有危机存在的事，都要装成听不懂，越傻越好。刘爱这几年真的这样做了。后来她离开了营地，虽然一只脚还戴着脚镣钉在半路家的水泥地面上，另一只脚已经回到了人间，可是这个习惯却一直未改。

"你听得懂英文吗？"那个凶神恶煞的男人，看刘爱连眼皮都不抬一下，急了。他走到刘爱的身边怒吼："你告诉二楼那个婊子，我等着她！"

刘爱不得不转头，但是她一脸的麻木傻气。这倒也不是装的，这几年她稍一紧张，满身的傻气就随着她的表情和动作自动冒出来。就在这个时候，凯润女士神情严肃地从办公室出来，手上捏着一张随着她起伏不定的步子来回飘动的白纸。刘爱听说这个精瘦的、走起路来似乎有些脚下不稳的凯润女士，已经在半路家工作了几十年，她处理突发事件的能力，比计算机还准确有效。平时刘爱总是躲着她，但是今天她庆幸凯润女士此时此刻出现在眼前。

"凯润女士，我希望能占用你几分钟。"刘爱走到佯装没有看见她的女管理人眼前。

"喔，你就是那个刘爱。让我来拥抱你一下。"凯润女士没等刘爱反应过来，伸手把她搂在怀里。凯润女士那只没有太多肉的手，像是在敲一面非洲手鼓，有节奏地在刘爱的后背上敲打着。

刘爱从来没有被任何管理人拥抱过。犯人不允许与管理人有任何身体上的接触。凯润女士的这种视原则而不顾的大胆动作，让刘爱大为吃惊，这会儿看上去更傻了。

"为了你的事，我下午给马丁先生打了无数个电话，遗憾的是，我一直没有找到他。现在是下班时间，我又没有他的手机号码，只好等了。不要放弃希望啊。"没等刘爱张口，凯润女士就把刘爱最想问的事解释得明明白白。她在放开刘爱的那一刻，一定注意到刘爱堆在脸上的悲哀和无望，她再一次把刘爱拉回到她的怀里，再次在刘爱的背上拍了几下。

这个突然的拥抱，让说粗话的男人闭了口，也让刘爱满怀希望地走上二楼。

半路家二楼的那个只有几平方米的小电视间，暖气开得十足。电视屏幕上正在播放着西班牙语肥皂剧，玛利亚那身胖得快从T恤衫里溢出来的赘肉，压在一把油光光的塑料椅子上。她张着嘴喘息着，吞咽着电视里跌宕起伏的剧情；梅里靠着窗框站着，手上拿着一本过期的高级八卦杂志，毫无耐心地翻前翻后；珍珠嘴里狠劲咀嚼着一块口香糖，那股狠劲，似乎只能这样，才能堵住她那些和监狱有关的，不三不四、莫名其妙的故事。微波炉里的玻璃转盘咕噜咕噜地转着，一股带着辣味的香气，把电视间有限的空间占据得满满当当。梅里看见刘爱推门进来，扔掉手里的杂志扑了过去。

"你怎么回来了？不是争取直接去医院吗？我的先生已经在去医院的路上。他不爱我了，但他还是一个乐意帮助人的男人。我们会有办法的。"梅里对刘爱说。

老监狱玛利亚也用最为迅速的动作站起身，两步跨到刘爱的面前。"这个世界，该走的走，不该走的就要好好活着。你要吃些东西再去医院。我订了中餐外卖，马上就送到了。"她边说边把刘爱胳膊上挎着的手袋拿过来放在桌上，同时把刘爱手里提着的印着隆迪百货公司商标的纸袋接了过来。

"你买这么多东西？"玛利亚不经允许就把手伸进纸袋里，她像捞鱼似的，把里面放着的三个用包装纸包好的盒子翻过来倒过去地掂量着，"你还买了这个品牌的香水？好贵喔。"

刘爱没有回答。她满脑子只有一件事，那就是快些得到批准，马上去医院。玛利亚把自己刚才坐着的椅子搬到刘爱的面前，像早晨剪头发那样，按着刘爱坐了下来。"我先去拿外卖，我们一边吃一边说。"临出门时，老监狱玛利亚回身扔了一句，"记住我啊，刘爱，在摩尔顿营地你在厨房擦厨具，2.8美金一个月，一年不到30美元。喔，我今天可是花了你两年多的工资！"

在摩尔顿营地，玛利亚的外号叫作"雁过拔毛"，她最拿手的好戏，就是不花一分钱从女犯们身上得到她想得到的东西。玛利亚今天居然破费订餐，从心里到心外，她都是真诚的。监狱再难，玛利亚也没有看到过刘爱这种半死不活的样子。

新来的珍珠从微波炉里端出一杯还在滚着小泡的沸水，小心翼翼地放在电视间中央的简易桌上。她搞不清刘爱到底发生了什么事，从早晨刘爱把头发剪得寸短，到梅里和玛利亚谈了一下午一个叫简·华盛顿的女人，所有这些迹象，都说明今天发生的事不比往常。珍珠习惯性地加入了同情的队伍，像以前在监狱里一样。在那里，一个女人头上的天塌下来，会有十几个、几十个臂膀帮着她将塌下来的天撑住。珍珠不停地楼上楼下跑，她希望自己能够第一个发现凯润女士已经得到马丁先生的批准。她希望自己的努力，能够作为她和刘爱上下铺友好关系的开始。

"我在等凯润女士的通知。我刚才在楼下碰见了她，她告诉我，她打了一下午的电话，可是还没有联系上马丁先生。"刘爱沮丧地说道。

"不对呀，我听见她在电话里和那个叫马丁的人聊天。"珍珠满脸的不解。

"不会吧，她不会骗我的。"刘爱无法想象凯润女士会在这个性命攸关的节骨眼上，找任何理由骗她。她从营地出来的时候，美国监狱局就在那张要交给半路家的表格上写得清清楚楚，刘爱要在半路家住到刑期正式结束彻底释放的日子。这种安排对半路家的经济收入最实际，不像史密斯这种在纽约有家的人，她执行刑期的最后几个月，可以住到家里，由半路家管理，但床铺预算就得从半路家的收入数字中减掉了。刘爱刚走进半路家的第一天，玛利亚就向她解释过谁是半路家的上帝、半路家的实际意义，以及这里的管理人员谁好说话、谁最难缠。"凯润女士早该退休了。你瞧她走路像只瘸脚的鸭子，说话的时候眯着眼，眼皮都抬不动了。不过那个马丁先生一来——只有三十多岁的马丁每个月有几天要来视察工作，凯润女士的腿也不抖了，腰也直了，看人的眼睛也明亮了。全美国的半路家全是她就职的那家私营上市公司管理，他们所有的业务都与美国监狱人数有关。他们的股价升落，也要看监狱里关了多少人，又有多少人被送到半路家来过渡。他们是联邦政府给美国监狱局年度68亿美金预算中的一个重要部分。半路家的生存，完全依赖它管理的从监狱出来的人数。马丁先生协调多少人到她的半路家过渡，就等于凯润女士管理的商场上有多少赚钱的产品。"

"我真的听见她和马丁先生谈话。我记得凯润女士说，她很高兴这家半路家不在被关闭的名单上。她在谈监狱股的上升情况，她的笑声尖溜溜的。"珍珠说。

"你没有听错？"梅里坐不住了。今天下午自从简出事以来，她和刘爱通了十几次电话，她知道刘爱望眼欲穿地等着这个叫马丁的人的批准。

"刘爱回来之前我又找了个理由到她的办公室。我假装问她，我急需看妇科，能不能在七十二小时之内得到安排。我知道她会说不行，我只是想找个急需的理由，在她的办公室门前站一站，听听她在跟谁通电话。我听见了她在电话里对对方的称呼，她也提议批准史密斯回家的事。凯润女士还催马丁先生快一些把车派来。我以为他们会用车来送刘爱呢。"珍珠说道。

刘爱突然站起身来，她要到楼下去问个明白。她不想再像以前那样，装着什么也听不懂，一副可怜的移民面孔。她要找凯润女士，她要问个明白。

"你等等，等玛利亚回来我们商量一下。你这样去问她，她会觉得丢面子，更加不想帮忙了。"梅里拉住刘爱。

就在这个时候，玛利亚和史密斯一起走了进来。史密斯是进来告别的。几分钟之前她被通知，明天早晨五点五十五分到六点之前，必须走出半路家。她已经通知了家人，她的丈夫会开车来接她。

"是我在今天早晨给她出的主意。"玛利亚说这话的时候，一副救世主的神态。她把手中提着的两大包外卖隆重地放在桌子上，并呼风唤雨地指挥拿这拿那，把这几个人的饭盘在桌子上摆好。没等刘爱提到凯润女士和马丁的谈话，玛利亚就开始显摆给史密斯出主意的前前后后。刘爱记起来了，早晨出门前，她看见玛利亚把哭得满脸是泪的史密斯叫到她的房间去聊聊。玛利亚的主意怎么这么见效？刘爱在想，玛利亚一定也能给她想出个有效的解决方案。

"今天上午我对史密斯说，这两天她要特别地打扮，她要争取在出门和回来的时候，在登记的窗口前多停留，用眼神和那些男人打情骂俏。她要找准机会假装没站稳，倒在哪个正在只动嘴皮不动手的男人身上。然后，马上报告凯润女士，说自己在这里长期受到性骚扰，她需要按原计划回家。那个凯润女士最怕半路家有人告状，特别是在目前这个'Me Too'大潮兴起的大形势下。凯润会马上给史密斯开绿灯。放走一个人，联邦监狱局会减少给她这个半路家的人头预算，但是总比出了问题被挪掉职位要好得多。"玛利亚一边说，一边解开装满了菜的塑料盒子，从里面挖出扬州炒饭，挖出油腻腻的左宗棠鸡，挖出用罐头竹笋等素菜拼在一起的炒菜，每样取出一点，放在一个纸盘子里。她把纸盘子推到刘爱的面前。

"史密斯真是个运气好的人。还没等她故意倒在男人的身上，那个傻帽男人就找上门了。今天中午史密斯头痛先回来了，刚睡下就有个男人推门进来。"珍珠等不及了，她接着玛利亚的话题往下说。

"我没有睡下，我正准备躺下休息，我刚刚脱了衣服。"史密斯像做错了事一样低着头，底气不足地补充道。

"管你睡下还是没睡下，反正他走进了你的房间，看见了你脱光的身体！"玛利亚固执地下着定论，"我让史密斯马上报警，同时也让她的丈夫打电话报告美国监狱局纽约分局，这种事可是惊天动地呀。史密斯已经住满半路家时间了，半路家找理由把她留在这里，本来就没有道理。"

后面的事全被珍珠说了。那个推门进来的黑皮肤男人，十二年前因开车不小心撞死了一个白人，被判了十五年的徒刑，早晨刚从费城监狱出来。据他说，他误以为二楼是三楼，误以为史密斯的房间就是他的房间，他走错了。可是史密斯报案的时刻，正赶上半路家总部的领导来检查工作，为了美国监狱总局的检验。"我不知道那个男人是真的走错了，还是跟着史密斯走进她的房间，想看看或是抱抱十几年没有碰过的女人身体，反正他撞到了史密斯准备好的枪口上。"珍珠不无遗憾地停了停，若有所思地叹了口气，"我听见那个男人哭着向凯润女士解释，希望她原谅自己因为失去方向感而无意造成的不良后果。他说，他的儿子和儿媳妇明天会抱着刚出生的孙女来看他。他希望和孙女的第一次见面，不是在监狱里。他还说，他拒绝所有的第三代到监狱里看望他，他不值得留在孙儿辈的记忆里。他哭得像个孩子。"珍珠显然十分同情那个和她同一天走进半路家的人。

"这个半路家里住满了刑期长的犯人，想想，几年或十几年没有闻过女人味的男人，一下子和女人楼下楼上地碰面，老的少的黑的白的，在他们眼里全是天使。今天我回来的时候，一个看上去穿着西装挺斯文的男人，就给我递了张名片。你猜他是干什么的？金融公司顾问！啊呀，我们浑身散发出的荷尔蒙气息，让这些男人不得安分。"梅里插话了。

"我也没有想到凯润女士会把这个男人送回监狱。"史密斯听到梅里的话里没有指责她的意思，良心上稍感安慰。这个男人走错了楼层和房间，无论是什么原因，这个事实被史密斯利用了。

"我问过玛利亚，这样去报告的结果会是怎样？玛利亚说，人不为己，天诛地灭。我们已经一无所有。"史密斯语气软弱地说。但是看到这个可怜的刚刚走出地狱的男人因此被再次送回地狱，这样的结果，让史密斯满心愧疚。

原来那个被带上面包车的就是这个倒霉的男人。那辆从她身边呼啸而过的面包车，带走了一个刚刚吸了一口自由空气的悲伤灵魂。刘爱不寒而栗地喘了口气。史密斯可以回家的好消息，变得沉重了起来。

"别谈这个了，我们可怜他，谁来可怜我们？"玛利亚把盛满了菜的盘子推到几个女人的眼前，自己端起一个满得不能再满的塑料饭盒，狼吞虎咽起来。

"哎，你怎么走了？"玛利亚看见刘爱站起身，快步走了出去。

刘爱回到自己的小屋。刚开始她根据计划好的单子，准备了几件她认为要带到简身边的东西，比如那个简用酱红色油笔写了"Hope"的白色颜料杯，那个她从营地带出来的随身听，里面有那首《Hello》，还有那张在红桥上拍的照片。可是一拿出照片，她一屁股坐在床上，疲惫、无奈、担忧，以及所有用悲伤这两个

刘
爱

字能概括的感觉，全都从她身上每一寸肌肤上溢了出来。

刘爱看见自己斜着头靠在简的胸前。照片上，自己的眼睛似乎在躲避阳光的刺激，弯弯地眯着。但是眯着的眼睛关不住里面满溢着的愉悦。那张有着几个女人的照片，本来没有包括她。拍照的人只邀请了简，但是刘爱一直想和简照张相片作为纪念，只是从来不知道怎样开口。那天在小红桥上碰到了这个机会，刘爱不知从哪里冒出来的勇气，固执地走进去，站在那里。后来她为所有照片上的人买了单。就算这样，刘爱也是满意的。这是唯一一张她和简的合影。她自己看上去是那么的开心，简的脸在阳光下显得如此动人。刘爱一直把这张照片当成宝贝。

刘爱的目光停在了照片上的那座红色的小木桥上。从女犯宿舍的小山坡上走到操场，要经过这座有着近百个台阶的木板桥。天长日久风吹日晒，加上每天被几百只脚来回踏踩，桥上被涂成艳红色的木板，已经斑驳褪色，阶梯的许多地方露出了木头本色。"也许每个女人必须经过血的教训，才能重新站上人生跑道。"刘爱刚到营地的时候，玛利亚带着她从宿舍走到操场，就这样解释着这座红色木板桥的意义。

刘爱每天都跟着换上跑步鞋的简走下红桥。刘爱说过，她特别喜欢在红桥上看见自己的影子紧贴着简。日照的光影把她们身体变长、变宽、变短、变细。她们一高一低，时而交叉，时而独立，时而起伏，时而平展，时而立体，时而重叠。所有这些带着幻想和错觉不断重组的画面，随着她们的动作在桥面上变幻着形态。阳光充足的时候，刘爱和简会在红桥中段停留几分钟，她们随意改变自己身体的姿势，看着阳光下不按规则变化的影子，旁若无人地大笑着。阳光在红桥上画出她们两人多变的影子。

半
路
家

刘爱记得有一天在红桥上，她告诉简，营地的人在背后给自己起了个外号，叫"影子"。简问她："你喜欢这样的说法吗？"她现在后悔没有直接回答简。刘爱当时没想到简对自己的外号如此认真。她来不及揣摩简莫名其妙的问话，也没有想好自己的观点，因为当时她没太听懂"Shadow"这个词，她完全不知道怎样回答。后来她专门翻了词典，但又忘了告诉简。刘爱想好了，这次见到简，她要把所有以前没有想清楚的和不好意思说出口的话，全都说出来。

就是那天，在那个红桥上，她们一人戴一只耳机，反复听着简的MP3里的《Hello》，在阳光下扭动着身体，看着变幻形态的影子，玩着刘爱小时候在安徽老家看过的皮影戏游戏。那天简告诉刘爱，等刘爱也自由了，她要请刘爱一起回到她老家弗吉尼亚的庄园。那里有一条长长的、车轮子轧在小石头上沙沙作响的庄园大道。庄园的主体建筑上，雕着她家族的标识。接待客人的大厅里，悬挂着历代先辈们的油画人像。曾经奏出无数首美妙乐曲的老钢琴，那张能容纳三十六位宾客坐下享受美酒佳肴的长条餐桌，那些被历史的手磨得发亮的豪华银色餐具，还有那座用最智慧的计算告诉人们时间已无情流逝的祖传大钟，都时常出现在简的梦中。简告诉刘爱，弗吉尼亚庄园的顶层，有一个黝黑的散发着霉味的书房。书房的墙壁上挂着一个个风化了的动物的头和打死它们的一杆杆猎枪。庄园里还有一个总是充满了食品香味和祖母笑声的厨房，她从小在那里度过许多午后和黄昏。"祖母把这个有着主楼和六个独栋小楼的庄园留给了我。以前小酒馆的收入，基本全部用在庄园的维护上了。可是现在小酒馆卖了，庄园每个月的维护费，已经把我和查理掏空、压垮了。"

那天红桥上的交谈，让两个完全不同文化、不同语言、不同肤色，由于不同原因在摩尔顿营地巧遇的女人，在太阳的见证下，达成了一个与感情有关也无关的协议。那就是当刘爱完成半路家的时间之后，她将随简一起搬到她祖母的庄园。她们要一起把那个荒芜的庄园，做成一个可以接待游客的景点。刘爱还想到每天都在纽约大街上观光的中国游客。她潜意识里依旧存留的营销知识告诉她，这个有故事、有历史的庄园，一定会出现在中国游客的行程单上。从那天之后，刘爱突然开始经常想到丈夫老马。中国人说，一日夫妻百日恩。更何况她和老马还一起生了小福子。她和老马的婚姻，就像中国北方腌的大白菜，材料和时间都是按照祖传的规矩，错不到哪里去，只是腌好的酸菜可以单纯地出现在最贫穷的菜桌上，也可以做成昂贵的酸菜鱼。他们这两棵曾在一个缸里腌着的大白菜，最终的吃法出了问题。在这个世界上，没有一个人能准确解释男女爱情。无论她的皮肤是黑，是白，是黄，还是红。

"刘爱，你还不快点出来吃一点我买的晚餐！"玛利亚催促着。

玛利亚对刘爱的偏爱，半路家的女人们早有所悟。自从刘爱告诉这里的女人们离开半路家之后她就要回北京，有钱的和没钱的人，都说有一天一定要去中国看看。玛利亚还神秘兮兮地拿着那张发黄的照片来找刘爱。

"你问过我，我为什么总是对你感兴趣？我一直不好意思告诉你，你的出现，让我想到了我的一个女儿。"那天玛利亚告诉刘爱。她说，之所以像老母鸡护小鸡一样袒护着刘爱，是因为她年轻的时候，和在中国城餐馆打工的一个福建男人有过一个女儿。她是挺着肚子走进营地的，在营地早产生下了女儿。"她是监狱之花！"营地的女人们说。不少女人把头贴在玛利亚的肚子上听过胎儿的心跳。玛利亚至今还记得女们用穿旧的银灰色秋衣，做了六只小围兜，六只小围兜上缝着六朵不同颜色的毛线花。玛利亚曾经摸着肚子发誓，一定要让女儿过上好日子，出狱后再也不沾毒品。女儿刚出生三天就被领走了，玛利亚奶头胀得要爆炸，奶水如喷泉。她每天流泪不止。多少年出狱后她才得知，这个混血的婴儿已经被那个福建男人送回中国，福建男人也不知去向，她刚想直起来的背，被眼泪压弯了。没隔多久，她又操起老本行，翻手为云覆手为雨地做起了毒品生意。

当玛利亚这次走进营地的时候，她说她自己看上去像电影里走出来的女疯子。白色的银发随风飘散，清瘦的脸上布着一层奇怪的阴云，眼神深不可测。谁也不知道玛利亚患有癌症，谁也想不到玛利亚还真的挺了过来。在摩尔顿营地，大夫坚持要给她做手术，可是玛利亚坚持等着回家再做手术。"就是死，也要死在家里。"玛利亚对医生说。她知道，如果她同意做手术，她就会被戴着手铐脚镣送出营地，之后坐专门运送罪犯的飞机，飞到中部一个中转监狱，在那里的特别监控室里住一个星期，再飞到达拉斯，到那个美国监狱处理生重病病人的地方。开完刀，如果需要护理，将要在那里接受护理，直到恢复。"我已经是一个螺丝全部松掉的废机器，我人还没到那里，就会散了架。别为我浪费钱了，我一文不值。"玛利亚对医生说。

这些隐私，玛利亚只告诉了刘爱一人。她说在营地的时候，她突然收到过一个叫夏天的女人的信，这个叫夏天的混血女人，就是她和那个中国福建人生的女儿。"她现在正在办理签证，她要到美国寻根。"玛利亚希望刘爱自由了以后，可以和夏天做朋

刘爱

友。"你们都说中文。你一定要告诉她,我这些年最不开心也是最开心的事,就是想念她。"

今天下午,当梅里回到半路家告诉玛利亚,简进了医院,刘爱却不能去看她,玛利亚一秒钟也没停。她把自己最拿手的算命技巧想了个遍,她要找出立马生效的解决方案。史密斯的事虽说进展神速,但那还不够。老监狱玛利亚智慧的头脑,早已经像开出站台的火车,往下一个目标车站行驶了。

"快出来吃两口,我们还有话要说呢。"玛利亚冲着刘爱的房门大声叫着。

半个小时之后,二楼那扇把男人的罪恶挡在门外的小门,哗啦一下被推开了。刚才在电视间郁闷着的女人们,士兵般列队从二楼通往一楼的楼梯上走了下来。玛利亚带队,史密斯第二,再就是梅里、珍珠和几个也是从同样的营地出来的女人,刘爱走在最后,那是玛利亚安排的。

傍晚时分,像正常人行走的大街一样,这个不正常的大楼里,也是人影脚步繁忙的高峰。巴掌大的门厅,热闹得像集市。排队登记回来的男人们,正在就白领黑领这个问题争论着。

"什么白领黑领,都是罪犯,懂吗?在这里,争取权益,保护自己,管他白领黑领。"玛利亚向跟在她身后的女人们甩了一句话。

窗口前有人开始争吵。那个提着肮脏塑料袋,一看就知道不是穷得身无分文,就是饿得面色发青的男人,拖着两条像是被榨干糖水只剩干瘪枯枝的甘蔗腿,正在抓着另一个疲惫男人的衣领。因为那个疲惫的男人,不知怎么骂了他一句"垃圾"。

"你才是垃圾!别看我今天这样,现在拔根毛都比你要壮。

我可是真正的白领！"那个面色发青的男人发狠地叫着。

"如果你们都想被送回监狱，那就在这里继续吵。"凯润女士出现了。她正是玛利亚这个团伙要找的人。

"你们这是干什么？"凯润女士注意到从楼梯下来的女人们。她们个个神情严肃，原先见到她时的那种恭维和卑微不见了。这种情形在半路家难得一见。

这时，史密斯站了出来，说道："凯润女士，我希望能够告诉你，你是搞错了，或者是故意搞错了。"

"你是什么意思？"凯润女士完全蒙了。

"我刚知道，那个被送回监狱的男人，确实是住在三楼我那间房的上面。他一定是真的走错了。你这样不经过调查就随便处置，太不严肃了。"史密斯昂首挺胸。刚才还要誓死搏斗的那两个男人，见此情形也都放开了手，他们惊恐地看着剧情的发展。

"你不想回家？"凯润女士彻底糊涂了，满脸疑惑地问史密斯。

"除了史密斯的案件你处理不当，还不顾我死活地拒绝我的要求。今天下午我差一点失血过度，如果不是梅里回来了，你可能要为我失血过多送急诊而承担责任。"珍珠一字一句、一板一眼地念着心里早已背熟的台词。

"你以为我们不知道你为什么把那个男人送回去吗？因为你知道，史密斯的丈夫是外科静脉手术医生，你话里话外说过，今后合适的时间，你要请史密斯的丈夫给你开刀。你惩罚那个男人的时候就暗示史密斯，你会想办法帮助她回家，你这是假公济私。"玛利亚把最关键的几个字抛了出来。

凯润女士被眼前的情形彻底震惊了。她听见窗口里值班的人在笑。那可是她的下级。这可不得了，这种无视她的权威的笑声，比所有这些难听的语言还要刺耳。"你们想干什么?!"她拿起手机，但是迟疑了一下，又把手机放回口袋里了。

"别放进去，请给马丁打个电话。"史密斯说。

史密斯的这句提示让凯润女士顿时明白这场示威的起因和目的。她刚才僵直了的脖子瞬间放松了。她知道那个站在后面的刘爱，是这次声讨行动的主要原因。她跛着腿走到刘爱的面前，面色和善地说道："我刚才还没有来得及通知你，我找到马丁先生了。你现在就可以去医院了。不过，你只有三个小时的时间。"

凯润女士还想说什么，但欲言又止。她从口袋里掏出手机，迅速按了几下。"嘟嘟，嘟嘟"几声，很快就有个男声出现。"马丁你好! 你知道我的权限只是三个小时，我想给刘爱多争取几个小时。你看她十二点回来如何?"凯润女士对着手机说。

凯润女士不小心自己说漏了嘴，她原来有批准权限的。她过去的拖延，要不就是根本不打算批准刘爱的请求，要不就是完全不在意这个请求的存在，她只是随着自己的心愿，玩弄手中的那点权力。折磨这些从监狱里走出来的前犯人，与他们斗智斗勇，这个游戏对于她这样生活无味的人可谓趣味不凡。不过，她在半路家工作了这么多年，今天当众出丑，还是第一次。她若有所思地看着眼前这些既陌生又熟悉的面孔，思忖着怎样找回面子。

刘爱终于得到了出门的批准。梅里帮着刘爱查了地铁图，从半路家出发到纽约大学医院急诊室，最少也需要一个小时。"坐出租!"史密斯从口袋里拿出钱包。

刘爱想到了那个每天给她打折咖啡的丽莎。她的丈夫是出租车司机。

"上帝就是这样爱我们。"丽莎一听是那个有口音的中国女人，不等刘爱多说一个字，就喜出望外地叫了起来。可是一听说是去医院急诊室，觉出事态的严重。"他今天正好在家休息，我马上叫他回来，他在他母亲家里。不远，一会儿就到。"丽莎的声音像是着了火。

也就是这个时候，刘爱想到了下午方小月的那张白色的名片。她住的地方离这里只有几条街。刘爱顾不得多想，按照上面的手机号码，拨通了对方的手机。

几分钟之后，门口停了两部车。不知道是凯润女士良心发现，还是她急着要挽回她无情的形象，她居然批准玛利亚和梅里陪刘爱一同去医院。刘爱坐进方小月的车，玛利亚和梅里钻进了丽莎丈夫的出租车。

卸了妆的方小月满脸焦急地坐在驾驶员位置上。刘爱在电话里告诉了方小月，她在营地里最贴心的知己病危，方小月马上就打电话给远在北京的姐姐，把这个人命关天的消息告诉她。姐姐告诉她，就是上刀山下火海，今天也要帮助刘爱。

刘爱上车后，方小月帮着系上安全带，转过身来，递给刘爱一个信封。"这是我们代表团的大姐们给你的慰问，应该是600美金。她们要我告诉你，6就是留的意思。希望你的亲人能够被大家的手抓住，留下来。"

刘爱没有拒绝。她接过那个信封，闭上眼睛，憋了太久的泪水，顿时涌了出来。

刘
爱

拾捌 简·华盛顿

弗洛伊德在《梦的解析》中说道："梦形成的动机，往往是一个想获得满足的愿望。"简的春夏秋冬和生死交替，尽在梦中。简轮廓美丽的脸被涂上俗不可耐的胭脂。惨白的嘴唇被鲜红耀眼的唇彩扩大了轮廓。原本生气勃勃的鬈发被规规矩矩地梳理整齐。她的身体被装进时尚的套装，摆放在教堂舞台中央。《Hello》的旋律自由飞舞，满堂鲜花疯狂怒放。爱简和不爱简的人，喜欢简和不喜欢简的人，尊敬简和不尊敬简的人，踏着方步绕着平躺的她，向她致意。真情流泪或假意悲哀，一切犹如百老汇闹剧。剧目还没开演，也许正在进行，或是已经结束。所有的过程似真似假，直到演员登场谢幕，一缕刺眼的聚光灯光从教堂天顶射下，聚焦在简交叉平放在胸前的苍白纤细的手上，我们看见了那枚戴在刘爱手指上的用纽扣做成的戒指。这枚戒指是红色的，像是被血染成的颜色。

不要解开我左手腕上的那根红色的苹果手表表带。

我感觉到尖锐的针头正试探着插进我的血管。我不需要！我不要你们再从我纤细的血管里抽出任何一滴鲜血。我不想再做任何血液的检查。在摩尔顿营地，我被各种检查抽过无数次血，我的血液所剩无几，心脏已经开始干枯衰竭。

请把表重新给我戴上。我要这个能够把世界装进去的长方形表块，再次贴在我的皮肤上。查理送给我这块表的时候，说它有记录的功能。可是它来得太晚了，一切已成如烟往事。但是，我要它记录我的今天。

我怎么听见好多人出出进进的声音？就像摩尔顿营地那扇永不关闭的旋转门。女人们从生活的各个角落里走进来，英语、西班牙语、韩语、中文、俄罗斯语，还有一些听不出来自哪个国家的语言，在这里混杂成五湖四海。

为什么说我昏迷了？为什么说我的记忆和视觉已经出现了问题？按照英国大脑专家托尼·博赞（Tony Buzan）的左脑负责管理数理、语言、逻辑、分析，右脑负责管理韵律、想象、色彩和空间的学说，我的神经系统存储过往生活的记忆能力，不比电脑差。在我认罪前法院做的医疗检查报告单上，那个有关大脑记忆部分就是这样说的。

多么可笑，我为什么再次听见了监狱的声音？我早就离开那里了。我不再被关在营地，不再穿女囚的绿色制服，不再睡在狭小隔断里那张铁质上下铺上，不再需要每通话一次，就要再等三十分钟才能打第二个电话。我不再需要精打细算计划着怎样科学地使用每个月三百分钟的电话时间，不再需要下午四点吃晚餐，不再需要每天几次站在床前等待狱警点名，不再需要幻想外部世界。我已经刑满释放，已经是一个自由的女人。我已经回到纽约。但是，我听见的监狱的声音是那样逼真。也许，我进去了，从未离开。

我的听觉万分准确，我的视力依旧是1.5，比少年还要清晰。在摩尔顿营地的时候，我倒是希望自己的视力下降到什么也看不见，这样我就会像突然失明的盲人一样，在黑暗里回想着过去的美好。

不过我拿不准眼前的景象是真还是假。我怎么看见一个女人刚推开纽约大学医院急诊室的大门，转眼就随着从四面八方涌进的人流，走进那扇装着金色手把的隆迪百货公司的旋转门？这女人迈着优雅的步伐，正朝着化妆品柜台急步走去。她看上去曾似相识。我在想，认真地想，那个女人是我吗？

紫色的羊绒大衣在这个女人的双腿边自由飞扬着。竖起的大衣领托着她那张由于缺少睡眠而苍白的脸。她那对随着光线变换颜色的眼睛，正精力充沛地试图越过拥挤的人流，聚焦在几米之外那个被装饰成神秘的首饰盒一样的柜台。

这个女人的衣角，时不时地被擦肩而过的购物者提着的大包小包挂住。购买圣诞礼物的人流，带着节日热烘烘的气息，活跃地朝她涌来。这个女人那头像火炬一般的鬈发，在她头顶飞扬燃烧着。她特地找出刘爱给她做的头绳，那是在监狱专门用来扎信和书的那种粗皮筋搭配毛线编成的，把头发扎成自己在营地时的样子。她高挑的个头和这个不合时宜的疯狂的发型，让远在天边的人，一眼就看到她。

是的，她就是我！简·华盛顿。今天我和刘爱有约。

刘爱，我看见你了！你带着我永远忘不掉的只有东方女人才有的含蓄的微笑，站在化妆品柜台的一角。你看上去已经彻底地脱胎换骨，完全不是在肯纳蒂克监狱摩尔顿营地的样子。你已经从肥大的绿色囚服破茧而出。你淡紫色的高领毛衣优雅得像一朵勿忘我花。一串长长的水晶挂件在你的胸前来回晃动，让你那对亚洲女人常常不显山露水的乳房，看上去像两座有形有顶的山峰。你为什么要粘上假睫毛？你的那双像月亮一样弯在神秘夜空的东方眼睛，不需要任何修饰。不过，无论你怎样修饰，你那一头短短的像竹笋破土而出骄傲地立在那里的头发，让我一眼就认出了你！

"欢迎来到隆迪百货公司。"你的声音里充满了客套。你双手伸过来，但没有拥抱我。你接过我特地为你而穿的紫色羊毛大衣，紧紧地抱在怀里，像是怀抱着自己的婴儿。

"你好吗？"你用装出的平静问我，好像我们素不相识，我只是你的一位预约来做面部美容的普通客户。你示意我坐在那张为顾客试用产品而设置的白色皮质高脚椅上，小心翼翼地松开我那头自由伸展的鬈发，再用带着薰衣草香的发带固定好。你冰凉的手指轻轻触碰到了我的皮肤。我的心脏突然急速地痉挛着。刘爱，你一定能感觉到我的身体在发抖。

你为我端来咖啡的手抖得厉害。你很紧张。我也是。我们必须镇静地表演，我们必须保持初次相识的客户间那种浅薄的商业寒暄。因为你正在美国监狱局管理的帮助犯人重新走入社会的半路家度完你的刑期，而我，正在执行出狱后的监外管理期。我们不该有任何来往，来往属于犯规。

我看见那张留着我字迹的预约纸条，静静地放在柜台上。我发现你不时地用目光看守着它，像是一个母亲看守着刚刚出生的婴儿一样。我感觉到你裹着柔软棉垫的中指，在我的额头上轻轻推动着。

"这是今年圣诞刚刚推出的薰衣草平衡水。它能够唤醒你清晨的皮肤，也能够给你晚安的宁静。它的价格没有变，只是品质更好了。"你安静地发表着你的职业宣言。

"我一直在期待它。"我小心谨慎地选择着字眼。刘爱知道我最喜欢的颜色是紫色，最喜欢的香味是薰衣草。我的心更加剧烈地狂跳。我知道自己如果再多说一个字，堵在心头的思念就会蜂拥而出。我的牙齿正在代表我与喉咙里激情狂奔的声音战斗。思念的句子被牙齿紧紧地挡住。

"你是怎么知道我们昨天才推出的这个最新产品的?"你假装自然，黑色的眼睛送出探寻的眼神。你现在的角色是纽约这家著名百货公司化妆品柜台的美容专家，眼神专注在另一个女人的脸上，不再是犯罪。

我是怎样费尽心机找到你的? 我现在过得怎样? 你探寻的眼光在问我。过去分别的一年，让我们彼此的问号堆积成了喜马拉雅山。

精华素经过你指头顶端软软的皮肤，正轻轻地在我脸上蔓延开。我闻到一股浓郁的薰衣草香精的味道。我已经有一年多没有闻到这个有点过分但是让人想到爱情的味道。在营地的小卖部里，我买过一瓶送给你，但是那不是因为爱情，是因为我受不了你满身厨房的油烟味。你让我想到油腻的纽约中国城。不过离开你回到纽约之后，我独自去了中国城许多次。街面上熙熙攘攘的装满食品的小车，在与菜摊主讨价还价的只说广东方言的老人们，那些挂在玻璃橱窗里滴着油的烤鸭，还有大厨们举刀切剁食

半路家

物的架势，都让我回味你的故事。你说中国城是中国移民的生命线时的那种神秘感，只有站在中国城那块油塌塌的水泥路面上，让四面八方飘来的中国菜味钻进你的每一根毛孔，才能够体味其中的奥秘。

浓郁的薰衣草味混合着销售大厅"铃儿响叮当"的圣诞音乐，在我们身边自由地跳跃着。一位浓妆艳抹蹬着至少两寸高跟的女销售员，女王般走到我的身边。"亲爱的，我们今年为圣诞准备了划算的超值套装，你应该关注一下。"没等我回答，她朝我正享受你指尖触觉的面孔上，喷出她手里拿着的搞不清是什么花型的香水。

她这种强迫性的给予，让我的眼前催生出奇怪的镜头。我被香味牵着，离开了你。这里到底是什么地方？为什么看起来既熟悉又陌生？这里将要举办怎样奇怪的仪式？是洗礼还是葬礼？为什么神父来了？

我的头脑也许真的出了什么问题。刚才明明是百货公司的旋转门，怎么刹那间变成摩尔顿营地的旋转门？这两扇既能将你送进购物天堂又能推你到地狱的旋转门，怎么会在我的眼前同时开启？

我看见各色衣装，对物质世界充满需求和对自由充满欲望的各种面孔。

这到底是什么地方，为什么我看见营地周末用来接待探监的访客、周五来给女犯们做弥撒的"教堂"？我看见那块被历史踩磨得伤痕累累的地毯，将"教堂"的空间分成像头等舱和普通舱两个等级极度差异的区域。区域里摆放的椅子质量，代表着使用者的身份和地位。左边的长条木椅上规规矩矩地摆放着一本本被擦拭得一尘不染的《圣经》，右边放着几百个只有摩尔顿营地才有的缺胳膊少腿的红色塑料椅。正派和罪犯之间的距离，就这样同在一条不宽的通道两边，中间只隔着差不多两米。

我不得不怀疑我的听觉、视觉和记忆。我怎么看见有罪的和无罪的人，不分你我混杂着被旋转门推了进来？这里一定不是营地的会客室，因为在那里互相拥抱是奢侈，甚至是犯规。我想起了那个因为拥抱并亲吻了来探监的丈夫，被取消一个月探监和电话权利的克莉斯。她那张每天都浓妆艳抹像要去参加化装舞会的脸，从此挂着一副奇怪的笑容。她被建议去看心理医生，但是她怕说出的话加重惩罚，拒绝就医。可怜的金融家克莉斯！听说她那个一连六年每个周末都准时来探监的男人，在她出狱前竟然安静地在睡梦中死去了。我怎么会想到克莉斯？我已经努力试着忘掉发生的一切，除了刘爱。

这是什么地方呢？我看见穿着绿色制服的女犯们和一群衣着五颜六色的正常人，从同一个大门走进来，却自动分离，去寻找最适合自己的位置。罪犯和正常人之间真的就只隔着两米远？我看见门边闪出一张曾似相识的年轻男人的面孔，他正彬彬有礼地邀请着混杂的人群分类就座。他踌躇满志，一副掌握他人命运的自信。他那个像猎刀一般棱角分明的下巴，正在寻找猎物的胸膛。他是谁呢？我想不起来他的名字。

那是谁冲了进来？怎么会是劳拉？劳拉为什么还要坐在营地女犯们的席位上？她不是已经脱掉了监狱的外衣回到家里？她早晨还告诉我案子已经推翻，冤情已经澄清，但是为什么要把自己留在罪犯群里？难道她还要故意犯罪，希望再次被送到那个在营地小山坡上可以看见的水泥建筑物里，去和她锁在严格管理监狱里的母亲做伴？

　　玛利亚怎么跟在她的身后？身穿小貂皮大衣的老监狱玛利亚，怎么会头发蓬乱地出现在大众场合？即便是营地，她每天早晨起来的第一件事，就是把满头银白的长发牢牢扎成马尾巴，整整齐齐地盘在头顶，让它看起来像一朵盛开的莲花。她说她的头发是她心情的象征。二十五年的监狱生活里，她没有一天蓬头垢面地走出隔断。但是今天她怎么了？是什么原因让她这样蓬头垢面地来到这里？她怎么还要挤进绿色制服人群？她正在和领路的人说什么？

　　"你已经出狱，你应该属于正派的人。"那位年轻人客气地对她说。

　　"你跟我开什么国际玩笑?! 正派被许多不正派的人当帽子顶在自己的头上，它属于永远能够选择坐在右边座位上的人。但是我，有着丑恶历史的罪人，出不出监狱都属于不正派的人！"老监狱玛利亚高声喊叫着，"从你走进营地那一刻，你已经不再是正派的人。我的名字就是联邦罪犯身份编号，那八个数字已变成手铐脚镣，把我和罪恶永远连在一起。"

　　那里还有另一个人在喊，那是梅里。她在找谁呢？梅里怎么也选择坐在罪犯席上？她身上穿着时尚的羊绒大衣，那种高档不属于监狱。可是她的眼袋把她的高贵遮盖了。"我的丈夫最受不了女人有两个像乳房一样垂下来的眼袋。等我自由了，第一件事就是去美容师那里，找最有效的消除眼袋的办法。"梅里说过。按我的记忆，梅里也应该回到家里了，她应该为了她丈夫，也为她丈夫眼中的自己，去处理她的眼袋问题。可是我敢断定，梅里一定还没来得及对她的眼袋出手。今天她的眼袋里，饱含了那么多的失望和无奈。

随祖母一起到纽约的乔治，正坐在祖传的老式风琴前，用他那双触到琴键就会唱歌的手，雨点般敲打着那一排发黄的琴键。曲子正从他的指尖下忧伤奔流着，忧郁的歌词被他大颗大颗的眼泪包裹着，抛向空气中。他在弹奏《Hello》。啊，我希望包围我的杂音和幻境消失，我要再听一遍这首歌。

Hello from the outside. At least I can say that I've tried to tell you. I'm sorry for breaking your heart. But it don't matter it clearly doesn't tear you apart anymore. Hello how are you. It's so typical of me to talk about myself. I'm sorry I hope that you're well. Did you ever make it out of that town? Where nothing ever happened. It's no secret. That the both of us are running out of time. Hello from the other side. I must've called a thousand times to tell you. I'm sorry for everything that I've done.

老乔治饱经岁月摧残却永远爱意浓浓的黝黑的脸高仰着，悲伤的眼泪从他紧闭的双目里流出。我记得他上一次流泪的情景。那是他第一次来营地探望我。他看到访客室里接待家人的女犯一多半都是黑皮肤，他难过了。我感觉到了他的心痛。他对我说："你的母亲在世的时候，也在这个营地待过。她觉得自己是一个奇怪的黑白组合，叛逆的个性在70年代是要付出代价的。"乔治为什么这样说？难道我看起来与周围格格不入的红色鬈发和苍白皮肤，终于让他决定在这个特别的时刻，告诉我母亲离别的真相？难道我也属于社会调查报告上说的"犯罪分子的孩子，有百分之七十会重演父母的悲剧"？难道我的黑白细胞里，就必须有犯罪的因子？

我在哪里？音乐敲打我的脑子。音乐中我看见了我，也看见了刘爱。

我确认我的视觉和记忆真的出了问题。

查理来了！啊，我亲爱的查理！你走进来的步伐像以往一样稳重、绅士，深蓝色西装依旧平整无皱。只是你脸上的神情，像被秋风抽尽了最后一滴水分的枯叶。你额头上深刻着的皱纹，每一条都记录着我们的纠结。你看上去如此伤感。"我不要再听监狱的事！我不要再闻到监狱的味道！"你痛苦的喊叫从来就没有离开过我。自从我回到纽约家里，我们的每一次谈话都在不愉快中结束。谁愿意和一个掉进监狱海洋，带着满身失败的海腥味的女人同床共眠？·

啊，我不敢相信自己的眼睛！刚走进来的那对衣着高贵的男女，就是爱德华和娜欧蜜夫妇。他们正左右观望，思索朝右还是朝左。生活中找到一个合适的座位真不容易，所有的人都在费尽心机地寻找自己梦想的座位。

我看见娜欧蜜发现了我，正试图透过她超大的咖啡色太阳镜，寻找和我目光对接的可能。为什么她还要找我呢？我已经是她手上奄奄一息的猎物。我的五脏六腑正在她的明枪暗箭下流血。我不想再被她找到，不想再在她胸罩上扣着的录像机里，留下任何愚蠢的肺腑之言。我对他们和管地产的政府官员的交易一无所知。要我出庭作证，就等于从大街上拉出一个要饭的，为他清洗干净身体，套上已经准备好的服装并戴上万圣节假面具，去念你们为我写好的台词。我不想再被她找到，因为今天的我，已经没有什么是她再需要的。我的名誉已经像废纸一样被撕碎，我的姓氏已经毫无意义。我是一个被丈夫放弃的离婚女人，一个爱女人却不敢承认的女人。

我注意到爱德华一直在向坐在他身边的检察官点头哈腰。他浮肿虚胖的脸上挂着诚惶诚恐的微笑。只有心怀鬼胎的人，才有那种卑微的假笑。他让我想到马戏团节目里，脸上涂了五颜六色跳来跳去的小丑。他们一定是为了接近检察官才到这里来，因为检察官的喜怒哀乐，将决定爱德华的命运。他们小声商量着什么？是在决定我的死活吗？检察官认真地咀嚼着爱德华递上的一颗洁齿口香糖。也许事情就应该这样，真假虚实的故事，就是人们嘴里咀嚼了再吐出去的口香糖。

我看见我的律师大卫也在寻找可以坐下的位置。他举止稳重，在检察官和爱德华之间寻找着合适的座席。我的律师过去也是检察官，他熟悉检察官的思路就像每天从家里开车出门朝右手拐便是城市大道一样。他竭尽全力为我辩护，使得我不再需要开口。我的声带失去声音，我言语的功能已经随着我丢失的一切而丢失。

天哪，还记得我提到过的从弗吉尼亚农村到纽约来找我的干女儿吗？她戴着一顶上好质量的呢帽子，风度翩翩地飘了进来。她矜持地捧着《圣经》，样子悲痛至极。因为自从报纸上登出有关"简·华盛顿涉嫌地产骗局被捕"的消息，这个叫了我十多年母亲的干女儿，便礼貌地消失了。她似乎忘掉了自己当年只是小酒馆的一个女招待，是祖母送她去读书，是我把自己的貂皮大衣给她穿，带她出席哈佛俱乐部晚宴，并代表她过世的父母，为她举办了婚礼。她今天怎么会特别选择坐在查理身边？她的样子是那么柔弱伤感，就像当初靠在我的肩上一样。她为什么哭泣？难道她的眼泪也可以出卖吗？

那些常常出入纽约俱乐部的社交男女，怎么也出现在这里？他们交头接耳寒暄让座，手势和眼神高贵而空虚。这个地方的座位一定与金钱和权力无关。谁会让座于金钱和权力呢？在这个只有金钱和权力才有发言权的今天。

我的视觉或是记忆真的出问题了。我怎么看见摩尔顿营地的母亲节聚会的场景？那些被我和刘爱用胶水粘在椅子背上，用染色的塑料垃圾袋做成的蝴蝶，正挣扎着展翅欲飞。那种想飞起来的感觉，看上去很痛苦，就像女人们每次送别探监的亲人们一样。

一个年幼的黑孩子像熟透的麦穗一样低着头，被他的父亲牵着手，朝舞台中央走去。突然，他愤怒地挣脱被父亲抓住的胳膊，像螺蛳一样蜷着身体躺在地上痉挛着，满地乱滚。"放开我，你为什么把妈妈送到这里来上班？我要她回家！你骗我，你根本不爱妈妈！我要她穿漂亮的衣服。我讨厌绿色！"他歇斯底里地喊叫着。他的样子比一只受伤的小狮子还要痛苦。他那个背着照相机在营地兼职摄影师的母亲，惊慌地从台下冲向前，跌跌撞撞爬到台上。她扑向那个满地打滚的儿子："都是我的错！都是我的错！是我不该随便说是爸爸送我来上班的。你不要恨他，我还有两年就可以回家了。"男孩的母亲跪在地上，抱起哭得鼻涕眼泪一大把的男孩。"两年太长了！我不要你总是通过视频给我念书，我要你坐在我的床边，像别人的妈妈一样！我不要起来，妈妈！我就要在这里睡着。我要一睁眼就是两年。"儿子哭喊着。舞台大乱，几个值班的狱警跑过来。

刚才那股有魔力的香水味，在摩尔顿营地的母亲节聚会的空气中，自由地抓住我的每一根神经。

"妈妈，你在哪里？你在我的心里！春天你是我的绿色，夏天你给我清凉。秋天你把金色带来，冬天你给我阳光！妈妈，你在哪里？你就在我的心上！"那个韩国人的十岁的女儿，站在台上大声地念着。我记得她年轻的母亲告诉我，她是因为银行贷款的失误被判了八十一个月。"我进监狱前和女儿谈了几个小时。我告诉她妈妈在工作中犯了错误，明天就要进监狱了。她问我，是你偷钱了吗？我告诉她，妈妈没有偷钱，但是让银行丢了钱。我告诉她，从今天起她就是家里唯一的女人，要帮助爸爸打理家事，也要照顾两岁的弟弟。"这个生长在美国的韩国女孩，用纯粹的英文，大声地朗诵着。

刘爱那天哭了。我第一次看见你那双好像只能装着笑容的眼睛里，大颗大颗地流出了泪水。"我的罪行会连累我的儿子吗？"你问我。你看出我片刻的迟疑，但也看出我很快找回了像信任上帝一般对美国的信任。"不会的，这里是美国！"我们在营地度过了一个美好的国庆节，国庆的狂欢让每个女犯忘记了自己被祖国判罪，无论冤还是不冤。我们是美国人，希望也包括你，刘爱。

我这是在哪里？我怎么又看见了神父的面孔？

"你准备好了吗？"神父拿着一只银色的盛着甘露般圣水的小碗朝我走来。我想站起来走向神父并告诉他，我在营地和虔诚的女犯一样，每天都捧着《圣经》大声背诵。每天都唱那首《奇异恩典》（Amazing Grace）："奇异恩典，何等甘甜，我罪已得豁免。前我失丧，今又寻回，瞎眼今得看见。"我们每天祈祷请求上帝的宽恕，希望能早一天赎罪，早一天回家。我想站起来走向他，可是我脚上似乎正戴着脚镣，那一尺多长的铁链，让我寸步难行。我看见神父的手倾斜着，银碗里的圣水就像眼泪，一滴一滴落在我的额头上。那个刻在我额头上代表罪恶的八个数字，正在圣水的淋沐下静静融化。为什么总是要等到灵魂升天的时候，神才原谅人的罪恶？

冰凉的水珠滴落在我的脸上，刘爱，那是你的眼泪吗？还是神父手里倾斜着的银碗里的圣水？

我确定自己已经是一个神志不清的人。

刘爱，你怎么放下我，和一个男人走上舞台？他是吉姆吗？真可惜他没有爱你。你二十多年前在牛仔裤的腰上塞了300美金离开中国，就是来找他的吗？我真希望我能像他那样拥抱你。我还想把我的一切，包括我的美国人的外形，全都给你。这样你就不只是一个拿着美国护照的中国人。你需要我的外表在这里生活。你需要美国人的外表。无论你有没有一颗真正的美国心。

我看见你拿着有着我的字迹的预约单，站在麦克风前。刘爱，你要说什么？是要把我们的故事告诉眼前的听众们吗？让我来说吧，让我这个美国人来说发生在美国的故事。

喔，我的这些幻觉真的离题太远。看来我必须承认我的大脑出了问题。我的眼前怎么出现了摩尔顿营地红木桥边那两棵有年头的樱花树？我看见冰霜包裹了它们所有枝丫，但是花蕾正在冰霜里渐渐成形，并爆出满枝的粉红。我看见它们在为我送行。

刘爱，我出狱了！我戴着那个和你的绿色纽扣戒指成对的红色纽扣戒指，终于出狱了。我身上背负的所有罪犯的感觉，都已抛在身后。我正朝着无罪世界走去。

你在哪里，刘爱？我怎么看不见你了？我能看见的，只是风雪中混乱的世界，还有你戴在手上的那枚绿色的纽扣戒指。

尾 声

　　和刘爱见面之后没多久，大概是2018年中国春节之前，我收到一张刘爱从北京寄到华盛顿的中国春节贺卡。贺卡的正面印着个笑脸圆润的胖娃娃，肚皮上挂着一片五彩肚兜，手里举着紫色莲花。这张中国味十足，用夸张的大红大绿作为主色调的贺卡，让我觉得刘爱的北京生活一定美满吉祥。刘爱用中英文写了最常见的新年祝词，她还在贺卡里夹了一封长长的信。这封有着不少英文语法错误的信，告诉了我一个意想不到，原以为已经结束的故事。

　　亲爱的玛丽，你好吗？上次在华盛顿见你之后，我的律师很快帮助我办完了美国联邦监狱的一切手续，包括回中国探望年迈爷爷奶奶的申请。临走前我去医院看了简，我告诉她，我很快就会回到她床边。我会用英文和中文读书给她听，我会和她说话，把所有藏在心里的

"我爱你"全部搬出来，放在她的枕边。我还会不断地给她讲中国美食的做法，让简在梦中品尝，直到她醒来。

离开纽约的当天，我伤心欲绝，心情就像知道了母亲把刚生下来的我，打包留在学校大门传达室的窗台上一样。进了机场，我糊里糊涂地办理了登机手续，然后像在摩尔顿营地一样，找了个圆柱子靠着坐在地上。我想写几张感谢的卡，没多久，我的目光里出现了一双穿着咖啡色休闲皮鞋的大脚。我抬起脸，顺着那双脚向上看去，万万没有想到，站在我眼前的是吉姆。

我吃惊于自己刚刚在卡上写了他的名字，他就从卡里跳了出来，站在我的面前。

"你怎么在这里？"我惊讶地问吉姆。我想张开双臂给他一个并不代表多少意义的美国式拥抱。但是我没有这样做，很奇怪，自从离开了营地，只有见到营地的朋友，我的双臂才会不经思考地张开。

我把手在裤边擦了擦，伸向吉姆。

吉姆伸出双手，把我的双手紧紧包在他那双柔软的大手之中。吉姆注意到了我手上戴着的那枚绿色纽扣戒指，我也再次注意到吉姆手指上的结婚戒指。这枚白金戒指，半寸宽，有一条金线镶嵌在戒指中央，设计很不一般。我从来没有刻意注意过任何人的戒指，满脑子记住的，就是我永远也不会摘下的简送给我的绿色纽扣戒指。不过今天，当吉姆穿着亚麻西装便服，背着旅行挎包，突然出现在我的眼前，而且在我马上要离开纽约的时刻出现，一种封闭在记忆里的情绪，让我想到二十多年前。那时候的我就是带着这种说不清的情愫，离开了北京。

吉姆注意到我的目光，微笑着对我说："我想来送你。"二十多年前，当我在北京机场送他回美国的时候，他就这样握过我的手。我没有向任何人提到过，当时我很想摸摸他那柔软的金发和白皙的面孔，像所有中国人看到金发外国儿童一样，摸摸他们与自己不同的头发和颜色不同的脸。那天，在纽约机场，那种冲动再次出现。

我注意到吉姆腰间系着皮带的裤腰上掖着一本平装版的书。那本小说已经被撕得很薄。二十多年前，这个有着一头金发的年轻人，就是这样把没看完的书掖在裤腰里，边看边撕。"你为什么看一页就撕掉一页？"我曾经忍不住好奇问过吉姆。"为什么不呢？我不想把看完的书放回书架，然后一辈子也不再动一动它。我不是理论家，我不需要从书里找论据。我是个实际的生意人。"吉姆告诉我。

问题也许就出在这里，吉姆是个理性实际的人，而我，是一个不顾一切追梦的人。

"我没太搞清楚你的计划，"吉姆说，"我总觉得你回去了，可能就再也不会回纽约了。我能理解你这样的决定，但是我不想你这样离开。"吉姆一个字一个字小心地说，"我离开北京的时候，我告诉你的爷爷奶奶，你会在零售业做得很成功。你到美国来实习，我会照顾你。可是，可是我做得很不够……我想我应该送你回家，向他们道歉。"吉姆低下头。

半
路
家

吉姆那头浓密的金发已像摩尔顿营地晚秋的树叶般日渐稀少凋零，两鬓疏松的白发修剪整齐贴在耳前。他抬起左腕看了一眼手表，然后说："我很高兴我能这样做。我把你送到家，后天再飞回美国。"

广播里响起登机的通知。

"你收拾一下。"吉姆指了指地上散落的卡片。他注意到有一个信封上写着他的名字。他弯腰将那张卡拿起来。"我可以现在看吗?"他问我。

"我本来想到了北京再寄的，这样我可以贴中国的邮票，同时信封上也有我家的地址。"我说。

"好主意。北京的新邮票一定特别受欢迎。我的儿子像我年轻的时候一样，热衷于集邮。你以前在北京给我找的邮票，都被他拿走了。"吉姆把写着自己名字的卡片递还给我，"从北京寄来的贺卡，更有意义。我们走吧。"吉姆挽起我的胳膊。

二十多年前，一个下暴雨的夏夜，上完英文课，他就是这样随意地挽着我的胳膊，送我回家。

"吉姆，谢谢你这样来送我。不过，过去的经历都是我自己造成的，和你无关。"我准备转身去经济舱的登机口。我想吉姆一定会坐头等舱。

"我们在飞机上继续谈。"吉姆说。

"飞机上?坐经济舱的客人是不能随意走进头等舱聊天的。"

"你没有注意你的登机卡?你坐在我的旁边。"吉姆平静地解释。

尾声

335

我急忙从挎包里拿出夹在护照里的登机卡，这才注意到，我的票是头等舱座位。我记得自己给吉姆的秘书打电话，告诉她自己所有的信用卡都已经被注销，目前在西联银行的账号，是美国监狱局与西联银行合作，供所有犯人使用的。我希望公司能够帮我买一张纽约直飞北京的国航机票，之后我用工资来还。我到了机场，在普通舱的柜台办理了登机手续，我完全没有想到，他们给我订了头等舱往返机票，更不敢想吉姆会用这种方式为我送行。

　　我心神不定地坐在吉姆的身边。吉姆接过空姐递来的两杯香槟，对我说："香槟不是太好，但我很高兴他们有香槟。"

　　我举起杯子的时候，想到摩尔顿营地，想到我和简从小卖部买的加冰汽水，庆祝从禁闭室出来，庆祝生日，庆祝圣诞并欢送简离开营地。简不下一百次地说，等我们在外面见面的时候，她会点最好的粉红色香槟。我们约好，出狱后的第一杯香槟，一起共饮。

　　我把香槟杯举在眼前，张不开嘴，只想哭。吉姆一定觉出了我心神的游移，他用嘴唇抿了一口香槟，随手将它放在面前的小餐桌上。

　　飞机开始在跑道上滑行。香槟杯里的一串串气泡，蜂拥着向上冒。那个被外国人称为中国"国歌"的"茉莉花"小调，充满柔情蜜意地在机舱里荡漾着。

　　我注意到吉姆的西装上衣左边的小口袋里，平平整整插着一块已经有些变黄的，右角绣着"北京"字样的

半
路
家

白色丝手帕，我记得那是我在中国百货公司买的，是吉姆离开北京时我送给他的礼物。

飞机开足了马力在跑道上飞奔着。机窗外急速向后旋转的雪花，蒙住外界一切景色。就在飞机即将起飞的那一刻，我突然想到飞机在纽约机场降落的那个雨夜。我的眼泪滚珠般落在衣襟上。那个最初把美国梦放进我心里的男人，把美国这两个字解释成"美丽的国家"的男人，把几十年前我送给他的祝福，别在胸前，送我回家。

"你是需要钱吗？我会帮助你。到了北京，等你有了账号，我就会转一笔钱给你——或者说，借给你。"吉姆对我说，"我希望你别离开零售业，你在客户关系方面有超常的能力。我这次特地来送你，是想告诉你，如果你决定留在中国，我希望你能够为我的公司协调和中方的合作。你非常了解我们。如果你决定回纽约，我也希望你为我把关与中国合作伙伴合作的项目。我们正在谈2018年中国春节将在纽约公司总部做的'中国故事'网购项目。"

飞机收起双轮，直插云霄。我很想对吉姆说，经历了这么多的事，我已经明白，在这个世界上，应该得到什么和不应该得到什么。我不想也不会接受吉姆的钱。

玛丽，我离开纽约已经一个多月了，我没有按计划回纽约，因为吉姆打电话告诉我，我每天想念的简，真的睡着了。

但是从那天起，我没有一天不想到美国，特别是想

尾
声

到摩尔顿营地。那里的生活，那里的人，那里的景色，还有发生在那里的我一辈子也讲不完的女犯的故事，像一部永远放不完的电影，每天在我的眼前出现。这部电影的主角，是简，也是我自己。

收到刘爱从中国寄出的这封信，几个月之后我特地去了纽约。查理已经搬回了那栋坐落在纽约最豪华的麦迪森大道上的别墅。他告诉我，一切都是简离开时的样子，他只是把楼梯修了修，因为劳拉告诉他，12月16日那天，简的脚被划破了。查理希望简再回来的时候，不再有这样令人不愉快的事情发生。我也去了简·华盛顿的墓地。它坐落在弗吉尼亚那个已经卖掉的庄园树林里，乔治特地在四周种满了简喜欢的薰衣草。我的车行驶在那条刘爱取走了一袋小石子的行车道上，车轮发出沙沙的响声。

　　一路上，我一直在听那首把刘爱和简·华盛顿的故事连接在一起的歌。

　　Hello，It's me……

关于这本书

　　《半路家》这部小说的灵感，来源于我在美国联邦监狱的经历。

　　从2016年8月至2017年底，我的这段人生，在美国联邦监狱丹布瑞女子营地和美国监狱局为出狱犯人重返社会准备的半路家度过。

　　《半路家》小说里的所有人物，是我在美国纽约监狱和白领女犯营地丹布瑞里遇见、相识或擦肩而过的女人们的综合。这部小说中所有人物、事件及故事，纯属虚构，虽然它带着我个人的心痛。

　　刚开始执行刑期时，我被关在一个没有阳光雨露、通风极差的巨大水泥房里，我的灵魂被突然降临的苦难撕成碎片。那些天我的动作是机械的，大脑是空白的，心里在流血。人的肉体是那么脆弱，人的命运是那么无奈，生命似乎轻如鸿毛。每一秒钟我都在挣扎。如果不是牵挂远在北京的年迈父母，我大概已经结束了生命。

　　上帝保佑，2016年深秋，我被转移到美国白领罪犯执行刑期的丹布瑞营地。

　　有一天，我路过女犯宿舍去食堂吃饭，看见宿舍一个隔断的木板墙上贴着一张整版报纸大小的离别告示。丹布瑞营地是一扇不知疲倦的旋转门，几乎每周都有新人进旧人出，离别告示不足为奇。不过那天看到的离别告示，不同寻常。告示纸的背景，是一串枝叶交缠、难解难分的粉色小花。那一朵朵似开非开的小花纵横交错，全都痴情地仰着头，像一群渴望爱情的女孩的脸。这些美丽的小花之上，有一行用黑色圆珠笔写的告别词："告别了，直到我们再见！"字字沉重，我惊讶于自己对这几个字的感觉。我还注意到，在大字的右下方，有一团缩在一起，像是被悲伤压弯了腰的小字，它们静静地藏在密密麻麻的留言里："我最最亲爱的，请带上我和你一起，你是我的一部分。"没有留下名字。

走的女人是谁？写字的女人又是谁？这两句带着浓郁感情色彩的留言，不停地在我的头脑里浮现。大约一个星期，我每天都故意经过那里，反复读着那几个字，直到这个离别告示被人揭下来带走。当我突然看到隔断的墙面空了，黑洞洞的隔断内，下铺的床上只有一块冷冰冰的蓝色塑料床垫，我突然难过起来。我开始不由自主地想象那个出去的女人，想象那个没有留下名字但留在营地的女人，想象她们是怎样度过空落落的日子，想象我听到和看到的营地女人们无望的关系和短命的爱情。

是监狱又不像监狱的丹布瑞营地，总是保持着200左右的人数。这里关着政治家、金融家、律师、会计师、药剂师、大学教授、商人、毒品交易犯，包括各种与经济有关被惩罚的女犯。这里除了年龄、肤色、国籍、长相、高矮和语言不同，吃的、穿的、用的都一样。这里只有刑期长短和案情、罪行的轻重，没有等级高低之分，也没有贫穷富贵之别。

在这样的特别环境下，女犯们对千奇百怪的"关系"视若珍宝。"姐妹关系""母女关系""同胞关系""同病相怜关系""志同道合关系"，还有只可意会的"男女关系"。这种"男女关系"多半是帕拉图式的，有名无实，但是爱意浓浓。所有这些形式复杂、难以准确贴上标签的关系，像一只只漂在水面上的救生圈，维系着女犯们命运的沉浮。它让落水无救的女人们有了活下去的希望；让每一个早晨带有希望，每一个夜晚藏有温存；让每一滴眼泪有人托接，每一个伤口有人包扎。这些关系把日历一页页翻过，提醒女犯们，她们再次回到人间的日子，一天天接近。

就在我注意到那张离别告示的那几天，像往常一样，我戴着耳机沿着操场跑道行走。耳机里突然传来一个女人优美浑厚的声音。歌词里浓浓的遗憾感，随着每一个字，像墨滴落在宣纸上，在我的心头洇开。我好像听见两个女人在对话，一个有声，一个无声；一个有形，一个虚幻。这首歌让我看见女犯墙里墙外纠葛缠绵的遗憾人生。

我快步走回营地的电脑房。我在给女儿的邮件中，详细解释了这首歌播出的时间和哪个电台，希望她能够帮助我找到有关这首歌的一切信息。三个小时之后，女儿回复了我，这首歌叫作"Hello"，唱歌的女人叫 Adele。

我开始寻找这首歌。我用邮票和一个拥有 MP3 的女孩交换，戴上她的耳机，每次可以听几遍。每次我都听得泪流满面，每次听完我就写下我的感觉。这些感觉，就是小说《半路家》的基础。从动笔到写完这本书，特别是离开营地后我可以自由地用电脑写作，听这首歌，总是我每天动笔前一定要做的事。即便今天，书已经交给了出版社，我的肉体已经可以随愿四处游走，但是每当听到这首歌，泪水会随着心痛流出。

2016 年底，我开始动笔写作。每周七天，从不停歇。写作，拯救了我。我每天与纸笔为伍。写作，让我忘了身在何处，让我的美国监狱生活，弥漫着文学的芬芳。

完成这部小说，我用干了无数支圆珠笔。当我整理东西准备离开丹布瑞营地时，除了亲人朋友寄来的信、卡片和照片，签满了各国文字的送行海报，就是我视为生命的两寸多厚的手稿，和一支作为纪念的用干的圆珠笔。这支笔随时提醒我，物质生活可以简单到零，只要有笔，你的精神世界无限丰富。

坚持写完这部小说，还有一个极为重要的私人原因。动笔的时候，我计划在2017年5月母亲节那天完成。我要让这份近400页的手稿作为母亲给女儿的毕业礼物，寄到女儿手中。这个念头一直激励着我。2017年5月17日母亲节这天，我如愿写完了小说最后一个字。5月26日那天，当女儿以全A成绩毕业，并获得美国历史最悠久的奖励优秀学生的"Phi Beta Happa"奖和其他奖项的那天，我的手稿复印件也在同日寄达。

《半路家》试图将美国女犯监狱内外的遗憾人生，以人类实现理想最具有强烈推动力的文学形式表现出来，反映比女犯表层伤痕更为深刻、意义更为深远的美国社会问题，从侧面表达我对美国司法改革的期盼。欣慰的是，2018年12月20日，美国参议院以82比12票通过刑事司法法案，这一法案将对美国刑事司法系统实施相对温和的改革。

在《半路家》小说出版之际，我不能不感谢在过去几年里，把我苦难的心握在他们手里，用指缝里可能或允许流出的温暖，鼓励我向前向上的人们。

他们是：我的律师Christine Chung、Isabelle kirshner、James Glasser，他们曾是我的灵魂保护者。他们也是：我被保释期间美国政府指派的心理医生、管理官员，营地里的护士，那位给我挡风雪绿大衣的男警官，那位当我解释为什么要把400页手稿寄到女儿手里时眼眶里涌出泪花的女警官，还有那位知道怎样用自己善良的笑容融化我心里冰霜的营地女管理人。还有我的几位女狱友：鼓励我写作的J、R和M；悄悄在我的枕头下塞自己省下的橘子，包括12个月我唯一吃到的一个猕猴桃和两个李子的E。还有我的下铺，她总是将自己买的食物从厨房里换到的沙拉分给我一半，教我怎样用毛巾挡住塑料盆，快速将满盆的绿叶子塞进肠胃，以缓解我便秘之苦。特别是时刻鼓励我并借钱帮助我还最后一笔律师费，并每天创造笑声的我的同胞F。虽然也许我永远不会再有机会见到以上不便提到姓名的人，但是他们给我的那丝温暖和他们隐隐的面相，将和这本小说一样，永远存活在我的记忆里。

在这里我想把我感激的心，捧献给将家里的房产作为抵押，将我保释出狱的那四位美国人。还有给法庭写信的中国亲友、澳洲和美国亲友们。那几十封信曾是我的精神支柱，他们的信任是我今天的指路明灯。不辜负众望，是我今生最要紧也最要记得的话。

最想说声感激但无言可尽情，无词可形容，是对我的恩重如山的父母亲大人、我挚爱的女儿、我60年相识的发小、我忍辱负重的丈夫和我澳洲的亲人们。他们的大爱，如每一天升起的太阳和月亮，伴我生存同行。

借此机会，我还想感谢我的英国朋友 Edward Allen 和我的编辑。他们用最单纯的心体验这本小说的沉重，协助我将中文稿翻译成英文，用最真诚的职业态度表达他们对小说的意见，用最有效的方式辛勤地工作，用最朴实的语言鼓励我写下一本书。想到他们，我感到无比的温暖，心里的故事往外蜂拥。

《半路家》小说中文版的部分版权费，将捐献给纽约非营利机构 Children of Promise（向孩子的承诺），以感谢他们在我最艰难的日子里，拉着我的手，帮助我走出昨天，走进今天。

About the Book

The Halfway House is my first novel. It was inspired by my own experience in a federal prison in the United States.

The passage of my life between August 9ᵗʰ, 2016 and the late summer of 2017 was spent in the Metropolitan Detention Complex in Brooklyn, New York, and the Federal Correctional Institution in Danbury, Connecticut, with some weeks in a halfway house in the Bronx, where the Bureau of Prisons prepares released prisoners for their return to "normal life."

The characters in *The Halfway House* are composites of the women I met and knew in New York's Metropolitan Correctional Center, the Metropolitan Detention Center, and FCI Danbury. All of the characters and events in this novel are fictional, though my own pain is written into them.

When I began to serve my sentence, I was locked alone in a cavernous concrete room without sun, rain, or air. I was in shock. I felt that my soul was being shredded apart by this sudden suffering. My movements became mechanical, my mind bare. Every second was difficult. If I had not been worried about my elderly parents in Beijing, I might have ended my life. Fortunately, deep in the fall of 2016, I was transferred to the women-only prison in Danbury, Connecticut.

One day, just after my transfer to Danbury, I was on my way to eat in the camp's dining hall when I passed the dormitory area and saw a farewell notice about the size of a full newspaper page hanging on the partition of a nearby cubicle. The camp at Danbury is a tireless revolving door – new people come in almost every week, and farewell announcements are posted just as often. The farewell notice I saw that day, however, was unusual. The background of the notice paper was patterned with strings of intertwined leaves, and knotted with pink flowers. The crisscrossing blossoms all lifted their heads in infatuation, like a gaggle of young girls yearning for love. On top of these beautiful flowers, there was a farewell message written in black ink: "Bye, farewell, until we meet again!" I was surprised at how I felt about these words – each one seemed heavy to me. I also noticed that in the lower right corner of the biggest word there was a group of small letters, which, hidden in the dense profusion of other goodbye notes, seemed bent over by sorrow. These little words read: "My dearest, please take me with you, you are part of me. Love." No name had been left.

Who was the woman who had departed? Who was the woman who remained to write that note? These two sentences engraved themselves in my heart, and from then on were constantly in my mind. For about a week, I deliberately went there every day, reading those words over and over until the sign was taken down. When I suddenly saw the wall without its farewell notice, the dark and empty cubicle with only a piece of cold blue left in the lower bunk, the soul that once livened it departed, and my heart became sad. I started to imagine the woman who left, and the woman who didn't leave her name but stayed at the camp – to imagine how she spent her empty days, and, in turn, to imagine the hopeless relationships between the camp women I heard stories about and those I saw before me, the subjects of short-lived loves.

Danbury houses approximately two hundred women inmates, all from different walks of life. Most were convicted for drug crimes, but there are also politicians, financial advisors, lawyers, accountants, pharmacists, professors, businesspeople. Except for our differences in age, race, height, nationality, and language, and aside from the distinctions between the lengths of our sentences and the circumstances of our incarcerations, in a strange way, we were all the same. In Danbury it seemed like there was not only no poverty, but also no hierarchy.

In this special environment, where everyone is temporarily the same class, female prisoners form strange, treasured relationships. These relationships include "sister relationships," "mother-daughter relationships," the facetiously named "misery loves company relationships," "like-minded relationships," and, finally, the subtly complicated, unnameable relationship that sometimes develops. This particular kind of relation features romantic love, but no sex. Though difficult to label, these friendships and love affairs are like buoys on the ocean. They keep these women afloat. They give women who might otherwise drown some hope for survival. They bring this hope to Danbury every morning, warmth every evening, hold every teardrop, and bandage every wound. These relationships help the calendar's pages turn; day by day, they remind these women that they are still on earth.

Near the time that I saw that goodbye notice, I took my usual walk along the track with my radio and headphones. I suddenly heard a woman's powerful voice. Her lyrics were thick with regret – every word, like a drop of ink on paper, flowed into my mind. I saw two women, one speaking, one voiceless. One looked real, and the other like a mirage. The scene in front of me seemed, in some way, familiar. At that moment, I saw the entanglements of these inmates' lives, their regrets and their ambitions, both inside and outside the prison's walls.

After that, I hurried back to the computer room and emailed my daughter with the time and the radio station I had been listening to, hoping that she could help me find the name of the song. Three hours later, she replied. The song, she told me, was called "Hello," and was by the singer Adele. At camp, I started looking for it, and eventually found a girl who had this song installed on her MP3 player. I exchanged postage stamps with her for the chance to listen, putting on her earphones and playing the song on loop. Every time I heard it, my tears would start to flow. I would write down my feelings. These feelings became the foundation for *The Halfway House*.

From the time I started writing to the moment I finished the book, especially after leaving the camp, when I was finally able to use my laptop, listening to this song was my first action every day, before I set about writing. Even today, with the book in the hands of the publishing house, my body may wander freely in the four directions, but whenever I hear this song, the tears, along with the pain, start to flow.

At the end of 2016, I began to write without stopping, seven days a week. At the time, if I hadn't been conversing with the two main characters in my book, each day would have felt like a year. Writing saved me. It enabled me to forget where I was. My mind began to be sustained by the contradictions and complexities of the relationship between these characters. My life in prison was painted in shades of literature.

To finish writing, I used countless ballpoint pens. When packing and getting ready to leave Danbury, in addition to packing the letters, cards, and photos sent by relatives and friends, and a farewell poster signed in various scripts by my fellow inmates, I also carried a two-inch thick draft of my manuscript, and one dried-out ballpoint pen. I kept it to remind myself that, at any time, one's material life might be spare and simple, but that as long as I could find a pen, my spiritual world would be infinite.

There was an extremely important personal reason behind my persistence. I wanted to finish writing before Mother's Day that May, in 2017. My goal was to send a draft of my book to my daughter on the day she would graduate from Wellesley College; this idea encouraged me every day. On the 26th of May that year, though I was not at her graduation, she had in her hand her degree, her honors, and the 400-page handwritten draft of *The Halfway House*.

The Halfway House attempts to narrate the life of regret, inside and outside prison, of America's women inmates. It reflects social problems in the United States that go deeper than these women's surface-level wounds. From another side, it also expresses an Asian-American woman's hope for awareness of and reform within the United States' legal and criminal justice system. It is a consolation that the First Step Act passed 87 – 12 in the U.S. Congress on the 20th of December, 2018, and I am hopeful that it will gradually bring positive change.

As *The Halfway House* is published, I must thank those individuals in whose hands I entrusted my embittered heart, who gave all the warmth they could or were permitted to muster, to encourage me to move onward.

They are: my lawyers, Christine Chung, Isabelle Kirshner, and James Glasser, who were my guardian angels at one point; the psychologists assigned to me by the U.S. government during the time when I was on bail; and some of the administrators I encountered during my journey – the pre-trail officers, the nurses in Danbury, the male security guard who gave me a green overcoat to stave off the wind and snow, the female guard who burst into tears when I explained why I wanted to deliver the four hundred pages of my manuscript to my daughter's own hands, and the female camp administrator who occasionally knew how to thaw the ice in my heart with her kindly smile, and the probation officer. They are also several of my prison friends: 'J' 'R' and 'M' encouraged me to write, and 'E' quietly tucked leftover tangerines beneath my pillow, and the kiwi and pair of plums in December, bringing the only time, in those long months, that I tasted those fruits. Also my lower bunk-mate, who'd always divide half the salad that she'd exchanged at the canteen with me, and who taught me how to cover the plastic bowl with a handkerchief and stuff the bowlful of greens up into my tummy to temper my frequent pains. Especially my friend, 'F', who was a special source of encouragement for me, who lent money to help with my final lawyer's fees and who incited laughter every day. Though I might never again have the chance to see these ladies, whose names I'm not at liberty to mention, the warmth they gave and their now indistinct faces will remain in my memory forever.

I want to express my gratitude for the four American friends whose generosity allowed me to be released on bail, and my family members and friends from China, Australia, and America who wrote letters to support me. Those dozens and dozens of letters were a spiritual support. The faith of these individuals is the most urgent greenlight for my present. *Don't let them down* – these are words most urgent and most important to me in my life now.

For my parents, my companions for over sixty years, whose support for me is like a mountain; my beloved daughter, who carried me on her thin shoulders; my husband, who has borne the shame and burden; and my relatives in Australia – I wish most to express my gratitude, but find no words to hold that feeling, nothing in language to describe it. Their great love is like the sun and moon, accompanying me throughout my existence.

I'd also like to use this opportunity to thank my British friend, the translator Edward Allen, and my editor. They have agreed to experience the weight of this novel in their hearts, helped me translate the Chinese manuscript into English, expressed their opinions on the novel with honesty and care, worked assiduously, and encouraged me, in the simplest language, to carry on writing. I feel such great warmth when I think about of them, and the stories in my heart swarm out.

A portion of the royalties from the Chinese publication of *The Halfway House* will be donated to Children of Promise, a charitable organization based in New York, out of gratitude for them holding my hand in my most difficult of times – they helped me to leave behind yesterday and move towards tomorrow.

图书在版编目（CIP）数据

半路家 / 雪瑞著. -- 北京：作家出版社，2019. 2
ISBN 978-7-5212-0266-3

Ⅰ．①半… Ⅱ．①雪… Ⅲ．①长篇小说 – 中国 – 当代
Ⅳ．①I247.5

中国版本图书馆CIP数据核字（2018）第235123号

半路家

作　　者：雪　瑞
策　　划：张亚丽
责任编辑：杨兵兵　桑良勇
封面创意：远山文化
美术编辑：于文妍
出版发行：作家出版社有限公司
社　　址：北京农展馆南里10号　　邮　　编：100125
电话传真：86-10-65067186（发行中心及邮购部）
　　　　　86-10-65004079（总编室）
E-mail:zuojia@zuojia.net.cn
http://www.zuojiachubanshe.com
印　　刷：中煤（北京）印务有限公司
成品尺寸：148×210
字　　数：249千
印　　张：11.25
版　　次：2019年2月第1版
印　　次：2019年2月第1次印刷
ISBN 978-7-5212-0266-3
定　　价：52.00元